RECLAM BIBLIOTHEK

Samuel Pepys

Tagebuch

aus dem London des 17. Jahrhunderts

Ausgewählt, übersetzt und herausgegeben

von Helmut Winter

Philipp Reclam jun. Stuttgart

Inhalt

Tagebuch

1660 9
1661 57
1662 105
1663 139
1664 180
1665 221
1666 264
1667 337
1668 371
1669 396

Anhang

Karten 410
Anmerkungen 415
Häufig vorkommende Namen und Titel 448
Zeittafel 450
Literaturhinweise 454
Nachwort 456

Samuel Pepys, gemalt von John Hayls im Jahre 1666. In der Hand hält er das Manuskript seines Liedes ›Beauty Retire‹. (Reproduktion mit freundlicher Genehmigung der National Portrait Gallery, London)

1660

Gott sei Dank, am Ende des letzten Jahres war ich bei sehr guter Gesundheit, ohne irgendwelche Spuren meiner alten Schmerzen – nur noch bei Kälte.[1] Meine Frau, die Magd Jane und ich wohnten in Axe Yard; die Familie besteht nur aus uns dreien.[2] Nachdem bei meiner Frau sieben Wochen lang die Regel ausgeblieben war, glaubte ich, sie sei schwanger, aber am letzten Tag des Jahres war alles wieder in Ordnung. Die Lage des Staates war folgendermaßen. Das Rumpfparlament ist, nach einer Störung durch Lord Lambert, wieder zusammengetreten.[3] Die Offiziere wurden zum Einlenken gezwungen. Lawsons Flotte ankert noch immer in der Themse, und Monck ist mit seiner Armee in Schottland.[4] Nur Lord Lambert ist noch nicht ins Parlament gekommen, man erwartet auch nicht, dass er es freiwillig tut. Der neue Stadtrat will hoch hinaus; man hat den Schwertträger als Boten zu Monck gesandt, um ihn über den Wunsch nach einem freien und vollständigen Parlament zu informieren – dieser Wunsch ist im Augenblick die Hoffnung und die Erwartung aller. Zweiundzwanzig ehemalige, ausgeschlossene Abgeordnete erschienen letzte Woche vor der Tür des Parlamentsgebäudes und forderten Einlass, vergeblich; man glaubt, dass weder sie noch das Volk Ruhe geben, bis das Parlament wieder vollzählig ist. Meine privaten Verhältnisse sind sehr ordentlich; man hält mich für reich, dabei bin ich ziemlich arm, außer dass ich mein Haus und eine Anstellung habe, die aber im Augenblick nicht ganz gesichert ist. Mr. Downing ist mein Amtsvorsteher.[5]

1.1. Heute Morgen (wir schlafen seit einiger Zeit in der Dachkammer) stand ich auf, zog meinen Anzug mit den langen Rockschößen an, den ich seit einiger Zeit nur noch trage.

Ging zu Mr. Gunnings Gottesdienst in Exeter House, wo er eine sehr gute Predigt über den Text hielt: Als aber die Zeit erfüllet ward, sandte Gott seinen Sohn, geboren von einem Weibe usw.;[6] er zeigte, dass »unter das Gesetz getan« die Beschneidung bedeutet, die heute gefeiert wird.

Mittagessen in der Dachstube, wo meine Frau die Reste eines Truthahns zubereitete, dabei verbrannte sie sich die Hand.

Ich blieb den ganzen Nachmittag zu Hause und ging meine Tabellen durch. Dann mit meiner Frau zu meinem Vater; sah unterwegs die Befestigungen, die von der Stadt am Kanal in Fleet Street errichtet worden sind.[7]

Abendbrot bei meinem Vater, wo auch Mrs. Th. Turner und Madam Morris[8] erschienen und mit uns zusammen aßen. Danach brachten meine Frau und ich sie nach Hause, und dann gingen wir auch heim.

2.1. Morgens, bevor ich aufbrach, kam der alte East[9] und brachte mir ein Dutzend Flaschen Sherry; ich gab ihm einen Shilling Trägerlohn. Dann ging ich zu Mr. Sheply,[10] der im Weinkeller Sherry zapfte, für Neujahrsgeschenke meines Herrn, er erzählte mir, dass mein Herr ihn beauftragt habe, mir die zwölf Flaschen zu schenken. Dann ging ich zum Temple, um mit Mr. Calthropp über die £ 60 zu sprechen, die er meinem Herrn schuldet;[11] er war aber nicht da, sondern verreist. Dann ging ich zu Mr. Crew und borgte mir £ 10 von Mr. Andrew für meinen persönlichen Bedarf, und dann in mein Büro, wo es nichts zu tun gab. Dann ging ich ziemlich lange in Westminster Hall herum, wo ich hörte, dass Lambert nach London kommt und dass Lord Fairfax an der Spitze der irischen Brigade steht, man aber noch nicht weiß, wofür er sich entscheiden wird. Das Unterhaus befasste sich heute in letzter Lesung mit dem Akt für den Staatsrat und mit der Straffreiheit für die Soldaten; am Nachmittag wurde die Sitzung fortgesetzt. Alle reden davon, dass sich viele Orte für ein freies Parlament ausgesprochen haben; man glaubt, dass das Unterhaus mit den alten Abgeordneten aufgefüllt werden muss. Von Westminster Hall ging ich kurz nach Hause und dann zu Mr. Crew (meine Frau sollte zu ihrem Vater kommen), um dort zu Abend zu essen, kam aber zu spät. Daher gingen Mr. Moore[12] und ich und ein anderer Herr ein Bier trinken, im neuen Markt, dort aß ich auch etwas Brot und Käse zum Abendbrot. Danach gingen Mr. Moore und ich bis Fleet Street zusammen und trennten uns dann – er ging in die City, und ich versuchte noch einmal, Mr. Calthropp anzutreffen, hatte aber wieder kein Glück. Deshalb zurück zu Mr. Crew, von da brachte ich Mrs. Jemima nach Hause, wo sie mir Cribbage-Spielen beibrachte.[13] Dann ging ich nach Hause, meine Frau war zu Mrs. Hunt gegangen. Darauf ich zu ›Will's‹,[14] unterhielt mich dort mit Mr. Ashwell und sang bis 9 Uhr, dann nach Hause. Weil ich nur Brot und Käse gegessen hatte, schnitt meine Frau mir noch eine Scheibe von dem Schweinefleisch ab, das ich von meiner Lady[15] bekommen hatte, es war das beste Fleisch, das ich je gegessen habe. So zu Bett, und meine Frau hatte wegen des Windes und der Kälte eine schlechte Nacht.

3.1. Ich ging morgens aus dem Haus, bei starkem Frost, zu Mrs. Turner, damit sie heute nicht zu mir kommt, wegen Mrs.

Jem. Dann ging ich zum Temple, um mit Mr. Calthropp zu sprechen, wanderte eine Stunde in seinem Büro auf und ab, aber er kam nicht. Deshalb ging ich nach Westminster, wo ich Soldaten in meinem Büro vorfand, die Geld wollten – ich zahlte es ihnen.[16] Mittags nach Hause, dort Mrs. Jem. Dazu ihre Dienerin. Mr. Sheply, Hawly und Moore[17] aßen mit mir, es gab Rindfleisch und Kohl sowie Schweinskopfsülze.

Anschließend spielten wir Karten, bis es dunkel wurde. Dann brachte ich Mrs. Jem nach Hause, danach mit Hawly zur Chancery Lane, wo ich mit Mr. Calthropp sprach, der mir erzählte, dass Sir James Calthropp vor kurzem gestorben sei; er wolle aber an Lady Calthropp schreiben, dass das ausstehende Geld rasch gezahlt wird.[18] Danach zurück nach Whitehall, wo ich erfahre, dass im Unterhaus das Gesetz über die Straffreiheit der Soldaten und Offiziere verabschiedet wurde (für alle diejenigen, die sich innerhalb einer bestimmten Frist stellen); auf Lord Lambert müsste dieses Gesetz auch zutreffen. Das Parlament hat außerdem beschlossen, dass im Todesfall der Platz eines Abgeordneten wieder besetzt werden solle. Danach ging ich nach Hause, wo ich Mr. und Mrs. Hunt sowie Mr. Hawly vorfand. Wir spielten noch bis 22 Uhr Karten. Dann zu Bett.

4.1. Am Vormittag kam Mr. Vanly zu mir wegen der Halbjahrsmiete,[19] die ich nicht in bar im Hause hatte. Ich nahm seinen Diener in mein Büro mit und gab ihm dort das Geld. Dann ging ich nach Westminster Hall und zu ›Will's‹. Hawly hatte ein Stück Cheshire-Käse mitgebracht, den wir uns gut schmecken ließen. Danach wieder nach Westminster Hall, wo ich den Schreiber und den Quartiermeister der Truppen meines Lords[20] traf, ich nahm sie mit in den ›Schwanen‹ und spendierte eine Runde Fassbier; sie waren gerade in London angekommen. Der Schreiber zeigte mir zwei Wechsel von mir und meinem Lord. Es schneite den ganzen Morgen und war sehr kalt, und meine Nase war vor Kälte ganz geschwollen. Seltsam – die Unterschiede in den Meinungen der Leute: die einen sagen, Lambert muss zwangsläufig aufgeben, die anderen, dass er sehr stark ist und dass die Monarchisten zu ihm halten, wenn er sich für ein freies Parlament ausspricht. Chillington wurde gestern zu ihm geschickt mit dem Vergebungs- und Straffreiheitserlass des Parlaments.[21] – Als ich nach Hause kam, fand ich Briefe aus Hinchingbroke vor und die Nachricht, dass Mr. Sheply nächste Woche dorthin fahren würde. Ich aß zu Hause und ging dann zu ›Will's‹, traf dort Shaw, der mir versprach, mit zu Atkinson zu kommen, wegen Geld. Er spielte aber mit Spicer und D. Vines Karten und war nicht wegzukriegen.[22] Das ärgerte mich, ich ging zur Westminster Hall zurück, wo ich hörte, dass das Parlament heute den ganzen Tag fastet und betet. Nachmittags kamen Briefe aus dem Norden: die Truppen von Lord Lambert desertieren angeblich; ihm seien nur noch fünfzig Pferde geblieben, er ergebe sich dem Parlament. Lord Fairfax soll auch die Waffen niedergelegt haben, angeblich nur, um das Land vor Lord Lamberts Beutezügen und Konfiskationen zu schützen. – Wieder zu ›Will's‹, wo die drei immer noch Karten spielten – Spicer hatte gegen Shaw und Vines 14 Shilling gewonnen. Danach verbrachte ich einige Zeit mit G. Vines und Maylard bei Vines, wir spielten Viola. Nach Hause, und dann zu Mr. Hunt, wo ich mit Hunts und Mr. Hawly bis 10 Uhr abends Karten gespielt habe. Nach Hause und ins Bett, aber Schmerzen in der Nase, die sehr geschwollen ist.

5.1. Ich ging in mein Büro, wo wir das Geld vom Zollamt erwarteten, aber es kam nicht; es soll ganz bestimmt am Nachmittag gebracht werden. Ich aß mit Mr. Sheply im Haus meines Herrn – Truthahnpastete. Danach wieder ins Büro, wo das Geld vom Zollamt gebracht wurde; einiges davon wurde an Soldaten ausgegeben, bis es dunkel wurde. Dann ging ich nach Hause, schrieb einen Brief an meinen Herrn und berichtete ihm, dass das Parlament heute diejenigen Abgeordneten, die 1648 und 1649 nicht an den Sitzungen teilnehmen konnten, in aller Form entlassen und Ausschreibungen für Neubesetzungen beschlossen habe. Weiterhin, dass Monck und Fairfax nach London beordert seien und dass Monck in den Gemächern des Prinzen in Whitehall untergebracht werden solle. Dann gingen meine Frau und ich bei strengem Frost zu Mrs. Jem, um dort Punsch zu trinken, aber da Mr. Edward nicht kam, wurde das Essen abgesagt. So ließ ich meine Frau zum Kartenspielen da und ging selbst mit meiner Laterne zu Mr. Fage,[23] um ihn wegen meiner Nase zu konsultieren. Er sagte mir, dass es lediglich die Kälte sei. Danach redeten wir über öffentliche Angelegenheiten; er erzählte mir, dass die Stadt tatsächlich zu wenig Zeit für die notwendigen Maßnahmen hat, dass man aber entschlossen sei, die Soldaten loszuwerden.[24] Er glaubt, dass erst unter einem frei gewählten Parlament der Stadtrat auch Abgaben erheben wird. Von da ging ich zu meinem Vater, wo ich Mrs. Ramsay und ihre Enkelin vorfand, ein hübsches Kind, ich blieb eine Weile und unterhielt mich mit ihnen und mit meiner Mutter, dann verabschiedete ich mich; erfuhr dann von einer Einladung zum Abendessen morgen Abend bei meinem Vetter Thomas Pepys.[25] Ging zurück zu Mrs. Jem, holte meine Frau und Mr. Sheply ab und ging nach Hause.

6.1. Heute Morgen frühstückten Mr. Sheply und ich bei Mrs. Harper (mein Bruder John[26] war auch dabei), wir aßen kalte Truthahnpastete und Gans. Von da ging ich ins Büro, wo wir die Soldaten auszahlten, um 13 Uhr hörten wir auf. Ich ging nach Hause, holte meine Frau ab, und wir gingen zu meinem Vetter Thomas Pepys. Sie hatten sich gerade zu Tisch gesetzt, das Essen war sehr gut; allerdings stellte sich die Wildpastete als Rindfleisch heraus, was nicht sehr gut war. Nach dem Essen empfahl ich mich und ließ meine Frau bei meinem Vetter Stradwick. Ich ging nach Westminster zu Mr. Vines, wo George und ich eine ganze Weile Viola spielten, Dick und seine Frau (die spät ins Bett gebracht wurde) und seine Schwester waren auch da. Weil aber Mr. Hudson entgegen seinem Versprechen nicht kam, ging ich fort. Zu Hause nahm ich die Frau und die Laterne mit zu Vetter Stradwick. Dort gab es, nach einem guten Abendessen (mein Vater, meine Mutter, meine Brüder und Schwestern, mein Vetter Scot und seine Frau, Mr. Drawater mit Frau und Schwager, Mr. Stradwick, waren auch da), einen wackeren Kuchen, beim Verteilen war Pall die Königin, Mr. Stradwick König. Danach verabschiedeten meine Frau und ich uns und gingen nach Hause, es war immer noch starker Frost.

7.1. Wurde vom Mittagessen weggeholt; ein Bote von Mr. Downing bestellte mich zu ihm. Musste bis zum Abend bei Mr. Downing auf den französischen Botschafter warten. Schließlich kam er doch noch, und ich hatte ein gutes Gespräch mit einem seiner Herren über die Unterschiede zwischen Franzosen und Spaniern. Als ich nach Hause kam, spielten meine Freunde immer noch Karten. Brachte sie bis an die Kutsche und las noch etwas in Quarles' »Emblem«.[27]

10.1. Ging früh aus dem Haus und traf unterwegs Greatorex,[28] der mir in einem Bierlokal den ersten Globus zeigte, den er aus Draht gemacht hat. Sehr amüsant. Auf dem Wege nach Westminster überholte ich Kapitän Okeshott in seinem Seidenmantel; mit seinem Degen rempelte er viele Leute beim Gehen an.

12.1. Vom Frühschoppen bei ›Harper's‹ ins Büro. Später im ›Halbmond‹ lustig zusammengesessen. Billingsly bezahlte für alle. Abends im Bett meiner Frau auseinandergesetzt, wie ich zu Geld kommen könnte.

15.1. Konnte vor lauter Hundegebell in der Nachbarschaft mehrere Stunden nicht schlafen; nahm gegen Morgen ein Abführmittel und blieb den ganzen Tag zu Hause.

19.1. Heute Morgen schickte Mr. Downing nach mir; an seinem Krankenbett sagte er mir, dass er mir sehr wohlwolle und glaube, mir einen Gefallen erwiesen zu haben: er hat mich nämlich als einen der Ratsschreiber vorgeschlagen. Ich war etwas verwirrt und wusste nicht, ob ich ihm danken sollte oder nicht. Vermute, dass er diesen Vorschlag nur macht, um eine Gehaltserhöhung zu vermeiden.[29]

22.1. Nachmittags zur Kirche, wo Mr. Herring eine langweilige, dürftige Predigt hielt. Heute zum ersten Mal Schuhschnallen getragen.

24.1. Nach dem Frühschoppen bei ›Will's‹ bis 12 Uhr Steuergelder gezählt. Dann holte ich meine Frau ab, ärgerte mich über ihre neuen Überschuhe, weil sie drückten und ich deshalb langsam gehen musste. Zu Hause Unterredung mit meiner Schwester wegen ihrer Diebereien, sie hat meiner Frau die Schere und unserem Mädchen ein Buch gestohlen.

26.1. Vom Büro zur Wohnung Mylords, wo meine Frau ein prächtiges Essen vorbereitet hatte: Markknochen, Hammelkeule, Kalbslende, Geflügel, drei Hähnchen, zwei Dutzend Lerchen auf einer Platte, eine große Torte, Rinderzunge, Anchovis, Krabben und Käse.

28.1. In den ›Himmel‹, wo Luellin und ich eine ganze Hammelbrust alleine verzehrten. Dabei die Wechselfälle des Lebens besprochen und die glückliche Lage derer, die eigenen Grundbesitz haben.

2.2. Holte mein Geld und brachte es nach Hause; wechselte Strümpfe und Schuhe. An diesem Tag trug ich nicht meinen großen Anzug mit Rockschößen, sondern den weißen mit dem silbernen Spitzenumhang.

8.2. Ging abends um 9 Uhr nach Hause, in Fleet Street stieß ich gewaltig mit jemandem zusammen, der auf seiner Seite keinen Platz machen wollte. Hatte im Bett noch Kopfschmerzen vom vielen Trinken; unter dem Kinn ein Pickel, der mir sehr zu schaffen macht.

11.2. Lange im Bett gelegen. Dann ins Büro, wo ich den ganzen Vormittag mein spanisches Buch über Rom las.[30]

12.2. Im Bett heftiger Wortwechsel mit meiner Frau, weil ich erklärte, ich würde den Hund, den sie von ihrem Bruder geschenkt bekommen hat, zum Fenster hinauswerfen, wenn er noch einmal ins Haus pisst.

15.2. Las auf dem Kirchhof von St. Paul's ein oder zwei Stunden in Fullers »Kirchengeschichte«.[31]

6.3. Mylord bat mich, mit ihm allein in den Garten zu gehen, wo er mich fragte, wie es mir gehe und ob es mir allzu unbequem wäre, ihn als sein Sekretär auf einer Seereise zu begleiten. Er erzählte mir, dass der König bald nach England zurückkommen würde, die Liebe zu ihm sei in Stadt und Land groß. War sehr erfreut, das zu hören.[32]

Später in die ›Glocke‹, Viola und Violine gespielt und sehr vergnügt zusammengesessen bei Kalbsfuß und Schinken, zwei Kapaunen, Würsten und Fettgebackenem, dazu Wein im Überfluss.

7.3. Zu Hause Vater getroffen, der mir sagte, Onkel wolle mich zum Erben einsetzen; ich bitte Gott, dass er Wort hält.[33]

9.3. Mylord mitgeteilt, dass ich bereit bin, mit ihm die Seereise zu machen. Die ganze Nacht überlegt, wie ich meine Angelegenheiten bei dieser großen Veränderung am besten ordne. Konnte nicht schlafen, weil mir vom Trinken zu heiß war. Nahm mir am nächsten Morgen vor, die ganze Woche keine starken Sachen zu trinken, weil ich davon im Bett schwitze und ganz durcheinandergerate.

10.3. Mit der Kutsche nach Hause, wo ich eine günstige Gelegenheit benutzte, meiner Frau von meiner bevorstehenden Seereise zu erzählen. Sie macht sich große Sorgen deswegen; nach einigem Hin und Her war sie bereit, bei Mr. Bowyer[34] zu wohnen, solange ich weg bin. Als ich abends nach Hause kam, war meine Frau noch auf, sie nähte Mützen für mich, und die Magd hatte gerade ein Paar Strümpfe fertig gestrickt.

14.3. Zu Mylord, wo schon unendlich viele Bittschriften an ihn und mich eingegangen sind. Ärgerte mich, weil Mylord mir seine auch noch gab. Ich soll sie in Ordnung bringen und ihm darüber berichten. Bekam ein halbes Goldstück von einem Mann, der gerne Prediger auf der Fregatte ›Speaker‹ werden möchte; komisch zu sehen, wie ich bereits jetzt von den Leuten umworben werde. Spätabends verpackte ich meine Sachen in einer Seekiste, die mir Mr. Sheply[35] geborgt hat.

15.3. In der ›Sonne‹ versprach ich meiner Frau, dass sie alles, was ich auf dieser Welt besitze, bekommen soll – mit Ausnahme meiner Bücher –, wenn ich auf See sterbe.

16.3. Man spricht jetzt ganz offen vom König. Abends großes Freudenfeuer, und das Volk schrie: »Gott segne König Karl II.!« Sehr traurig über die Trennung von meiner Frau, aber Gottes Wille geschehe.

17.3. In Gegenwart von Mr. Moore und Mr. Hawly mein Testament versiegelt.[36]

18.3. Früh aufgestanden und zum Barbier in Palace Yard gegangen; anschließend mit ihm das eine oder andere Bier getrunken. Dann zu Mylord, wo ich Kapitän Williamson traf und ihm sein Patent für die ›Harfe‹ überreichte. Ein Goldstück und 20 Shilling in Silber bekommen.

19.3. Alle sagen jetzt, der König käme wieder. Soweit ich sehe, wünscht ihn jeder zurück. Immer noch sehr traurig wegen meiner armen Frau, aber ich hoffe, dass das Unternehmen die Mühe lohnen wird.

20.3. Früh aufgestanden und meine Sachen fertig zur Abreise gemacht, die wahrscheinlich morgen stattfinden wird. Kurzer trauriger Abschied von Vater und Mutter, ohne Zeit für einen Abschiedstrunk oder Geschäftliches. Werde die Furcht nicht los, dass ich Mutter kaum mehr wiedersehen werde, da sie sehr stark erkältet ist. Zurück nach Westminster, dort große Überschwemmungen, konnte nicht zu meinem Haus, kein Mensch hat je so etwas gesehen.[37]

22.3. Da das Wetter immer noch schlecht ist, wollte Mylord auch heute nicht aufbrechen. Lange Strümpfe, Degen, Gürtel und Hose eingekauft, danach mit Wolton und Brigden im ›Papstkopf‹ in Chancery Lane eingekehrt, gesessen und viel Wein getrunken.

Ich brauchte nichts zu bezahlen. Seltsam, was mir die Leute jetzt alles versprachen: der eine einen Stoßdegen, der andere ein Fässchen Wein oder eine Flinte, noch ein anderer bot mir sein silbernes Hutband an.

23.3. Der junge Reeve brachte mir ein kleines Fernglas, das ich für Mylord kaufte, bezahlte 8 Shilling dafür. In zwei Booten zur ›Swiftsure‹. Sobald Mylord an Bord war, feuerten alle Schiffe Salut. Meine Kabine ist die beste von denen, die Mylord für seine Begleitung bekommen hat. Das Bett ist ziemlich kurz, aber ich schlief sehr gut. Nicht seekrank geworden, aber wer weiß, was noch kommt.

24.3. Den ganzen Tag schwer gearbeitet, Briefe geschrieben usw. Der Schiffsjunge Eliezar schüttete eine Kanne Bier über meine Schriftstücke, verpasste ihm dafür eine Ohrfeige.

25.3. Ein Schreiben von Mr. Blackburne an mich, adressiert an S. Pepys, Esquire, worauf ich, weiß Gott, mächtig stolz bin. Mit dem Kapitän Austern gegessen. Anschließend in der Predigt eingeschlafen, Gott verzeih's.

26.3. Heute sind es zwei Jahre, dass es Gott wohlgefiel, mich von meinem Blasenstein zu befreien, und ich beschloss, diesen Tag, so lange ich lebe, mit meinen Verwandten als Festtag zu begehen. Da Gott aber nun so will, dass ich hier bin, kann ich es nur für mich tun und mich allein freuen und Gott danken, dass ich, gesegnet sei sein heiliger Name, bei so guter Gesundheit wie nur je in meinem Leben bin. Tagsüber eine Aufstellung über die Flotte gemacht mit allen Schiffen, Mannschaften und Geschützen. Abends feierten dann Sheply und Howe[38] den Gedenktag meiner Operation mit mir. Später kam noch Kapitän Cuttance dazu und trank bis 11 Uhr eine Flasche Wein mit uns – eine Ehre, die er sonst nur den höchsten Beamten erweist.

30.3. Wurde gleich am Morgen von zwei Briefen begrüßt mit je einem Goldstück darin, ich hatte zwei Leuten einen Gefallen getan.

3.4. Schweren Herzens zu Bett, da ich nichts von meiner lieben Frau gehört habe. Ich kann mich wirklich nicht erinnern, dass sie mir jemals so gefehlt hat.

7.4. Um 9 Uhr morgens wurde die Brise ziemlich stark. Wir liegen noch vor Anker. Mir wurde schwindlig und übel. Nach dem Mittagessen (Austern) den ganzen Nachmittag auf Deck spazieren gegangen, um nicht seekrank zu werden. Ging um 5 Uhr ins Bett und ließ mir eine Weinsuppe machen. Danach schlief ich sehr gut.

8.4. Den ganzen Tag Kopfschmerzen. Gegen Mittag Segel gesetzt und in See gestochen. Der Leutnant und ich schauten mit dem Fernglas nach den Frauen, die sich an Bord vorüberfahrender Schiffe befanden und recht ansehnlich waren. Wir segeln weiter; als ich ins Bett ging, war mir wieder schlecht.

11.4. Heute Nachmittag kam ein ganzes Paket Briefe für mich aus London, darunter zwei von meiner lieben Frau, die ersten seit meiner Abreise. In London scheint sich alles auf die Rückkehr des Königs einzustellen. Abends zeigte ich dem Leutnant in meiner Kabine, wie ich mein Tagebuch führe. Mir wird klar, dass ich mit dem Schiffspfarrer ein wenig zu locker gescherzt habe; er ist ein vernünftiger und aufrechter Mann.

13.4. Schlechtes Wetter den ganzen Tag, Regen und Wind. Räumte nachmittags meine Kabine auf. Im Bett merkte ich, dass der Regen in meine Kabine kam, stand auf und ging zu Joh. Goods in die große Kabine.

14.4. Aufgestanden und mit Mr. Sheply einen guten Frühschoppen gehalten. Bei dieser Gelegenheit an das glückliche Leben gedacht, das ich jetzt führe, wo ich für niemand als mich selber zu sorgen habe.

17.4. Sehr angenehmer Nachmittag, war den ganzen Tag an Deck. Die Sicht war so gut, dass man durch Mylords Fernrohr Calais deutlich erkennen konnte. Jeder Tag bringt mir von neuem das Gefühl, wie wohltuend mein jetziges Leben ist.

18.4. Diktierte den ganzen Nachmittag in meiner Kabine Briefe; etwa ein Dutzend.

20.4. Den ganzen Morgen damit beschäftigt gewesen, meine Kabine anders richten zu lassen. Gefällt mir so über die Maßen, auch dass ich sehe, was für Macht ich habe, dass jeder mir zu Diensten steht, kommt und geht, wie ich will.

21.4. Alle Gespräche drehen sich um die Rückkehr des Königs, man hört, dass in vielen Londoner Kirchen und auf Handelsschiffen das königliche Wappen angebracht ist.[39] Am Nachmittag wollte der Kapitän unbedingt, dass ich in seine Kabine komme. Er bewirtete mich fürstlich, schenkte mir ein Fässchen eingelegte Austern, machte eine Flasche Wein auf – große Ehre für mich.

25.4. Mittagessen heute an Bord der ›Speaker‹, mit dem Vizeadmiral und vielen anderen hohen Offizieren. Sehr befriedigt darüber, wie ich behandelt werde und wie viel Respekt man mir unter den Flottenkommandanten entgegenbringt.

26.4. Nach dem Abendessen vergnügte Gesellschaft, Musik, Mr. Pickering spielte eine Bassmelodie auf meiner Gambe, aber so jämmerlich, dass ich mich für ihn schämte.

29.4. Mr. Cooke bringt die Nachricht aus London, dass der König an das Parlament einen Brief geschrieben hat.[40] Mylord rief mich zu sich und sagte, er erwarte, dass der König ziemlich rasch zurückgebracht wird, ohne dass er große Bedingungen stellen kann.

30.4. Nach dem Abendessen etwas Musik. Dann gingen Mr. Sheply, W. Howe und ich in die Kabine des Leutnants, wo es sehr lustig zuging. W. Howe zog den Zapfhahn aus einem kleinen Bierfass und ließ das Bier in seine Kappe laufen; nachdem er es getrunken hatte, schlug ich ihm die Kappe ins Gesicht. Darauf nahm er meine samtene Studiermütze und füllte sie auch mit Bier. Sehr fröhlich, aber meine Kleider vom Bier verdorben. Sehr spät ins Bett, mit schwerem Kopf.

1.5. Heute den Anzug mit den kleinen Rockschößen getragen.

2.5. Frühstück mit Radieschen in der Kabine des Zahlmeisters. Nachrichten aus London über die gestrige Parlamentssitzung. Dieser Tag wird als der glücklichste Maientag für England in Erinnerung bleiben. Der Brief des Königs wurde im Parlament verlesen, er gibt zu allem seine Zustimmung, auch zu einer allgemeinen Amnestie. Das Unterhaus beschloss nach der Verlesung des Briefes, Sr. Majestät fürs Erste sofort £ 50 000 zu schicken. Ein Ausschuss soll Sr. Majestät für den gnädigen Brief danken. In ganz London große Freude: Abends Freudenfeuer wie nie zuvor, Glockenläuten und öffentliche Trinksprüche auf des Königs Gesundheit, die Leute auf den Knien – mir scheint das ein bisschen übertrieben. Aber jedermann freut sich offenbar ehrlich, sogar unsere Flottenkommandanten, vor einer Woche taten sie das noch nicht. Unsere Matrosen, soweit sie Geld oder Kredit hatten, tranken den ganzen Abend ununterbrochen.

3.5. Heute Morgen zeigte mir Mylord die Erklärung des Königs und seinen Brief an die beiden Generäle, die der Flotte bekanntgemacht werden sollen.[41] Kriegsrat von Mylord einberufen. Er diktierte mir ein Votum zugunsten Sr. Majestät, das vom Kriegsrat angenommen wurde. Danach ging ich mit Mylord und den Kommandanten zum Achterdeck und verlas dort den Brief und das Votum, woraufhin die Matrosen laut »Gott segne König Karl!« riefen. Nach dem Essen besuchte ich die anderen Schiffe; angenehmes Gefühl zu erleben, mit wie viel Respekt und Ehre ich behandelt wurde und wie große Freude ich den Besatzungen brachte. Abends ließ der Vizeadmiral Salut feuern, wir hörten die Kugeln über unsere Köpfe zischen.

4.5. Abends Briefe aus London, darunter einer von meiner Frau, in dem sie schreibt, dass es ihr nicht gut gegangen ist, was mich sehr betrübt. Da Mylord heute Abend Mr. Cooke nach London schickte, schrieb ich ihr und legte ein Goldstück mit ein; schrieb auch an Mrs. Bowyer und legte ein halbes Goldstück ein.

10.5. Mylord rief mich in seine Kabine und teilte mir mit, er habe Befehl, sofort zum König zu segeln, und sei sehr erfreut darüber. Ich musste bis spät in die Nacht Briefe schreiben und andere Dinge erledigen, er unterschrieb die Briefe im Bett.

12.5. Anker gelichtet und den ganzen Tag gesegelt. Auf halber Strecke zwischen Dover und Calais konnte man beide Orte gut erkennen. Nachmittags erzählte mir der Schiffsarzt auf dem Zwischendeck eine herrliche Geschichte mit dem Titel »Vergebliche Vorsorge«,[42] muss mir das Buch so bald wie möglich besorgen.

13.5. Nachmittags Kriegsrat: die Harfe muss aus allen Flaggen entfernt werden, da sie das Auge des Königs beleidigt.[43] Mr. Cooke brachte mir einen Brief von meiner Frau und einen lateinischen Brief von meinem Bruder Jo; über beide sehr erfreut.

14.5. Als ich morgens aufstand, sah ich aus der Luke, dass wir dicht an Land waren. Nachher hörte ich, dass es die holländische Küste sei. Den Haag konnte man deutlich sehen. Um Urlaub gebeten und an Land gegangen. Schlechtes Wetter, wir wurden beim Landemanöver ganz durchnässt.

15.5. Morgens traf ich einen Schulmeister, der gut Englisch und Französisch sprach und uns die Stadt Den Haag zeigte. Ich kann ihre Eleganz nicht genug rühmen. Jedermann, der etwas auf sich hält, spricht Französisch oder Lateinisch, oder beides. Die Frauen sehr hübsch, modisch, mit Schönheitspflästerchen. Kaufte bei einem Buchhändler, hauptsächlich wegen der schönen Einbände, drei Bücher – die »Französischen Psalmen« in vier Teilen, Bacons »Organon« und Farnabys »Rhetorik«.[44]

16. 5. Mylord in seinem besten Aufzug, in der Erwartung, dem König seine Aufwartung machen zu können. Aber der König ließ ihm durch Mr. Pickering sagen, er wolle selbst kommen und die Flotte besichtigen. Wir waren bereit, die Kanonen zum Salut vorbereitet, wir hatten unsere scharlachroten Gewänder angelegt, aber der König kam nicht.

17. 5. Suchten jemand, der uns den König inkognito zeigen könnte. Nach dem Essen gelang es. Dem König, dem Herzog von York und der Schwester des Königs[45] die Hand geküsst. Der König scheint ein sehr nüchterner Mann zu sein.

20. 5. Früh aufgestanden und nach Scheveningen gefahren, wo ich mich, da es mit der Überfahrt zu unseren Schiffen nicht klappte, in einem Zimmer zur Ruhe legte. Im gleichen Zimmer lag in einem anderen Bett eine hübsche Holländerin. Ich hätte gerne etwas mit ihr gemacht, hatte aber nicht den Mut dazu. Ein oder zwei Stunden geschlafen. Schließlich stand sie auf, ich ebenfalls; ging im Zimmer auf und ab und sah ihr zu, wie sie sich anzog, plauderte mit ihr, so gut es ging, ergriff wegen eines Ringes, den sie am Zeigefinger trug, die Gelegenheit, ihr die Hand zu küssen, brachte es aber nicht über mich, mehr anzubieten. Das schlechte Wetter brachte unsere Schiffe in Gefahr, es dauerte sehr

lange, bis wir sie erreichten; bis auf mich wurden alle seekrank – ich hielt mich meist an der frischen Luft auf, wurde dafür aber ganz durchnässt. Legte mich in meinen Kleidern aufs Bett, schlief bis 4 Uhr morgens, und als ich zum Pinkeln aufstand, hielt ich den Sonnenaufgang schon für den Sonnenuntergang.

21. 5. Wir erwarten jetzt jeden Tag den König und den Herzog von York an Bord.

22. 5. Plötzlich heißt es, der König ist an der Küste. Mylord ließ zweimal Salut schießen, und die ganze Flotte folgte diesem Beispiel, es gab ein ziemliches Durcheinander, das sehr hübsch wirkte. Die Kanone gegenüber meiner Kabine feuerte ich eigenhändig für den König ab, ich hielt aber meinen Kopf zu nahe drüber und hätte mir beinahe das rechte Auge weggeschossen.

23. 5. Mein Auge rot und schmerzhaft von gestern. Der König, mit den beiden Herzögen, der Königin von Böhmen,[46] der Princess Royal und dem Prinzen von Oranien, kam an Bord. Ich küsste allen die Hand. Nach dem Mittagessen tauften der König und der Herzog von York einige unserer Schiffe um: die ›Nazeby‹ heißt jetzt ›Charles‹, die ›Richard‹ heißt ›James‹, die ›Speaker‹ heißt ›Mary‹. Anker gelichtet und bei frischer Brise und schönstem Wetter die Segel gesetzt, Richtung England.

24. 5. Machte mich so fein wie möglich. Unglaublich viele vornehme Leute an Bord, große Fröhlichkeit den ganzen Tag. Musste einen Pass für Mylord Mandeville ausstellen, der im Auftrag des Königs Pferde für London besorgen soll. Legte ihn per-

sönlich dem König zur Unterschrift vor, es war das erste und einzige Mal, dass er an Bord mit ›Charles‹ unterzeichnete.

25.5. Gegen Morgen waren wir dicht bei der Küste, und jeder machte sich fertig, an Land zu gehen. Der König und der Herzog frühstückten, bevor sie aufbrachen. Man hatte ihnen Mannschaftskost vorgesetzt, damit sie das Essen der Matrosen kennenlernten: Erbsen, Schweinefleisch und gekochtes Rindfleisch. Mit dem Herzog von York über Geschäftliches gesprochen, er redete mich mit meinem Namen Pepys an und versprach mir auf meine Bitte sein zukünftiges Wohlwollen. In einem Boot mit Mr. Mansell und einem von des Königs Lakaien und einem Lieblingshund des Königs an Land (der Hund hinterließ seinen Kot im Boot, darüber lachten wir, und ich dachte bei mir, dass ein König und alle, die zu ihm gehören, auch nicht anders als normale Menschen sind).

26.5. Am Abend sagte mir der Kapitän, Mylord habe mir £ 30 von den 1000 Dukaten zugesprochen, die der König dem Schiff geschenkt hat, worüber ich hocherfreut war.

27.5. Da sämtliche Offiziere an Bord waren, gab es für mich keinen Platz mehr an der Mittagstafel, deshalb aß ich in meiner Kabine; Mr. Dunn brachte mir einen Hummer und ein Fläschchen Öl anstatt Essig, dadurch verdarb ich mir mein Essen.

28.5. Hatte heute Nacht einen seltsamen Traum, dass ich mich bepinkelte, was ich auch tat. Wachte nass und frierend auf, hatte große Schmerzen beim Wasserlassen, was mich sehr melancholisch stimmte.

29.5. Heute zieht der König wahrscheinlich in die City von London ein.

30.5. Den ganzen Morgen gerechnet. Stellte fest, dass ich jetzt £ 80 besitze, wofür mein Herz Gott dankte. Am Nachmittag erzählte mir Mr. Sheply, dass Mylord mir 70 holländische Gulden gutgeschrieben hat, das Herz lachte mir darüber.

31.5. Der Kapitän der ›Assistance‹, Kapitän Sparling, brachte mir heute Nachmittag ein Paar hellblaue Seidenstrümpfe, die mir sehr gefallen. Meine Schmerzen von gestern sind weg, Gott sei Dank. An diesem letzten Tag des Monats befinde ich mich in sehr gutem Gesundheitszustand. Die ganze Welt ist bester Stimmung, weil der König kommt. Ich erwarte jeden Augenblick von Mr. Cooke zu erfahren, wie es meiner armen Frau geht. Ich selbst fühle mich in Geist und Körper wohl, wenn ich nur meine Frau bei mir hätte.

1.6. Abends kommt Mr. Cooke aus London mit Briefen. Er berichtete, dass das Parlament den 29. Mai, den Geburtstag des Königs, als Gedenktag festgesetzt hat, an dem wir unsere Erlösung von der Tyrannei und die Rückkehr des Königs sowie seinen Einzug nach London feiern sollen. Zu Bett. (Als ich ins Bett ging, kam der Kapitän an Bord, schwer angeschlagen; er erzählte mir am nächsten Morgen, dass er mit dem Vizeadmiral und dem Konteradmiral den ganzen Tag getrunken habe.)

2.6. Morgens in Geschäften in Mylords Kabine. Ich ergriff die Gelegenheit, ihm für die Güte zu danken, mit der er mich bei der

Verteilung der königlichen und herzoglichen Gelder bedacht hatte. Er sagte mir, dass er mir noch dauerhaftere Dienste erweisen zu können hoffe, wenn zwischen ihm und dem König alles so bleibe, wie es jetzt sei. »Wir müssen etwas Geduld haben, dann werden wir zusammen vorwärtskommen, bis dahin werde ich Euch zu Geschäften verhelfen, so gut ich kann.« Das von Mylord zu hören, hat mich sehr befriedigt.

4.6. Heute Morgen wurde die Proklamation des Königs gegen das Trinken, Fluchen und gegen Ausschweifungen den Schiffsbesatzungen verlesen, alle waren sehr einverstanden damit.

7.6. Ungefähr um 3 Uhr morgens begannen die Matrosen das Deck zu scheuern; das Wasser lief direkt in meinen Mund, wovon ich aufwachte. Ich zog meinen Rock an und schlief gegen den Tisch gelehnt weiter.

8.6. Früh aufgebrochen. Mittagessen in Canterbury. Sah die Kathedrale und die Überreste von Beckets Grab.[47] In Gravesend küsste ich eine hübsche Frau, die erste, die ich nach langer Zeit gesehen habe.

9.6. Den König im Park gesehen. Großer Hofstaat.

17.6. Lange im Bett gelegen. Zu Mr. Messums, gute Predigt. Heute spielte zum ersten Mal wieder die Orgel in der Kapelle von Whitehall, vor dem König.

18.6. Mein Schwager wollte eine Stelle von mir haben. Merkte aber, dass er hoch hinauswill, wo er doch zunächst mal Brot braucht. Gott helfe ihm!

19.6. Als ich nach Hause kam, fand ich sehr viel Schokolade für mich vor, weiß aber nicht, von wem sie kommt.

23.6. Zu Mylord. Blieb dort, um zuzusehen, wie der König die Kranken berührt.[48] Aber er kam nicht, es regnete stark. Und die armen Menschen mussten den ganzen Vormittag im Regen stehen. Später berührte er sie im Bankett-Saal. Mylord hat für mich den Posten eines Sekretärs zugesagt erhalten, worüber ich sehr froh bin.

26.6. Nachmittags kam ein Kaufmann, ein gewisser Mr. Watts, zu mir, um mir £ 500 anzubieten, wenn ich auf den Posten verzichte. Ich bitte zu Gott, dass ich das Richtige tue.

27.6. Mit Mylord zum Herzog von York, wo er mit Mr. Coventry sprach, damit die Angelegenheit mit dem Posten schnell erledigt wird. Jeder wünscht mir Glück, als ob ich ihn schon hätte, was Gott so fügen möge. Zurück und in meiner Kammer noch einige Lieder gesungen, was jetzt, wo das Bett draußen ist, sehr fein klang.

29.6. Seit ein oder zwei Tagen kann unsere Magd Jane nicht richtig gehen, wir sind fast hilflos ohne sie. Nach Whitehall, wo ich vom Herzog meine Urkunde als Sekretär[49] erhielt. Hörte aber von Mr. Huchinson, dass mein Amtsvorgänger, Mr. Barlow, noch lebt und in die Stadt kommen will, um nach seiner Stelle zu sehen, was mein Herz ein wenig traurig stimmte. Erzählte Mylord davon, er hieß mich von meinem Amt Besitz ergreifen, er würde alles tun, um ihn fernzuhalten.

1.7. Morgens kam mein feiner Kamelottmantel mit goldenen Knöpfen und ein seidener Anzug, sie kosten mich viel Geld, und ich bitte Gott, dass er mich in die Lage versetzt, alles zu bezahlen.

2.7. Zahlmeister Washington mit seiner Freundin getroffen, mit ihnen in der ›Glocke‹ in King's Street gegessen, der Kerl aber war so unanständig, dass er mich meinen Teil bezahlen ließ, obwohl er mich eingeladen hatte.

3.7. Nachmittags brach mir fast das Herz, als ich hörte, dass mein Vorgänger, Mr. Barlow, sich nach Mr. Coventry erkundigt hat. Aber abends traf ich Mylord, der mir sagte, dass ich keine Angst zu haben brauche, er würde mir die Stelle unter allen Umständen sichern.

5.7. Heute früh brachte mir mein Bruder Tom meinen Stutzerrock mit Silberknöpfen. Es regnete heute Morgen, was uns fürchten ließ, dass die ganze Herrlichkeit dieses großen Tages dahin sei, denn heute gibt die City dem König und dem Parlament ein pompöses Fest.[50] In der Nähe von Whitehall den König, die Herzöge und ihr Gefolge gesehen, wie sie im Regen zur City gingen und manch einen schönen Anzug dabei schmutzig machten. Ich selber musste den ganzen Vormittag in Whitehall auf und ab gehen, denn ich wusste nicht, wie ich bei dem Regen von dort wegkommen sollte.

7.7. Heute meldete sich jemand bei mir, der sich eine Schreiberstelle bei mir erkaufen wollte, ich forderte £ 100. Kaufte zwei schöne Drucke von Ragotts nach Rubens.[51]

8.7. Der Bischof von Chichester predigte vor dem König, sehr unterwürfig; mir gefällt es nicht, dass der Klerus sich in Staatsgeschäfte einmischt.

9.7. Im Flottenamt zum ersten Mal Rechnungen unterschrieben.

10.7. Heute zum ersten Mal meinen neuen Seidenanzug angezogen, meinen allerersten. Mylord ist zum Earl of Sandwich, Viscount Hinchingbrooke, Baron von St. Neots ernannt worden.

13.7. Brachte meine Frau mit in die Stadt, zeigte ihr meine Ernennungsurkunde, sie war hocherfreut. Zeigte ihr auch mein Haus im Flottenamt, und wir freuten uns beide mächtig. Im Nachbarhaus laute Musik. Der König und die Herzöge waren dort mit Madam Palmer, einer hübschen Frau, deren Mann sie gerne zum Hahnrei machen möchten.

Zu Bett mit dem größten Seelenfrieden seit langer Zeit. Habe heute nur etwas Brot und Käse bei ›Lilly's‹ gegessen, im Bett noch etwas Brot und Butter.

15.7. Lange im Bett gelegen. Meine Frau den ganzen Tag zu Hause geblieben, alle ihre Kleider sind schon eingepackt. Nachmittags in der Kapelle Heinrichs VII.,[52] wo ich die Predigt anhörte, die meiste Zeit aber (Gott verzeih mir) damit verbrachte, Mrs. Buller zu betrachten.

17.7. Ehe ich ausging, kam mein Vorgänger, Mr. Barlow, ein alter, schwindsüchtiger Mann, dem es noch ganz gut geht. Ich redete lange mit ihm. Ging auf seine Forderungen ein: er bekommt £ 50 im Jahr, solange mein Gehalt nicht erhöht wird, und £ 100, wenn mein Gehalt £ 350 beträgt. Darüber war er sehr froh.

18.7. In Geschäften bei Mylord. Während wir noch reden, kommt jemand von Hinchingbrooke mit einem halben Bock. Da er schon ein wenig roch, schenkte Mylord ihn mir, dabei war er noch völlig in Ordnung.

26.7. Im Siegelamt Mr. Hooker und Mr. Crofts zu einem Fleischgericht eingeladen. Alles bezahlt, dafür wertvolle Winke für mein Amt erhalten.

28.7. Früh am Morgen aufgestanden. Ein Junge brachte mir einen Brief vom Dichter Fisher, der darin sagt, dass er gerade eine Ode auf den König verfasst und von mir ein Goldstück borgen möchte, ich schicke ihm ein halbes.[53]

31.7. In Whitehall, wo sich Mylord mit den höchsten Beamten traf. Lange Besprechungen wegen einer Anleihe für die Flotte, die in traurigem Zustand ist. Geld muss beschafft werden. Den ganzen Nachmittag Schuldenlisten aufgestellt.

2.8. Den ganzen Nachmittag im Siegelamt, etwa £ 40 für gestern und heute eingenommen, worüber sich mein Herz freute, weil davon £ 10 auf mich entfallen. Zum ersten Mal rechtzeitig aus dem Flottenamt, bevor die Tore geschlossen wurden. Mit meinem Geld in einer Kutsche nach Hause.

3.8. Beizeiten aufgestanden. Nachdem der Barbier bei mir war, zum Amt. Mittags mit meiner Frau zu Dr. Clerke zum Essen. Sehr eingenommen von seiner Frau, einer stattlichen, adretten Person (aber nicht hübsch), von der besten Ausdrucksweise, die ich je in meinem Leben gehört habe.

4.8. Nach Whitehall, wo Mylord bereits mit dem König auf einem Schiff zum Mittagessen im Tower aufgebrochen war. Lady Jemima war noch da, speiste mit ihr alleine. Nach dem Essen zum Siegelamt, verschiedene Geschäfte. Dann zu einem Parlamentsausschuss, um eine Anfrage zu beantworten wegen der Ausgaben für die Flotte in den Jahren 1636, 37, 38, 39, 40. Danach bei Betty Lane in der Hall Wäsche bestellt. Nahm sie anschließend in die ›Trompete‹ mit. Abends regnete es stark, dazu Gewitter mit Donner und Blitz, nahm eine Kutsche vor der ›Trompete‹.

6.8. Heute Abend bot mir Mr. Man £ 1000 für meine Sekretärsstelle an, was mir den Mund wässrig machte; traue mich nicht, es anzunehmen, bevor ich mit Mylord gesprochen habe.

9.8. Mit Richter Fowler, Mr. Creed und Mr. Sheply in die ›Rheinwein-Stuben‹. Sehr lustig. Dann zum Siegelamt, einige Unterschriften geleistet und mit Mr. Moore und Dekan Fuller ins ›Bein‹ in King Street. Ließ meine Frau dazuholen, wir speisten sehr vergnügt. Danach schwerer Kopf von all dem Rheinwein. Fühlte mich nicht wohl; zu Bett, sehr krank die ganze Nacht.

10.8. Starke Schmerzen, Durchfall, konnte nicht schlafen. Musste in den letzten beiden Monaten unglaublich viele Dinge im Kopf behalten. Aber Gott sei gesegnet, dass ich diesen Posten im Siegelamt habe, wo ich jeden Tag, ich glaube, ungefähr £ 3 bekomme. Diese Stelle bekam ich durch Zufall, Mylord verschaffte sie mir, weder er noch ich wussten, wie einträglich sie sein würde. Niemals, seit ich im öffentlichen Leben stehe, habe ich mich so wenig um die öffentlichen Angelegenheiten gekümmert, habe keine Zeitungen gelesen, nicht nach Neuigkeiten gefragt und die Ereignisse im Parlament nicht verfolgt.

11.8. Stand heute ohne jede Schmerzen auf, jetzt weiß ich, dass meine Schmerzen gestern vom vielen Trinken kamen. Blieb abends zu Hause. Schickte nach dem Barbier, der mir in der Küche die Haare schnitt, das erste Mal auf diese Weise.

12.8. Nach der Predigt in der Whitehall-Kapelle Mrs. Lane getroffen. Nahm sie zu Mylord mit, wo wir im Garten eine Flasche Wein tranken. Anschließend mit ihr in mein Haus in der Axe Yard, sehr frei geschäkert.

14.8. Erledigte bei Mr. Fairebrother die Rechnung für meinen ›Master of Arts‹, kostete mich ca. £ 9 und 16 Shilling.

15.8. Ins Amt, nach dem Essen mit dem Schiff nach Whitehall. Der König hat sich um 5 Uhr morgens ein holländisches Vergnügungsschiff angesehen.[54] Der König zermürbt alle Leute in seiner Umgebung durch sein Frühaufstehen.

18.8. Nahm heute früh meine Frau mit nach Westminster, gab ihr £ 5, damit sie sich einen Rock kaufen kann. Nachher kommt sie und erzählt mir, mein Vater habe sie überredet, feines Tuch für 26 Shilling die Elle und dazu noch teure Spitze zu nehmen, so dass der Stoff allein auf £ 5 kommt, worüber ich etwas verärgert war. Sie tat aber sehr unschuldig, und so konnte ich ihr nicht richtig böse sein.

19.8. Am Morgen berichtet mir meine Frau, dass unser Hund fünf Junge geworfen hat. Mittagessen zu Hause, meine Frau trug den neuen Rock, den sie gestern gekauft hat, wirklich sehr feines Tuch und schöne Spitze, aber da der Stoff sehr hell ist und die Spitze ganz aus Silber, macht er nicht viel her. Stellte fest, dass meine Frau ihre Kleider unordentlich herumliegen lässt. War sehr erbost, was mich hinterher ärgerte.

20.8. Meine Sachen von der Seereise sind angekommen, vieles ist ziemlich verschimmelt, weil das Gepäck so lange an Bord gelagert hat und meine Kabine undicht war.

24.8. Abends zu meinen Eltern. Meiner Mutter geht es nicht sehr gut. Gab ihr einen halben Liter Sherry zu trinken. Kaufte Barclays »Argenis« in Latein;[55] nach Hause und zu Bett.

28.8. Zu Hause geblieben, meine Papiere und Bücher geordnet, bis zwei Uhr nachmittags. Gab meiner Frau zum ersten Mal Musikstunde, finde sie begabter, als ich je gedacht hätte.

30.8. Sah meine Frau zum ersten Mal seit unserer Hochzeit mit schwarzen Schönheitspflästerchen.

1.9. Im ›Ochsenkopf‹ gab es einen Streit zwischen Mr. Moore und Dr. Clerke. Moore behauptete, es sei wesentlich für eine Tragödie, dass die Handlung wahr sei – Clerke bestritt das und bat mich, Schiedsrichter zu sein. Die Sache wird nächsten Dienstag ausgetragen, dabei wird der Rest der Pastete gegessen, und der Verlierer bezahlt 10 Shilling.

4.9. Erledigte viele Dinge, bevor ich aus dem Haus ging, beaufsichtigte die Zimmerleute, die in meinem Esszimmer einen neuen Fußboden legen. Dann nach Whitehall und in den ›Ochsenkopf‹, wo wir den Rest der Pastete aßen. Ich gab meinen Schiedsspruch gegen Mr. Moore ab. Dr. Fuller bestätigte mich in meinem Urteil. Anschließend nach Axe Yard zu meinem alten Haus. Während ich an der Tür stehe, kommt Mrs. Diana vorbei. Nahm sie mit nach oben und schäkerte längere Zeit mit ihr. Stellte fest, dass »nulla puella negat«. Mit dem Schiff nach Hause. Saß lange auf, brachte meine Papiere und mein Geld in Ordnung und gab meiner Frau eine Musikstunde, was mir großes Vergnügen bereitet.

5.9. Nachmittags mit meiner Frau, die ein bisschen ungeduldig wurde, ein Perlenhalsband kaufen gegangen, es kostete £ 4 und 10 Shilling. Ich habe jetzt ungefähr £ 200 in bar. Auf dem Heimweg kauften wir ein Kaninchen und zwei kleine Hummer. Später Abendessen.

Der Herzog von Gloucester soll krank sein, angeblich hat er die Pocken.

12.9. Hatte heute Mittag meinen Vetter Snow und meinen Vater zum Essen erwartet, aber weil es sehr regnete, kamen sie nicht. Den ganzen Nachmittag zu Hause geblieben und die Handwerker beaufsichtigt. Ihre Faulheit macht mir großen Kummer.

13.9. Heute starb der Herzog von Gloucester an den Pocken, durch die Nachlässigkeit der Ärzte.[56]

16.9. Nach dem Mittagessen allein nach Westminster, wo ich in der Abtei während der Predigt die ganze Zeit mit Ben Palmer und Fetters, dem Uhrmacher, auf und ab ging. Sie erzählten mir, dass Oxford auch an den Pocken gestorben ist. Danach in den Park, wo ich sah, wie weit die Bauarbeiten in Pall Mall schon sind, man zieht dort einen Wasserlauf durch den Park. Dann in die Gärten von Whitehall, wo ich den König in purpurroten Trauergewändern (wegen seines Bruders) sah.

17.9. Habe mir die Sachen angesehen, die meine Frau heute gekauft hat. Sehr unzufrieden, da das meiste zu teuer ist. Schlecht gelaunt ins Bett.

22.9. Vormittags nach Westminster. Weiter nach Fleet Street, wo wir bei Mr. Standings in Salisbury Court unseren Frühschoppen tranken und einen sauren Hering aßen. Danach zu Mylord, wo ich mich in seinem Büro erbrechen musste und das Frühstück wieder von mir gab. Mein Magen war den ganzen Tag nicht in Ordnung. Auf dem Heimweg kaufte ich ein Paar kurze schwarze Strümpfe, die man über den seidenen zur Trauer trägt.

23.9. Vor der Predigt in der Westminsterabtei musste ich über den Losungstext lachen: Gott möge sein Wort auf den Daumen unserer rechten Hand und auf den rechten großen Zeh prägen.[57] Mitten in der Predigt fiel etwas Stuck vom Gewölbe der Abtei, die Leute in meiner Bank bekamen es mit der Angst zu tun, ich wünschte, ich wäre im Freien.

24.9. Zusammen mit Sir W. Batten als Friedensrichter von Middlesex, Essex, Kent und Southampton vereidigt.[58] Sehr erfreut über die Ehre, aber gänzlich im Unklaren über meine Pflichten als Friedensrichter. Mit Monsieur L'Impertinent[59] zu einer Tanzveranstaltung in Broadstreet. Gute Tänze. Weil es spät wurde, der Raum voller Menschen, und es sehr heiß war, ging ich nach Hause.

25.9. Ließ mir im Flottenamt eine Tasse Tee bringen (ein chinesisches Getränk, das ich noch nie zuvor getrunken hatte).[60] Dann in der Barkasse des Flottenamtes zur Auszahlung der Besatzung der ›Success‹. In unserem Haus sind die Stuckateure in allen Räumen. Meine Frau machte ein Bett für uns auf dem Fußboden.

26.9. Abends noch ins Büro, wo ich eine Weile in Speeds »Geographie«[61] las.

30.9. Vormittags und nachmittags ganz allein in die Kirche. Ohne Abendgebet ins Bett. Unser Haus in einem traurigen Zustand.

2.10. Bruder Tom suchte mich auf und erzählte mir, dass mein Vater ihm das Haus verboten habe, weil er einen Tag und eine Nacht ausgeblieben sei. Zu Vater gefahren, mit ihm gesprochen und ihm geraten, ihn wieder aufzunehmen. Nach Hause gefahren, wo meine Frau mir berichtet, dass sie heute ein Bett und Möbel für ihr Zimmer gekauft hat. Sehr zufrieden damit. Zu Bett.

3.10. Hörte heute, wie der Herzog von einem großen Plan sprach, den er mit Lord Pembroke geschmiedet hat. Sie wollen eine Expedition nach Afrika schicken, um dort nach Gold zu graben. Mylord hält nicht viel von dem Unternehmen.[62]

5.10. Nachmittags zu Hause, um die Maler zu beaufsichtigen. Sie wurden heute mit ihrer Arbeit fertig. Bin sehr zufrieden und hocherfreut, mein Haus endlich wieder sauber zu haben. Abends zu Bett.

6.10. Mr. Creed brachte mir einige Bücher aus Holland mit, gute Exemplare mit schönem Einband. Ich dachte, er würde sie mir schenken, aber ich musste sie ihm bezahlen.

7.10. Zu Fuß nach Whitehall. Bei meinem Vater hereingeschaut, denn ich will meinen langen schwarzen Mantel gegen einen kurzen umtauschen; die langen sind jetzt ganz aus der Mode. In die Kirche. Dr. Spurstow predigte sehr trocken, aber sehr gute Musik danach. Zu Mylord. Während des Essens sprach er die ganze Zeit Französisch mit mir.[63] Erzählte mir die Geschichte, wie der Herzog von York die Tochter des Lordkanzlers geschwängert hat und sie jetzt heiraten soll, der König will es so, er aber nicht. Mylords Vater hatte dafür einen Ausspruch: wer eine Frau schwängert und sie dann heiratet, dem geht es wie jemand, der in seinen Hut scheißt und ihn anschließend aufsetzt.

9.10. Nach dem Mittagessen eine Schiffsbesatzung ausgezahlt, bis 10 Uhr abends. Dann in unserem Boot nach Hause. Klarer Mondschein, erst um Mitternacht zu Hause. Meine Frau schon im Bett. Manche Räume sind schon tapeziert. Schlechte Arbeit, unzufrieden ins Bett.

13.10. Nach Charing Cross, um zuzuschauen, wie Major Harrison gehängt, ausgedärmt und gevierteilt wurde.[64] Er sah sehr vergnügt dabei aus. Anschließend mit Kapitän Cuttance und Mr. Sheply in die ›Sonne‹, wo ich ihnen Austern spendierte. Danach nach Hause, wo ich mich über meine Frau ärgerte, weil sie ihre Sachen überall herumliegen lässt. Trat im Zorn auf das hübsche Körbchen, das ich ihr aus Holland mitgebracht hatte, und zerbrach es, was mir dann doch leid tat. Den ganzen Nachmittag Regale in meinem Arbeitszimmer aufgestellt.

14.10. In die Kapelle von Whitehall, wo ein Dr. Crofts eine uninteressante Predigt hielt. Danach sang der Chor, miserabel, worüber der König lachen musste.

15.10. Las »Vergebliche Vorsorge« (ein Buch, das mir Dr. Clerke auf dem Schiff empfohlen hatte)[65] im Bett ganz bis zum Ende. Halte es für die beste Geschichte, die ich je in meinem Leben gelesen habe. Schlecht geschlafen, weil meine Frau wegen einer verstopften Nase sehr schnarchte, was sie bis jetzt noch nie getan hat.

16.10. Wollte mit meiner Frau ins Cockpit Theatre gehen, dort soll es »Verstand ohne Geld«[66] geben, hatte aber keine Lust.

18.10. Erfuhr beim Nachhausekommen, dass Mrs. Turner ein Taubenpaar abgeholt hat, das meine Frau ihr versprochen hatte. Da der Käfig aber nicht besonders schön war, hatte sie die Tauben mit einem hochnäsigen Brief wieder zurückgeschickt, was mich ärgerte. Dann war ich aber doch ganz froh, dass sie sich geärgert hatte.

20.10. Heute Morgen kam jemand zu mir, der mich beriet, wo ich mein Kellerfenster anbringen soll. Als ich in den Keller hinabstieg, trat ich in einen großen Haufen Kot, der vom Nebenhaus herübergekommen ist. Mache mir Sorgen deswegen und muss etwas unternehmen.

21.10. Über Mittag (Gott verzeih mir's) Laute gespielt, was ich lange Zeit nicht mehr getan habe.

22.10. Bei Mylord zu Hause. Unterhielten uns über alles Mögliche. Stelle fest, dass er ein ausgemachter Skeptiker ist, er sagte, dass, solange ständig gepredigt wird, die Lage nicht besser werden kann, es wäre viel vernünftiger, wenn nur noch offiziell genehmigte Predigten verlesen würden.

23.10. Als Mr. Sheply die geladenen Pistolen für Mylord in die Halfter steckte, ging eine los, aber Gott war gnädig, die Mündung war nach unten gerichtet, so dass nichts passierte, ich glaube, ich habe nie in größerer Lebensgefahr geschwebt.

Traf in Whitehall Mrs. Stirpin. Sie zeigte mir einen Brief ihres Mannes an den König, dass er ein echter Franzose und voller Pläne sei, man müsse die Universitäten reformieren und Sprachlehrinstitute einrichten, damit Fremdsprachen nicht nach Regeln, sondern natürlich gesprochen werden. Ich weiß, dass daraus nichts werden wird.[67]

24.10. Lange im Bett geblieben. Hatte Veranlassung, über meine Frau ärgerlich zu sein, denn sie hat eine halbe Krone von mir in ein Pfefferkästchen getan, aber vergessen, wo sie es hingesteckt hatte. Wir vertrugen uns aber wie immer.

26.10. Nach Westminster. Kaufte einige Bücher, darunter eine Biographie unserer Königin. Las daraus zu Hause meiner Frau vor. So albern geschrieben, dass wir dauernd lachen mussten.[68]

27.10. Kaufte auf dem Heimweg Alsteds »Enzyklopedia«,[69] die mich 38 Shilling kostete.

28.10. In der Westminsterabtei Weihe von fünf Bischöfen. Mr. Hill führte uns in die Königsloge, wo wir den ganzen Gottesdienst blieben, was ich für eine große Ehre halte.

30.10. Nachmittags ins Cockpit Theatre. Sah ganz allein ein sehr gutes Stück, »Der gezähmte Dompteur«,[70] ausgezeichnet gespielt.

31.10. Diesen Monat beschließe ich sehr betrübt über den Verlust meines Dachbodens, außerdem über die Höhe meiner jüngsten Ausgaben. Ich habe nämlich im Augenblick nicht mehr als £ 150 in bar. Erfahre, dass die Königin in Dover gelandet ist und Freitag, den 2. November, in London eintreffen wird. Meine Frau hat wieder ihre alten Beschwerden, ich war fast vierzehn Tage nicht mit ihr zusammen, was mich schmerzt.

2.11. Ließ mir silberne Kreuze auf meine neue Bibel machen. Kostete mich 6 Shilling und Sixpence, die ganze Bibel also £ 1 und 3 Shilling, Sixpence. Sah heute Nacht nur wenige Freudenfeuer in der City für die Ankunft der Königin, vermute, dass ihre Rückkehr nur sehr wenige erfreut.

4.11. Nach dem Essen nach Westminster. Hörte zum ersten Mal die Orgel in der Kathedrale. Meine Frau heute sehr niedlich. Hatte ihr zum ersten Mal erlaubt, ein schwarzes Schönheitspflästerchen zu tragen.

6.11. Nachts im Bett gerieten meine Frau und ich aneinander, weil ich den Hund in den Keller gesperrt hatte, er verunreinigt das ganze Haus, was ich mir nicht gefallen lasse. Die ganze Nacht Streit.

7.11. Heute war der erste Tag der königlichen Verordnung gegen Mietkutschen; ich habe trotzdem heute Abend noch eine bekommen.[71]

9.11. Nach Whitehall, wo ich in Mylords Wohnzimmer die neue Orgel sehe; ein hässliches Instrument.

10.11. Früh aufgestanden. Sir W. Batten und ich stellen eine Liste der Löhne für Offiziere und Mannschaften auf See zusammen, damit sie dem Parlamentsausschuss heute Nachmittag vorgelegt werden kann. In einem Kaffeehaus erzählt mir der Finanzkontrolleur, dass der König ihm über £ 6000 schuldet. Sehe kaum Möglichkeiten, dass er sie wiederbekommt, da man im Parlament nicht einmal die Schulden der Flotte bezahlen will, obwohl man es versprochen hat; wenn es nicht geschieht, ist das der Ruin von Tausenden. Kaufte auf dem Heimweg »Montelion«, dieses Jahr nicht so gut wie vergangenes, verbrannte das Buch nach der Lektüre.[72] Las auch noch die Komödie »Der Rumpf«, ebenfalls sehr albern.[73] Zu Bett. (Heute Abend kauften Will und ich eine Gans.)

11.11. Aß bei Mylady etwas von ihrer selbstgemachten Schweinesülze, von dem Tier, das sie in ihrem Haus gemästet hat. Mit Mylord in die Kirche. Da keine Frauen anwesend waren, saßen wir ganz vorne im Gestühl, hinter uns die Diener. Ich hoffe, das wird nicht immer so sein, es ist nicht gut für unsere Diener, auf gleicher Höhe mit uns zu sitzen.

12.11. Meine Frau kaufte heute zusammen mit meinem Vater ein Tischtuch und ein Dutzend Servietten; die ersten, die ich je besessen habe. Mit meinem Vater ernsthaft über meine Schwester gesprochen, die bei uns wohnen soll. Freue mich darauf, fürchte mich aber auch ziemlich vor ihrer Bösartigkeit. Erklärte ihr rundheraus, dass ich nicht die Absicht hätte, sie als Schwester aufzunehmen, sondern als Dienerin. Sie versprach mir alles und weinte vor Freude.

13.11. Als ich nach Hause kam, probierte meine Frau Pasteten und Törtchen in dem neuen Backofen aus, zum ersten Mal. Da sie den Ofen noch nicht gut kennt, waren ihre Sachen ein bisschen angebrannt; nächstes Mal weiß sie Bescheid.

15.11. Fuhr mit meiner Frau zu Mylady, die Abführmittel genommen hatte. Sie hat gerade eine französische Magd eingestellt, mit der sie sich nicht verständigen konnte, bis meine Frau zum Dolmetschen kam.

19.11. Nach dem Essen fuhr ich mit dem Schiff nach London zum ›Globus‹ in Cornhill und wählte dort zwei Bilder aus, die ich in meinem Haus aufhängen wollte. Meiner Frau gefielen sie aber nicht, und so schickte ich das Bild von Paris wieder zurück. Machte noch spät am Abend Musik. Ging dann ins Bett, während meine Frau bis 2 Uhr aufblieb, damit sie die Dienerin für die Wäsche wecken konnte.

20.11. Der erste strenge Frost in diesem Jahr. Mit Mylord seine Rechnungen durchgesehen. Sehr erfreut, dass Mylord mir diese

Privatangelegenheiten zeigt und mich für vertrauenswürdig hält. Nach dem Essen mit Mr. Sheply in das neue Theater bei den Lincoln's Inn Fields (früher Gibbons Tennishalle), wo das Stück »Beggar's Bush«[74] Premiere hatte. Gut gespielt (ich sah zum ersten Mal einen gewissen Moone,[75] der angeblich der beste Schauspieler der Welt ist und mit dem König zurückkam), in der Tat das schönste Theater, das es je in England gegeben hat. Nach Hause, wo alle vom Wäschefieber gepackt sind. Meine Frau entzückt, als ich ihr sage, dass sie nächsten Donnerstag der Königin vorgestellt werden wird. Fand heute Morgen Mylord noch im Bett vor, er war mit dem König, der Königin und der Prinzessin im ›Cockpit‹ gewesen, wo General Monck sie bewirtet hatte. Nach dem Abendessen wurde ein Stück aufgeführt, wobei der König Singletons Bühnenmusik[76] heftig missbilligte, er ließ sie abbrechen und verlangte nach französischer Musik.

21.11. Spielte abends Violine und Laute in meinem Esszimmer, es freute mich, dass die Nachbarn in den Hof kamen, um mir zuzuhören. Nach dem Abendessen kam der Barbier. Ins Bett. Meine Frau badete sich und traf allerlei Vorbereitungen für ihren morgigen Auftritt bei Hofe.

22.11. Meine Frau kaufte sich ein weißes Federbüschel und setzte es auf, ich kaufte mir Handschuhe. Mit Mr. Fox ins Audienzzimmer der Königin, wo er meiner Frau einen Stuhl direkt hinter dem Sessel der Königin verschaffte.[77] Die Königin eine sehr kleine, einfache, alte Frau, die sich weder in der Kleidung noch im Benehmen von anderen Bürgersfrauen unterscheidet. Die Prinzessin von Oranien habe ich früher schon oft gesehen. Prinzessin

Henriette ist sehr hübsch, aber längst nicht so, wie ich sie mir vorgestellt habe – die Frisur mit Korkenzieherlocken über den Ohren stand ihr überhaupt nicht. Meine Frau, wie sie mit ihren zwei oder drei Schönheitspflästerchen und hübsch angezogen in ihrer Nähe stand, erschien mir viel schöner. Danach besorgte ich eine Kutsche für meine Frau und mich.

Ich stieg am Maypole im Strand aus und schickte meine Frau nach Hause. Ging dann ins neue Theater und sah einen Teil von »Der Verräter«[78] (eine sehr gute Tragödie), in der Moone den Verräter ausgezeichnet spielte.

24.11. Holte das Porträt von Mylord ab, zahlte £ 3 und 10 Shilling für das Bild und für den Rahmen, sehr zufrieden mit dem Bild und dem Preis. Brachte es auf dem Schiff nach Hause. Ließ zu Hause ein Feuer in meinem Arbeitszimmer machen und brachte meine Papiere und Bücher und andere Sachen in Ordnung. Danach kopierte ich die beiden guten Lieder von Mr. Lawes »Hilf, o hilf« und »Gott des Himmels und der Hölle« in mein Liederbuch.[79]

25.11. Vormittags alleine in die Kirche. Nach dem Essen in mehreren anderen Kirchen. Als ich wieder zu Hause war, bekam ich einen Brief von Mylord, ich solle ein Schiff fertig machen, das die Sachen der Königin nach Frankreich bringt; sie soll in fünf oder sechs Tagen abreisen.

26.11. Mein Vater kam und aß bei mir, es macht ihm offensichtlich große Freude, dass sein Sohn so fein wohnt. Nach dem Essen ins Büro und dann mit dem Finanzkontrolleur in die ›Mitra‹

zu einem Glas Wein. Wir unterhielten uns über die Dichtkunst. Er trug mir einige selbstverfasste Verse vor, die sehr gut waren.

27.11. Nach Westminster Hall. In King Street ein großer Stau von Kutschen. Ein Bierkutscher und der Kutscher von Lord Chesterfield waren in Streit geraten, und ein Diener von Lord Chesterfield ist dabei getötet worden. Mr. Moore erzählte mir, dass das Parlament heute beschlossen hat, der König solle für alle Zeit die Zolleinnahmen bekommen.

29.11. Stellte morgens fest, dass aus dem Nachbarhaus, in dem Mr. Davis wohnt, große Mengen Abwasser in meine Diele fließen, unter der Trennwand. Ich sagte ihm Bescheid, er will etwas dagegen unternehmen. Er erzählte mir, dass in der letzten Nacht Diebe in sein Haus einzudringen versuchten, was uns alle mit Angst erfüllt.

Traf mich nachmittags mit Sir W. Batten, wir verkauften das Schiff ›Church‹ für £ 440, wir wollten ursprünglich £ 391 haben.

1.12. Heute Morgen stellte ich fest, dass ziemliche Unordnung im Haus herrscht. Ich nahm einen Besen und verprügelte die Magd so lange, bis sie schrie. Darüber ärgerte ich mich; als ich ging, hatte sie sich wieder beruhigt.

2.12. Mein Kopf schmerzt, und mein Körper ist nicht in Ordnung wegen des vielen Trinkens gestern Abend – meine eigene Schuld. Zum Mittag gab es Schöpsenkeule. Da aber die Sauce süß gemacht war, ärgerte ich mich und aß nichts davon, nur den Markknochen, den es noch dazu gab.

3.12. Heute beschlossen, zeitig aufzustehen. Deshalb bei Kerzenlicht aus dem Bett, was ich den ganzen Winter über noch nicht getan habe, und Geige gespielt, bis es Zeit war, ins Büro zu gehen.

4.12. Nach dem Mittagessen gingen Sir Thomas und Mylady ins Theater, es gab »Die schweigsame Frau«.[80] Heute hat das Parlament beschlossen, dass die Leichen von Oliver Cromwell, Ireton, Bradshaw und Pride in der Westminsterabtei exhumiert, an Galgen aufgehängt und darunter vergraben werden sollen. Bekümmert, dass ein Mann von so großem Mut solche Schmach erleiden muss, obwohl er sie auf andere Weise vielleicht verdient hat.

5.12. Nach dem Essen ins neue Theater, sah dort »Die lustigen Weiber von Windsor«.[81] Der Junker und der französische Arzt sehr gut gespielt, die anderen kümmerlich, Sir J. Falstaff besonders miserabel. Danach zu meinen Eltern. Meine Mutter leidet immer noch an ihren Gallensteinen, gerade kürzlich ist wieder einer abgegangen, sie hat ihn aus Versehen in den Kamin fallen lassen, so dass sie ihn mir nicht zeigen konnte.

6.12. Im Siegelamt gab es heute eine Unmenge von Gnadenerlassen zu siegeln, doch leider fallen dabei keine Gebühren für mich ab. Abends mit dem Schiff zurück, sehr schöne Mondnacht; der Fährmann erzählte Geschichten, wie er z. B. einmal in einer Nacht wie dieser eine Dame aus Putney befördert habe, die ihn bat, sich zu ihr zu legen und sich mit ihr zu vergnügen.

7.12. Bis Mitternacht in Thomas Fullers Kirchengeschichte[82] gelesen, meine Frau in M. de Scudéris »Le fraud Cyrus«.[83]

9.12. Früh geweckt worden und zu Sir W. Batten gerufen. Er berichtete mir, dass die ›Assurance‹ gestern bei dem Sturm in Woolwich gesunken ist, zwanzig Mann Besatzung sind dabei ertrunken. Ich soll dem Herzog von York diese Nachricht überbringen. Mittagessen bei Mylady. Blieb den ganzen Nachmittag und plauderte mit ihr über alles Mögliche, besonders über Schönheit bei Männern und Frauen.

10.12. Besonders früh aufgestanden. Sehr schöner Morgen, der Mond noch am Himmel. Ich ging in Cornhill spazieren, über eine Stunde, bis ich müde war. Abends in das Kaffeehaus in Cornhill, zum ersten Mal, bunte Gesellschaft, angenehme Unterhaltung.

11.12. Meine Frau und ich sehr früh aufgestanden. Trotz schlechtem Wetter und Sturm mit Lady Batten und ihrer Dienerin in unserer Dienstbarkasse nach Woolwich (Mylady hatte ziemliche Angst). Wir hofften, dass sich das Wetter bessern würde, so dass wir den Schaden an der ›Assurance‹ aufnehmen konnten. Nur das Oberdeck ist noch zu sehen und die Masten. Kapitän Stoakes ist sehr melancholisch, er suchte Kleidungsstücke und Geld, das noch in seiner Kabine war.

12.12. Mein Vater bot mir 6 Goldstücke an für die £ 6, die er sich neulich von mir geborgt hat, aber ich konnte es nicht über mich bringen, sie anzunehmen, obwohl es mich später doch reute. Zu Hause las ich mich in den Schlaf, während das Mädchen an meinem Bett saß und meine Hosen flickte.

13.12. Den ganzen Tag die Handwerker beaufsichtigt, die jetzt meine Diele herrichten. Nachmittags zu Mylady; zum Abendessen guten Rotwein aus ihrer eigenen Produktion.

14.12. Abends auf einen Sprung ins Kaffeehaus. Gute Gesellschaft und gutes Gespräch über Insekten und dass sie sich ebenso wie andere Geschöpfe fortpflanzen können.

15.12. Den ganzen Tag zu Hause, wegen der Handwerker. Zum Mittag drei Aale, die wir einem Mann abkauften, der seine Ware laut ausschrie.

16.12. Morgens in die Kirche. Nachmittags nach Whitehall, wo ich zu meiner Überraschung erfahre, dass ein Komplott gegen den König und Lord Monck aufgedeckt worden ist, seit gestern Abend sind vierzig Personen verhaftet worden.[84] Hörte bei Price einen hübschen Trick, wie man herausfinden kann, ob ein Mädchen eine Jungfrau ist oder nicht: man zieht einen Faden um ihren Kopf, der sich an der Nasenwurzel trifft – ist sie keine Jungfrau, braucht man einen längeren Faden. Es regnete heftig, Mylady bot mir ihre Kutsche an, aber ich lehnte ab. Zu meinem Vater, wo ich meine Frau traf. Mit einer Fackel nach Hause.

17.12. Sir William ist aus Woolwich gekommen und berichtet, dass die ›Assurance‹ wider Erwarten ohne große Schäden am Rumpf geborgen worden ist. Nur die Ladung ist beschädigt; das zeigt, was für ein starkes, gutes Schiff die ›Assurance‹ ist. Heute ist meine Diele vergoldet worden, zu meiner großen Zufriedenheit.

22.12. Den ganzen Vormittag mit den Malern im Haus zugebracht, hoffentlich werden sie heute fertig. Mittags in die ›Sonne‹. Sehr gutes Essen, gute Musik und sehr viel Wein. Mit Sir W. Penn nach Hause gegangen, er war so voll, dass er kaum gehen konnte, ich musste ihn führen, er war sehr ausgelassen.

23.12. Meine Frau und das Mädchen steckten mit viel Getue einen Truthahn an den Spieß. Er war aber nicht durchgebraten, ich musste bis 14 Uhr warten, bis er fertig war. Den ganzen Abend in Fullers »Kirchengeschichte« gelesen.

24.12. Vormittags aufs Flottenamt. Nach dem Mittagessen kaufte ich zwei Kerzen. Bis zum Abend im Büro. Die Maler waren noch bis 10 Uhr im Haus, dann war ich sie los, und mein Haus ist für morgen, den Weihnachtstag, fertig. Heute ist die Kronprinzessin in Whitehall gestorben.[85]

25.12. Vormittags in die Kirche, wo Mr. Mills eine sehr gute Predigt hielt. Danach zum Mittagessen nach Hause, mit meiner Frau und Bruder Tom, der gekommen war, um den neuen Mantel meiner Frau zu sehen, er gefällt mir sehr gut. Es gab Lammrücken und ein Huhn. Nach dem Essen wieder in die Kirche, ein Fremder predigte so langweilig, dass ich einschlief. Nach Hause, Laute gespielt und bis Mitternacht in meinem Zimmer im Fuller gelesen.

27.12. Heute Nachmittag kam ein seltsamer Lord zu Sir W. Batten. Wir konnten ihn nicht loswerden und machten ihn betrunken. Mitten in der Nacht wurde mir ganz übel, ich glaube von zu viel Essen und Trinken. Ich musste das Mädchen rufen (die meiner Frau und mir Spaß macht, weil sie so unschuldig in ihrem Unterrock herumläuft) und erbrach mich in die Waschschüssel. Am Morgen ging es wieder besser, abgesehen von einer Erkältung und den Schmerzen beim Wasserlassen.

31.12. Den ganzen Vormittag im Amt. Kaufte mir bei St. Paul's das Bühnenstück »Heinrich IV.«.[86] Ging ins neue Theater und sah die Aufführung. Da meine Erwartungen zu hochgespannt waren, gefiel es mir nicht besonders; dass ich den Text hatte, verdarb für mich die Aufführung. Mylord hat uns eine Katze geschenkt, weil wir so viele Mäuse im Haus haben. Als ich in Whitehall nach einer Kutsche fragte, traf ich einen Franzosen mit nur einem Auge. Er erzählte mir, dass er seinem Vater weggelaufen sei, nach England gekommen sei, jetzt aber wieder zurückgehe. Nach Hause und ins Bett.

1661

Am Ende des vergangenen und zu Beginn dieses Jahres wohne ich in einem der Häuser, die zum Flottenamt gehören, als einer der Hauptbeamten, seit etwa einem halben Jahr. Nach manchem Ärger mit den Handwerkern bin ich jetzt beinahe fertig eingerichtet. Meine Familie besteht aus mir selbst, meiner Frau, Jane, Will Ewre und Waynman, dem Bruder unseres Mädchens. Ich selber bin dauernd bei guter Gesundheit und in höchst angenehmen und gedeihlichen Verhältnissen. Gesegnet sei der Allmächtige Gott dafür. Ich bin jetzt dabei, meine Schwester Paulina zu uns kommen zu lassen. Was die Staatsaffären angeht – der König ist wieder fest im Sattel und wird von allen geliebt. Der Herzog von York hat vor kurzem die Tochter des Lordkanzlers geheiratet, was den meisten nicht gefallen hat. Die Königin wird mit Prinzessin Henrietta nach Frankreich zurückkehren. Die Prinzessin von Oranien ist vor kurzem verstorben, wir haben ihretwegen Trauer gehabt. Vor kurzem hat es auch eine furchterregende Verschwörung gegeben,[1] viele Menschen sind verhaftet worden, und noch immer fürchten sich die Leute. Das Parlament, das dem König alle diese Wohltaten beschert hat, wurde aufrührerisch, deshalb löste der König es am 29. Dezember auf, wahrscheinlich wird sehr bald ein neues gewählt.[2] Ich schätze mein Vermögen jetzt auf £ 300 in barem Geld, alle meine Sachen sind bezahlt, ich habe keine Schulden mehr.

1.1. Zum Frühstück kommen mein Bruder Thomas, mein Vater, Dr. Thomas Pepys, mein Onkel Fenner und seine beiden Söhne. Sie bekommen ein Fässchen Austern, Kalbszunge, mehrere Sorten Wein und Bier aus Margate. Alle sehr lustig bis etwa 11 Uhr, dann gingen sie. Mittagessen bei Vetter Thomas, sehr kümmerlich für jemanden in seiner Position,[3] nur ganz gewöhnliches Fleisch. Abendessen bei Mr. Pierce, es gab gebackenen Kalbskopf, der aber so roh war, dass man ihn nicht essen konnte, dazu ein gutes Huhn. Mrs. Pierce ist aber eine solche Schlampe, dass mir das Essen bei ihr nie schmeckt.

2.1. Zum Mittagessen nach Hause, wo ich meine Schwester Pauline vorfinde. Ich ließ sie nicht mit an unserem Tisch essen, damit sie keine falschen Vorstellungen bekommt. Kaufte in Westminster Hall die Reden des Königs und des Lordkanzlers anlässlich der Parlamentsauflösung letzten Samstag.

3.1. Früh am Morgen zum Schatzamt, wo ich angebe, wie viel Geld Mylord und ich haben, es sind zusammen £ 970. Danach ins Theater, wo es »Beggar's Bush« gab, das erste Mal, dass ich Frauen auf der Bühne sah.[4]

4.1. Nach dem Essen mit Mr. Moore ins Theater, wo »Die zornige Dame«[5] ausgezeichnet gespielt wurde; Mr. Moore war zum ersten Mal im Theater.

5.1. Den ganzen Vormittag zu Hause. Mehrere Leute kamen in Geschäften zu mir, darunter der große Thomas Fuller, der um einen Gefallen für einen Freund bat – er möchte auf einem unserer

Schiffe mit nach Jamaica fahren. Nachmittags Einbände für Ogilbys »Äsops Fabeln« und Ciceros »De officiis« bestellt.[6]

7.1. Heute Morgen wurde mir berichtet, dass die »Fanatiker«[7] in der Stadt große Unruhe gestiftet und sechs oder sieben Personen getötet haben, alle sind geflohen. Der Bürgermeister und die ganze Stadt haben zu den Waffen gegriffen, mehr als 40000 Mann. Nach dem Essen mit Tom und meiner Frau ins Theater, es gab »Die schweigsame Frau«,[8] ein ausgezeichnetes Stück, das ich noch nicht gesehen hatte. Der Knabe Kinaston erschien in drei Rollen: zuerst als arme Frau in gewöhnlichen Kleidern, dann in vornehmen Gewändern als Edelmann und schließlich als Mann (der schönste im ganzen Theater). Auf dem Heimweg wurden wir mehrmals streng kontrolliert, weil noch immer große Furcht vor den »Fanatikern« herrscht.

9.1. Wachte um 6 Uhr morgens auf vom Lärm im Nachbarhaus. Es heißt, die »Fanatiker« sind wieder in der Stadt. Ich stehe auf und stelle fest, dass alle Nachbarn bewaffnet vor ihren Häusern stehen; ich kehre um (mit ziemlich großer Angst, will aber nicht ängstlich erscheinen) und hole meinen Degen und meine Pistole, für die ich allerdings kein Schießpulver habe. Vor der Tür treffe ich Sir R. Ford und gehe mit ihm bis zur Börse. Man hört, dass heute schon ein Dutzend Menschen umgebracht worden sind.

10.1. Nach dem Essen kommt Will und erzählt, dass Mr. Coventry mein Silbergeschenk sehr gütig aufgenommen, es mit einem freundlichen Brief aber wieder zurückgeschickt habe, worüber mein Herz sehr froh ist. Zu Mrs. Hunt, wo ich einen Franzosen, einen ihrer Mieter, beim Essen traf, der gerade, als ich eintrat, meine Frau küsste, was mir gar nicht gefiel, obwohl es harmlos war. Der König ist heute wieder nach London zurückgekommen.

11.1. Heute erfahren wir aus einem Brief, dass Prinzessin Henriette an Bord der ›London‹ die Masern bekommen hat, nachdem sie gerade mit der Königin in See gestochen war; so musste das Schiff nach Portsmouth zurückkehren. Dabei setzte es der unfähige Lotse noch auf eine Sandbank. Aß zu Hause zu Mittag. Mit meiner Frau unzufrieden, weil sie sich nicht netter herrichtet, obwohl sie jetzt zwei Mädchen hat.

12.1. Mit Oberst Slingsby und seinem Freund Major Waters (einem tauben und melancholischen Mann, der unglücklich verliebt sein soll, was ihn zu einem schlechten Gesellschafter macht) nach Redriffe und Deptford. Zum ersten Mal die große Autorität meines Amtes gespürt: alle Kapitäne der Flotte standen mit der Mütze in der Hand vor mir. Vom Magazinverwalter Mr. Davis fürstlich aufgenommen, mit so viel Respekt und Ehrerbietung, dass ich fast nicht wusste, wie ich mich benehmen sollte.

15.1. Den ganzen Vormittag in der Werft zugebracht. Beobachtete die Matrosen beim Exerzieren. Danach in die Seilerwerkstätten, wo ich mir die Teeröfen und andere Dinge ansah und genau beobachtete, welche Arbeitsgänge zur Anfertigung eines Schiffstaues nötig sind. Als ich nach Hause kam, war meine Frau nicht da. Ging in mein Arbeitszimmer und brachte meine Papiere in Ordnung. Sehr besorgt, dass meine Frau noch nicht zu Hause ist, die Uhr schlägt gerade 10, während ich dies schreibe.

18.1. Mit Mr. Hollier in den ›Jagdhund‹, wo er mir Ratschläge gab wegen meines Gallensteins und wegen meines Gedächtnisschwundes, über den ich ihm gegenüber klagte. Das Mittel: weniger trinken, was ich zu tun beschließe.

19.1. Nach dem Essen ins Theater, wo ich »Die verlorene Dame«[9] sah, gefiel mir nicht besonders. Ärgerte mich, dass mich ein paar von unseren Schreibern sahen, die auf teureren Plätzen saßen als ich.

20.1. Nach dem Abendgebet trug ich in mein Tagebuch die letzten fünf Tage ein.

21.1. Diesen Winter haben wir seltsames Wetter. Es wird nicht kalt, die Straßen sind staubig, überall gibt es Fliegen, die Rosen stehen in vollem Laub – so etwas hat es in dieser Welt noch nie gegeben. Heute wurden wieder viele Anhänger der Fünften Monarchie gehängt.

22.1. Mit Dr. Thomas Fuller in den ›Hund‹. Er erzählte mir von seinem neuesten Buch, das gerade erscheint, es ist die Geschichte aller Familien in England.[10] Er konnte mir mehr über meine eigene Familie sagen, als ich selbst wusste.

23.1. Mit Greatorex zum Gresham College und dort viele bedeutende Leute getroffen.[11] Den ganzen Abend in meinem Arbeitszimmer verbracht, in meinem Osborne und in Emanuel Thesaurus' »Patriarchen«[12] gelesen. Habe heute nur ein Stück Brot und Käse im Bierlokal gegessen, zu Hause nur etwas Brot mit Butter.

24.1. Zum Mittag kamen Sir W. Batten mit Frau und Tochter, Sir W. Penn, Mr. Fox und Kapitän Cuttance, mein erstes Essen hier im Hause, kostete mich über £ 5, und lustig waren wir, nur der Kamin rauchte.

28.1. Nochmals »Die verlorene Dame«[13] gesehen, die mir jetzt besser als vorher gefiel. Während ich auf meinem Platz saß, drehte sich eine Dame um und spuckte mich aus Versehen an; da sie sehr hübsch war, regte ich mich nicht weiter darüber auf.

3.2. Heute zum ersten Mal in Rock und Degen ausgegangen, wie es jetzt alle Gentlemen tun. Nach Whitehall, wo ich den Trommlern und Trompetern zuhörte. Alle finden diese Musik wunderbar, für mich ist sie langweilig und vulgär.

8.2. Den ganzen Vormittag im Flottenamt. Dann ins ›Vlies‹, wo ich mit mehreren Kommandanten trank und ihren Geschichten aus Algier und dem Leben der Sklaven dort zuhörte. Kapitän Mootham und Mr. Dawes sind beide in Algerien gefangen genommen worden, sie erzählten ausführlich von ihrem Schicksal, dass sie nichts als Brot und Wasser bekommen haben und auf die Fußsohlen geschlagen wurden.

10.2. Den ganzen Tag Abführmittel genommen, und, Gott verzeih's, mehrere französische Romanzen gelesen. Abends mit meiner Frau unsere Frankreichreise besprochen, die im Sommer stattfinden soll.[14]

12.2. Konnten uns nicht einigen, in welches Theater wir gehen wollten. Fuhren mit dem Schiff zum Salisbury Court, dort gefiel es uns aber nicht, und wir fuhren mit der Kutsche zum Theatre Royal, wo es »Die zornige Dame« gab, jetzt von einer Frau gespielt, wodurch das Stück viel besser auf mich wirkt.[15]

13.2. Zu Sir W. Batten. Dort wählten wir unsere ›Valentines‹, meine Frau wählte mich, worüber ich mich sehr freute.

14.2. Valentinstag.[16] Zu Sir W. Batten. Ging nicht eher ins Haus, bis ich erfragt hatte, ob derjenige, der mir die Tür öffnet, ein Mann oder eine Frau ist. Als Mingo, Battens Negerdiener, »eine Frau« antwortete, musste ich lachen. Nahm Mrs. Martha zu meinem ›Valentine‹. Die ganze Stadt spricht jetzt davon, wen der König zur Königin machen wird, und ob die Fastenzeit so streng eingehalten wird, wie es in der königlichen Proklamation angekündigt ist. Man hält das für unwahrscheinlich, weil die Armen keinen Fisch kaufen können.

17.2. Eine unausstehliche, impertinente Predigt von einem irischen Doktor über den Text »Zerstreue alle, die am Krieg ihre Freude haben, o Herr«.[17] Sir W. Batten und ich sehr erzürnt über den Pastor.

18. 2. Gab für ein Paar gestrickte und sechs Paar einfache weiße Handschuhe für meine Frau 40 Shilling aus. Man sagt, dass der König bereits mit der Nichte des Prinzen von Ligne verheiratet ist[18] und von ihr schon zwei Söhne hat; das betrübt mich, doch finde ich es besser, als wenn der Herzog von York und seine Frau auf den Thron kommt, weil der ein erklärter Freund der Katholiken ist.[19]

19. 2. Verbrachte den Abend damit, ein lateinisches Drama zu lesen, das »Naufragium joculare«.[20]

20. 2. Mein Bruder Tom hat mir ein Paar sehr schöne Pantoffeln geschenkt.

21. 2. Mit der Kutsche nach Westminster. Unterwegs sahen wir, wie die ersten Gerüste für die Krönung aufgebaut werden.

23. 2. Heute ist mein Geburtstag, 28 Jahre. Mit dem Schiff nach Whitefriars ins Theater. Sah den »Wechselbalg«,[21] das erste Mal seit zwanzig Jahren wieder gespielt, kam sehr gut an. Aber die Höflinge im Publikum werden allmählich ungeduldig mit dem Stolz und der Eitelkeit der Schauspieler, die tatsächlich sehr arrogant und reich geworden sind.[22] Der Finanzkontrolleur erzählte mir, dass es ein Leichtes wäre, mich für das nächste Parlament aufstellen zu lassen. Es kostet mir aber zu viel Geld. Es ist jetzt 28 Jahre her, seit ich geboren wurde. Gott sei gesegnet, ich bin sehr zufrieden und voller Hoffnung, ein in jeder Beziehung glücklicher Mann zu sein.

24.2. Mr. Mills hielt eine ausgezeichnete Predigt gegen die Trunksucht.

26.2. Abends vergnügte ich mich, Gott verzeih's, durch die Kraft der Phantasie mit der jungen Señora, die heute mit uns zu Mittag gegessen hat.

27.2. Heute beginnen die Kommissäre des Parlaments mit der Auszahlung der Flotte. Die ›Hampshire‹ macht den Anfang. Dies findet in der Guildhall statt, aus Furcht vor den Matrosen, die sehr wütend auf die Kommissäre sind.

28.2. Trotz meines Gelöbnisses habe ich während der Fastenzeit Fleisch gegessen, in Ermangelung anderer Nahrungsmittel. Werde aber so wenig wie möglich essen. Dieser Monat endet mit zwei großen unaufgeklärten Geheimnissen. Das erste ist, wen der König heiraten wird. Das zweite ist das Ziel der Flotte, die wir jetzt zusammenstellen und die nach Süden auslaufen soll. Die meisten glauben, die Algerier kämpfen gegen die Türken, oder die Ostinder gegen die Holländer, die auch eine große Flotte ausgesandt haben sollen.[23]

1.3. Lange aufgeblieben und überlegt, wie ich zu Geld komme angesichts der bevorstehenden Ausgaben bei der Krönung. Habe verschiedene Pläne, weiß aber noch nicht, welcher der beste ist.

2.3. Nach dem Essen ins Theater. Es waren so wenige Zuschauer da (das ist seltsam, und ich kenne den Grund nicht), dass ich wieder ging. Im Salisbury Court Theatre war das Haus gerammelt voll, es gab offenbar ein neues Stück, »Die Maske der Königin«.[24]

3.3. Bei Mylord erfahren, dass Mazarin tot ist, eine große und folgenschwere Nachricht.[25]

8.3. Morgens im Flottenamt. Mittags mit Sir W. Batten und Oberst Slingsby in der Kutsche zum Tower zu Sir John Robinson, wo wir sehr vergnügt speisten. Vornehme Gesellschaft, darunter die Herzogin von Albemarle, die eine einfache, vertrauliche Person ist. Sehr zufrieden gewesen, so stattlich am Tower vorzufahren und in so vornehmer Gesellschaft empfangen zu werden.

10.3. Zu Hause ein kümmerliches Fasten-Mittagessen: Kohl und Speck. Nachmittags in die Kirche, wo ein Studienfreund aus Cambridge eine langweilige Predigt hielt.

11.3. Als ich nach Hause kam, war meine Frau schon da. Sie hat sich ihre Zähne neu richten lassen. Sie sind jetzt sehr hübsch, und ich bin sehr zufrieden.

13.3. Früh aufgestanden, um im »Wörterbuch des Seemanns, mit Grammatik«[26] zu lesen, das ich mir kürzlich angeschafft habe und das mir ausgezeichnet gefällt.

17.3. Abendessen bei Sir W. Batten, wo meine Frau unglücklich stürzte und sich erheblich die Knie verletzte.

18.3. Heute wurde ein Botschafter aus Florenz in festlichem Aufzug durch die Stadt geführt. Noch im Bett Kopfschmerzen wegen des Geldes, das ich beschaffen muss.

23.3. Nachmittags ins Red Bull Theatre, wo ich lange nicht mehr war. Da ich zu früh gekommen war, konnte ich noch etwas spazieren gehen. Im Theater zeigte mir ein ehemaliger Matrose den Weg, der mich kannte und hier als Platzanweiser arbeitet. Führte mich auch in die Umkleidekabinen der Schauspieler, die Kostüme sind ärmlich, die Schauspieler ganz gewöhnliche Kerle. Dann ins Parkett, wo außer mir höchstens zehn Leute saßen, vielleicht hundert im ganzen Theater. Das Stück »Alles durch Lust verloren«[27] schlecht gespielt, mit viel Unruhe, z. B. als der Knabe sein Lied nicht richtig sang, verprügelte ihn sein Lehrer so, dass das Publikum laut protestierte.

25.3. Begegnete auf dem Heimweg einem Jungen mit einer Laterne, der Lumpen aufspießte, brachte ihn dazu, mich mit seiner Laterne nach Hause zu bringen. Unterhielt mich mit ihm, erfuhr, dass er beim Lumpensammeln ganz gut verdient, und welche Möglichkeiten es für arme Kinder gibt, auf ehrliche Weise zu Geld zu kommen.

26.3. Heute ist der große Tag, an dem ich vor drei Jahren meine Blasensteine losgeworden bin, und, Gott sei gesegnet, ich bin seitdem völlig ohne Schmerzen. Sehr lustiges Mittagessen, weil Mrs. Turner und ihre Familie wegen der Fastenzeit kein Fleisch aßen, ich aber große Mengen verzehrte, was ihnen das Wasser im Mund zusammenlaufen ließ.

27.3. Zum Mittagessen bei Mr. Harris, dem Segelmacher. Blieb bis 11 Uhr abends. Alle sehr vergnügt, ich sang und fiedelte, und schließlich wurde sogar getanzt, es war das erste Mal in meinem Leben, ich hätte mich gerne dabei beobachtet.

29.3. Ins Flottenamt. Erfahre, dass Sir W. Penn gestern nach Chatham geschickt worden ist, um zwei Schiffe auszurüsten zur Fahrt nach Ostindien, es ist irgendein Unternehmen gegen die Holländer, man glaubt in Goa, aber es ist noch ein großes Geheimnis.

1.4. Zu meinem Vater. Stelle fest, dass die Eltern sich über ihr Mädchen streiten (mein Vater mag sie, meine Mutter nicht). Blieb bis 10 Uhr, redete laut auf meine Mutter ein, was mir hinterher leid tat. Verließ die Eltern in schlechter Stimmung.

2.4. Beobachtete im St. James's Park den Herzog von York beim Croquet-Spiel, sah diesen Sport zum ersten Mal.[28]

6.4. Mr. Townsend erzählte mir von seinem Missgeschick, dass er nämlich kürzlich mit beiden Beinen durch ein Hosenbein gestiegen und so den ganzen Tag herumgelaufen ist.

8.4. Um 8 Uhr morgens nahmen wir am Tower eine Barke, Sir W. Batten und seine Frau, Mrs. Turner, Mr. Fowler und ich. Sehr angenehme Fahrt. Mittagessen in Gravesend. Weiter mit der Kutsche nach Rochester, wo wir uns an Mr. Alcocks vielen Käsesorten ergötzten. Erfreulich zu sehen, wie ich hier von allen geehrt und geachtet werde. Ich finde auch, ich fange an zu lernen, wie man solche Ehrerbietung hinnimmt, was ich anfangs nicht so recht konnte.

10.4. Vormittags in die Docks. Zuerst zu Mr. Pett, dem Schiffsbaumeister. Er schenkte Lady Batten einen Papagei, der unvergleichlich schön singen und sprechen kann. Dann die Kathedrale besichtigt, die Orgel wurde gerade gestimmt. An den Portalen soll noch immer Dänenhaut kleben. Auf einem Grabstein stand ›Komm, süßer Jesus‹, wofür ich las ›Komm, süßes Schätzchen‹, worüber alle sehr lachten. Nach dem Essen wurde musiziert, jämmerlich anzuhören. Dann wurde getanzt, ich musste auch, habe mich sehr ungeschickt angestellt.

11.4. Traf zwei Schuljungen, die mit Krügen voll Bier zu ihren Lehrern gingen, gerade fangen die Osterferien an. Ich trank etwas aus einem Krug und gab dem Jungen zwei Pennies. Wir ritten unter dem Mann hindurch, der auf Shooter's Hill[29] hängt, ein ekliger Anblick, das Fleisch ganz verschrumpelt.

12.4. Ins Büro. Mittag mit Sir W. Batten, Fisch, weil heute Karfreitag ist.

13.4. Nach Whitehall und zum Bankett-Haus, wo ich zum ersten Mal dem König bei seinen öffentlichen Heilungen zusah. Er tat es mit großer Würde, mir schien es eine primitive und hässliche Zeremonie.[30]

14.4. Zu Vater. Wollte nach dem Abendessen nach Hause, und meine Frau tat so, als wolle sie auch, wollte aber in Wirklichkeit nicht, weshalb ich missgestimmt alleine ging. Da lief mir aber das arme Ding in Dunkelheit und Regen nach, um mich zurückzuholen, was ihr schließlich auch glückte. Schlief heute zum ersten Mal seit acht oder zehn Tagen wieder mit ihr.

17.4. Sah die Triumphbögen für die Krönung, die fast fertig sind und prächtig aussehen; ebenfalls das große Bild mit Schiffen und anderen Sachen vor dem East India House.

18.4. Mit den beiden Sir Williams nach Walthamstowe geritten, wo Lady Batten mit ihren Töchtern war. Ein schöner Tag, aber sie war schlecht gelaunt, was ziemlich störte. Wäre sie wirklich vornehm, würde sie nicht so mit ihren Dienstboten umgehen. Sir W. Penn merkte das ebenso gut wie ich. Als wir nach Hause ritten, trafen wir zwei Bauernburschen auf einem Pferd, denen ich ohne viel Aufhebens auswich. Sir W. Penn dachte aber gar nicht daran, Platz zu machen, sondern schlug auf sie ein, woraufhin sie zurückschlugen. Als sie ihm dann noch eine Menge Schimpfworte nachriefen, kehrte er um und schlug sie, blind vor Wut, vom Pferd herunter, was mir wenig ehrenhaft vorkam.

20.4. Ich höre, dass der Herzog von York alle höheren Beamten zu sich bestellt hat. Wir erschienen rechtzeitig und sahen zu, wie der Herzog sich ankleidete; in seinem Nachthemd sieht er ganz gewöhnlich aus. Dann schickte er uns in sein Kabinett, wo wir zwei wertvolle Kisten sahen, mit Gold und indischem Lack verziert, Geschenke von der holländischen Ostindien-Gesellschaft. Schließlich erscheint der Herzog und teilt uns mit, dass die Flotte nach Algier in See stechen wird (was man uns bisher nicht gesagt hat). Wir berieten ihn über mehrere technische Einzelheiten und gingen dann.

21.4. Sehr betrübt, dass es am Vormittag stark regnete, wegen der Krönung morgen. Zu meinen Eltern, noch immer Streit wegen des Mädchens. Alle Gespräche drehen sich um die Krönung, wir fürchten, dass es ein regnerischer Tag wird. Auf dem Nachhauseweg konnte ich kaum vorwärtskommen, großes Gedränge vor den Triumphbögen.

22.4. Die Prozession des Königs vom Tower nach Whitehall. Früh aufgestanden und meine besten Sachen angezogen: den Samtmantel, den ich vor einem halben Jahr zum ersten Mal getragen habe. Mit Sir W. Batten, seiner Frau, seinen beiden Töchtern und mit Sir W. Penn zu Mr. Young, dem Fahnensticker. Dort hatten wir einen Raum für uns mit Wein und sehr gutem Kuchen und konnten die Prozession sehr gut sehen. Unmöglich, die Pracht zu beschreiben, besonders der Reiter und ihrer Pferde; Gold- und Silberstickereien sowie Diamanten trugen fast alle. Der König, in einem reichverzierten Gewand mit Umhang, sah äußerst vornehm aus. Die Straßen sind alle mit Kies bestreut, die Häuser mit Teppichen behangen, die Frauen lehnen aus den Fenstern. Der König und der Herzog von York sahen uns in unserem Fenster.

23.4. Krönungstag. Um 4 Uhr aufgestanden und zur Westminsterabtei gegangen, wo ich mit Müh und Not auf einer Tribüne an der Nordseite der Abtei einen Platz fand, auf dem ich mit großer Geduld bis zur Ankunft des Königs um 11 Uhr saß. Die

Kirche ein erfreulicher Anblick, mit einer rotüberzogenen Estrade in der Mitte und einem Thronsessel darauf. Auch die Bediensteten, sogar die Musikanten, trugen rote Kleider. Zuletzt erschienen der Dechant und die Domherren von Westminster mit den Bischöfen in goldenen Chorröcken, danach der Adel in seinen Parlamentsroben, was prachtvoll aussah. Dann der Herzog und der König mit einem Zepter, das Mylord Sandwich trug, Schwert, Krone und Insignien wurden vorangetragen. Der König, barhäuptig im Ornat, sah großartig aus. Nachdem alle Platz genommen hatten, Predigt und Liturgie; danach unterzog sich der König vor dem Hochaltar den Krönungszeremonien, die ich und die meisten Menschen in der Abtei zu unserem großen Leidwesen aber nicht sehen konnten. Als ihm die Krone aufs Haupt gesetzt wurde, brach alles in Freudengeschrei aus. Der König schritt zum Thron, wo weitere Zeremonien stattfanden; er schwur den Eid, und der Bischof las ihm einiges vor. Dann kamen die Lords, die sich sofort wieder bedeckt hatten, als der König die Krone aufhatte, und die Bischöfe und knieten vor ihm nieder. Und der Herold rief dreimal aus, wenn irgendjemand einen Grund angeben könne, warum Karl Stuart nicht König von England sein solle, so möge er jetzt kommen und es sagen. Der Lordkanzler verkündete eine Generalamnestie, und Mylord Cornwallis warf silberne Gedenkmünzen unter das Volk, ich konnte aber keine erwischen. Der Lärm war so groß, dass ich wenig von der Musik hören konnte, sie ging fast völlig unter. Ich musste derart dringend Wasser lassen, dass ich, kurz bevor die Zeremonie zu Ende war, die Kirche verließ und in die Westminster Hall ging, die ganze Wegstrecke abgesperrt, zehntausend Menschen, die Straße ausgelegt mit blauem Tuch, und überall Tribünen; auf einer kleineren saß meine Frau. Schließlich kam der König, mit der Krone auf dem Kopf und dem Zepter in der Hand und unter einem Baldachin, der von den Baronen der ›Fünf Häfen‹ getragen wurde. Dann ließen sich alle an ihren verschiedenen Tischen nieder, was auch ein prächtiger Anblick war. Das erste Gericht für den König wurde von den Rittern des Bath-Ordens aufgetragen, dann führte der Herold unter vielen schönen Zeremonien Leute zu ihm, die sich vor ihm verneigten. Mylord Albemarle ging in die Küche hinaus und aß etwas von dem ersten Gericht, das dem König serviert werden sollte. Aber allen voran waren die drei Lords Northumberland, Suffolk und der Herzog von Ormond, die hoch zu Roß die einzelnen Gänge begleiteten und während des ganzen Festessens auf ihren Pferden blieben. Dann brachten sie Dymock, den Königskämpen in voller Rüstung, ebenfalls zu Pferde, und ein Herold rief aus, dass, wenn einer es wage zu leugnen, dass Karl Stuart der rechtmäßige König von England ist, hier ein Kämpe sei, der mit ihm fechten werde.

Bei diesen Worten warf der Kämpe seinen Handschuh zu Boden, dreimal, und ritt dann zum Tisch des Königs. Dort trank ihm der König zu und ließ ihm den Becher reichen, der ganz aus Gold war, und der Kämpe trank ihn aus und ritt mit dem Becher in der Hand wieder zurück. Ich ging danach von Tisch zu Tisch, um die Bischöfe und alle die anderen speisen zu sehen und genoss das Schauspiel sehr. Am Tisch der Lords traf ich William Howe, der für mich mit Mylord redete, welcher ihm dann vier Kaninchen und ein Huhn für Mr. Creed und mich gab; dann ließ ich mir von Mr. Michell etwas Brot geben, und wir verzehrten alles in einem Kirchengestühl, wie es alle machten, die etwas zu essen erwischen konnten. Ich vergnügte mich besonders daran, auf und ab zu gehen und mir die Damen anzusehen und die Musik anzuhören; am besten gefielen mir die 24 Violinen. Abends um 6 Uhr war das Mahl beendet, ich ging zu meiner Frau, traf die niedliche Mrs. Franklin bei ihr und küsste beide.

Seltsam, dass wir zwei Tage lang schönes Wetter hatten bis ganz zum Ende, dann gab es plötzlich Regen, Donner und Blitze, wie ich es seit Jahren nicht erlebt habe, was das Volk als Segen Gottes für diesen Tag auffasste; es erscheint mir jedoch als Narrheit, auf solche Dinge so viel Gewicht zu legen. Alles war in schönster Ordnung verlaufen, außer dass die Diener des Königs sich des Baldachins bemächtigt hatten und ihn den Baronen von den ›Fünf Häfen‹ nicht überlassen wollten, worauf diese ihn wieder an sich zu reißen versuchten, es aber nicht konnten, bis der Herzog von Albemarle die Sache Sir R. Pye übergab, der sie morgen entscheiden wird. Zu Mr. Bowyer, viel Trubel. Wir blieben sehr lange und warteten auf das Feuerwerk, das aber nicht kam. Dann nach King Street. Ließ zu Hause Bescheid sagen, dass ich nicht kommen könne, wegen des Schmutzes in den Straßen und weil es keine Kutschen gebe. Dann mit meiner Frau und Mrs. Franklin nach Axe Yard, wo viele Freudenfeuer brannten. Wir wurden von vielen vornehmen Leuten in Beschlag genommen, die verlangten, wir sollten niederknien und auf des Königs Gesundheit trinken. Wir taten, wie uns geheißen, es kam uns sehr merkwürdig vor. Erstaunlich zu sehen, wie die Frauen vom Alkohol mitgenommen waren. Schickte meine Frau zu Bett und ging zu Mr. Thornbury, dort tranken wir fortwährend auf die Gesundheit des Königs, bis einer der Herren stockbetrunken umfiel und sich auf dem Fußboden erbrach. Kaum war ich selber im Bett, begann sich alles zu drehen, und ich übergab mich, und wenn ich jemals betrunken war, dann an diesem Tag. Schlief ein und wachte nass in meinem Erbrochenen auf. So endete der Tag mit Freude überall; und, Gott sei gedankt, ich habe von keinem Zwischenfall gehört, nur dass Sergeant Glymne von seinem Pferd fast zerquetscht worden ist und dass in der King Street eine Frau ihr Auge verloren hat, weil ein Junge ein brennendes Holzscheit in ihre Kutsche geworfen hatte. Nach all diesen Ereignissen kann ich sagen, dass nach dem Genuss dieser glorreichen Szenen meine Augen nichts mehr zu sehen brauchen und dass ich keine Anstrengung in dieser Richtung mehr unternehmen werde, denn so etwas Herrliches werde ich auf dieser Welt nicht noch einmal sehen.

24.4. Morgens mit schlimmen Kopfschmerzen aufgewacht wegen der Trinkerei gestern Abend, tut mir sehr leid. Mit Mr. Creed zum Frühschoppen, er tut mir etwas Schokolade hinein, damit sich mein Magen beruhigt. Als ich abends die letzten drei Tage in meinem Tagebuch beschreibe, höre ich den Lärm vom Feuerwerk auf der Themse. Wünschte, ich wäre dort, traurig, dass ich nichts sehen kann.

28.4. Zu Vater. Nach dem Essen erzählt er mir von einem Streit zwischen Mutter und ihm, sie wollte ihn nicht zu sich ins Bett kommen lassen, aus Eifersucht auf diese hässliche Schlampe, die seit einiger Zeit bei ihnen wohnt. Schäme mich, dass meine Mutter so töricht ist. Vater bat mich, wieder Frieden zu stiften. Zu Bett mit meiner Frau.

29.4. Erfahre im Flottenamt, dass ich morgen nach Portsmouth reisen soll.

30.4. Das einzige bemerkenswerte Ereignis des Tages: In Newington fiel mir mein Hut vom Kopf ins Wasser, wodurch er verdorben wurde, was mir sehr unangenehm ist.

1.5. Nach Portsmouth, das mir ein stattlicher und sehr angenehmer Ort zu sein scheint.

2.5. Mit Mr. Creed auf den Wällen rings um die Stadt gegangen. Dann zurück zu unserem Gasthaus. Dort empfingen mich die Angestellten der Werften mit großem Respekt. Ich ging mit ihnen zum Hafen und besichtigte die Speicher, sehr zufrieden mit allem. Nach dem Essen Versteigerung der alten Vorräte.

3.5. Schlief mit meiner Frau in dem gleichen Zimmer wie die Königin vor ihrer Abreise nach Frankreich.

4.5. Bei der Rückfahrt in Guildford Station im ›Roten Löwen‹, schliefen im gleichen Zimmer wie kürzlich der König.

6.5. Erfahre heute Abend, dass der Sohn des Herzogs von York gestorben ist, was jedermann erfreuen wird;[31] auch der Herzog und die Herzogin sollen sich nicht viel daraus machen.

7.5. In der Stadt mehrmals durch Spielmannszüge und Blaskapellen aufgehalten, die heute vor dem König und dem Herzog aufmarschieren. Alle Geschäfte in der City sind geschlossen. In einer Garküche für 18 Pennies gegessen. Der Wirt war ein prächtiger Kauz, seine Frau sehr hübsch, sie sang und spielte so schön, dass ich lange sitzen blieb und eine Menge Wein trank.

8.5. Blieb den ganzen Tag zu Hause bei den Handwerkern, ohne etwas zu essen. Gegen Abend kommt meine Frau, in schlechter Verfassung, ihr ist heute ein Vorderzahn gezogen worden. Spätabends bringe ich mein Journal auf den letzten Stand, ärgere mich über meine Frau, dass sie in so jämmerlichem Zustand hierherkommt.

11.5. In Gray's Inn zum Barbier, wo ich mich herrichten und mir die Haare schneiden ließ. Lege seit einiger Zeit großen Wert auf meine Frisur, nachdem ich festgestellt habe, dass mir lange Haare gut stehen.

14.5. Festgestellt, dass mein Kopf schwächer wird, wenn ich Wein trinke. Hoffe, dass ich von alleine damit aufhören kann, worum ich Gott bitte.

18.5. Mit dem Schiff vom Tower nach Westminster. Die Themse voller großer und kleiner Boote, erfahre, dass ein Bootsrennen stattfinden soll. Abends im Garten »Faber Fortunae« gelesen.[32]

21.5. Auf der Themse den größten Regenschauer meines Lebens erlebt. Auf dem Wege zu meinem Vater neue Kleider bestellt und einen neuen Hut gekauft, kostete 25 Shilling.

23.5. Meinen schwarzen Seidenanzug zum ersten Mal in diesem Jahr getragen. Mit der Kutsche zum Lord Mayor, wo eine sehr noble Gesellschaft versammelt ist. Unterhielt mich bei Tisch sehr angeregt mit Mr. Ashmole, er versicherte mir, dass Frösche und viele andere Insekten oft fertig und ausgewachsen vom Himmel fallen.[33]

28. 5. Von einem Balkon gegenüber der Börse zugesehen, wie der Henker auf Beschluss des Parlaments zwei alte Erlasse verbrannte, den einen über die Einsetzung der Republik, den anderen habe ich vergessen. Musste über den großen Umschwung nachdenken, und wer wohl morgen zunichte macht, was heute versprochen und getan wird.

29. 5. Königs Geburtstag. Früh aufgestanden, schön gemacht, zur Kindtaufe zu Mrs. Brown. Sechs Silberlöffel zum Verschenken eingesteckt; doch wurde das Kind nicht nach mir getauft, und ich will mich deshalb erst erkundigen, ob ich ihm das Silber geben muss. Nach der Taufe zu Mrs. Shipmans, der Butterfrau. Sah bei ihr die sauberste Milch und Sahne meines Lebens. Nachdem wir uns an Schlagsahne satt gegessen hatten, brachen wir auf. Bei der Rückfahrt Wettstreit der Kutschen, unser Zweigespann gewann, aber meine Kleider und mein Samtmantel waren dreckbespritzt.

30. 5. Mylords neue Barkasse ausprobiert, ein gutes Boot. Höre, dass im Parlament ein Gesetz eingebracht worden ist zur Wiedereinsetzung der Bischöfe im Oberhaus.

31. 5. Zu Vater. Die Eltern sehr miteinander verzankt, Mutter so dickköpfig, dass ich nicht begreife, wie Vater es noch mit ihr aushält; er ist ein sehr unglücklicher Mann geworden. Es heißt, das Parlament wolle eine Sammlung für den König veranstalten, ich glaube aber, es kommt nicht viel dabei heraus.

2.6. Als ich aus der Kirche kam, fand ich zu Hause Mr. Greatorex[34] vor. Wir tranken Wein und aßen Anchovis, während er mir die Hebelgesetze erklärte. Es regnete sehr stark (man befürchtet eine Hungersnot), so dass er länger blieb, als mir lieb war.

4.6. Sah im Theater »Heinrich IV.«,[35] ein gutes Stück. Nachdem ich das hinter mir hatte, ging ich über die Themse nach Southwark und dann nach Hause. Spielte noch etwas Laute, und dann zu Bett.

6.6. Wegen der großen Hitze ließ ich gestern Nacht meine Weste im Bett aus.

8.6. Sah »Der Bartholomäusmarkt«,[36] ein bewundernswertes Stück, gut gespielt, aber gottlos und voller übler Ausdrücke.

10.6. Von Mylord im Vertrauen erfahren, dass der König ihn zum Gesandten für die Einholung der Königin ernannt hat. Darüber ist mein Herz außerordentlich froh, Mylord zu Ehren und auch für mich ein wenig zu Nutzen, wie ich hoffe.

11.6. Sir Carteret bei uns im Flottenamt. Wir setzen gemeinsam einen Brief an den Herzog von York auf, um ihn von der traurigen Lage unserer Behörde zu unterrichten. Niemand will mehr Arbeiten für uns übernehmen, und ohne persönliche Bürgschaft will auch niemand mehr etwas liefern.

13.6. Zu Alderman Backwell; weil seine Diener noch nicht aufgestanden sind, wieder zurück nach Hause und den grauen

Anzug angezogen, dazu den weißen Mantel, der aus einem Unterrock von meiner Frau gemacht ist. Mylord bis Deptford begleitet. Als ich heimfuhr, ließ Mylord fünf Schüsse abfeuern, was die höchste Ehre war, die er mir antun konnte.

18.6. Den ganzen Vormittag zu Hause, wütend über die Langsamkeit der Maler in meinem Haus. Um 4 Uhr nachmittags mit meiner Frau zu Schiff Kapitän Lamberts besucht. Bewunderten die großartigen Handarbeiten seiner Frau, die besten, die ich je gesehen habe. Danach vorzügliches Essen und gute Musik, sie spielte auf dem Cembalo.

19.6. Gott sei Dank bin ich meine Erkältung los, und morgen hoffe ich auch den Kummer über mein von Handwerkern verschmutztes Haus los zu sein, ich bin es leid, diese Leute noch länger im Haus zu haben. Eins muss ich noch feststellen, weil es mir gerade einfällt – was Neuigkeiten angeht, bin ich in letzter Zeit der nachlässigste Mensch auf der ganzen Welt geworden, ich kann weder irgendwelche Neuigkeiten weitererzählen noch irgendjemand nach neuen Ereignissen fragen.

21.6. Grünen Wollstoff für Wandbehänge in meiner Diele gekauft.

24.6. Gegen Mittag kam mein Vater, um sich unser Haus anzusehen, das jetzt sehr sauber ist. Dr. Williams kam, um nach meiner Frau zu sehen, ihr wunder Magen wird allmählich bedrohlich, glaubt sie. Zum Mittagstisch gegenüber der Börse. Großes Palaver mit dem Wirt, als uns die Rechnung gebracht wurde, offensichtlich war viel zu viel aufgeschrieben worden.

25.6. Heute Vormittag kam Mr. Goodgroome,[37] ich werde ihm 20 Shilling per Monat für Gesangsstunden zahlen. Wir fingen gleich an, ich hoffe, dass ich es zu etwas bringen werde. Das erste Lied ist »La cruda la bella«.

27.6. Heute schickte Mr. Holden mir einen Hut mit Biberfell, der mich £ 4 und 5 Shilling kostet.

28.6. Den ganzen Vormittag zu Hause, Singen geübt, was jetzt meine Lieblingsbeschäftigung ist. Abends mit Sir W. Penn in seiner Kutsche nach Moorefield gefahren, wo wir uns die Ringkämpfe zwischen Mannschaften aus dem Norden und aus dem Westen ansahen.

29.6. Mr. Chetwind ist durch das Tabakkauen sehr fett geworden, vorher war er fast schwindsüchtig. Im Gespräch empfahl er mir Hookers »Kirchenpolitik«[38] als das beste Buch und das einzige, was ihn zum Christen gemacht habe. Ich will es mir auch kaufen.

30.6. Zur Kirche. Stelle fest, dass die Kollekten jetzt überhandnehmen und beschließe, nichts mehr zu geben. Gute Predigt, dann zum Essen nach Hause. Das Wetter ist jetzt sehr schön, aber auch sehr heiß. Habe in letzter Zeit große Ausgaben für Kleidung und andere Dinge gehabt, hoffe, diesen Sommer aber wieder einiges ausgleichen zu können, weil ich mit der Vorbereitung einer Flotte zur Einholung der Königin zu tun haben werde. Bin in gutem Gesundheitszustand, erkälte mich aber sehr leicht und trage deshalb bei diesem heißen Wetter ein Tuch vor dem Bauch.

1.7. Kaufte in der Stadt verschiedene Sachen für mein Haus, u. a. eine schöne Anrichte für mein Zimmer und ein indisches Gewand für mich.

2.7. Nachdem mein Gesangslehrer fort war, ging ich zu Sir W. Davenants Oper, heute war der vierte Tag. Es gab »Die Belagerung von Rhodos«.[39] Als sich über unseren Köpfen ein Brett löste, fiel eine Menge Staub in die Ausschnitte der Damen und die Haare der Männer, worüber wir uns sehr amüsierten. Die Kulissen prächtig und großartig, alles gut gespielt – bis auf den Eunuchen, der fast von der Bühne gezischt wurde.

3.7. Auf dem Heimweg in Duck Lane nach spanischen Büchern gesucht, aber keine passenden gefunden.

4.7. Nachmittags ins Theater, »Claracilla«[40] (zum ersten Mal gesehen), gut gespielt. Aber seltsam, dieses Theater, das sonst immer brechend voll war, leer zu sehen, seit die Oper aufgemacht hat – das wird noch eine Weile so gehen.[41] Höre, dass mein Onkel Robert[42] noch immer seine Anfälle hat, zehn oder zwölf Stunden lang. Mr. Batersby, der Apotheker, sagt mir, dass meinem Onkel wahrscheinlich durch das Ansetzen von Blutegeln geholfen werden könnte, aber ich will mich in nichts einmischen.

6.7. Wurde mit der Nachricht geweckt, dass mein Onkel gestorben ist. Machte mich fertig und kaufte mir ein Paar Schuhe in St. Martin's. Mit dem Boten nach Brampton geritten. Onkels Leiche lag im Sarg in der Halle, aber sie begann schon zu riechen, weshalb ich den Sarg in den Hof bringen und von zwei Männern bewachen ließ. Meine Tante liegt in unausstehlicher Stimmung im Bett. Bin gierig, das Testament zu sehen, werde aber bis morgen warten.

7.7. Morgens lasen wir das Testament, und obwohl ich jetzt (bis zum Tode meines Vaters) nichts bekomme, hat er doch sehr gut für uns und die übrigen Verwandten gesorgt.

8.–13.7. Tom Price hat Einspruch gegen uns erhoben, wegen seiner Mutter, der Onkel Robert nichts vermacht hat. Auch ist das Vermögen nicht das, was wir erwartet hatten, dazu alles in Unordnung, so dass ich nichts verstehe. Auch die Urkunde über das gepachtete Land können wir nicht finden, ohne sie fällt das Land an den gesetzlichen Erben. Dieser Zustand, die schlechte Qualität der Getränke und vor allem des Fleisches, dazu die Mücken in der Nacht und der Gedanke, dass ich in dieser Woche wieder nach Hause muss, über alles das kann ich mich schwarzärgern. Tue aber, als sei ich zufrieden, um Vater nicht zu beunruhigen.

21.7. Meine linke Hand, in der ich einen Insektenstich hatte und die sehr angeschwollen war, wieder viel besser.

22.7. Um 3 Uhr morgens aufgestanden und um 4 Uhr zurück nach London aufgebrochen. Sehr kalt. Weil ich keine Strümpfe angezogen hatte, fror ich; in Bigglesworth kaufte ich mir ein Paar grobe Wollsocken und zog sie gleich an.

23.7. Trauerkleidung angelegt. Nachmittags, weil ich mich nicht fähig fühlte, ins Büro zu gehen, zum Theater – ich sah »Breneralt«,[43] ein gutes Stück, aber schlecht gespielt. Ich saß genau vor Mrs. Palmer, der Mätresse des Königs, konnte mich nicht sattsehen an ihr, großer Genuss.

24.7. Heute Morgen im Bett erzählte mir meine Frau, dass unser silberner Trinkkrug gestohlen worden ist; ärgerte mich den ganzen Tag über die Nachlässigkeit unserer Dienstboten, die immer die Haustür offen lassen. Ließ im Amt durchblicken, dass mir das geerbte Land im Jahr £ 200 einbringt, um mir Ansehen zu verschaffen. Erfuhr heute Nachmittag, dass unser Diener Will seinen Mantel verloren hat, worüber ich Schadenfreude empfand.

26.7. Anfang der Woche habe ich ein Gelübde abgelegt, diese Woche keinen Wein zu trinken, weil ich feststelle, dass er mich unfähig macht, nach meinen Geschäften zu sehen. Heute habe ich dieses Gelübde gegen meinen Willen gebrochen, worüber ich sehr traurig bin, aber ich hoffe, dass Gott mir vergeben wird.

28.7. Heute Abend gab mir meine Frau das Leinen, das mir gehört, ich werde es jetzt in eigene Verwahrung nehmen.

30.7. Nach der Gesangsstunde fuhr ich nach Whitehall, wo man den König zur Verkündung der Parlamentspause erwartete.

4.8. In der Kirche von Impington. Als wir kamen, erhob sich das ganze Landvolk mit großer Ehrerbietung, und der Pfarrer begann seine Predigt mit den Worten »Wahrhaft ehrwürdige und herzlich Geliebte …«

6.8. Auf dem Rückweg nach London in Baldwick übernachtet. Gut gegessen, die Wirtin sehr hübsch, aber ich traute mich nicht, etwas mit ihr anzufangen, weil ihr Mann auch da war. Sehr hübsche Kirche, aber überall nimmt der Einfluss der Quäker wieder zu.[44]

7.8. Um 3 Uhr morgens aufgestanden, um 4 Uhr schon zu Pferde. In Hatfield hätte ich gerne einen schönen Hund gestohlen, der mir nachlief, aber es gelang mir nicht, was mich ärgerte.

10.8. Heute Morgen kam das Mädchen, das meine Frau kürzlich als Kammerzofe eingestellt hat. Sie ist sehr hässlich, so dass ich mir nichts aus ihr mache, aber sonst scheint sie sehr tüchtig zu sein.

11.8. Zum Nachmittagsgottesdienst nach Clerkenwell, nur um die beiden hübschen Boteler-Mädchen zu sehen. Aber ich habe offenbar nichts mehr bei ihnen zu bestellen, seit Oberst Dillon aus Irland zurück ist und ihnen wieder den Hof macht; auch in die Kirche geht er mit ihnen, so dass ich vermute, sie sind nicht anständig.

12.8. Erfuhr am Nachmittag, dass Mylord Hinchingbroke krank ist, ich fürchte, ihm ist das Obst nicht bekommen, das ich ihm letzten Samstag in meinem Haus angeboten habe.[45] Besuchte ihn abends, fand ihn sehr matt und in großer Furcht vor den Pocken.

13.8. Sprach mit Vater über meine Schwester Pall, die ich aus verschiedenen Gründen nicht mehr bei uns haben will. Er war sehr verärgert darüber, es gab auch einen Wortwechsel zwischen mir und meiner Mutter, die eine sehr primitive Frau geworden ist.

14.8. Heute Morgen berichteten Sir W. Batten, Sir W. Penn und ich dem Herzog von York über die Situation der Flotte, wo es derartig an Geld mangelt, dass unsere Anweisungen an der Börse mit 20 Prozent Verlust gehandelt werden. Der Herzog ist sehr beunruhigt und will noch heute mit dem König und einem Ausschuss darüber sprechen.

15.8. In die Oper, wo heute »The Wits«[46] Premiere hatte, mit Kulissen. Der König, der Herzog und die Herzogin waren auch da; ein wunderbares Stück, prachtvolle Kulissen.

16.8. Alle sind krank, in der Stadt und auf dem Land, es ist eine Art Fieber, das man nicht kennt, fast wie in Pest-Zeiten. Neben anderen ist daran der berühmte Thomas Fuller gestorben, und General Monck ist lebensgefährlich erkrankt. Ich höre, dass auch meine Tante Fenner kurz vor dem Ableben ist.[47]

17.8. Mit Ned Pickering in St. James's Park spazieren gegangen. Beklagte sich laut über die moralische Verwahrlosung am Hof. Betrübt über diese Geschichten, fürchte, dass alle darunter sehr leiden werden. Nach dem Essen mit Kapitän Ferrers in die Oper, wir sahen wieder »The Wits«,[48] gefällt mir über die Maßen. Beim Heimweg machte ich mir Gedanken darüber, dass ich mich nicht auf meine Amtsgeschäfte konzentrieren kann, weil ich eine solche Schwäche für das Theater habe.

18.8. Nachmittags nach Whitehall und dann in St. James's Park, wo ich eine Vielzahl von Vögeln sah, wie ich sie noch nie zuvor gesehen habe. Las abends noch in Hookers »Kirchenpolitik«,[49] die mir Mr. Moore vergangenen Mittwoch geschenkt hat, sehr hübsch gebunden.

22.8. Zur Kirche, die Predigt leidlich überstanden. Dann mit der Kutsche zu meiner Tante Wight. Bei ihr zu Abend gegessen, westfälischen Schinken. Nach Hause und ins Bett.

24.8. Wir wurden zu Sir W. Batten gerufen, um die seltsame Kreatur zu besichtigen, die Kapitän Holmes aus Guinea mitgebracht hat: ein großer Schimpanse, in vielem menschenähnlich, ich glaube aber, es ist eine Kreuzung aus einem Menschen und einem weiblichen Gorilla.[50] Das Tier versteht schon ganz gut Englisch, wahrscheinlich kann man ihm bald die Zeichensprache beibringen. Danach sofort in die Oper, wo es »Hamlet, Prinz von Dänemark«[51] gab, sehr gut, mit Kulissen. Betterton spielte den Prinzen unvergleichlich gut.[52] Ließ Pall kommen und erklärte ihr in Vaters Gegenwart, dass ich sie nicht länger behalten will, Vater sagte, er wolle auch nichts mehr mit ihr zu tun haben.

26.8. Finde einen Brief von Mylord Sandwich vor, er ist sein Fieber los, aber immer noch in Alicante, wo er zweimal zur Ader gelassen wurde.

27.8. Mit meiner Frau »Die fröhlichen Bettler«[53] gesehen. Der König, das Herzogspaar und Madame Palmer waren auch da. Meine Frau konnte zu ihrer großen Zufriedenheit alle sehr gut beobachten.

30.8. Nach Drury Lane, in die französische Komödie.[54] Sehr schlecht gespielt, hässliche Dekoration, alles so mies und kümmerlich, dass ich mich fortwährend ärgerte. Meine Frau traf im Theater einen Sohn von Lord Somerset, den sie von Frankreich her kennt, aber ich zeigte mich nicht sonderlich interessiert, um weitere Beziehungen zu vermeiden.[55]

31.8. Mittags zum Bartholomäusmarkt,[56] in eine elende Kneipe, wo sich ein paar Huren an uns heranmachten, sehr unangenehm für mich, in dieser Umgebung gesehen zu werden. – So endet der Monat. Meine Frau und ich in sehr gutem Gesundheitszustand. Mylord Sandwich von schwerer Krankheit in Alicante genesen. Mein Vater ist nach Brampton gezogen. Ich selber habe viel zu tun mit der Erledigung der Erbschaftsangelegenheiten. Am schlimmsten ist, dass ich in letzter Zeit so gerne ins Theater gehe und viel Geld für mein Vergnügen ausgebe, worunter mein Beruf leidet; muss etwas dagegen tun. Habe fast keine Einnahmen, so dass ich mir eine Menge Geld für meine eigenen Ausgaben und für die Einrichtung meines Vaters borgen musste. Ich mache mir auch Sorgen um meinen Bruder Tom, der das Geschäft meines Vaters übernehmen soll, ich fürchte, er wird damit scheitern, weil er wenig Verstand und Umsicht besitzt.

Bei Hofe ist alles in übler Verfassung. Streberei, Armut, Laster, Trunksucht und Liebeshändel, so dass ich am Ende nichts als Verwirrung kommen sehe.

Der Klerus ist so arrogant, dass alle Leute, die ich kenne, laut darüber klagen. Kurz, wohin ich sehe, gibt es nirgendwo Zufriedenheit unter den Menschen. Die Sammlung für den König ist so mager ausgefallen und macht so viel böses Blut, dass es besser gewesen wäre, man hätte sie gar nicht erst angefangen. Ich selber werde wohl £ 20 spenden. Im Amt ist alles ruhig, wir haben kein Geld, alles führt zu nichts.

Die Jahreszeit sehr ungesund, viele seltsame und bösartige Krankheiten.

1.9. Vergangene Nacht hat es ununterbrochen geregnet; weil die Dachrinne verstopft war, drang das Wasser ins Haus ein und ruinierte meine Zimmerdecken. Nachmittags mit Kapitän Holmes nach Whitehall. Er ist ein guter Freund von Mylord, erzählte mir, dass dieser viele Feinde hat. Auch Sir W. Batten sei neidisch auf ihn, doch sei ihm der König so gewogen und der Herzog ebenso, dass man nichts zu fürchten brauche. Er scheint den König und die verschiedenen Parteien am Hof sehr genau zu kennen und ist selber einer von der Sorte, die ihre Feinde ebenso liebevoll anblicken wie ihre Freunde. Guter Gott, was ist das für eine Zeit und Welt, dass niemand ohne Schurkerei und Verstellung auskommen kann!

2.9. Mit Mr. Pickering nach Westminster Hall. Er erzählt mir ausführlich von den Zuständen am Hof, wie der Tripper dort an der Tagesordnung ist. Meine Frau traf in der Börse Mr. Somerset, der ihr ein Armband schenkte. Das ärgert mich, obwohl ich weiß, dass es nichts bedeutet; ich will aber nicht, dass die Bekanntschaft weitergeht.

5.9. Mutter und Schwester Pauline zum Wagen gebracht. Nachher sah ich einen französischen Diener mit meiner Frau sprechen; sie versprach, sich morgen Vormittag irgendwo einzufinden, was mich beunruhigt.

6.9. Nachmittags in ein Bierlokal, während es regnete; durch die nassen Straßen zurück. Sehr besorgt über die Aktion meiner Frau, konnte nicht arbeiten. Ging deshalb ins Theater und sah »Der ältere Bruder«,[57] schlecht gespielt. Als ich nach Hause kam, war meine Frau schon da, ich aber trotzdem sehr zornig, zeigte ihr im Bett die kalte Schulter, schlief mürrisch ein und wachte ebenso auf.

7.9. Saß im Theater dicht beim König und dem Herzog von York sowie Madam Palmer, sehr zu meiner Zufriedenheit, ich kann ihre Schönheit nicht genug bewundern. Noch immer zornig auf meine Frau, in dieser Stimmung zu Bett.

8.9. In die Kirche. In der Nacht hat es sehr geregnet. Nachmittags wieder in der Kirche, mit meiner Frau. Als wir nach Hause kamen, war unser neues Mädchen Doll eingeschlafen und konnte uns nicht die Tür aufmachen, wir mussten den Jungen durchs Fenster schicken, damit er uns die Tür aufmacht. Alleine in mein Zimmer gegangen. Mache mir Gedanken darüber, wie sehr ich mich in letzter Zeit dem Vergnügen und Geldausgeben gewidmet habe, so dass ich mich kaum noch um die wichtigsten geschäftlichen Dinge kümmere. Gegen Abend sehe ich meine finanzielle Position durch – soweit ich alles überblicke, besitze ich im Augenblick £ 600, wofür Gott gedankt sei und was mich sehr beruhigt. Abendessen und dann zu Bett.

9.9. Mit Kapitän Morris in die königliche Hofküche zu Mr. Sayres, dem Chefkoch; wir aßen eine oder zwei Scheiben Rindfleisch zum Frühstück. Von da in die königlichen Weinkeller, wo wir sehr lustig waren und ich zu viel trank, so dass ich später nicht mehr arbeiten konnte. Deshalb ins Theater, Premiere von »Schade, dass sie eine Hure ist«.[58] Miserabel gespielt, ich saß allerdings neben einer außerordentlich hübschen Dame, wodurch ich entschädigt wurde.

10. 9. Heute ist Mary, das Mädchen von meinem Vetter W. Joyce, zu mir als Küchenmädchen gekommen, jetzt ist das Haus wieder voll.

11. 9. Mit Dr. Williams in Lincoln's Inn Fields spazieren gegangen und in der Oper dort ein neues Stück gesehen, »Twelfth Night«,[59] der König war ebenfalls anwesend. Gegen alle guten Vorsätze bin ich wieder ins Theater gegangen, deshalb hat mir das Stück nicht gefallen. Ging nach Hause und schwor, dass ich nie wieder ohne meine Frau ins Theater gehen werde. Wegen dieser Sache und weil die Verwaltung des Erbes von Onkel Robert so viel Schwierigkeiten macht, kommen meine Gedanken nicht mehr zur Ruhe. Meine Frau war heute bei ihrem Bruder, um sich seine Geliebte anzusehen, sie ist, so sagt sie, jung, reich und hübsch, aber für ihn wahrscheinlich unerreichbar.

12. 9. Auf dem Weg ins Siegelamt sah ich auf der Themse das neue Vergnügungsschiff des Königs und auch zwei neue, hübsche Gondeln, die vor kurzem aus Venedig eingetroffen sind.[60]

16. 9. Heute Vormittag zu Hause geblieben, um die Kohlen zu lagern, die wir bestellt haben. Werde ausrechnen, wie lange

15 Tonnen Kohlen für mein Haus reichen, wenn es dem Herrn gefällt, mich so lange leben zu lassen, bis sie aufgebraucht sind.

17.9. Mein Vater schreibt, dass ich nach Impington kommen soll. Borge einen Sattel für meine Frau und miete in Kingsland ein Pferd für sie, dann reiten wir los. Ihr Pferd stürzte einmal, aber sie blieb unverletzt.

18.9. Am nächsten Morgen zeitig aufgestanden. Meine Frau stürzte an einer sehr schlammigen Stelle, verletzte sich aber nicht, wurde nur sehr schmutzig. Nach einiger Zeit wurde sie sehr müde, was mich ärgerte. Das war meine Schuld, ich bin sehr gerne mit ihr zusammen, solange sie munter ist.

25.9. Ganz gegen meine Natur und alle Vorsätze (so stark ist die Macht des Teufels über mich) ins Theater, wo ich »Die lustigen Weiber von Windsor«[61] sah, schlecht gespielt.

27.9. Kapitän Country getroffen, er hat Weintrauben und Melonen von Mylord aus Lissabon mitgebracht, die ersten, die ich je gesehen habe. Aß mit meiner Frau einige und nahm auch welche nach Hause. Meine Frau legte ein paar Weintrauben (sie sind sehr selten) in ein Körbchen und schickte sie dem König.

29.9. Ich weiß nicht, wie es kommt, aber ich trinke jetzt so viel Wein, dass mir die ganze Nacht der Kopf weh tut; ich traute mich auch nicht, das Abendgebet zu sprechen, aus Furcht, man könnte meinen Zustand merken.

30.9. Beim Frühschoppen im ›Roten Löwen‹ hörte ich von einem Zusammenstoß zwischen den Gesandten von Spanien und Frankreich, die sich um den Vortritt beim Empfang des schwedischen Botschafters stritten.[62] Der König hatte befohlen, dass sich die Engländer aus diesem Streit heraushalten sollten. Alle Soldaten in der Stadt waren den ganzen Tag in Waffen unterwegs. In der Nähe von Whitehall besonders viele Soldaten und aufgeregte Menschen in den Straßen. Ging zu den Botschaften von Frankreich und Spanien und beobachtete die Vorbereitungen; die Franzosen machten großen Lärm, die Spanier überhaupt nichts. Erfuhr in Cheapside, dass die Spanier das bessere Ende behalten haben, darüber freute man sich allgemein, wir lieben alle die Spanier und hassen die Franzosen. Neugierig wie ich bin, nahm ich mir ein Boot bis Westminster und rannte durch den Schmutz und die überfüllten Straßen, bis ich die spanische Karosse kommen sah, mit gut fünfzig gezogenen Säbeln als Bedeckung; unsere Soldaten jubelten laut. Folgte der Kutsche, bis sie mit großem Gepränge bei den Schweden ankam. Dann zu den Franzosen und festgestellt, dass sie die übermütigsten Menschen auf der Welt sind, wenn es ihnen gut geht, und die niedergeschlagensten, wenn ihnen etwas fehlschlägt; dann sehen sie alle aus wie Leichen, schütteln die Köpfe und sprechen kein Wort. Die Spanier haben nicht nur wie die Verzweifelten gekämpft, sondern die Franzosen auch glatt überlistet: sie hatten ihre Gespanne mit eisernen Ketten angeschirrt, so dass man sie nicht zerschneiden konnte, und dann hatten sie jedes Pferd einzeln bewacht. Mehrere Franzosen wurden erschlagen, aber nur ein oder zwei Spanier. Das ist sehr bemerkenswert, denn die Franzosen waren vier zu eins in der Überzahl und hatten etwa 100 Pistolen bei sich, die Spanier dagegen nicht eine Flinte. Das gereicht ihnen für immer zur Ehre und den anderen zur Schmach. Nachdem ich mich ordentlich schmutzig gemacht habe, heimgefahren und meine Frau damit geärgert, dass ich ihr die ganze Geschichte erzählt und mich auf die Seite der Spanier gestellt habe.

So endet dieser Monat. Ich selbst und meine Familie in guter Gesundheit. Mein Kopf voll von eigenen und Dienstgeschäften. Die Flotte mit Mylord Sandwich in Lissabon, um die Königin abzuholen, die dort bereits Hof hält als Königin von England. Der Geldmangel bringt alles, besonders aber die Flotte, in Unordnung, trotzdem kümmert sich der König nicht darum, Geld zu beschaffen, sondern plant neue Methoden, es auszugeben.

1.10. Morgens mit meiner Frau lange im Bett gelegen. Wir kamen auf Musik zu sprechen, sie bat mich, ihr Gesangsstunden geben zu lassen, was ich ihr auch nach kurzem Nachdenken versprach. Abends nur etwas Brot und Käse und dann zu Bett.

2.10. Ins Theater, aber da wir zu spät kamen und sehr schlechte Plätze hatten, konnte ich keinen Gefallen an dem Stück finden, es war »Vittoria Corombona«,[63] nach meiner Ansicht ein elendes Stück.

4.10. Mit Kapitän Ferrers ins Theater, zu spät gekommen. Wieder gab es »Vittoria«, es gefiel mir noch weniger als gestern. Wir gingen zwischendurch hinaus und tranken die eine oder andere Flasche China-Bier. Dann nach Hause, wo meine Frau in schlechter Stimmung war wegen des ungenießbaren Suffolk-Käses.

6.10. Mrs. Margaret Pen kam heute in einem neuen blumenbesetzten Seidenhut in die Kirche, den meine Frau ihr aussuchen geholfen hatte.

10.10. Den ganzen Vormittag im Flottenamt. Dann nach Hause mit dem Vorsatz, zu feiern, denn heute ist unser sechster Hochzeitstag. Aber wegen einer Hodenverletzung habe ich solche Schmerzen, dass ich mich ins Bett legen musste, trotzdem ziemlich lustig mit meiner Frau.

13.10. Den ganzen Tag zu Hause geblieben. Ließ heute mein Unterhemd aus und zog eine Weste mit Goldbesatz an.

17.10. Mit Kapitän Cook in die ›Sonne‹, wo er mir erzählte, dass das Parlament bei seiner nächsten Sitzung dem König Unannehmlichkeiten machen wird, man werde nach dem Verbleib bestimmter Gelder und Ämter fragen. Danach mit Kapitän Lambert Mittag gegessen, er erzählte von Portugal, wo er kürzlich gewesen ist, der Hof von Lissabon soll überaus ärmlich und schmutzig sein, der König ein grober und einfältiger Kerl. Es gibt dort keine Glasfenster, worüber sich die englischen Kaufleute sehr amüsieren und Exportmöglichkeiten sehen.[64] Jetzt, wo die Infantin unsere Königin wird, soll ihr täglich ein ganzes Huhn oder eine Gans serviert werden.

18.10. Heute Abend liege ich allein in meinem Bett, bei kaltem Wetter, die letzten sieben oder acht Tage litt ich an Schmerzen von einem Tumor in einem Hoden, die jetzt beseitigt worden sind durch Umschläge aus einer Handvoll Kleie mit einem halben Liter Essig und einem Liter Wasser sowie einem Löffel Honig.

19.10. Sehr gutes Mittagessen mit ausgezeichnetem Wein. Da meine Kleider nicht sauber und ordentlich waren, was ich als einen großen Fehler bei mir empfinde, konnte ich nicht so fröhlich sein wie sonst, wenn ich gut angezogen bin; ich erinnere mich dann an die Regel von Vater Osborne,[65] dass ein Gentleman an allen Dingen sparen kann, nur nicht an seiner Kleidung.

21.10. Gegen besseres Wissen und Gewissen (Gott vergeb's, denn tief im Herzen weiß ich, dass ich Gott durch die Verletzung meiner Gelübde beleidige) in die Oper, die nach einigen Veränderungen der Dekoration wieder spielt. Das Stück, »Liebe und Ehre«,[66] sehr gut und vorzüglich gespielt.

22.10. Den ganzen Vormittag im Flottenamt, wo wir eine Deputation des Herzogs von York empfingen, die uns die ganze Verwaltung der Flotte überträgt.

25.10. Nach Whitehall, Mittagessen in der ›Wardrobe‹, wo ich meine Frau traf. Wildbretpastete, meine Lady sehr vergnügt und – wie mir schien – sehr hübsch. Nach dem Essen mit meiner Frau in die Oper, wo ich noch einmal »Liebe und Ehre« sah, ein so hervorragendes Stück, dass es dreimal gespielt worden ist, ich war immer dabei, dreimal in einer Woche. Das ist zu viel und mehr, als ich in Zukunft tun werde. Als wir aus dem Theater kamen, trafen wir Mrs. Pierce und ihre Freundin Mrs. Clifford; ich wollte noch etwas mit ihnen reden, aber da wurde meine Frau zornig, ich weiß nicht, ob sie eifersüchtig ist, aber sie mag es nicht, wenn ich von Mrs. Pierce spreche. Zu Fuß nach Hause, sehr missvergnügt. Auf dem Wege bei Hunts, dem Instrumentenmacher, vorbeigeschaut, meine Laute ist bald fertig, sie bekommt neue Saiten. Heute erteilte ich Will eine ordentliche Rüge für seinen Mangel an Achtung mir und meiner Frau gegenüber.

26.10. Hörte gegen Abend, dass Sir R. Slingsby, unser Kontrolleur, der seit einer Woche krank war, gestorben ist. Habe mich darüber so aufgeregt, dass ich die ganze Nacht nicht schlafen konnte. Er war jemand, der mich sehr geschätzt hat und selber viele Qualitäten besaß, deretwegen ich ihn sehr verehrte, mehr als alle anderen Beamten in der Marineverwaltung.

27.10. Nachmittags wieder in die Kirche, wo ich mich wegen der altmodischen Trauerkleidung meiner Frau sehr geschämt habe.

28.10. Mit Kapitän Ferrers ins Theater, es gab »Argalus und Parthenia«,[67] wo eine Frau die weibliche Hauptrolle spielte. Später kam sie in Männerkleidung auf die Bühne und hatte die schönsten Beine, die ich je gesehen. Ergötzte mich sehr daran.

29.10. Zog heute meine schwarzen Leinenstrümpfe an, dazu meinen neuen modischen Mantel, gefalle mir gut darin, mit dem Biberhut zusammen. Wollte so zur Einladung des Lord Mayor gehen, aber die beiden Sir Williams weigerten sich zu gehen wegen der Volksmenge, so ging schließlich keiner.

30.10. Nachmittags mit Kapitän Lambert nach Deptford, wo er mir in seinem Schiff, der ›Norwich‹, jeden Winkel und jede Ecke zeigte, was für mich sehr lehrreich war. Erfahre von Sir W. Batten, dass Sir R. Slingsbys Leiche bereits stinkt und deshalb heute Abend privat vergraben wird, es gibt keine öffentliche Beerdigung.

Meine Frau ist mit ihrem Mädchen, Doll, unzufrieden. Das tut mir leid, ich sehe die Lästigkeit, die mit steigendem Wohlstand durch die wachsende Dienerzahl entsteht.

2.11. Hörte, wie mein Diener Waynman Schießpulver explodieren ließ. Er hat sich dabei die Hand und die Seite verbrannt, als er mit der Hand das Feuer in seiner Hosentasche löschen wollte. Habe ihn gewaltig verprügelt, was mir zwar leidtat, aber doch notwendig war.

3.11. Den ganzen Tag zu Hause geblieben und Abführmittel genommen, die sehr gut wirkten. In Fullers »Heiligem Krieg«[68] gelesen und ein Lied auf den liberalen Genius der Studien und Vergnügungen (der mir wesensverwandt ist) komponiert, es gefiel mir aber nicht, so blieb es unvollendet.

4.11. In die Oper, wo es »The Bondman«[69] gab. Nicht so gut wie in Salisbury Court, mit Ausnahme von Betterton, wir halten ihn für den besten Schauspieler der Welt.

7.11. Heute Morgen kam ein Mr. Hill, der sich als Lauten-Lehrer anbot. Mit gefiel aber weder sein Spiel noch sein Gesang, und so fand ich einen Weg, ihn abzuwimmeln.

9.11. Mylady redet mir zu, mehr Geld für meine Frau auszugeben, sie meint es offenbar ernst. Tat so, als ob ich mich über den Rat freute, und beschloss, ihr eine Spitze[70] zu kaufen.

10.11. Hörte heute Nachmittag in der Kirche zum ersten Mal die Bezeichnung »Königin Katharina«, es wurde öffentlich für sie gebetet.

11.11. Mit Kapitän Ferrers zum ersten Mal in einem Spielhaus gewesen. Seltsam die Narrheit, so viel Geld zu wagen und zu verlieren; das Leben der Spieler ist, wie man sieht, jämmerlich, armselig und unmännlich. Danach zu einer Tanzschule in Fleet Street, wo wir eine Gruppe hübscher Mädchen tanzen sahen. Mir gefällt es aber nicht, wenn junge Mädchen derartig ihrer Eitelkeit frönen.

12.11. Im ›Windhund‹ in Fleet Street Himbeerwein getrunken und einige Würste gegessen, sehr lustig nach Hause.

13.11. Heute Vormittag waren wir alle zum Herzog von York bestellt worden. Wir warteten im Vorzimmer, während er sich seine Reisekleider anzog, um mit dem Schiff zu den Downs zu fahren. Nachdem wir ihm unseren Brief über den schlechten Zustand der Flotte (Geldmangel) überreicht hatten, versprach er, sich nach seiner Rückkehr um die Angelegenheit zu kümmern, und brach auf. Sehr bedrückt wegen meines kostspieligen Lebens, das mich, fürchte ich, noch ruinieren wird, wenn ich es nicht sein lasse, denn jetzt, wo ich so viel Geld für die Kleidung meiner Frau aufwende, muss ich andere Ausgaben sehr einschränken.

17.11. In die Kirche. Ein simpler Bursche predigte über Kirchenmusik und geißelte den Brauch, dass die Männer in der Kirche ihre Hüte aufbehalten.[71] Den größten Teil der Predigt schlief ich jedoch, bis zum Schlusssegen weckte mich niemand, was mir noch nie passiert ist.

18.11. Beim Mittagessen bei Mr. Battersby war ein junger Pastor, der schon vor dem Essen sinnlos betrunken war, was mich beunruhigte.

19.11. Den ganzen Vormittag im Amt. Als ich nach Hause kam, fand ich meine Frau alleine mit Mr. Hunt in ihrem Zimmer, was mir, Gott verzeih's, gar nicht recht war.

20.11. Nach Westminster Hall, mit dem Schiff. Sah den König in seiner Barkasse zum Parlament fahren, heute ist der erste Sitzungstag. Ich höre, dass heute auch die Bischöfe ihren Platz im Oberhaus einnehmen.[72] Las abends im Bett noch Hobbes' »Freiheit und Notwendigkeit«,[73] ein kurzes, aber sehr scharfsinniges Buch.

21.11. Das Parlament hat heute dem König £ 120 000 für seine Schulden bewilligt.

22.11. Mittagessen im ›Delphin‹ mit Kapitän Cooke und seiner Frau, einer Deutschen, die trotzdem sehr schön ist. Gute Musik, sehr vergnügt, getanzt.

23.11. Mit Kommissär Pett nach Cheapside zu einem Maler namens Saville,[74] der mich und meine Frau porträtieren soll.

29.11. Lange im Bett gelegen, bis mir bestellt wurde, dass der Herzog von York uns heute zu empfangen wünsche. Nach dem Essen per Schiff nach Whitehall zum Herzog, der uns in seinem Ankleidezimmer empfing. Er wollte wissen, ob es üblich sei, dass fremde Schiffe vor unseren die Segel streichen. Konnte leider nichts dazu sagen, was mir sehr peinlich war. Kaufte mir auf dem Heimweg »Mare Clausum«, weil ich mir vorgenommen habe, über das Problem des Segelstreichens einiges aufzuschreiben und es dem Herzog vorzulegen, was ich für eine gute Chance halte, mich bekannt zu machen.[75]

30.11. Ich bin dieser Tage bei sehr guter Gesundheit, habe nur eine geringfügige Erkältung. Das Parlament hat ziemlich lange getagt. Die alten, verurteilten Richter des letzten Königs[76] sind vor das Parlament zitiert worden und werden wahrscheinlich gehängt. Mein Gemüt ist bedrückt wegen meiner Geldausgaben in letzter Zeit, ich hoffe, dass Gott mich künftig davon abhält. Heute ist der letzte Tag, an dem die alten Münzen noch gültig sind, man sagt jedoch, dass sie noch drei Monate lang für Zahlungen an den König verwendet werden können.[77]

3.12. Zum Maler, Fortsetzung der Sitzungen für das Porträt. Es gefällt mir nicht, ich fürchte, es wird mir nicht ähnlich sehen. Schlechte Nacht mit merkwürdigen Träumen, ich träumte, ich ritt zusammen mit meiner Frau aus, ihr Pferd warf sie ab, und sie brach sich ein Bein.

6.12. Nach dem Essen kamen die Gouverneure der East India Company und unterzeichneten den Vertrag zwischen ihnen und uns (im Namen des Königs). Danach zum König und zum Herzog von York, beide versprachen, dem Ostindienhandel ihre größte Aufmerksamkeit zu widmen.[78]

7.12. Heute Vormittag kamen Kapitän Ferrers und der Deutsche Emanuel Luffe. Ich bat den Deutschen, auf meiner Laute zu spielen, was er auf exquisite Weise tat. Entdeckte dabei, dass meine Laute ein ausgezeichnetes Instrument ist.

13.12. Den ganzen Vormittag zu Hause geblieben wegen des kalten Wetters, das mir überdies Blasenschmerzen verursacht.

14.12. Mit meiner Frau bis 11 Uhr im Bett gelegen, das ist ein neuer Brauch in diesem kalten Winter. Zu Hause zu Mittag gegessen, nachmittags ins Büro, lange dort geblieben, nach Hause und zu Bett.

15.12. Lese jetzt Selden und Grotius wegen des Problems mit dem Segelstreichen auf offener See.[79]

16.12. Um 5 Uhr morgens geweckt von einem Mr. Bollen, bei Kerzenlicht aufgestanden und Geschäfte im Lordsiegelamt erledigt.

19.12. Sitzung beim Porträtmaler. Jetzt, wo es fast fertig ist, gefällt mir das Bild sehr gut. Mit meiner Frau in einer Kutsche nach Hause. Unterwegs kam es zu einem großen Streit, weil mir ihre Bänder geschmacklos erschienen, sie passen farblich nicht zueinander. Im Eifer des Gefechts nannte ich sie (Narr, der ich bin!)

eine Hure, was mir sogleich sehr leid tat. Setzte sie zu Hause ab und ging noch in den ›Delphin‹.

20.12. Traf auf der Straße Mr. Swan und ging mit ihm in eine Kneipe, wo er mich mit seinem einfältigen religiösen Geschwätz langweilte. Er berichtet, dass er an einem Buch schreibt »Der ungesetzliche Brauch gesetzlicher Sachen«. Ein dümmlicher Mensch.

21.12. Nach Whitehall ins Lordsiegelamt, wo der Lordsiegelbewahrer uns erklärt, dass er in diesem Monat keine Siegel mehr ausgibt, weil er sich in den Weihnachtsferien auf sein Landgut dreißig Meilen außerhalb der Stadt begibt.

22.12. Mittagessen zu Hause. Geriet mit meiner Frau und den Mädchen aneinander, weil das Fleisch völlig verbrannt war. Ging in mein Zimmer und las im Selden.[80]

25.12. Morgens in die Kirche. Musste an der Tür zu unserem Gestühl warten, weil der Küster noch nicht aufgeschlossen hatte. Weil das Fleisch wieder nicht in Ordnung war, neuer Streit mit meiner Frau. Nach dem Essen kam meine Frau in mein Zimmer, und wir vertrugen uns wieder.

28.12. Nachmittags alle im Büro, weil der Herzog von York uns einen Brief geschickt hat mit der Aufforderung, möglichst bald eine Aufstellung aller Schulden der Flotte zu liefern.

31.12. Nachdem mein Friseur mir die Haare geschnitten hatte, machte ich mich an die Niederschrift meines Tagebuches. Mit Gottes Segen ist meine Lage am Ende dieses Jahres die folgende: Meine Gesundheit (manchmal erkältet, mit Schmerzen im Rücken und beim Wasserlassen, wie bei meinem Blasenstein) ausgezeichnet in jeder Hinsicht, die meiner Frau ebenfalls. Meine Diener sind W. Hewer, Sarah, Nell und Waynman. Mein Haus befindet sich im Flottenamt. Ich schätze mein Vermögen auf £ 500 in bar. Alles, was im Haus ist, gehört mir. Die ganze Last des Prozesses um die Erbschaft von Onkel Robert ruht auf mir, hoffentlich ist alles bald zu Ende. Schreibe an einem kleinen Traktat für den Herzog von York über unser Privileg, dass andere Völker auf See die Segel vor uns streichen müssen. Aber meine größte Sorge ist, dass ich das letzte halbe Jahr in jeder Beziehung ein großer Verschwender war, so dass ich mich vor dem Jahresabschluss fürchte. Ich habe neuerdings feierlich dem Theater und dem Wein entsagt, was ich einhalten will, gemäß dem Gelübde, das ich schriftlich bei mir trage.[81] Die Flotte ist bereit, nach Portugal in See zu stechen, aber die letzten vierzehn Tage herrschte Flaute. Das bedeutet, Mylord wird den ganzen Winter auf See verbringen, bis er die Königin nach Hause bringt, worauf jetzt alle warten und worüber in der Öffentlichkeit am meisten geredet wird.

1662

1.1. Als ich am Morgen plötzlich aus dem Schlaf auffuhr, schlug ich meine Frau mit dem Ellenbogen quer über Gesicht und Nase, worauf sie mit Schmerzen aufwachte, was mir wiederum leid tat. Danach wieder eingeschlafen.

2.1. Sir Richard Fanshaw ist plötzlich aus Portugal eingetroffen, aber niemand weiß, in welcher Mission.[1]

4.1. Vormittags zu Hause. Bilder aufgehängt und ausprobiert, wie sich die Zinnbecher, die ich gekauft habe, in der Diele und im Treppenhaus machen.

5.1. In der Kirche gab ich dem Küster 3 Shilling und dem Gehilfen 2, was ich niederschreibe, um es nächstes Jahr zu wissen, wenn es dem Herrn gefällt, mich so lange am Leben zu lassen.

6.1. Major Holmes möchte, wie ich deutlich merke, mit meiner Frau anbändeln; das werde ich verhindern, zumal sie ihn auch nicht mag.

9.1. Heute Vormittag beschlossen wir im Flottenamt, dem Herzog einiges über die Praktiken des Segelstreichens in einem Schreiben mitzuteilen, so dass ich mein Gelübde, selber etwas darüber zu verfassen, nicht mehr zu halten brauche.

10.1. Sprach mit Sir Paul Neale über eine mathematische Anfrage Mylords bei ihm; es geht um die Beobachtung des Mondes und der Sterne, die Einzelheiten interessieren mich nicht so.[2]

11.1. In der Börse geht das Gerücht um, dass sich Franzosen und Holländer gegen uns verbünden wollen, ich glaube aber nicht daran.[3]

13.1. Mit Mr. Berchenshaw[4] lange über Musik geredet. Habe mich entschlossen, bei ihm Kompositionsunterricht zu nehmen, er redet mir sehr zu. Nach dem Essen führte uns Mr. Peter ein chemisches Experiment vor mit Gläsern, die zu Staub zerfallen, wenn man nur ein kleines Stück von ihnen abbricht – für mich ein großes Geheimnis.[5]

15.1. Heute Morgen kam Mr. Berchenshaw, und nachdem er meine Kompositionsaufgaben überprüft und mir etwas Neues beigebracht hatte, gingen wir zum Frühstück in mein Zimmer. Nach dem Essen fragte er, ob wir nicht gegen das Fastengebot verstoßen hätten, das vom Parlament ausgegeben worden ist,[6] um gutes Wetter zu erflehen – bisher hatten wir regelrechtes Sommerwetter, wie Mitte Mai oder Juni, wodurch eine Pestgefahr entsteht.

21.1. Haben noch nichts von der Flotte gehört, wie weit sie auf dem Wege nach Portugal gekommen ist. Aber da sich der Wind wieder gedreht hat, könnte sie an die irische Küste zurückgetrieben worden sein.

23.1. Den ganzen Vormittag mit Mr. Berchenshaw verbracht. Mittags einer Einladung zu Onkel Fenner nachgekommen, seine neue Frau gesehen, ein erbärmliches, altes, hässliches, ungehobeltes Weib, eine ehemalige Hebamme. Zahlreiche Verwandte von seiner und von ihrer Seite, unangenehme, knauserige Leute. Gingen dann alle in ein Wirtshaus und quetschten uns (wir waren etwa vierzig Personen) in einen winzigen Raum. Ein miserables Essen in unsympathischer Gesellschaft. Nach dem Essen bedankte ich mich bei den beiden Joyces für ihre Anstrengungen, meinem Bruder Tom eine Frau zu verschaffen. In Anbetracht der Tatsache, dass ich vielleicht kinderlos bleibe, sind vorsorgende Gedanken auf diesem Gebiet durchaus sinnvoll.

24.1. Sah unser Bild beim Porträtmaler gerahmt, sehr zufrieden damit. Mylady gefalle ich auf dem Bild sehr gut, aber meine Frau findet sie sehr ungünstig getroffen, ich werde das noch ändern lassen.

26.1. Gott sei Dank, seit ich keinen Wein mehr trinke, fühle ich mich viel besser, kümmere mich auch mehr um meine Geschäfte, gebe weniger Geld aus und vertue nicht so viel Zeit in leichter Gesellschaft.

27.1. Sah heute Morgen in der Nähe des Towers drei Schlitten stehen, auf denen Lord Monson, Sir H. Mildmay und ein dritter zum Galgen und wieder zurückgeschafft werden sollten, sie hatten den Strick um den Hals. Dies soll jedes Jahr mit ihnen gemacht werden – am Tag, an dem sie den König verurteilt hatten.[7]

28.1. Mit meiner Frau zum Maler, wo wir lange blieben, damit er ihr Bild ändern konnte, jetzt sieht es ihr wirklich sehr ähnlich.

30.1. Fastentag wegen der Ermordung des Königs. Blieb den ganzen Nachmittag in meinem Zimmer und ordnete meine Sachen. Sehr zufrieden, ich glaube, diese häusliche Arbeit bekommt mir sehr gut.

1.2. Erfahre, dass Nachrichten von einem großen Sturm eingetroffen sind, der die Hafenmauer von Algier zerstört hat und viele Schiffe hat sinken lassen. So hat Gott der Allmächtige diese unglückliche Expedition zu Ende gebracht – eine sehr gute Nachricht.[8]

4.2. Nach Westminster Hall. Hörte von einem Mr. Templer, dass bestimmte Schlangen in kalten Gebieten von Lancashire ungewöhnlich groß werden und sich von Lerchen ernähren, die sie auf folgende Weise fangen: Sie beobachten, wann die Lerche am höchsten steht, und kriechen dann direkt unter sie, wo sie sich mit geöffnetem Maul still verhalten und nach einer Weile ihr Gift in Richtung auf die Lerche spritzen. Der Vogel stürzt dann plötzlich in einer Spirale herab und fällt direkt in das geöffnete Maul der Schlange, was sehr seltsam ist.[9]

5.2. Im Büro die Anweisungen des Herzogs für die Amtsführung unserer Behörde gelesen. Abends heiße Breiumschläge auf meinen Hoden, der wieder anzuschwellen beginnt.

7. 2. Höre in Westminster, dass die zum Tode Verurteilten aus dem Tower heute vor das Parlament gebracht werden sollen.[10]

10. 2. Dr. Fullers »Würdige Männer Englands« gelesen. Sehr beunruhigt, dass er nichts über uns sagt und meine Familie weder in Cambridge noch in Norfolk erwähnt, obwohl wir manches Gespräch über mein Wappen und meine Familie geführt haben. Aber ich glaube wirklich, unsere Familie war nie bedeutend.[11]

18. 2. Die Straßen voller Ziegel, die von dem gewaltigen Sturm gestern Nacht abgerissen wurden. Es ist gefährlich, sich im Freien zu bewegen, man hört, dass mehrere Menschen von herabstürzenden Gegenständen getötet worden sind und dass die Dekorationen in der Fleet Street zerstört wurden, ebenfalls Lady Sanderson, die in ihrem Bett umkam.

20. 2. Briefe aus Tanger von Mylord, er berichtet von einem großen Sieg gegen die Portugiesen.[12] Ging mit diesem Schreiben zum Lordkanzler ins Oberhaus.

23. 2. Bin heute mit Gottes Gnade neunundzwanzig geworden, in sehr gutem Gesundheitszustand und angenehmen Verhältnissen lebend, kann mich zu den glücklichsten Menschen in der Welt zählen, wofür ich Gott danke.

25. 2. Wir bekommen Briefe aus dem Forest of Dean, dass dort 1000 Eichen und ebenso viele Buchen vom Sturm gefällt wurden.

28. 2. Der Junge weckte uns heute nicht, wie ich befohlen hatte. Ich ärgerte mich und beschloss, ihn dafür und für viele andere Vergehen ordentlich zu verprügeln. Die Ruten waren aber so dünn, dass es ihm, fürchte ich, nicht einmal wehtat, sondern nur meinem Arm, den ich nachher beinahe eine Viertelstunde lang kaum bewegen konnte.

1. 3. Mit meiner Frau in »Romeo und Julia«.[13] Das schlechteste Stück, das ich je gesehen habe, dazu schauderhaft gespielt. Habe beschlossen, nie wieder in eine Premiere zu gehen, weil die Schauspieler dauernd ihren Text vergessen.

2. 3. Unterhielt mich lange mit meiner Frau im Bett über unser sparsames Leben in der nächsten Zeit, erklärte ihr, was ich tun würde, wenn ich zweitausend Pfund besäße: mich adeln lassen und eine Kutsche kaufen.[14]

3. 3. Habe eine Reihe von strengen Regeln aufgestellt in Bezug auf meine künftigen Ausgaben und ein Gelübde vor Gott darüber geleistet. Erfahre, dass im Parlament heute eine Schornsteinsteuer in Höhe von 2 Shilling im Jahr beschlossen worden ist.[15]

5. 3. Beim Zinngießer eine Sparbüchse gekauft, um meine Bußgelder hineinzutun, wenn ich meine Gelübde breche.

7. 3. Beizeiten nach Whitehall in die Kapelle, wo Dr. Creeton, der große Schotte, predigte, in Anwesenheit des Königs, des Herzogs und der Herzogin. Er eiferte mächtig dagegen, dass während der Passionszeit der Ehemann mit seiner Frau schläft.

14.3. Nachmittags kam der Deutsche Dr. Kuffler, der mit uns über seine Maschine zum Sprengen von Schiffen sprechen wollte. Wir bezweifelten nicht die Wirksamkeit des Apparats, sondern seine Transportierbarkeit; er versichert uns, dass, wenn er dem König das Geheimnis verraten habe (denn nur Könige und ihre Thronfolger dürfen es erfahren), der Apparat gänzlich gefahrlos erscheinen werde.[16]

23.3. In Whitehall Kapitän Isham getroffen, der Briefe von der Königin zum König gebracht hat. Die Königin und unsere Flotte sind immer noch in Lissabon, sie wollen erst in vierzehn Tagen aufbrechen.

24.3. Die schöne Perce kommt zu meiner Frau und bringt ihr zwei Perücken, die jetzt bei den Damen sehr in Mode sind; sehr hübsch, genau wie die Haarfarbe meiner Frau. Sah auf Plakaten nach, ob es irgendetwas im Theater gab, fand aber nichts, weil jetzt Karwoche ist.

26.3. Früh aufgestanden. Heute ist, dank Gottes großem Segen, der vierte Jahrestag, an dem ich meinen Stein losgeworden bin. Gott sei Dank in guter Gesundheit und in aussichtsreichen Verhältnissen, wofür der Name des Herrn gepriesen sei.

1.4. Nachmittags in die Oper, es gab »Das Mädchen in der Mühle«.[17] Mittendrin musste Lady Paulina, die heute früh Abführmittel genommen hatte, das Theater verlassen.

3.4. Zu Hause und im Büro, den ganzen Tag. Abends zu Bett.

4.4. Sehr beunruhigt, weil ich heute eine Leiche in der Themse schwimmen sah, die angeblich schon vier Tage im Wasser liegt; niemand holt sie heraus und verbrennt sie, was sehr barbarisch ist.

6.4. In der überfüllten Kapelle von Westminster in Anwesenheit des Königs eine sehr ehrliche Predigt gehört, u.a. gegen die Sünde des Ehebruchs, was dem König zu denken gegeben haben wird. Danach in den Park, wo der König und der Herzog von York ebenfalls spazieren gingen.

7.4. Mit dem Schiff nach Whitehall. Sprach an der Tür zum Parlament lange mit Mr. Coventry. Danach zum Oberhaus, stand im House of Lords unter den Bischöfen und Lords, bis die Kanzler kamen, dann mussten wir hinaus. Schickte ein Schreiben an den Lordsiegelbewahrer mit der Bitte um Ernennung eines Stellvertreters für mich, erfahre aber, dass der König dazu seine Einwilligung geben muss. Man spricht davon, dass Spanier und Holländer die Portugiesen bei Lissabon angreifen wollen, sobald unsere Flotte aufgebrochen ist;[18] das bedeutet, dass unsere Flotte nicht vor zwei, drei Monaten zurück sein wird.

10.4. Gestern kam Oberst Talbot mit Briefen aus Portugal, dass die Königin entschlossen ist, in dieser Woche nach England in See zu stechen.

11.4. Früh aufgestanden, Laute gespielt und gesungen. Um 6 Uhr mit Sir W. Penn mit dem Schiff nach Deptford zu den Schiffen, die jetzt mit Mannschaften und Pferden nach Portugal aufbrechen. In Greenwich mit Kapitän Minner spazieren gegangen. Erzählte unter anderem, dass ertrunkene Neger weiß aussehen und ihre Schwärze ganz verlieren, was ich noch nie gehört habe.[19]

13.4. Vormittags in St. Paul's, gute Predigt. Nachmittags in die Temple-Kirche. Dort fiel ein Junge, der offenbar eingeschlafen war, von einem hohen Gestühl herab, hätte sich das Genick brechen können, aber es ist nichts passiert.

15.4. Sah neumodische Unterröcke aus Seide, sehr hübsch, meine Frau möchte so einen haben, aber wir kauften keinen.

17.4. Zu Mr. Holliard am Vormittag, damit er mich zur Ader lässt, aber er war nicht zu Hause.

19.4. Sah, wie Barkestead, Okey und Corbet zum Galgen in Tilburn geschafft wurden;[20] dort erhängte und vierteilte man sie. Auf dem Weg sahen sie noch sehr vergnügt aus.

21.4. Versuchte heute Morgen im Bett meine Frau dazu zu überreden, dass sie nach Brampton fährt, aber sie will nicht, was mich ärgert. Konnte ihr nicht länger verschweigen, dass ich morgen nach Portsmouth reise.

22.4. Abschied von meiner Frau in gespannter Atmosphäre, weil sie gerne mitgekommen wäre. – In Guildford stachen wir in einem Garten Spargel für das Abendessen, den besten, den ich je gegessen habe.

24.4. Noch immer keine Nachricht von der Königin. Den ganzen Nachmittag Schiffe ausgezahlt.

26.4. In Southampton Mittagessen beim Bürgermeister. Die Stadt besteht aus einer einzigen vornehmen Straße und ist rings mit Mauern umgeben. Mache mir Sorgen wegen der Unscheinbarkeit meines Hutes, den ich mir geborgt habe, um meine Bibermütze zu schonen.

27.4. In den Werften. Hörte an Bord der ›Schwalbe‹ im Dock die Predigt unseres Flottenkaplans, sehr traurig, voller Unsinn und falschem Latein.

1.5. Frühmorgens in Portsmouth aufgebrochen. Mittags in Petersfield. Wir erfahren von Lord Carlingford, dass die Herzogin von York ein Mädchen geboren hat, worüber niemand erbaut zu sein scheint.[21]

4.5. Lange mit meiner Frau im Bett unterhalten. Dann kam Mr. Holliard und ließ mich zur Ader, etwa sechzehn Unzen, ich hatte überreichlich Blut und sehr gutes. Mir wurde anschließend schlecht, aber dann ging es wieder, und ich gab ihm 5 Shilling für seine Mühen.[22]

7.5. Zu Fuß nach Westminster. Erfahre, dass Mr. Montagu gestern Abend dem König gemeldet hat, er habe die Königin und die Flotte in der Bucht von Biskaya verlassen, er nehme an, sie sei jetzt vor der Isle of Scilly.

8.5. Höre von Sir G. Carteret, dass die Königin ihre Seekrankheit brav erträgt.

9.5. Der Herzog von York ist gestern Abend nach Portsmouth gefahren, so dass ich annehme, die Ankunft der Königin steht unmittelbar bevor.

11.5. Nachmittags nach Whitehall, ein paar Stunden im Park spazieren gegangen, den König gesehen, in einem mit Gold und Silber besetzten Gewand, das ganz aus der Mode ist.

18.5. Mit dem Schiff nach Whitehall, saß in der Kapelle in dem Gestühl, das mir als Sekretär des Lordsiegelamtes zusteht. Hervorragende Predigt von Dr. Hacker, Bischof von Lichfield und Coventry, über den Text »Wer dieses Wasser trinkt, soll niemals dürsten«.[23] Sehr gute Musik. Dann kam der König und empfing das Sakrament auf den Knien – ein sehenswerter Anblick. Später in den Thronratssaal, dort tagte der König mit dem Rat bis fast 11 Uhr abends, ich war gezwungen, die Gänge auf und ab zu gehen. Sie besprachen alle Gesetze, die morgen vom Parlament beschlossen werden sollen, bevor der König London verlässt und die Sitzungsperiode des Parlaments unterbrochen wird.

20.5. Ein wirklich vergnügliches Leben, das wir jetzt seit einiger Zeit führen. Der Herr sei gesegnet und mache uns dankbar dafür. Obwohl ich gegen das viele Geldausgeben bin, halte ich es doch für besser, sich einige Vergnügungen zu gönnen zu einem Zeitpunkt, wo wir gesund sind, Geld haben und die besten Möglichkeiten, als das Vergnügen aufzuschieben, bis wir alt oder arm geworden sind und es nicht mehr so richtig können.

21.5. Sah im Privatgarten von Whitehall die schönsten Hemden und leinenen Unterröcke von Lady Castlemaine, mit reichem Spitzenbesatz auf der Hinterseite – die schönsten, die ich je gesehen habe. Eine Wohltat für das Auge.

22.5. Kapitän Teddiman hat uns aus dem Indischen Ozean Anchovis, Oliven und Muskat geschickt. Was das ist, weiß ich nicht, schäme mich aber zu fragen.

24.5. Lasse mir von Mr. Creed alle wissenswerten Neuigkeiten erzählen, z. B. dass der Stierkampf ein primitiver, aber in Spanien sehr beliebter Sport ist, dass die Königin den Kapitänen und Offizieren keinerlei Belohnung gegeben hat, nur Mylord Sandwich, nämlich einen Beutel mit Goldstücken, etwa £ 1400 wert, dass die Königin sehr isoliert auf dem Schiff gelebt hat, nie auf Deck gekommen ist oder den Kopf aus ihrer Kabinentür gesteckt hat, dass die Mitgift sehr mager ist, wenig Geld, der Rest Zucker und andere Waren, dass der König von Portugal ein kompletter Narr ist.

25.5. Habe mich diese Woche täglich mit einem Bimsstein rasiert, sehr leicht, schnell und sauber, werde das weiter so machen.[24] Kapitän Ferrers zeigte mir im ›Triumph‹ einige portugiesische Damen, die der Königin vorausgeeilt sind. Nicht sehr attraktiv, und ihre Unterröcke seltsame Kleidungsstücke. Stelle fest, dass sie schon freizügig Küsse und muntere Blicke verteilen, sie werden ihr zurückgezogenes Leben in Portugal bald vergessen haben.

26.5. Mit meiner Frau im Red Bull Theatre, es gab »Doktor Faustus«,[25] so kümmerlich gespielt, dass uns ganz schlecht wurde, umso mehr, weil dies entsprechend einem Gelübde unser letzter Theaterbesuch für längere Zeit war. Mit der Kutsche nach Haus, in Moorefield noch eine Weile den Ringkämpfen zugesehen.

29.5. Heute war der Geburtstag des Königs, er wurde feierlich begangen. Heute ist auch die Königin in Hampton Court eingetroffen.

31.5. Ließ mir von Sarah den Kopf gründlich kämmen, er war so schmutzig von Puder und anderen Sachen, dass ich mich jetzt entschlossen habe, keinen Puder mehr zu benutzen. In einem plötzlichen Anfall rasierte ich auch meinen ganzen Bart ab, den ich eine lange Zeit hatte wachsen lassen, damit ich mit dem Bimsstein das ganze Gesicht, nicht nur die Kinnpartie, bearbeiten kann. Sarah wusch mir auch die Füße in einem Kräuterbad. Dieser Monat endet mit sehr schönem Wetter. Die Königin ist seit einigen Tagen in Hampton Court, die meisten Leute sagen, sie ist sehr hübsch,[26] und der König soll mit ihr sehr zufrieden sein; das wird, so fürchte ich, Madam Castlemaine zunächst ins Hintertreffen bringen. Allgemein herrscht eine unzufriedene Stimmung – einige halten sich für zu sehr ausgenutzt, andere für zu wenig belohnt vom König. Gott schütze uns alle. Ich habe kürzlich einen Eid geschworen, nicht mehr zu trinken und nicht mehr ins Theater zu gehen; die Auswirkungen sind sehr positiv.

2.6. Heute zog meine Frau zum ersten Mal ihre geschlitzte Weste an, die sehr hübsch aussieht.[27]

4.6. Nach Woolwich, wo ein Experiment mit holländischen Schiffstauen gemacht wurde, die sich als sehr schlecht herausstellten und nicht gegen die Rigaer Garne ankamen.[28]

6.6. Der Schmied, der sich wegen anderer Dinge in meinem Büro aufhielt, öffnete eine Kiste, die dort schon seit meinem Amtsantritt gestanden hatte und in der sich ein wunderbares Schiffsmodell befand; ich weiß nicht, ob es dem König gehört oder Mr. Turner.

9.6. Mir wurde Mr. Bond[29] empfohlen als jemand, der mir die Kunst des Holzmessens beibringen kann sowie andere nützliche Dinge für meinen Beruf.

10.6. Hätte mir beim Buchhändler gerne die Werke des Königs[30] gekauft, die jetzt gerade in einem Folio-Band erschienen sind, und sie dann Mylord geschenkt. Aber ich glaube, es ist besser, das Geld zu sparen.

12.6. Probierte heute Morgen meinen Reitanzug aus, mit engen Knien, die sehr bequem sind.

13.6. Um 4 Uhr morgens aufgestanden und Ciceros »Zweite Rede gegen Catilina« gelesen, die mir ausnehmend gut gefällt; Cicero ist ein Schriftsteller, den ich ganz besonders schätze.[31]

14.6. Gegen 11 Uhr fuhren wir zum Tower und beobachteten die Hinrichtung von Sir Henry Vane. Sehr viele Menschen. Er hielt eine lange Rede, die mehrmals vom Sheriff unterbrochen wurde; man wollte ihm sein Manuskript aus der Hand nehmen, aber er ließ es nicht los. Trompeter wurden unter dem Zuschauergerüst aufgestellt, damit man ihn nicht verstehen konnte. Schließlich betete er, legte seinen Kopf in die Schlinge und empfing so den Tod, wir konnten vor lauter Gedränge diesen Augenblick nicht sehen. Heute hörte ich, dass Lord Peterborough unerwartet aus Tanger eingetroffen ist und dem König einen Bericht über die Situation dort gegeben hat, die nicht gerade sehr rosig ist. Es heißt auch, dass die Spanier mit dreizehn Segelschiffen vor Lissabon stehen, was kein gutes Zeichen für das Schicksal Portugals ist.[32]

18.6. Heute wurden in meinem Büro die Fenster geputzt. Nach Hause, und nach einigen lustigen Wortwechseln mit meiner Frau und den beiden Dienerinnen in der Küche (ich bin sehr zufrieden mit den beiden Mädchen) zu Bett.

19.6. Lange Beratung im Büro wegen eines Vertrags über 500 Tonnen Hanf, ich soll die Bedingungen zusammenstellen.

22.6. Erfahre heute, dass eine portugiesische Dame in Hampton Court bereits ein Kind zur Welt gebracht hat, seit der Ankunft der Königin. Der König wollte nicht öffentlich nach dem Vater forschen lassen, so weiß niemand, wer es ist.

25.6. Um 4 Uhr morgens aufgestanden und ins Büro. Danach in die Thames Street und am Hafen die Preise für Teer und Öl erforscht. Sehr zufrieden mit den Ergebnissen, hoffe, auf diese Weise dem König viel Geld zu sparen.

26.6. Abführmittel genommen. Mittags drehte sich mir der Magen um, als der Stör auf den Tisch kam, auf dem ich viele kleine Würmer kriechen sah.

27.6. Zu Mylord, der sofort aus dem Bett aufstand, als er von meiner Ankunft erfuhr, und im Nachthemd über zwei Stunden mit mir wichtige Staats- und persönliche Probleme erörterte. Mr. Holliard war heute bei meiner Frau und befreite sie von ihren Ohrenschmerzen, indem er eine große Menge Ohrenschmalz entfernte, das sich im Ohr verhärtet hatte, worüber ich sehr erfreut bin.

28.6. Alle fürchten einen bevorstehenden Krieg mit den Holländern.[33] Wir haben Befehl, zwanzig Schiffe kampfbereit zu machen. Ich hoffe, nur zur Abschreckung; denn Gott weiß, dass der König derzeit nicht einmal fünf Schiffe in die Schlacht schicken könnte, wir haben weder Geld noch Kredit, noch Vorräte.

Meine Seele ist jetzt in einem herrlichen Zustand der Ruhe und Zufriedenheit, seit ich mich nur meinen Dienstgeschäften widme. So wirken sich die Gelübde gegen Theaterbesuche und Weintrinken positiv aus. Mit Gottes Hilfe werde ich standfest bleiben.

30.6. Zeitig aufgestanden und ins Büro, wo ich Griffins Dienerin vorfinde, die gerade saubermacht. Gott verzeih mir, aber sie gefällt mir nicht übel, habe jedoch nichts unternommen. Als sie weg war, bohrte ich einige Löcher in die Wand, um von meiner Amtsstube in das große Büro sehen zu können.

Beobachtungen:

Ich schätze die gegenwärtige Lage besonders ungünstig ein. Der König amüsiert sich mit seiner neuen Königin in Hampton Court. Fast alle Schichten der Bevölkerung sind unzufrieden. Die einen glauben, der König tue zu wenig für sie, die anderen (größtenteils Fanatiker) beklagen den Verlust ihrer Gewissensfreiheit. Am schlimmsten sind die Bischöfe, die wahrscheinlich wieder alles ruinieren werden. Heftiger Widerstand gegen die Schornstein-Steuer. Kriege im Ausland stehen bevor, wir müssen Portugal unterstützen, wo wir nicht einmal ausreichend Geld im Mutterland haben.

3.7. Von Mr. Lewis zum obersten Beamten der Seefahrtskasse in Chatham ernannt. Er sagte mir, bis heute sei dort schlecht gewirtschaftet worden, und es sei notwendig, die Dinge dort wieder in Ordnung zu bringen. Das will ich, so Gott will, tun.

4.7. In der Frühe kam Mr. Cooper, der mir Mathematik-Unterricht geben wird. Nach einer Stunde Arithmetik machte ich die ersten Versuche, die Multiplikationstabelle zu lernen.[34]

5.7. Nachmittags versuchte Mr. Creed mit großem rhetorischem Aufwand, mich zu einem Theaterbesuch zu überreden. Ich hätte auch große Lust gehabt, trotz meiner Gelübde, aber ich blieb fest und hoffe, dass das immer so bleibt.

6.7. Höre von Mylady, dass der König noch immer mit Lady Castlemaine so häufig zusammen ist wie früher. Gott verzeih mir's, aber das freut mich sehr.

9.7. Um 4 Uhr früh aufgestanden und hart mit meinen Multiplikationstabellen gearbeitet. Bohrte im Büro ein Loch hinter meinem Stuhl in die Wand, damit ich in die große Amtsstube sehen kann.

13.7. Als Friedensrichter in Kent muss ich einige Haftbefehle unterschreiben, u. a. gegen einen gewissen Annis, der nächsten Dienstag in Maidstone vor Gericht steht wegen Bleidiebstahl in der Werft von Woolwich. Nach Hause zurückgekehrt, fand ich einen Kaninchenbraten auf dem Tisch vor, speiste vorzüglich. Tagebuch geführt und dann zu Bett.

14.7. Unterrichtete mich am Hafen genau über Teerarten und -preise, konnte aber von dem guten Stockholmer Teer[35] wegen der hohen Preise nichts für unser Amt kaufen.

16.7. Heute erfuhr ich, dass Lady Castlemaine mit ihrem Mann ganz auseinander ist und ihn gestern verlassen hat, mit all ihrem Silber, den Juwelen und ihren besten Sachen. Sie ist nach Richmond zu ihrem Bruder gezogen, wohl damit der König sie dort leichter besuchen kann. Merkwürdig, wie ich – ihrer Schönheit zuliebe – alles zu ihrem Besten auslege, obwohl ich im Grunde genau weiß, dass sie eine Hure ist.

19.7. Bei strömendem Regen Schutz am Themse-Ufer gesucht. Sah den König in seiner Barkasse vorbeifahren; es verringerte meine Achtung vor ihm, dass er nicht in der Lage zu sein scheint, dem Regen Einhalt zu gebieten.

20.7. Mit meiner Frau lange im Bett gesprochen. Sie scheint endlich bereit zu sein, zwei Monate aufs Land zu gehen. Ich werde nur mit Will, dem Jungen, hierbleiben, sie nimmt die beiden Mädchen mit.

21.7. Nach Woolwich in die Seilerei. Ich bin jetzt ein solcher Experte auf diesem Gebiet, dass ich dem König dadurch sehr nützliche Dienste leiste.

23.7. Sehr beunruhigt über das Gerücht, dass Lord Sandwich umgekommen ist. Hoffe, dass nichts Wahres daran ist.

25.7. Sir W. Batten erklärt mir, dass man Anstoß daran nimmt, wenn Sir W. Penn seine Frau auf Staatskosten mit nach Portsmouth nimmt.

26.7. Erfuhr heute Nachmittag in Westminster, dass der König und die Königin von Hampton Court nach Whitehall kommen werden, für den ganzen Winter.

28.7. Um 6 Uhr morgens Abschied von meiner Frau. Höre im Tower, dass die Königin-Mutter schon in Woolwich eingetroffen ist, in ihrer Begleitung Lord Sandwich.

30.7. Kapitän Cooper hielt mir einen Vortrag über die Einzelheiten des Schiffsrumpfes, dabei kam mir das Modell im Büro sehr zustatten.

1.8. Gott verzeih mir's, aber ich war sehr betrübt, als ich erfuhr, dass Sir W. Penns Mädchen Betty gestern abgereist ist, ich hätte mich gerne noch vor ihrer Abreise mit ihr eingelassen, sie war sehr hübsch. Meine eigene Dienerin ist auch nicht zu verachten, aber ich traue mich nicht, aus Furcht, sie könnte mir einen Korb geben und es dann meiner Frau erzählen.

3.8. Kapitän Cooke erzählte mir, wie verachtet der Beruf des Henkers in Polen ist.

6.8. Der Chirurg Mr. Pierce berichtet von einem Duell zwischen Mr. Edward Montagu und Mr. Cholmely. Der Letztere erwies sich als zu stark für Montagu, der ständig zurückweichen musste, schließlich in einen Graben fiel und seinen Degen verlor. Montagu hat dabei sein letztes Ansehen eingebüßt, worüber ich mich sehr freue, weil er das verdient hat. Kann mich kaum beherrschen, wenn das Mädchen da ist, hoffe aber, dass ich mich nicht zu schändlichen Sachen hinreißen lasse. Als ich spätabends in meinem Zimmer dies aufschrieb, lief eine Maus über meinen Tisch, ich sperrte sie in einem Schubfach bis zum nächsten Tag ein.

7.8. Meine Arbeit macht mir immer mehr Spaß, wahrscheinlich weil ich nicht mehr trinke und nicht mehr ins Theater gehe.

15.8. Bei den Buchhändlern im Hof von St. Paul's. Erfahre, dass nächsten Sonntag die letzten presbyterianischen Geistlichen enteignet werden;[36] hoffe, dass alles gut geht, denn die Unzufriedenheit ist groß.

17.8. Sehr früh aufgestanden, heute ist der letzte Sonntag, an dem die Presbyterianer predigen dürfen. Wollte gerne Dr. Bates Abschiedspredigt hören, aber St. Dunstan's war um 7 Uhr noch geschlossen. Ging deshalb im Temple Garden spazieren und las meine Gelübde durch. Sehr zufrieden mit mir, wie ich mich in allem zum Guten geändert habe, seit ich sie ablegte. Gott lasse mich so fortfahren und dankbar dafür sein. Offenbar haben sich heute die meisten Presbyterianer von ihren Kanzeln verabschiedet. Die Stadt ist sehr unzufrieden mit dieser Entwicklung. Ich bete zu Gott, dass uns der Frieden erhalten bleibt und dass die Bischöfe die richtigen neuen Männer einsetzen; wenn das nicht geschieht, wird alles zusammenbrechen.

18.8. Nach dem Frühstück mit Mr. Deane nach dem Waltham Forest geritten. Dort verriet er mir das Geheimnis, wie der König beim Verrechnen des Bauholzes betrogen wird. Es wird mir ein Vergnügen sein, diese Zustände zu beseitigen.

19.8. Erfahre von Mr. Creed, dass Mylord mich für die Tanger-Kommission[37] vorgeschlagen hat; nicht nur eine große Ehre für mich, sondern auch sehr profitabel.

20.8. Mittag bei einem Mr. Barwell. Seine Frau sehr üppig gebaut, ihre Dienerin ein hübsches braunhaariges Mädchen. Spüre, dass meine alte Neigung zum Wein wieder stärker wird.

22.8. Um 3 Uhr morgens vom Prasseln eines gewaltigen Regenschauers aufgewacht, und als dann noch die eingesperrte Katze zu miauen anfing und auf mein Bett sprang, konnte ich nicht wieder einschlafen.

23.8. Heute Nachmittag fuhr die Königin von Hampton Court nach Whitehall. Riesige Mengen von großen und kleinen Booten auf der Themse, so dass man kaum noch das Wasser sehen konnte. Lady Castlemaine stand an einem Landungssteg; als ein Gerüst mit Zuschauern einstürzte, lief sie gleich hinzu und kümmerte sich um ein verletztes Kind, ich finde das sehr nobel von ihr.

24.8. Höre bei Mr. Rawlinson, dass es in einer Kirche in Friday Street Unruhen gegeben hat; junge Leute haben sich zusammengerottet und laut Schmähungen gegen das »Book of Common Prayer« gerufen, einige sollen es sogar zerrissen haben.[38]

31.8. Ich muss dem Allmächtigen dankbar sein, der mich so offenkundig segnet, was meine Büroarbeit angeht, ich spare jetzt und halte meine Ausgaben sehr niedrig. Meine Frau ist noch immer auf dem Lande. Mein Haus verdreckt, aber die Bauarbeiten gehen gut voran.

1.9. Beizeiten aufgestanden und dann per Kutsche an den Hof von St. James's; heute war die erste der in Zukunft wöchentlichen Sitzungen beim Herzog von York. Doch als wir ankamen, fuhr er gerade mit seiner Herzogin in einer Kutsche davon, er sagte uns gerade noch, dass er heute mit der Königin eine Reise unternehme.

6.9. Ließ heute Nachmittag in der Bürotür ein neues Schloss einsetzen, weil ich neulich meine Schlüssel dazu verloren hatte, sehr ärgerlich.

7.9. Mr. Pierce, der Chirurg, nahm mich mit ins Somerset House, ins Vorzimmer der Königin-Mutter. Die Königin saß zu ihrer Linken (ich hatte sie noch nie gesehen, sie ist nicht besonders liebreizend, hat aber einen angenehmen, unschuldigen Gesichtsausdruck), ich sah auch Lady Castlemaine und Mr. Crofts, den Bastard des Königs, einen hübschen 15-jährigen Bengel. Nach einiger Zeit kam der König und dann der Herzog und die Herzogin von York; ein für mich ganz ungewöhnlicher Anblick. War aber etwas beunruhigt, weil ich meiner Frau versprochen hatte, sie bei einer solchen Gelegenheit mitzunehmen.

14.9. Mit dem Schiff nach Whitehall. Höre unterwegs, dass der Bischof von London strikte Order erlassen hat, dass keine Schiffe am Sonntag fahren dürfen. Auf dem Rückweg wurden wir tatsächlich kontrolliert, aber als ich sagte, wer ich sei, verlief alles glimpflich.

15.9. Zur Sitzung mit dem Herzog von York nach Whitehall. Erfuhren, dass der Herzog heute auf der Jagd ist.

16.9. Meine Frau schreibt, dass sie mit meinem Vater, meiner Mutter und sämtlichen Dienern nicht mehr so gut auskommt.

20.9. Heute Abend schickte der Friseur seinen Gesellen, der berichtet, dass in Westminster drei oder vier Geschäftsleute verrückt geworden sind; sie sind entweder tot zu Boden gefallen oder wahnsinnig geworden.

21.9. Habe die Königin in ihrer Kutsche vorbeifahren gesehen, auf dem Wege zum Gottesdienst in St. James's.[39] Ich gleich hinterher, bis in ihr Ankleidezimmer, von wo ich die Mönche und Priester in ihren prächtigen Gewändern ankommen sah. Hörte auch die Musik, die zwar gut sein mag, mir aber nicht so vorkam. Die Königin sehr devot. Ein Mönch predigte auf Portugiesisch, was ich nicht verstand.

22.9. Nach St. James's. Dem Herzog von York über alle wichtigen Ereignisse der letzten Zeit berichtet. Hatte große Schmerzen von einer Kolik, die ich mir gestern geholt habe, als ich mir die Strümpfe auszog, um die Zehen abzuwischen.

24.9. Zu Lord Crew. Er rät mir, Lord Sandwich davon abzuhalten, sich in der Tanger-Angelegenheit zu weit vorzuwagen. Er glaubt, der König wird nicht genug Geld auftreiben können, um die Mole bauen zu lassen. Dann zu Mr. Wotton, dem Schuhmacher, kaufte ein Paar für 30 Shilling. Sehr zufrieden, dass ich von mehreren Seiten höre, wie beliebt ich bei den armen Leuten bin, die ins Büro kommen.

25.9. Sir J. Mennes erzählt, dass man in Portugal nichts davon hält, Toiletten in Form eines Stuhls zu verwenden; stattdessen scheißt man in Töpfe und kippt sie in den Fluss.

27.9. Meine Frau wieder zurück, etwas fetter geworden. Große gegenseitige Liebe.

28.9. In die französische Kirche im Savoy. Das »Book of Common Prayer« wird dort in französischer Übersetzung benutzt.[40] Der Geistliche predigt ohne Kopfbedeckung, wahrscheinlich in Anpassung an unsere Gewohnheiten.

29.9. Heute enden meine Gelübde betreffs Wein und Theater. So beschloss ich, mir eine Freiheit zu gönnen, bevor ich wieder damit beginne. Ging deshalb ins King's Theatre, wo »Ein Sommernachtstraum«[41] gespielt wurde, ein Stück, das ich noch nicht gesehen habe und auch nie wieder sehen werde, denn es ist das geschmackloseste, lächerlichste Zeug, das ich mein Lebtag gesehen habe. Einige gute Tänze und ein paar hübsche Weiber waren das einzige, was mir Vergnügen machte.

30.9. Merkwürdig, wie schnell ich wieder Geschmack an Wein und Theater bekomme, aber diesen Abend habe ich wieder ein Gelübde bis Weihnachten abgelegt.

Gott helfe mir bei der Einhaltung, denn er allein kann es bewirken, dass ich mich mehr meinen Geschäften widme. Die Lage ist allgemein ruhig, aber der König ohne Geld und keine Aussicht auf Änderung, dadurch wird es zum Zusammenbruch kommen, besonders in der Flotte. Die Aktion gegen die Presbyterianer ist sehr friedlich verlaufen, man hat sich weniger aufgeregt darüber, als ich angenommen hatte.

2.10. Hörte in Whitehall, dass es im Cockpit Theatre ein neues Stück gibt. Folgte zufällig vier oder fünf Herren, die in eine kleine private Tür eingelassen wurden und geriet so in eine der Logen dicht bei der Loge des Königs. Konnte zwar den König und die Königin nicht sehen, dafür aber viele vornehme Damen, die allerdings gar nicht so besonders attraktiv waren, aber sehr gut angezogen.

Es gab den »Kardinal«,[42] eine Tragödie, die ich noch nie gesehen habe, die aber auch nicht besonders gut ist. Die Gesellschaft in meiner Loge bestand nur aus Franzosen, die sich ein Vergnügen daraus machten, eine hübsche Dame in ihrer Mitte für sich übersetzen zu lassen.

3.10. Zum Mittag Heringe, die ersten dieses Jahres.

5.10. Meine Frau möchte gerne Tanzstunde nehmen, bin damit einverstanden.

6.10. Las in einem Buch über die Profite der holländischen Fischer in unseren Gewässern.

8.10. Lord Sandwich teilte mir zu meiner ganz außerordentlichen Freude mit, wie sehr der Herzog von York mich schätzt; er habe ihm gestern von ganz allein erzählt, dass er ihm danke für einen bestimmten Beamten im Flottenamt – das bin ich. Dies ist die größte Wohltat und Ermutigung, die mir bisher in meinem Leben widerfahren ist. Dem König wird heute Abend ein besonderes Puppentheater vorgeführt.[43]

9.10. Man erzählt sich, dass die Königin schwanger sei; die Staatskarossen haben Anweisung, besonders vorsichtig durch die Straßen zu fahren. Starke Fußschmerzen von den neuen Schuhen.

10.10. Meine Füße sind so geschwollen, dass ich die neuen Schuhe nicht mehr ankriege, ärgere mich maßlos darüber. Nach Cambridge geritten, Wahlversammlung in der Universität. Mein Vetter besorgte mir einen Talar und einen Hut, und ich stimmte wie folgt ab: ›Ego Samuel Pepys eligo Magistrum Bernardum Skelton.‹ Sehr zufrieden mit mir, weil ich so etwas schon immer tun wollte und nie die Gelegenheit dazu hatte.

11.10. Nach Brampton geritten, zu meinen Eltern.

13.10. In Portholme die Milchmädchen gesehen, fröhlich, sie tragen die Milch mit Gesang ins Dorf.

14.10. Abschied von den Eltern, ohne etwas gegessen zu haben. Zu meiner Schwester Pall nicht sehr freundlich gewesen, finde sie so garstig, dass ich sie nicht lieben kann. Sie ist eine solche Heuchlerin, dass sie ganz nach Wunsch weinen kann.

17.10. Mit Mr. Creed nach Westminster. Man erzählt mir, wie die Dinge am Hof stehen. Die jungen Leute geben den Ton an, die alten, seriösen Lords sind in Ungnade gefallen. Der König hört am meisten auf Sir Charles Barkely und Sir H. Bennet sowie auf Lady Castlemaine. Mrs. Haslerigge, die große Schönheit, liegt im Kindbett, der Vater des Kindes ist entweder der König oder der Herzog von York.

18.10. Mein Kopf ist voll mit Geschäften und den Problemen meines Bruders Tom. Konnte nicht schlafen, nicht vor Sorgen, sondern wegen der vielen Gedanken, die mir durch den Kopf gingen.

19.10. Machte mich zurecht und legte mein erstes Spitzenbäffchen an; es ist so schmuck, dass ich künftig keine Kosten für solche Spitzenbäffchen sparen werde. Bin sehr betrübt zu hören, dass der Verkauf von Dünkirchen an die Franzosen so ungünstig aufgenommen wird, besonders von den Kaufleuten.[44] Heute Abend wurden alle Stadttore geschlossen und Doppelwachen zogen überall auf. Alle haben Befürchtungen und beobachten den Hof mit Misstrauen.[45]

22.10. Zu Lord Sandwich, der mir gegenüber immer freundlicher wird, jetzt wo er sieht, dass ich in der Welt ein angesehener Mann bin.

24.10. Mr. Pierce, der Chirurg, erzählt mir, dass der König allen Anhängern der Königin die kalte Schulter zeigt und sich immer mehr bei Mrs. Palmer aufhält.

26.10. Den ganzen Tag über Soldaten in der Stadt gesehen. Man sagt, dass in Dorset eine Verschwörung entdeckt worden ist.[46] Nach Hause und zu Bett, Gott sei Dank in gefasster Stimmung, ich fürchte nur, meine Kerze geht gleich aus, deshalb schreibe ich so unruhig.

31.10. Lag morgens lange im Bett. So endet dieser Monat. Meine Familie und ich in gutem Gesundheitszustand. Ich bin mit einem Auftrag für Lord Sandwich und Sir H. Bennet beschäftigt, wir sollen nach Mr. Baxters Geld suchen, das dieser in einem Keller im Tower versteckt hat. Im Übrigen habe ich, Gott sei Dank, keine Probleme; bin glücklich wie nur irgendjemand. Wenn mein Haus vollständig eingerichtet wäre, würde ich Gott, dem König und mir selbst gute Dienste leisten. Ich halte mich auch streng an meine Gelübde gegen Alkohol und Theater, wodurch ich Zufriedenheit und Befriedigung in der Arbeit erreiche. Die öffentlichen Angelegenheiten sind durch allgemeine Unzufriedenheit gekennzeichnet. Man spricht von Verschwörungen, die Gefängnisse der Stadt sind voller einfacher Leute. Eine Verschwörung hat es zweifellos gegeben, nur hat sie ihr Ziel nicht erreicht.

1.11. Drei oder vier Stunden im Tower-Keller gegraben, nichts gefunden.

2.11. Schmerzen beim Wasserlassen, habe mich heute früh erkältet, als ich zu lange barfuß saß und meine Hühneraugen entfernte. Meine Frau und ich verbrachten den Abend damit, Du Bartas' »Imposture« zu lesen, ein ausgezeichnetes Werk.[47]

3.11. Lord Sandwich erzählt mir, dass Lady Castlemaine schwanger ist und dass der Herzog von York sich in Lady Chesterfield verliebt hat.

7.11. Zum dritten Mal im Tower gegraben, bis 7 Uhr abends, wieder vergeblich.

12.11. Schwierigkeiten mit meiner Frau, die unbedingt eine Gesellschafterin haben möchte.

15.11. In »Bussy D'Ambois«[48] gelesen, einem guten Theaterstück, das ich mir heute gekauft habe.

17.11. In Whitehall; im Cockpit Theatre »The Scornful Lady«[49] gesehen, gute Aufführung, der König und der ganze Hof anwesend. Beunruhigt, dass die Gesellschafterin für meine Frau nicht kommen will, sie gefällt mir ausnehmend gut.

22.11. Kaufte heute ein Buch über ländliche Tänze für die Gesellschafterin, die eine sehr gute Tänzerin sein soll.

24.11. Als ich mit Sir J. Mennes und Sir W. Batten nach Whitehall ging, erfuhren wir, dass der König und der Herzog von York heute in den Tower kommen wollen, um sich das Geld für den Verkauf von Dünkirchen anzusehen. Fuhren ihnen mit der Kutsche nach und besichtigten zusammen mit dem König und dem Herzog die Magazine. Der König fuhr dann weiter nach Woolwich, obwohl es sehr kalt war; der Herzog zurück nach Whitehall, wohin ihm zu folgen er uns befahl. Wir besprachen mit ihm die Möglichkeit, einen Teil der Gelder für die Flotte zu verwenden.

25.11. Viel Gerede im Volk; einige Fanatiker behaupten, das Ende der Welt stehe bevor, am nächsten Dienstag werde es eintreten – wovor uns Gott, wenn es denn wahr ist, beschützen möge.

27.11. Beim Aufwachen sehe ich, dass die Dächer der Häuser ringsum mit Schnee bedeckt sind, ein seltener Anblick. Mittags zum Tower Hill, um den russischen Gesandten zu sehen.[50] Ihn selbst sah ich nicht, aber seine Begleitung in Tracht und Pelzmützen, stattliche, ansehnliche Burschen, die meisten trugen Falken auf der Faust, als Geschenke für den König. Aber weiß Gott, was für eine alberne Angewohnheit der Engländer, die immer lachen und spotten müssen über alles, was sonderbar aussieht.

28.11. Sehr strenger Frost.

30.11. So endet dieser Monat bei scharfem Frost. Ich selbst und die Familie wohlauf, bin aber sehr in Sorge wegen des Erbschaftsprozesses, ebenso wegen der Auswirkungen, die die neue Gesellschafterin meiner Frau auf unser Leben haben wird. Hoffentlich wird sie nicht zu teuer. Die öffentlichen Angelegenheiten durch Unzufriedenheit mit dem Hof gekennzeichnet. Am meisten Sorgen bereitet der Klerus, der sich den Bischöfen widersetzt.

1.12. Im Cockpit Theatre »Cid«[51] gesehen. Hatte das Stück mit Genuss gelesen, aber auf der Bühne ist es langweilig. Der König und die Königin lächelten nicht ein einziges Mal während des ganzen Stücks.

2.12. Krach mit meiner Frau wegen Sarah, der Magd.

5.12. Früh aufgestanden. Schnee und strenger Frost. Sarah wird uns heute oder morgen verlassen. Herrin und Magd sind wohl noch nie aus so törichten Gründen auseinandergegangen. Das Mädchen weinte, und ich hätte beinahe auch geweint.

Als ich abends nach Hause kam, war Gosnell, die Gesellschafterin, schon angekommen. Sie singt vorzüglich.

7.12. Zu meiner Tante Wight, wo wir uns über die Schönheit der Königin stritten; ich leugne sie und weise darauf hin, dass, wenn meine Nase schön ist, auch die Königin schön sein muss.

8.12. Zum Herzog von York. Dann in den Park, wo ich den Schlittschuhläufern zusah.

15.12. Zu Mylord und dann zum Herzog von York. Ging mit ihm in den Park, wo er unbedingt Schlittschuh laufen wollte, obwohl das Eis nicht mehr hielt und sehr gefährlich war. Höre, dass Lord Rutherford Gouverneur von Tanger geworden ist, aus welchen Gründen auch immer, Lord Peterborough wird abberufen. Das zeigt nur, wie schlüpfrig der Boden ist, auf dem sich die Höflinge bewegen. Bei der Heimfahrt rammte meine Kutsche die Auslagen eines Metzgers, woraufhin dieser die Pferde anhielt und Schadenersatz verlangte. Gab ihm einen Shilling, er war's zufrieden.

18.12. Mr. Coventry lud sich bei uns zum Essen ein, worauf ich sehr stolz bin. Aber da das Essen nur aus einer Hammelkeule und zwei Kapaunen bestand, die nicht reichten, war ich sehr verärgert und sagte, als er gegangen war, meiner Frau und den Dienern gehörig Bescheid.

21.12. Mylord erzählt mir, dass unsere Sarah geheiratet hat und zu einer Trinkerin geworden ist.

22.12. Mit meiner Frau Ovids »Metamorphosen«[52] gelesen.

24.12. Man sagt, dass es widerstreitende Parteien am Hofe gibt, angeblich ist es zu Differenzen zwischen dem König und dem Herzog von York gekommen, ob die Königin schwanger ist oder nicht. Wenn das Parlament wieder zusammentritt, wird es einem großen Mann an den Kragen gehen, wahrscheinlich dem Lordkanzler.

27.12. Mit meiner Frau ins Duke's Theatre, wo es den zweiten Teil von »Rhodes«[53] gab. Kein gutes Publikum, überwiegend Kleinbürger, kaum ein Gentleman oder eine Dame darunter. Eine Gruppe von Lehrlingen pöbelte einige hübsche Damen an.

29.12. Zu Fuß nach Whitehall. Der Lordschatzmeister hat der Flotte £ 200 000 zugewiesen.

31.12. Lag ziemlich lange im Bett. Dann nach Whitehall, mit Mr. Povy zum Ball am Hofe. Erst in die Gemächer des Herzogs, dann in den Ballsaal, der gerammelt voll war mit vornehmen Damen. Nach einer Weile erschienen der König, die Königin, Herzog und Herzogin sowie alle Größen des Hofes. Der König tanzte zunächst mit allen eine Branle, dann allein eine Courante, schließlich folgten englische Volkstänze. Von den Damen konnten die Mätresse des Herzogs von Monmouth sowie Lady Castlemaine am besten tanzen. Wenn der König tanzt, erheben sich alle. Mir gefiel es über die Maßen, es war das schönste Schauspiel, das ich mir am Hof vorstellen kann.

So endet dieses Jahr. Unser Haus im Flottenamt ist fertig. Wir sind gesund, ich besitze etwa £ 650. Der König will seine Ausgaben für Familie, Flotte und alles andere einschränken, aber er geht seinem Vergnügen mehr als ratsam nach. Sein öffentliches Verhältnis mit Lady Castlemaine ist eine Schande – Gott bessere ihn!

1663

1.1. In Whitehall bewegte ich mich zwischen den Höflingen, bei denen ich jetzt schon ziemlich bekannt bin. Mrs. Sarah erzählt uns, dass der König vier- oder fünfmal in der Woche bei Lady Castlemaine übernachtet; er bleibt bis zum frühen Morgen und geht dann allein durch den Garten zurück, so dass sich sogar die Wachen darüber aufhalten. Ich stelle fest, dass das Leben am Hof durch und durch verdorben ist.

5.1. Sah im Cockpit Theatre »Claracilla«,[1] ein kümmerliches Stück, in Anwesenheit des Herzogs und der Herzogin gespielt, die sich sehr merkwürdig benahmen, sich die Hände küssten und aneinanderlehnten.

6.1. Sehr verärgert, weil meine Frau ihren Schal, ihre Weste und ein Nachthemd in der Kutsche liegen ließ, die uns von Westminster zurückbrachte. Muss allerdings zugeben, dass ich auf die Sachen aufpassen sollte.

8.1. Wollte mit meiner Frau ins Duke's Theatre, dort gibt es das berühmte neue Stück »Die Abenteuer von fünf Stunden«,[2] trieb sie nach dem Essen zur Eile an. Weil die Magd mit den Schlüsseln schon gegangen war, mussten wir von einem Schmied die Kleidertruhe meiner Frau aufbrechen lassen. Ein hervorragendes Stück, ohne ein einziges unanständiges Wort.

9.1. Als ich aufwachte, fing meine Frau mit viel Kummer und Tränen wieder davon an, dass sie eine neue Gesellschafterin brauche. Schließlich ließ sie durch Jane ein Bündel Schriftstücke holen und zog die Abschrift des Briefes hervor, den sie mir vor einiger Zeit in einem Anfall schlechter Laune geschrieben hatte, den ich aber damals nicht las, sondern verbrannte. Diesen Brief las sie nun vor, er war sehr scharf, in Englisch geschrieben, dazu das meiste sehr wahr, von wegen ihres zurückgezogenen Lebens, und wie wenig angenehm das für sie sei. Da der Brief aber in Englisch geschrieben war und die Gefahr bestand, dass er auch von anderen Personen gelesen wurde, regte ich mich sehr auf und befahl ihr, die Abschrift zu zerreißen. Als sie sich weigerte, riss ich ihr den Zettel aus der Hand und zerfetzte ihn, nahm dann auch das ganze Bündel an mich, sprang aus dem Bett und stopfte es in meine Hosentasche, damit sie es mir nicht mehr wegnehmen konnte. Nachdem ich Strümpfe, Hosen und Rock anhatte, nahm ich ein Blatt nach dem anderen heraus und zerriss es vor ihren Augen, obwohl mein Herz dabei blutete, da sie weinte und bat, es nicht zu tun. Aber zu groß waren meine Wut und die Aufregung darüber, dass meine Liebesbriefe an sie und mein Testament, worin ich ihr alles vermacht habe, als ich mit Mylord Sandwich auf See ging, mit diesem Brief zusammenlagen, der so entehrend und schmachvoll für mich gewesen wäre, wenn ihn jemand in die Hände bekommen hätte. Ich zerriss deshalb alles außer einem Schuldschein von Onkel Robert, außer unserem Trauschein und dem ersten Brief, den ich ihr als Verehrer geschrieben hatte, sammelte die Fetzen auf, trug sie in mein Zimmer und verbrannte dort alles. Dann sehr verärgert ins Büro. Wieder nach Hause zum Essen, wo ich während der ganzen Mahlzeit ein Lächeln nicht verkneifen konnte. Als aber meine Frau von neuem zu schimpfen anfing, wurde ich wieder wütend. Anschließend wieder ins Flottenamt. Abends wieder vertragen, obwohl wir in unserem ganzen Leben noch nie so zornig aufeinander waren wie heute. Glaube deshalb, dieses Herzeleid wird so bald nicht vorüber sein; die Wahrheit ist, dass es mir jetzt leidtut, so viele von meinen Liebesbriefen zerrissen zu haben, die ich von See und anderswoher geschrieben habe.

13.1. Meine Frau stand schon um 5 Uhr morgens auf, ging zum Markt und kaufte Geflügel sowie verschiedene andere Dinge zum Mittag ein – worüber ich sehr erfreut war. Ich hatte Dr. Clerke mit Frau, seine Schwester und Nichte sowie Mr. Pierce mit seiner Frau eingeladen. Es gab Austern, als ersten Gang Kaninchen und Lamm sowie teures Rindfleisch, als zweiten Gang eine große Schüssel mit gebratenem Geflügel, danach eine Torte und schließlich Obst und Käse; das Essen war sowohl vornehm als auch reichlich.

14.1. Sehr lange im Bett gelegen, bis ich zu meiner Schande von Mr. Bland in geschäftlichen Dingen aus dem Bett geholt wurde. Nach dem Essen angenehme Unterhaltung mit meiner Frau, die mir von einer Gesellschafterin erzählt, die ihr Bruder ihr angeboten hat; sie soll hübsch sein und singen können; ich hörte zu, gab mir aber Mühe, nicht zu angetan zu erscheinen.

17.1. Wir sahen in Duke's Theatre »Fünf Stunden«,[3] ein gutes Stück – nur schien es mir nicht so gut zu sein, weil ich nicht in der richtigen Stimmung war; es lag aber wirklich nicht an dem Stück.

18.1. Im Büro meine Gelübde für dieses Jahr überarbeitet. In Gegenwart des Allmächtigen geschworen, dass ich sie bei Strafe der beigefügten Bußen einhalten werde.

19.1. Nach Hause und zu Bett – es ist mir eine große Genugtuung, dass ich jeden Tag mehr von meinem Beruf verstehe und die Vorteile schätzen lerne, die mir dadurch entstehen.

23.1. Besuchte meinen Bruder, fand ihn krank im Bett liegend vor, mit großen Schmerzen in der Fußsohle, die aber nicht geschwollen ist. Er kann nicht auftreten, seit zwei Tagen nicht. Ging am Temple vorbei und kaufte Audlys »Weg zum Reichtum«,[4] eine sehr ernsthafte Kampfschrift, mit vielen bedenkenswerten Aussprüchen.

24.1. Lag lange im Bett, zog mir die Bettdecke über die Lippen und bekam Blasen davon.

25.1. Höre, dass der König von Frankreich die alte Streitfrage wieder aufgreift, wie groß die Macht des Papstes ist.[5]

26.1. Lange Unterhaltung mit Monsieur Raby, der gerade aus Frankreich zurückgekommen ist; er erzählt mir, dass der König Mademoiselle La Valière als Mätresse hat und sie jeden Tag besucht – dennoch vernachlässigt er keinesfalls seine Staatsgeschäfte.

27.1. Ich erfahre heute aus Cambridge, dass mein Bruder seinen »Bachelor« gemacht hat. Was mich aber sehr beunruhigt, ist, dass er Blasensteine hat und Blut im Urin; so hat es bei mir auch angefangen.

28.1. Als ich nach Hause kam, fand ich meine Frau weinend vor. Sie hatte sich eine neue Ferrandin-Weste gekauft, und als sie jemand nach dem Weg zum Tower fragte, schnappte ein anderer ihr die eingepackte Weste weg und rannte fort. Das ärgert mich maßlos, aber man kann nichts dagegen machen.

31.1. Den ganzen Vormittag im Büro verbracht. Zum Mittagessen nach Hause; es gab halbgares Kaninchen, wütend auf meine Frau. Abends ihre Briefe an Mylady und an Mademoiselle Le Blanc durchgesehen; sie waren so voller Fehler, dass ich mich schämte und meiner Frau schwere Vorwürfe machte.

2.2. Nachdem ich Jane ihren Lohn ausgezahlt habe, ging ich fort, weil ich es nicht ertragen konnte, sie weinen zu sehen. Mit Mr. Povy in Whitehall und im Park spazieren gegangen, den Rodlern zugesehen.

4.2. Zur St. Paul's School zum Inspektionstag. Hörte einige Reden in Griechisch und Latein, über die Sieben Freien Künste, aber nicht mehr so gut wie zu meiner Zeit. Dann zum erzbischöflichen Gericht, wo ein Richter mit seinen Proktoren in vollem Ornat sitzt, die ganze Verhandlung in Latein. Musste als Zeuge unter Eid aussagen. Zahlte meine Gebühr dafür und ging wieder zurück in die St. Paul's School, wo jeweils der Klassenprimus in Latein, Griechisch und Hebräisch antwortete. Nicht sehr überzeugend, nur in Geographie waren sie hervorragend.

6.2. Kaufte bei einem Buchhändler in Strand Butlers »Hudibras«.[6]

8.2. Bei großem Frost nach Whitehall gelaufen. Nachmittags in die Kirche, wo der kleine Dr. Duport aus Cambridge über den Text »Aber mein Haus und ich, wir werden dem Herrn dienen« predigte.[7] Obwohl er ein großer Gelehrter ist, hielt er eine kümmerliche, lahme Predigt, zudem dauerte sie entsetzlich lange, was die Sache noch verschlimmerte. Kapitän Ferrers erzählte mir, wie vor etwa einem Monat, bei einem Hofball, eine der Damen während des Tanzes einen Fötus verlor. Niemand wusste, wer es war, jemand sammelte es in einem Taschentuch auf. Mrs. Wells wurde daraufhin schlecht, und seither ist sie verschwunden – man nimmt an, dass ihr das Malheur passiert war. – Ob es der Wind oder die Kälte war, weiß ich nicht – jedenfalls spüre ich seit einigen Tagen überall einen heftigen Juckreiz. Hielt es zuerst für Läuse, stelle jetzt aber fest, dass mein ganzer Körper geschwollen und picklig ist. Nach Hause, schlecht geschlafen, Magenschmerzen und Fieber.

9.2. Im Bett geblieben, auf Weisung des Apothekers heftig geschwitzt. Vielleicht kommt die Krankheit von den vielen Danziger Gurken, die ich gegessen habe.

11.2. Abends las meine Frau mir aus »Sir Henry Vanes Prozess«[8] vor, ein ausgezeichnetes Werk, sehr lesenswert. Vane muss ein weiser Mann gewesen sein.

13.2. Starkes Tauwetter, die Kutschen kommen nicht mehr durch die Straßen. Höre, dass Lord Windsor nach zehn Wochen in Jamaika wieder zurückgekommen ist – diese jungen Lords sind für jede Art von Auslandsdienst unfähig. Kaufte den zweiten Teil von Dr. Bates' »Elenchus«.[9]

18.2. Mr. Hater und ich berechneten heute die Schulden der Flotte auf £ 374 743. Heute fand eine Parlamentssitzung statt, die erste nach der langen Prorogation.

19.2. Spät nach Hause und ins Bett. Müde, meine Augen versagen mir den Dienst, weil ich so lange bei Kerzenlicht auf weißes Papier gestarrt habe.

21.2. Im Parlament ist ein Gesetzentwurf eingebracht worden, nach dem nur noch Textilien aus heimischer Produktion getragen werden dürfen.

23.2. Mit meiner Frau ins Royal Court Theatre, weil heute mein Geburtstag ist – bin heute dreißig geworden, wofür Gott gepriesen sei. Das Stück[10] ist mäßig, am besten das Mädchen in Jungenkleidern, sie hat großartige Beine, aber Knorpel in den Schenkeln wie die meisten Frauen. Der König schien auch wenig angetan von dem Stück. Sehr unzufrieden, dass ich mein Gelübde gebrochen und dazu noch so viel Geld ausgegeben habe. Hörte heute, dass Lady Castlemaine alle Weihnachtsgeschenke, die der König von den Lords bekommen hat, für sich beansprucht, eine schändliche Sache. Beim großen Ball soll sie viel mehr Juwelen getragen haben als die Königin und die Herzogin zusammen.

27.2. Um 11 Uhr vormittags gingen Kommissär Pett und ich in den Chirurgensaal, wo wir zum Dinner eingeladen waren. Zunächst gab es eine Vorlesung über die Nieren und die Harnwege, ausgezeichnet.[11] Danach das Essen, gelehrte Tischreden von vielen Ärzten, man behandelte uns mit großem Respekt. Nachmittags eine Vorlesung über Herz und Lungen.

28.2. Wachte mit großen Schmerzen im rechten Ohr auf, habe diese Schmerzen jetzt häufig als Folge von Erkältungen.

1.3. Höre im Parlament, dass der König von Frankreich und der Papst Frieden geschlossen haben.[12] Nachdem Will Joyce gegangen war, alle zu Bett, ohne Abendgebet, weil morgen Waschtag ist.

2.3. In Woolwich bei der Überprüfung von Ankertrossen in den Rumpf der ›Kent‹ gefallen. Glaubte zuerst, ich hätte mir den Arm gebrochen, verstauchte mir aber nur einige Finger.

3.3. Mrs. Turner mit Tochter, Mrs. Morris und Roger Pepys kommen zum Essen. Wir sind ziemlich lustig, soweit es das schlechte Essen erlaubte. Der König soll über die Ablehnung der Gewährung von Freiheiten für Dissenters durch das Parlament sehr erbost sein; ich fürchte, das wird noch Ärger geben.

6.3. Offenbar hat sich das Parlament heute sehr entschieden gegen die Papisten ausgesprochen.

17. 3. Nachmittags zum Gerichtshof, wo Abraham, der Bootsmann der königlichen Barkasse, angeklagt wurde, dass er einen Mann habe ertrinken lassen; wurde aber freigesprochen. Dann zum Lord Mayor, den wir im Keller mit Oberst Strangeway und Sir R. Floyd bei einem Umtrunk vorfanden. Der Lord Mayor entpuppt sich als ein redseliger Schwätzer, der sich einbildet, ein großer Stratege zu sein, wo er doch nichts als ein dummer Laffe ist.

18. 3. In Deptford Speicher besichtigt und mehrere Schiffe geprüft, die gerade seetüchtig gemacht werden.

19. 3. Wieder in Deptford. Stelle fest, dass mich die Leute respektieren.

20. 3. Kaufte mir in Fleet Street einen kleinen Degen mit vergoldetem Griff (23 Shilling) sowie seidene Strümpfe, die zu meinem Reitanzug passen (15 Shilling). Hörte in einem Kaffeehaus, dass der König die Kommissäre beauftragt hat, das Parlament in Dublin aufzulösen.[13]

24. 3. Ins Proviantamt und in die Bäckerei, wo ich alle Öfen in Betrieb sah – hervorragendes Brot wird dort gebacken.

26. 3. Heute ist der fünfte Jahrestag meiner Gallensteinoperation. Meine Frau bleibt den ganzen Tag im Bett und nimmt Abführmittel. Bin selbst erkältet vom plötzlichen Wetterwechsel.

29.3. Früh aufgewacht, aber da es Sonntag ist und draußen sehr kalt, im Bett geblieben. Es schneite und regnete abwechselnd, hätte nicht gedacht, dass es um diese Jahreszeit noch Schnee gibt.

1.4. Zum Mittagessen nach Hause. Meine Frau ist den ganzen Vormittag faul im Bett geblieben. Aß mit Ashwell, der Gesellschafterin, zusammen. Ein hübsches Mädchen, hoffentlich enttäuscht sie uns nicht. Bis jetzt ist sie eifrig und ergeben. Die Köchin bereitet mein Fleisch auch sehr adrett zu.

2.4. Sir William Penn erzählt mir, dass der König dem Parlament seine Zustimmung in der Papisten-Frage gegeben hat, worüber ich sehr froh bin.[14]

3.4. Kapitän Grove getroffen. Überreichte mir einen Brief, den er selbst an mich gerichtet hat. Merkte, dass das Geld für die Stelle drin war, die ich ihm verschafft habe. Öffnete den Brief erst im Büro, blickte aber nicht hinein, bis alles Geld herausgefallen war, so dass ich sagen kann, es war kein Geld darin, wenn man mich je danach fragen sollte. Es war ein Goldstück und £ 4 in Silber.

Stelle fest, dass der Hof über die Nachricht von einer Erhebung der Katholiken in Irland sehr bestürzt ist.[15]

4.4. Gedächtnisessen für meine Nierenstein-Operation. Es gab Kaninchenfrikassee, Huhn, gekochte Hammelkeule, 3 Karpfen, Lammfleisch, geröstete Tauben, vier Hummer, drei Torten, eine Pastete, Anchovis und verschiedene sehr gute Weine. Alles sehr vornehm und zu meiner größten Zufriedenheit.

Danach in den Hyde Park. Sahen dort den König und Lady Castlemaine. Als wir zurückkamen, war das Haus aufgeräumt und alles Geschirr abgewaschen, woraufhin wir jeder dem Koch 12 Pennies gaben.

5.4. Las nach dem Gottesdienst meine Gelübde noch einmal durch. Sehr zufrieden mit allem.

7.4. Meine Frau wollte sich bei La Roche einen Zahn ziehen lassen, hatte aber nicht genug Mut und kam mit Schmerzen wieder nach Hause.

14.4. Sir Carteret erzählt mir, dass das Parlament sich dagegen sträuben wird, dem König Geld zu bewilligen; man wird auch auf die notwendigen Ausgaben für die Flotte hinweisen.

17.4. Zum Kirchhof von St. Paul's, wo ich versuchte, den Titel »Mare Clausum« meiner Untersuchung zu ändern und eine Widmung für den König hineinzusetzen; stelle fest, dass John Seldens Arbeit dem »Commonwealth« gewidmet ist.[16]

19.4. (Ostern) Zog heute meinen farbigen Knickerbocker-Anzug an; mit bunten Strümpfen, Gürtel und einem Degen mit vergoldetem Griff sieht er sehr hübsch aus. Nach der Kirche (der junge Schotte predigte, ich schlief die ganze Zeit) sprachen wir zu Hause über das Tanzen. Es stellte sich heraus, dass Ashwell sich sehr anmutig bewegt, viel graziöser als meine Frau.

20.4. Heute war die Hochzeit des vierzehnjährigen Herzogs von Monmouth mit der zwölfjährigen Gräfin von Buccleuch in Whitehall. Abends ist ein Festessen mit Tanz in seiner Residenz in der Nähe von Charing Cross.

21.4. Abends mit meiner Frau Karten gespielt. Ashwell spielt auch sehr gut, sie will uns noch einiges beibringen. Ich will aber nicht zu viel Zeit damit verplempern.

22.4. Bei Onkel Wight zum Essen eingeladen. Armselig. Die Art, wie meine Tante tranchiert und mit ihren Fettfingern das Fleisch hin und her schiebt, dreht mir fast den Magen um. Nach dem Essen ins Theater, wo wir noch den Schluss von »Verstand ohne Geld«[17] sahen. Schlechte Laune, weil wir zu spät kamen und das Ganze ein teures Vergnügen wurde. Zu Hause noch mit Vater (der jetzt sehr melancholisch geworden ist) Karten gespielt und dann zu Bett.

23.4. St.-Georgs-Tag und Jahrestag der Krönung. Zu Hause mit Vater Rechnungen durchgegangen; ein nasser, kalter Tag. Stelle fest, dass er bisher viel zu viel ausgegeben hat, ließ es ihn merken, woraufhin er anfing zu weinen.

24.4. Früh aufgestanden und mit meinem gesalzenen Aal in die Diele gelaufen und dort meinen Burschen verprügelt, bis ich keine Luft mehr hatte. Der Bengel ist ein hartgesottener Missetäter. Nach dem Essen seit langer Zeit wieder gefiedelt, und Ashwell tanzte dazu in meinem besten Zimmer. Abendessen mit sehr gutem Hummer. Danach noch Karten gespielt – dies war ein Tag mit zu vielen Vergnügungen.

25.4. Kaufte in Westminster Hall ein kürzlich erschienenes Buch über Pläne und Praktiken der Papisten sowie über die Befürchtungen der Protestanten in Bezug auf eine Wiedereinführung der Papstherrschaft. Dazu noch ein Buch mit Aussprüchen großer presbyterianischer Prediger bei öffentlichen Anlässen, gegen den König und seine Partei. Derartiges liest sich jetzt sehr interessant, wenn man denkt, was aus diesen Leuten geworden wäre …[18]

26.4. Abends mit dem Burschen und dem Hund spazieren gegangen, über den Fluss in die Felder, Himmelsschlüssel gepflückt.

29.4. Als ich von einer Unterredung mit Mylord zurückkam, fand ich meinen Vater in großen Schmerzen vor, er jammerte, ich solle ihm ein Bett beschaffen, damit er sich hinlegen könne. Er klagte weiter über starke Schmerzen und rief »Gott, hilf mir, Hilfe!«, was mir fast das Herz brach. Ich musste bei diesem Anblick weinen und glaubte, er würde diesen Anfall nicht überleben. Wir schafften ihn dann in eine Kutsche, aber von dem Gepolter und Geschaukel musste er sich übergeben. Schließlich kamen wir zu Hause an und brachten ihn sofort ins Bett, und nach einiger Zeit ging es ihm wieder besser. Er hat, wie viele Männer, einen Bruch, bei dem die Eingeweide in die Hoden dringen, was sehr schmerzhaft sein muss.

1.5. Nach Tisch meinem Vater zu sparsamer Wirtschaft geraten. Sagte es ihm mit so freundlichen Worten, dass wir alle weinen mussten. Nachmittags sah ich in Leadenhall Street Morris-

Tänzer[19] und hörte danach Mrs. Turners Tochter Cembalo spielen, wovon einem schlecht werden konnte; fühlte mich verpflichtet, sie zu loben.

Heute hat uns Kapitän Grove eine Schweinelende zum Geschenk gemacht.

2.5. Da es gestern spät geworden war, schlief ich heute fast bis 7 Uhr, was ich seit langem nicht mehr getan habe. Krach mit meiner Frau, nannte sie »Bettlerin« und sie mich »Läuseknacker«, was mich ärgerte.

4.5. In Whitehall mit dem König im Park, wo er sich mit Mr. Coventry über den Bau einer neuen Yacht unterhielt, die er ganz aus seinem privaten Vermögen bezahlen will. Ich vermute, dass die Dinge zwischen dem König und dem Herzog von York nicht zum Besten stehen.

6.5. Sir J. Mennes erzählt uns, dass im Parlament beschlossen werden soll, alle diejenigen, die gegen den König Waffen getragen haben, ab sofort vom Wehrdienst auszuschließen.[20]

7.5. Das neue Gesetz über die Beschäftigung von Gegnern des Königs und der Kirche könnte vielleicht auch auf mich angewendet werden, aber ich hoffe, dass Gott es schon günstig für mich einrichten wird.

8.5. Sah mir die neuen Bauten für die Königin-Mutter in der Nähe von Somerset House an. Dann mit meiner Frau und Ashwell ins Theatre Royal, das gerade neu eröffnet ist. Sehr schön, aber es hat auch einige Mängel. Die Sitzreihen im Parkett sind zu eng, die Entfernung der Logen zur Bühne ist zu groß. Das Orchester sitzt unter der Bühne, man hört die Bässe fast gar nicht. Es gab »Der lustige Leutnant«,[21] ein ziemlich schwaches Stück. Schämte mich ziemlich über den Aufzug meiner Frau, alle anderen Damen im Parkett waren besser angezogen als sie. Nach dem Abendessen noch lange getanzt; man sagt, ich hätte das Zeug zu einem guten Tänzer.

9.5. Bei Mr. Jervas, meinem alten Barbier, mehrere Perücken anprobiert. Kann mich nicht dazu überwinden, möchte lieber mein Haar sauber halten.

11.5. Als ich zu Fuß nach Greenwich ging, fiel mich ein großer Hund an und packte mich am Strumpfband. War so erschrocken, dass ich nicht an meinen Degen dachte, den ich trug; hätte auch nicht gewagt, ihn zu ziehen.

12.5. Ein bisschen verärgert über meine Frau, die nur noch an den Tanzmeister denkt, der jetzt zweimal täglich kommt, was ich für eine Torheit halte.

15.5. Bei Sir Thomas Crew gewesen, dem es nicht gut geht, er hat Schwindelanfälle. Er erzählt, dass der König nur seine Vergnügungen im Kopf hat und den bloßen Anblick von Geschäftspapieren hasst. Er hört immer auf die Ratgeber, die um ihn sind, wenn er bei Lady Castlemaine ist. Seltsam waren die Auswirkungen des Gewitters letzte Woche in Northampton: in wenigen Stunden riss die Wasserflut Brücken und Häuser fort, Menschen und Vieh ertranken in großer Zahl.

Als ich, sehr zufrieden mit diesem Besuch, spät nach Hause kam, fand ich meine Frau alleine mit dem Tanzmeister in einem Zimmer, nicht tanzend, sondern auf und ab gehend. Jetzt bin ich so voll tödlicher Eifersucht, dass mir Herz und Kopf rasen und ich nicht mehr arbeiten kann. Schimpfte über alles, ging dann plötzlich ins Bett, konnte aber nicht schlafen und traute mich nicht, etwas zu sagen. Schämte mich auch, wie ich auf alles Mögliche achtete, ob meine Frau z. B. heute Unterhosen getragen hat wie immer oder nicht, um meinen Verdacht bestätigt zu sehen; einen richtigen Beweis fand ich aber nicht.

16. 5. Bekümmerten Gemüts aufgestanden wegen der Zweifel an meiner Frau, wofür ich Prügel verdiene, wenn es nicht wahr ist, was ich fürchte; vor allem, da ich, weiß Gott, auch kein Muster an Tugendhaftigkeit bin.

17. 5. Nachmittags ins Bett mit einer starken Erkältung; werde morgen kaum an der Besprechung mit dem Herzog teilnehmen können wegen meiner Heiserkeit.

20. 5. Der Tanzmeister hat mit meiner Frau zu Mittag gegessen, was ihr gar nichts auszumachen scheint – ob das Absicht ist oder die Furcht, mein Missfallen zu erregen, weiß ich nicht, bin aber sehr nervös.

21. 5. Fürchte, dass ich die Herrschaft über meine Frau verliere. Sie hat offenbar keine Freude mehr an mir und gibt sich auch keine Mühe mehr, mir zu gefallen.

24.5. Habe gestern Abend eine von Mr. Holliards Pillen genommen und hatte heute früh mehrmals Stuhlgang. Deshalb ging ich nicht in die Kirche.

25.5. Hörte, wie meine Frau und ihre Gesellschafterin sich darüber amüsierten, dass sie den Nachttopf umgeschüttet hatten, und sich beim Aufwischen darüber totlachen wollten. Bei Hof ist bekannt geworden, dass der König von Frankreich an Fleckfieber erkrankt ist.

26.5. Aus vielerlei Umständen geschlossen, dass zwischen dem Tanzmeister und meiner Frau mehr als gewöhnliche Beziehungen bestehen. Das beunruhigt mich derart, dass ich wie gelähmt bin. Als ich nach Hause kam, fand ich sie beide allein vor, was mich fast wahnsinnig machte. Sah später nach, ob alle Betten in Ordnung waren, fand nichts Verdächtiges.

27.5. Wachte um 3 Uhr auf, ging unter dem Vorwand des Wasserlassens zu meiner Frau und fragte sie, was es mit dem Tanzmeister auf sich habe. Nachdem wir uns eine Stunde lang unterhalten hatten, kam ich zu dem Schluss, dass die Beziehung zwischen den beiden über das Schickliche durchaus hinausgegangen ist, aber keine böse Absicht dahinterstand. Ich streichelte sie, aber sie war sehr aufgeregt und weinte. Abends wurde der Tanzmeister für diesen Monat ausbezahlt. Jetzt ist alles in Ordnung.

28.5. Der König hat gestern Briefe aus Frankreich mit der Nachricht bekommen, dass es mit dem König wieder aufwärtsgeht. Nach dem Essen ins Theatre Royal, zu voll, dann ins Duke's

Theatre, wo es »Hamlet« gab, mit Betterton, dem besten Schauspieler aller Zeiten.

29.5. Dieser Tag wird streng als Feiertag begangen – der Krönungstag.[22] Es regnete in Strömen. Lange im Bett gelegen. Verschiedene Kirchen besucht und festgestellt, dass in manchen oft kaum zehn Leute waren; daran sieht man, wie unzufrieden die City mit dem König ist. Danach mit Creed zum Gefängnis in Westminster, um die deutsche Prinzessin zu sehen.[23] Auf dem Heimweg zweimal durch die Fleet Alley gegangen, um ein paar hübsche Huren zu betrachten, die dort vor ihren Häusern standen. Gott verzeih mir's, aber ich konnte mich kaum davor zurückhalten, mit ihnen in die Häuser zu gehen – so groß ist die Wirkung der Versuchung auf mich.

30.5. Wusch mir nach dem Abendessen die Füße, und dann zu Bett.

31.5. In diesem Monat hat es am meisten Aufregung um die Steueruntersuchung gegeben, die das Parlament beschließen will. Der König ist sehr unwillig darüber und dass er vom Parlament so wenig Geld bekommt. Es hieß, der König von Frankreich sei vergiftet worden; dabei hatte er nur die Masern und ist schon wieder gesund. Habe heute meinen Burschen Will zum zweiten Mal geschlagen, weil er meinen Rock nicht rechtzeitig zum Kirchgang gebürstet hatte.

1.6. Stehe jetzt regelmäßig um 4 Uhr auf. Aus welchen Gründen auch immer – der König ist misstrauisch gegenüber Schottland.

2.6. Heute mit dem Weinhändler im Keller gewesen. Stelle fest, dass der Keller unverschlossen war und die Hälfte meines Weines fehlt. Wahnsinnig wütend darüber, den ganzen Haushalt streng befragt. Habe Will stark in Verdacht. Meine Frau erzählt mir obendrein, dass Ashwell ihr ein oder zwei Yard Leinenband gestohlen hat, was mich sehr betrübt.

4.6. Früh aufgestanden, den Frauen zugesehen, wie sie sich auf die Abreise vorbereiteten. Meine Frau zog sich tatsächlich Unterhosen an. Ich habe immer noch den Verdacht, dass sie sich vor der Abreise noch einmal mit Pembleton treffen will. Sie sagt aber, sie will sich einen Fächer kaufen.

Höre heute, dass der Erzbischof von Canterbury, Juxon, gestorben ist und dass der Bischof von London sein Amt übernehmen soll. Dr. Pierce erzählt mir, dass die Königin sich ganz verändert hat, energischer auftritt und damit beim König Eindruck macht; vielleicht gibt er jetzt seine beiden Mätressen auf.

6.6. Zu Fuß nach York House, wo sich gerade der russische Botschafter aufhält; ich sah, wie Leute aus seinem Gefolge sich im Gehen gegenseitig die Läuse absammelten.

7.6. Mrs. Turner erzählt mir, dass die Königin schwanger ist, jedenfalls wird es behauptet.

9.6. Heute war Pembleton wieder bei uns. Meine Frau, Ashwell und er tanzten, ich blieb unten in meinem Zimmer. Aber großer Gott, wie ich an der Tür lauschte und erschrocken war, als ich hörte, dass sie stillstanden und nicht tanzten!

11.6. Die Überlegung, dass heute der längste Tag des Jahres ist, ist für mich sehr unangenehm.[24]

13.6. Sah heute Mrs. Castlemaine, die nicht mehr die Schönheit ist, für die ich sie früher gehalten habe, sie fängt an, langsam zu verblühen. Meine Frau findet das auch, was mich wiederum betrübt. Das Parlament hat gestern mit 42 Stimmen beschlossen, den König finanziell zu unterstützen.

14.6. Mit meiner Frau abgerechnet, gab ihr 40 Shilling für ihre morgige Reise.

15.6. Beizeiten aufgestanden. Alles in Ordnung gebracht, weil meine Frau heute aufs Land fährt. Musste vorher noch in die Thames Street, um Teer zu kaufen. Als ich zurückkam, war sie schon weg. Ich nahm einen Wagen und fuhr ihr nach zum Gasthaus. Leider hatte sie nur auf dem Rücksitz der Kutsche einen Platz bekommen, obwohl ich mich andererseits freute, dass die ganze Gesellschaft nur aus Frauen und einem Pfarrer bestand. Abschied genommen, meine Frau mehrmals geküsst, Ashwell einmal. Abends im Zimmer meiner Frau lange Violine gespielt, dann ohne Essen ins Bett, traurig vor Sehnsucht, denn ich liebe sie von Herzen, obwohl sie mir in letzter Zeit Sorgen gemacht hat.

18.6. Heute kam Mr. Cutler in mein Büro. Ein weiser Mann. Ich entnehme seinen Äußerungen, dass meine sorgfältige Amtsführung allgemein registriert wird. Gott sei gesegnet dafür, hoffentlich bleibt das so.

20.6. Den ganzen Nachmittag in Woolwich in einem Sägewerk, wo Bretter zugeschnitten werden. Verstehe dieses Handwerk jetzt gründlich und werde in kürzester Zeit dem König sehr nützlich sein können.

23.6. Vetter Rogers sagte mir, man habe dem König nachgerechnet, dass er seit seiner Ankunft vier Millionen ausgegeben (bzw. erhalten) hat.

24.6. Von Mr. Coventry höre ich, dass der Herzog von York sich lobend über mich geäußert hat. Sah heute, dass das Haus neben Mylords Residenz zusammengestürzt ist, entweder weil das Fundament nicht hielt oder wegen schlampiger Bauweise. Mylords Haus ist ziemlich beschädigt worden.

25.6. Bekam heute Mittag einen Brief von meiner Frau. Offenbar gefällt es ihr gut auf dem Land; Gott gebe, dass diese Stimmung anhält. Sie wünscht sich einen neuen Unterrock, mit seidenen Streifen. Sofort zur Paternoster Row gegangen und den besten gekauft, den ich finden konnte, und einen viel schöneren, als sie wünscht und erwartet.

27.6. Vor dem Zubettgehen drei Pillen genommen.

28.6. Früh am Morgen wirkten die Abführmittel, ich hatte einen prächtigen Stuhlgang. Dann stand ich auf und hatte noch drei- oder viermal Stuhlgang.

29.6. Auf dem Heimweg hörte ich überall von dem großen Sieg der Portugiesen über die Spanier. 1000 Tote, 3000 oder 4000 Gefangene.[25] In Westminster Hall Mrs. Lane getroffen. Sie sagte nach einigem Hin und Her, dass sie nie mehr mit einem Mann ausginge. Brachte sie mit einem Wort dazu, sich mit mir im ›Rheinischen Weinhaus‹ zu treffen, wo ich mit ihr Hummer aß und sie überall befühlte. Sie hat sehr weiße Schenkel, ist aber ungeheuer fett. Seit meine Frau fort ist, treibe ich es in meiner Phantasie mit allen möglichen anderen Frauen; ich schäme mich sehr und werde versuchen, das abzustellen. So endet dieses Tagebuch für zwei Jahre, mit Gottes Segen. Mein Ansehen im Büro ist gut; die Kollegen lieben mich nicht, beneiden mich eher. Meine Frau und ich haben nicht mehr die enge Verbindung wie früher, ich muss etwas unternehmen, dabei aber meine Autorität behalten.

Die öffentlichen Angelegenheiten sind in einem traurigen Zustand – das Parlament beschäftigt sich hauptsächlich mit Geldzuwendungen für den König, der immer mehr will, weil seine üppige Hofhaltung Unsummen verschlingt.

Das Wetter war in den letzten Monaten sehr feucht, es gab kaum einen sonnigen Tag. Der König sehr beschäftigt mit Madame Castlemaine und Mrs. Stewart, was der Himmel bald beenden möge.

Ich selbst sehr begierig, alles zu lernen, was für meinen Beruf als Beamter im Flottenamt notwendig ist; in letzter Zeit habe ich mich mit Holzvermessung und Gezeitenkunde befasst.

Habe viel Zeit mit Mr. Creed verbracht, aber er taugt nicht als Freund, deshalb muss ich ihn abschütteln, obwohl ich viel von ihm lernen könnte. Ich begreife, dass ich nicht mehr so viel Zeit für Vergnügungen aller Art verschwenden darf und mehr Geld verdienen und meine Familie erhalten muss – durch die Freizügigkeit meiner Frau könnte ich sie verlieren.

1.7. Sir J. Mennes und Mr. Batten erzählen, dass die Homosexualität in England jetzt so verbreitet ist wie in Italien, dass sich die Pagen schon bei ihren Herren beschweren. Aber Gott sei gesegnet, ich verstehe bis heute noch nicht das Wesen dieser Sünde, wer der aktive und wer der passive Teil ist.

3.7. Mr. Moore berichtet mir die große Neuigkeit, dass nämlich Lady Castlemaine am Hof in Ungnade gefallen ist und sich heute Morgen bereits zurückgezogen hat. Ich würde mich freuen, wenn der König auch von seinen anderen Mätressen bald ablassen würde.

Heute fragte mich im Vorzimmer des Herzogs Sir G. Carteret, was die römischen Buchstaben SPQR bedeuten. Eine derartige Ignoranz bei einem hohen Staatsbeamten ist unerträglich; einen Schuljungen würde man deswegen verprügeln.[26]

7.7. Um 4 Uhr aufgestanden und ins Büro. Mittags nach Woolwich, unterwegs etwas Wildpastete gegessen – die erste Nahrung heute, ich hatte schon starke Blähungen. In Mr. Petts Garten Kirschen von demselben Baum gegessen, von dem der König heute welche gepflückt hat.

8.7. Im Keller mit Mr. Turner überlegt, ob die Kloake für sein Haus nicht vergrößert werden sollte. Briefe bekommen, darunter einen sehr kühlen von meiner Frau, es wird viel Mühe kosten, sie wieder in ihre alte Stimmung zu versetzen.

9.7. Küsste in einem kleinen Bierlokal die Kellnerin mehrmals, ein hübsches, bescheidenes Mädchen. Hatte nicht übel Lust zu noch mehr, Gott vergib mir's. Meine Füße schmerzten am Abend, weil ich den ganzen Tag durch den Schmutz in dünnen Schuhen gelaufen bin.

12.7. Um 11 Uhr abends die Docks kontrolliert. Nahm ein Boot und ruderte in schönstem Mondschein zu den Wachtschiffen. Das eine war in gutem Zustand, aber die ›Sovereign‹ nicht. Kein Offizier an Bord, kein Geschütz gerichtet, kein Pulver für die Zündungen vorhanden. Weiter zur ›London‹ gerudert, wo Offiziere und Mannschaften in tiefem Schlaf lagen. Ging an Bord und hätte nach Belieben schalten und walten können; fand schließlich drei kleine Jungen, die noch wach waren. So visitierte ich die ganze Nacht und fand weder die Offiziere an Bord noch die Mannschaft wach, was mich tief bekümmerte. Werde alles dem Herzog berichten.

13.7. In Whitehall die Königin mit ihren Hofdamen gesehen. Der schönste Anblick, den ich je in meinem Leben gehabt habe. Vor allem Mrs. Stewart, mit ihrem aufgeschlagenen Hut und der roten Feder, dem süßen Blick und der kleinen römischen Nase und der exzellenten Taille, sie ist für mich die größte Schönheit. In diesem Aufzug sticht sie sogar Lady Castlemaine aus; auch wundere ich mich nicht, dass der König ihr jetzt den Vorzug gibt. Vor dem Einschlafen mit großem Genuss vorgestellt, ich sei bei Mrs. Stewart.

16.7. Vor dem Einschlafen vorgestellt, ich hätte es mit der Königin.

18.7. Mit Mrs. Lane in der ›Krone‹, Hähnchen gegessen, viel getrunken und geschäkert.

20.7. Nach Woolwich gegangen, unterwegs Bacons »Faber Fortunae«[27] gelesen, gefällt mir immer besser, je öfter ich es lese.

21.7. Kopfschmerzen von einer schlaflosen Nacht, von einem zu anstrengenden Fußmarsch und von einer Beule, die ich mir an einer zu niedrigen Tür in Mr. Castles Haus holte. Heute hatte das Parlament einen Fastentag wegen der schlimmen Witterung angesetzt.

22.7. Mittagessen mit Lord Crew. Entweder hält er nicht mehr so viel von mir wie früher, oder er war mit den Gedanken woanders – jedenfalls sprach er während des ganzen Essens kein Wort mit mir. Erfahre heute, dass die Araber die Festungsanlagen von Tanger angegriffen haben, aber Lord Tiviott hat sie zurückgeschlagen, dabei allerdings 200 Mann verloren.[28] Morgen reisen der König und die Königin nach Tunbridge Wells.

27.7. Mit dem Schiff nach Westminster. Kam gerade rechtzeitig, als die Mitglieder des Unterhauses ins Oberhaus hinübergingen. Stand unmittelbar hinter dem Speaker, als er seine Rede an den König richtete, der mit Krone und feinen Roben vor ihm saß. Die Rede des Königs war sehr dürftig, ohne Geist und Schwung, er versprach sich häufig und las alles ab.

Habe vom vielen Reiten Hämorrhoiden bekommen.

31.7. Dr. Pierce gab mir den freundschaftlichen Rat, es sei zu meinem eigenen Schaden, wenn ich im Amt so streng sei. Er meint, ich würde ebenso viel Dank ernten, wenn ich alles so laufen ließe und mich der Haltung der anderen Beamten anschlösse. Ich glaube das aber nicht.

2.8. Hörte eine kümmerliche Predigt in der Dorfkirche von Chatham, mit vielen falschen griechischen Zitaten.

4.8. Bekam heute einen Brief von meiner Frau, der mich sehr beunruhigt. Sie schreibt, dass Ashwell sie belogen hat und dass sie ihr daraufhin eine Ohrfeige gegeben hat, woraufhin Ashwell zurückschlug.

5.8. Mit meinem Bruder Descartes gelesen, er hat ihn gründlich studiert.[29]

7.8. Bei Aristoteles kennt er sich nicht so gut aus, er konnte mir weder die Definition des Feuers geben noch erklären, welche der vier Eigenschaften jeweils zu den vier Elementen gehören.

10.8. Höre, dass Lord Bristol entweder geflohen ist oder sich versteckt hält. Der König hat nach ihm geschickt, er soll in den Tower geworfen werden, hat sich aber aus dem Staube gemacht. Erfahre aus einem Brief meines Vaters, dass meine Frau noch in dieser Woche zurückkommen will. Der Gedanke stimmt mich unruhig.

11.8. Dr. Pierce erzählt, dass Lady Castlemaine, die den König in allen Staatsaffären kommandiert und mit ihm nach Belieben verfährt, wieder in Ungnade gefallen ist. Nachdem die Königin aus Tunbridge Wells zurück ist, ist Lady Castlemaine nach Bath und Oxford gegangen, wo man ihretwegen große Vergnügungen organisiert.

12.8. Meine Frau ist wieder da, mein Vater hat sie begleitet, was mich wundert.

20.8. Heute hat meine Frau das neue Mädchen entlaust und neu eingekleidet, aber sie ist dann weggelaufen, wir haben nie wieder etwas von ihr gehört.

22.8. Auf dem Wege nach Greenwich Zigeuner getroffen, die mir weissagten, dass ich mich vor einem John und einem Thomas in Acht nehmen sollte.

23.8. Mit meiner Frau in die Kirche. Sie ist genauso schmutzig wie unser Haus in diesen Tagen.

25.8. Ashwell ist endlich aus dem Haus. Meine Frau hat sie ausbezahlt und ihr aus Versehen 20 Shilling zu viel gegeben. Morgen brechen der König und der Herzog von York nach Bath auf.

28.8. Kapitän Hickes erzählt mir, dass mein Name beim König gut angeschrieben ist, wofür Gott gesegnet sei.

29.8. Zum Barbier, Haare schneiden und eine Perücke anprobiert. Verschob den Kauf vorerst.

30.8. Lange geschlafen. Will hat Zahnschmerzen. In der Kirche den Tanzmeister gesehen, der gleich wieder umkehrte. Vor Eifersucht brach mir der Schweiß aus, ich dachte, er geht jetzt nach Hause zu meiner Frau. Fand aber bei meiner Rückkehr nichts Verdächtiges.

31.8. Heute Nachmittag kam Jane Gentleman als Mädchen für meine Frau. Hoffentlich bewährt sie sich. Sie ist allerdings schwerhörig, was sich ungünstig auswirken kann.

1.9. Abends kam mein Bruder John zu mir und beklagte sich, dass meiner Frau seine Anwesenheit offenbar nicht recht sei, sie behandle ihn äußerst respektlos. Gab ihm Ratschläge für die richtige Behandlung meiner Frau.

4.9. Kaufte in Westminster Hall die ersten Nachrichten-Magazine von Lestrange,[30] er hat diese Woche mit dem Unternehmen begonnen – mir scheint, ein schwacher Anfang. Abends mit der Kutsche zum Bartholomäusmarkt. Zeigte meiner Frau die seiltanzenden Affen, ein schmutziges Vergnügen, das mir nicht gefallen kann. Wir sahen auch ein deutsches Glockenspiel.

5.9. Mylady ist neulich derartig seekrank gewesen, dass sie geschworen hat, nie wieder ein Schiff zu betreten. Sir W. Batten berichtet, dass zwischen Tanger und den Arabern jetzt Frieden herrscht, die Einzelheiten kenne ich noch nicht.

7.9. Nach einem guten Essen mit Rinderkeule und Brot, Käse und Bier konnte ich es mir nicht versagen, die Huren in der Fleet Alley zu besichtigen; als ich sie dann sah, drehte sich mir der Magen um. Kaufte beim Eisenhändler verschiedene Gegenstände für mein Haus.

9.9. Ned Pickering erzählt mir von Mylords Leidenschaft für die Hure Mrs. Beck in Chelsea; ich schäme mich für ihn und hoffe, dass Gott ihn wieder auf den rechten Weg führt.

11.9. Heute Morgen klopfte es um 2 oder 3 Uhr an unserer Hintertür, im Mondschein erkannte ich einen Polizisten, der bemerkt hatte, dass die Tür nicht abgeschlossen war. Um 6 Uhr aufgestanden und Violine gespielt.

14.9. Auf der Reise wurde meiner Frau in Buningford nach einem Glas kaltem Bier schlecht, sie wurde ganz bleich, ich war alleine mit ihr in einem großen Zimmer und glaubte, sie würde sterben. Rief in großem Schrecken den Wirt, und nachdem sie sich übergeben hatte, ging es ihr wieder besser.

17.9. In Parsons Drove übernachtet, in einer traurigen, kalten, unangenehmen Kammer. Das Zimmermädchen war ganz leidlich, ich küsste sie ein- oder zweimal. Schlecht geschlafen, grausam von Mücken zerstochen.

19.9. Nach dem Essen mit meiner Frau durch den Wald von Brampton geritten und Nüsse gesammelt.

22.9. Jeder Tag bringt neue Meldungen über den Einfall der Türken nach Deutschland und die Eroberung Ungarns.[31]

24.9. Bei Westminster Hall Mrs. Lane getroffen und nach Lambeth mitgenommen, wo wir neulich waren. Machte dort alles Mögliche mit ihr, nur nicht das Wichtigste, was sie nicht zulassen wollte, wofür der Herr gepriesen sei. Aber bei Gott, nie im Leben will ich es wieder tun. Zu Hause war meine arme Frau fleißig mit Hausarbeit beschäftigt, und es betrübte mich, dass ich so ein gutes Ding kränken sollte; es wäre gerecht von Gott, wenn er mich das Unrecht entgelten ließe, das ich ihr antue. Ich nehme mir vor, nichts dergleichen mehr zu tun.

27.9. Große Schmerzen beim Abendessen im Nacken und im Ohr. Es ist eine Erkältung, die Gott der Herr mir geschickt hat, als ich es mit Mrs. Lane trieb und es durch ein zerbrochenes Fenster zog. Ging sehr traurig ins Bett, weil ich glaubte, mein Gehör zu verlieren.

28.9. Mr. Holliard gab mir Tabletten und sagte, ich würde mein Gehör bald wiederbekommen. Sir R. Fords und unser Haus werden neu gestrichen, so sieht die Straße wesentlich besser aus als vorher, eleganter.

Der König kommt nächsten Donnerstag von seiner Reise nach Bath, Bristol und in die westlichen Bezirke zurück.

29.9. Morgens zwei Pillen genommen. Blieb zu Hause und schleppte mit meiner Frau allerlei schwere Dinge im Haus umher. Geriet dabei gewaltig ins Schwitzen und ließ deshalb ein Feuer anzünden. Nachdem wir wieder trocken waren, hängten wir einige Bilder auf. Am Spätnachmittag gab es ein Gewitter mit so heftigen Regengüssen, dass mein Haus völlig unter Wasser stand. Ich stieg bei strömendem Regen aufs Dach und versuchte, die Regenrinne zu reparieren, man hätte umkommen können dabei.

30.9. Alle sprechen nur noch vom Vormarsch der Türken in Ungarn.[32]

3.10. Mittags nach Hause und dann eine Glocke gekauft für unser Schlafzimmer, damit wir nach den Dienern läuten können; ein Schmied brachte sie fachmännisch an.

4.10. Letzte Nacht war mein Haus wieder vom Regen überschwemmt, was mich fast wahnsinnig macht.

6.10. Meine Frau läutete um 4 Uhr morgens die Glocke, damit die Mädchen mit der Wäsche anfangen, aber niemand reagierte. Werde eine größere Glocke kaufen. Abends große Magenschmerzen, Schwierigkeiten beim Furzen und Wasserlassen.

7.10. Den ganzen Tag starke Schmerzen. Abends mit der Kutsche zu Mr. Holliard, aber er war nicht zu Hause. Ob die Kutschenfahrt daran schuld war oder nicht – zu Hause angekommen, ließ ich sechs oder sieben große und kleine Fürze los und pisste am nächsten Morgen ohne Probleme.

8.10. Mr. Holliard gab mir ein Pulver, das ich in Weißwein auflöste und trank.

9.10. Ließ Mr. Holliard melden, dass ich noch immer keinen Stuhlgang habe und auch keinen Wind lassen kann. Er schickte mir zwei Flaschen mit Sirup, eine trank ich gleich, ein ekelhaftes Getränk ohne Wirkung.

10.10. Sir J. Mennes und Sir W. Batten empfahlen mir im Büro Wacholdersaft. Ich trank davon und hatte anschließend einen ausgezeichneten Stuhlgang, auch konnte ich ein oder zwei Fürze lassen. Abends schickte Mr. Holliard eine Walnussmixtur, die ich einnahm und zu Bett ging.

11.10. Aß mit großem Appetit, las abends in Fullers »Kirchengeschichte«, besonders Cranmers Brief an Königin Elisabeth, der mir sehr gefällt wegen seines Eifers und seiner Kühnheit in religiösen Dingen.[33]

12.10. Musste unbedingt zum Herzog von York. Fragte Mr. Holliard um Rat, er empfahl mir ein Klistier, das mir meine Frau abends verpasste. Es bestand aus einem halben Liter Starkbier, vier Unzen Zucker und zwei Unzen Butter. Nach zwei Stunden setzte die Wirkung ein: zweimal Stuhlgang und leichtes Pissen; dazu allerhand Wind.

13.10. Große Anstrengung beim Scheißen; nachmittags bereits natürlicher, leichter und fester Stuhl, wofür Gott gedankt sei. Werde in Zukunft folgende Regeln beachten:

1. Warmhalten.
2. Nicht anstrengen beim Stuhlgang.
3. Abführmittel und Klistier rechtzeitig benutzen.
4. Sorgfältig alle Anzeichen der Krankheit beobachten.

Der König fürchtet sich offenbar vor Unruhen, er hat alle Schlosskommandanten auf ihre Posten beordert und die Garde persönlich inspiziert, er hatte einiges auszusetzen.[34] Lady Castlemaine ist noch immer seine Favoritin, er hat noch am gleichen Abend, als er aus Bath zurückkam, mit ihr gespeist.

14.10. Mit meiner Frau und Mr. Rawlinson in die Synagoge. Der ganze Gottesdienst wird in Hebräisch gesungen, am Schluss kam ein hebräisches Gebet für den König. Aber keine Disziplin während des Gottesdienstes, ziemliche Konfusion.

17.10. Hörte im ›Delphin‹, dass die Königin sehr krank, wenn nicht schon tot sei, der Herzog und die Herzogin von York seien nach Whitehall gerufen worden. Dass ich für die Kleidung so viel Geld ausgegeben habe, für mich und meine Frau, bedrückt mich.

19.10. Als ich nach St. James's kam, erfuhr ich, dass die Königin heute Nacht fünf Stunden gut geschlafen hat, dass sie danach aufgewacht ist, gegurgelt hat und wieder eingeschlafen ist. Ihr Puls geht immer noch sehr rasch. Offenbar war sie so krank, dass man sie rasierte und Tauben an ihre Füße setzte[35] und ihr die Sterbesakramente verabreichte, was so lange dauerte, dass die Ärzte böse wurden. Der König leidet mit ihr und weint, worüber sie dann weinen muss – ein gutes Zeichen, denn es spült Rheumatismus aus dem Kopf. Nachdem ich ein wenig mit dem Herzog von York zusammengesessen hatte und von Lord Berkeley zum Mittagessen eingeladen worden war, ging ich mit Sir W. Batten ins Kaffeehaus nach Cornhill, wo man viel vom Vordringen der Türken sprach, und dass die Pest in Amsterdam wütet und auch nach Hamburg eingeschleppt worden ist.[36]

20.10. Zum Essen beim Lord Mayor. Große, vornehme Gesellschaft. Hervorragendes Essen – zu etwas anderem taugt dieser Lord Mayor auch nicht. Keine besonderen Gespräche, da jeder nur an seinem Essen interessiert war. Hätte mir den Magen gerne mit etwas Wein aufgewärmt, hielt mich aber an mein Gelübde und war hinterher sehr zufrieden mit mir. Heute Abend hörten wir, dass die Königin an Fleckfieber leidet und voller Flecken wie ein Leopard ist. Heute Nachmittag damit begonnen, meine Frau in Arithmetik zu unterweisen. Sie stellt sich sehr geschickt dabei an und wird noch viele schöne Dinge lernen.

22.10. Hörte heute Morgen, dass es der Königin wieder schlechter geht. Ließ beim Schneider sagen, er solle mit meinem Samtmantel warten, bis man weiß, ob sie lebt oder stirbt.

23.10. Kaufte auf dem Heimweg ein großes Küchenmesser und ein halbes Dutzend Austernmesser.

24.10. Meine Frau beklagt sich, dass sie den ganzen Tag alleine war – das kommt nur daher, dass sie nichts zu tun hat; als sie noch arbeitete, hat sie nie über Langeweile geklagt.

26.10. Wachte um ein Uhr morgens auf, weil ich pissen musste. Davon wurde auch meine Frau wach, sie läutete die Glocke und schickte die Mädchen an die Wäsche. Hörte, dass die Königin im Fieber deliriert; als sie Dr. Prigeon erkannte, sagte sie zu ihm, »Doktor, Er braucht sich nicht den Kopf zu kratzen, dort wachsen ohnehin kaum noch Haare«.

29.10. Heute Vormittag wurde mein neuer Samtrock geliefert, der erste in meinem Leben.

31.10. Stelle bei der monatlichen Abrechnung fest, dass ich zu viel Geld für Kleidung ausgegeben habe: einen Samtrock, zwei neue Tuch-Anzüge, einen neuen Umhang mit Goldknöpfen, einen neuen Hut, Seidenstrümpfe, zwei Perücken.

Die Königin ist noch nicht bei klarem Verstand, aber auf dem Wege der Besserung. In Amsterdam herrscht die Pest, Gott verhüte, dass sie hierherkommt. Die Türken rücken weiter im Kaiserreich vor, die Fürsten können sich nicht auf Gegenmaßnahmen einigen.

Ich selbst bei leidlicher Gesundheit, habe aber noch Schwierigkeiten beim Stuhlgang und muss jeden Abend Abführmittel nehmen.

Mein Besitz nimmt ständig ab. Muss sehen, dass ich zu meinem Gehalt noch dazuverdiene, sonst geht es mir so, dass ich zwar gut lebe, aber arm wie ein Bettler sterbe.

2.11. In Whitehall hörte ich, wie der Herzog von York die Absicht äußerte, eine Perücke tragen zu wollen; man sagt, dass der König seinem Beispiel folgen will. Erst heute ist mir aufgefallen, dass der König stark ergraut ist.

3.11. Hörte im Kaffeehaus ein langes und leidenschaftliches Streitgespräch zwischen zwei Doktoren der Physik und einigen

Apothekern; es ging um die Position der Chemie gegenüber der galenischen Physik.[37] Ließ mir von Chapman, dem Perückenmacher, die Haare abschneiden, damit eine Perücke daraus gemacht werden kann. Alle sagen, dass es mir gut steht, nur Jane und Bess waren bestürzt, dass ich mein Haar hergegeben habe.

4.11. Meine Frau kocht Quittenmarmelade, worauf sie sich jetzt sehr gut versteht.

6.11. Meine Frau sagt mir in allem Ernst, dass sie seit gestern schwanger ist. Wenn das stimmt, soll es mir nur recht sein.

8.11. Stelle fest, dass mein öffentliches Auftreten mit Perücke wenig beachtet wird; in der Kirche drehte sich kaum jemand nach mir um.

9.11. Als wir in das Arbeitszimmer des Herzogs kamen, sagte er zu uns, dass Mr. Pepys mit seiner neuen Perücke so verändert aussehe, dass er ihn nicht mehr erkenne. Mr. Pierce erzählte mir in Westminster Hall, dass am Hof sehr lose Zustände herrschen; niemand kümmert sich um ernsthafte Dinge, alle gehen nur ihrer Lust und ihrem Vergnügen nach. Der König hat es jetzt offenbar auf Mrs. Stewart abgesehen, er drückt sich mit ihr in den Ecken herum und küsst sie vor aller Welt ab. Man nimmt allgemein an, dass der König sie geheiratet hätte, wenn die Königin gestorben wäre. In der City hält man General Monck jetzt für einen perfiden Schurken, der jedermann, selbst den König betrogen hat. Mr. Pierce erzählte mir auch, dass Sir W. Penn gerne zum General befördert werden möchte, was ich mir schon gedacht hatte.

12.11. Mr. Howe sagt mir, dass es um Mylord sehr schlecht steht – er spielt entweder Karten am Hof mit den Damen oder verbringt seine Zeit mit dieser Schlampe in Chelsea.

15.11. Heute ist der Geburtstag der Königin, im Tower wurden Salutschüsse abgefeuert. Abends befahl der Lord Mayor das Anzünden von Freudenfeuern – schlimm, wenn so etwas ausdrücklich befohlen werden muss.

16.11. Abends kam Mr. Holliard und untersuchte die Unterleibskrankheit meiner Frau. Sie hat eine große Schwellung an delikater Stelle, die nicht nach innen geht, sondern außen unter der Haut ist. Er wird die ganze Stelle aufschneiden müssen, was mitanzusehen ich wohl nicht über mich bringen werde. Morgen Abend will er es machen.

17.11. Mr. Holliard meint jetzt, dass er nicht zu schneiden braucht; meine Frau ist froh, denn sie möchte nicht, dass darüber geredet wird. Fragte Mr. Holliard nach meiner eigenen Krankheit. Er sagt, ich soll morgens Brei und abends Bratäpfel essen, dazwischen Brot, Butter und Honig. Einmal die Woche ein Klistier.

21.11. Bekam einen Brief von Mr. Creed, dazu ein sehr vornehmes indisches Gewand für meine Frau.

26.11. Die Pest soll in Amsterdam immer mehr um sich greifen.

27.11. Meine Frau freut sich sehr über die Nachricht, dass wir nächsten Sommer vielleicht nach Calais oder einem anderen französischen Hafen reisen, in einem unserer Segelschiffe.[38]

2.12. Meine Frau klagte die ganze Nacht über Zahnschmerzen.

3.12. Heute berichtete Sir G. Carteret, dass die Flotte aus den Schulden heraus ist und dass wir wieder überall Kredit haben; das wird der Sache des Königs nutzen.

7.12. In Whitehall war gestern der höchste Wasserstand seit Menschengedenken, das ganze Stadtviertel stand unter Wasser. Der Königin geht es wieder gut. Der König von Frankreich soll angeblich 60 holländische Segelschiffe gemietet haben, man weiß nicht, wofür.[39]

10.12. Da ich heute £ 3 verdient habe, bin ich zu meinem Buchhändler gegangen, um sie in Büchern anzulegen. Nachdem ich mir Chaucer, Dugdale, Stow, Gesner, Shakespeare, Jonson und Beaumont angesehen hatte,[40] wählte ich Dr. Fullers »Würdige Männer«, »Die Kabbala oder eine Sammlung von Staatsbriefen« und ein kleines Buch, »Delices de Hollande«, aus – alles nützliche Werke, dazu »Hudibras«, beide Teile, jetzt als Schwank sehr in Mode, obwohl ich nicht verstehe, was daran so witzig sein soll.[41]

11.12. Mr. Harrington und einige Ostland-Kaufleute erzählten von den Gebräuchen in der Stadt Königsberg, dass z.B. niemand dort einen toten Fisch kaufen würde. Im Winter schlagen sie Löcher ins Eis und lassen so die Netze ins Wasser. Die gefangenen

Fische werden auf Schlitten geladen, mit Schnee bedeckt und auf den Markt gefahren. Wenn die gefrorenen Fische in einen warmen Raum gebracht werden, springen sie wild umher, nachdem sie aufgetaut sind. Geflügel, das im Dezember geschlachtet wurde, hält sich unter einem Schlitten bis zum April frisch und lecker. Es gibt dort Bären, deren Fleisch auf den Märkten so häufig zu sehen ist wie Rindfleisch, es ist hervorragend und sehr süß. Bären tun niemandem etwas zuleide, es sei denn, man stellt ihnen nach, aber Wölfe richten viel Unheil an.

12.12. Hörte, wie Lord Berkeley zu Sir G. Carteret sagte, dass der König von Frankreich zwölf Herzöge ihres Amtes enthoben habe, um seine Macht zu demonstrieren und dem Adel eins auszuwischen, der ihm, wie er sagt, nur Schwierigkeiten gemacht habe.[42]

21.12. Sah in Shoe Lane in einer neuen Arena einen Hahnenkampf, wie ich ihn noch nie in meinem Leben gesehen habe. Großer Gott, was für ein Publikum: Parlamentsabgeordnete, armselige Lehrlinge, Bäcker, Brauer, Metzger, und alle wetten und fluchen und schreien miteinander. Ich hatte bald genug, wollte es aber unbedingt einmal gesehen haben.

22.12. Sah, wie der König, der Herzog und der ganze Hof ins Duke's Theatre eilten, um dort »Heinrich VIII.« zu sehen – soll ein großartiges Stück sein.[43] Gott, wie nahe ich dran war, mein Gelübde zu brechen! Hörte heute, dass Lady Castlemaine zu den Papisten übergetreten ist, was der Königin nicht gefallen wird, weil sie weiß, dass es nicht aus Gewissensgründen geschah.

25.12. Lag lange vergnügt mit meiner Frau im Bett. Plötzlich fragte sie, ob absichtlich oder aus Zufall weiß ich nicht, was aus ihr werden solle, wenn ich unerwartet stürbe. Gab ihr eine nichtssagende Antwort, will mir es aber doch merken und eine Regelung zu ihren Gunsten treffen, indem ich so bald wie möglich ein Testament aufsetze.

28.12. In Whitehall hörte ich, dass der König gerade Tennis spiele. Ging deshalb zu den neuen Tennisplätzen und sah, wie er mit Sir Arthur Slingsby gegen Lord Suffrets und Lord Chesterfield spielte, sie gewannen 3:2; wie mir schien, spielten alle sehr gut.[44] Die Herzogin von York soll die Masern haben.

31.12. Aß mit meiner Frau zu Mittag eine schöne Pute, dazu Mince Pie. Wir sind in den Weihnachtstagen kaum aus gewesen. Morgen laufen meine Gelübde wegen Theater und Alkohol aus.

Ich wohne in einer Dienstwohnung im Flottenamt – zu meiner Familie gehören außer meiner Frau und mir Jane Gentleman, Bess, unsere ausgezeichnete Köchin, und Susan, ein kleines Mädchen – im Augenblick haben wir keinen Diener oder Jungen. Wir leben zufrieden, ruhig und sparsam. Meine Gesundheit ist leidlich. Im Büro geht alles gut, nur neidet mir Sir W. Batten meine Stellung, er hasst mich auf den Tod, kann mir aber nichts anhaben.

Meinen Eltern geht es auf dem Lande ganz gut. Die Königin hat sich von ihrer schweren und langen Krankheit wieder erholt. Der König kümmert sich zu sehr um seine Mätressen. Man spricht überall über die Pläne des französischen Königs – ob er sich gegen den Papst oder den König von Spanien wenden wird, weiß niemand.

Die Herzogin von York hat gerade die Masern, aber es geht ihr schon wieder besser. Die Türken sind weit nach Deutschland eingefallen, man weiß nicht, was nun geschehen wird. Ich selbst, der Herr sei gesegnet, in guter Verfassung und fest entschlossen, meinen Posten gut auszufüllen, damit ich ordentlich Geld verdiene und dem König treue Dienste leiste, wobei mir Gott helfe. So endet das alte Jahr.

1664

1.1. Ging zwischen 4 und 5 Uhr morgens zu Bett, in sehr zufriedener Stimmung, schlief bis etwa 8 Uhr, als mehrere Leute mich mit Neujahrsgrüßen aus dem Bett holten. Mittagessen bei Onkel Wight, es gab Schwanenpastete, von einem Tier, das ich gestern dem Onkel geschenkt hatte. Meine Frau und ich brachen vorzeitig vom Tisch auf, Geschäfte vortäuschend, und gingen ins Theater, es gab »Heinrich VIII.«, ein simples Stück, nicht sehr bemerkenswert, obwohl alle Welt darüber spricht.[1]

2.1. Stelle fest, dass ich mich, was das Theater betrifft, immer noch nicht in der Gewalt habe, solange ich nicht ein neues Gelübde abgelegt habe. Ich will deshalb jetzt jeden Monat nur noch ein Stück sehen, und auch nur so lange, bis ich 50 Shilling ausgegeben habe. Danach überhaupt kein Stück bis zum nächsten Neujahrstag – es sei denn, ich komme mit meinem Gehalt auf £ 1000. Dann darf ich mir andere Bedingungen stellen.

4.1. Mr. Pierce, der Chirurg, erzählt mir, dass es der Königin wieder gut geht und dass der König letzten Sonnabend bei ihr geschlafen hat. Sie spricht jetzt auch schon sehr passabel Englisch und drückt sich manchmal sehr originell aus. Dann zum Tennisplatz, beobachtete den König beim Spiel; unwürdig, wie sein streckenweise ganz leidliches Tennis von den Höflingen über den grünen Klee gelobt wird. Meine Frau ist sehr traurig, weil ihr Vater gegen die Türken in Deutschland zu Felde zieht.[2]

6.1. Heute Morgen habe ich mit einer neuen Gewohnheit begonnen, die mir wahrscheinlich viel Geld und Zeit sparen wird, nämlich mich selbst mit einem Messer zu rasieren. Gefällt mir sehr gut.[3]

9.1. Bespreche mit meiner Frau eine eventuelle Einladung von Lord Sandwich. Würde mich mindestens 10–12 Pfund kosten, wäre aber sehr nützlich für mich. Mrs. Lane getroffen, mit ihr in die ›Glocke‹ gegangen. Konnte nicht viel ausrichten, weil sie unpässlich war. Meine Frau fühlte sich nicht wohl, als ich nach Hause kam, sie hatte eine Art Ohnmachtsanfall gehabt.

10.1. Bei Onkel Wight Schwanenpastete gegessen; lud ihn ein, bei uns nächsten Dienstag gebratenen Schwan zu essen.

11.1. Heute Morgen stand ich zufällig neben dem König und beobachtete, wie er sich mit einer hübschen Quäkerin unterhielt, die ihm eine Bitte vortrug. Der König verwies sie an Sir J. Mennes als jemanden, der für ihre schwankende Religion am geeignetsten sei – es sei der Bart, der an Sir John sei, am steifsten. Als er die Länge ihres Briefes sah, meinte er, wenn alle ihre Wünsche so lang seien, könnte sie u. U. ihre Sehnsüchte verlieren. Die Frau schwieg, bis er sich endlich ernsthaft mit ihr unterhielt; sie antwortete immer wieder mit den Worten »O König!« und duzte ihn die ganze Zeit.

15.1. Meine Frau erzählte mir, Onkel Wight habe sie beim Kartenspiel ausgefragt, ob sie guter Hoffnung sei oder nicht. Warum, verstehe ich nicht, außer er will sein Testament machen. Wollte Gott, sie hätte ja gesagt.

16.1. Sah Mrs. Lane in Westminster. Ging mit ihr ins Cabaret in der ›Glocke‹ in King Street und trieb es zweimal unter einem Stuhl mit ihr. Glaube nicht, dass ihr Geschwätz mir gefährlich werden kann. Abends im Bett schlechtes Gewissen, aber ich hoffe, es war das letzte Mal.

19.1. Abends spät im Büro gearbeitet, meine Augen lassen mich im Stich und schmerzen, was mir noch nie passiert ist, wahrscheinlich kommt es vom langen Lesen bei Kerzenlicht.

20.1. Turner soll morgen gehängt werden. Dr. Pierce erzählt, Mylady Castlemaine sei noch immer nicht in Ungnade gefallen, allerdings sei der König jetzt in Mrs. Stewart verliebt. Der Herzog fragt deshalb nur noch »Ist der König oben oder unten?«

21.1. Schickte meine Frau zu Tante Wight wegen eines guten Platzes für die Hinrichtung von Turner. Beobachtete die Aktion von einem Stehplatz für einen Schilling auf einem Karren, über eine Stunde lang, es zog sich ewig hin, weil Turner ein Gebet nach dem anderen sprach, in der Hoffnung auf eine Begnadigung. Nichts geschah, und schließlich wurde er von der Leiter gestoßen.

25.1. In einer Sondersitzung der East India Company gewesen und dem König gute Dienste – gegen die Company – geleistet. Und doch, Gott verzeih mir's, wäre ich in der Lage, eine Bestechung anzunehmen und dann andere Argumente zu vertreten.

26.1. Tom Killigrew erzählte mir von einem Feuer bei Lady Castlemaine.

27.1. Sir William Petty erwähnte in einer Unterhaltung, dass in seinem Leben drei Bücher von besonderer Bedeutung gewesen sind: »Religio Medici«,[4] Osbornes »Ratschläge an einen Sohn« und »Hudibras«. Auf dem Heimweg sah ich, wie die Straßen voller Kutschen waren, die alle zur Premiere der »Indian Queen«[5] fuhren; dieses Stück soll noch besser sein als »Heinrich VIII.«.

29.1. Habe mich beim Rasieren übel geschnitten, das Messer ist viel zu scharf.

30.1. Heute unterzeichnete und siegelte ich mein Testament, das ganz nach meinem Sinn und hoffentlich auch dem Allmächtigen wohlgefällig ist. War heute Abend in einer Aufräume-Stimmung – zerriss alte Papiere, darunter auch eine Romanze, die ich unter dem Titel »Liebe ist Betrug« in Cambridge vor zehn Jahren angefangen hatte; als ich sie heute wieder las, fand ich sie gar nicht schlecht, jetzt könnte ich so etwas sicher nicht mehr.

1.2. Der König amüsiert sich mächtig über Gresham College – man beschäftige sich dort nur damit, die Luft zu wiegen.[6]

2.2. Sir W. Warren gab mir ein Paar Handschuhe für meine Frau, in Papier eingewickelt. Ich machte das Paket nicht auf, weil es sich schwer anfühlte, und sagte nur, sie werde sich persönlich bedanken. Als ich nach Hause kam – mein Gott, was für eine Mühe hat es mich gekostet, bis meine Frau von alleine aus dem Zimmer ging, dass ich endlich sehen konnte, was das für Handschuhe waren – sie sind weiß, dazu noch vierzig Goldstücke. Mein Herz war darüber so erfreut, dass ich mittags fast nichts essen konnte aus Freude darüber, wie Gott uns täglich mehr und mehr segnet. Weiß noch nicht, ob ich es meiner Frau erzählen soll.

3.2. Ging heute Abend in Covent Garden in das große Kaffeehaus, in dem ich noch nie war. Sah den Dichter Dryden, den ich von Cambridge her kenne, und alle führenden Köpfe der Stadt. Wenn ich Zeit habe, werde ich öfter hierher gehen, weil die Gesellschaft sehr witzig und die Unterhaltung sehr geistreich ist.[7]

4.2. Ging unter dem Vorwand wichtiger Geschäfte vom Büro fort, zuerst in die St. Paul's School und dann in die ›Nag's Head‹-Kneipe, wo ich für meine alten Schulkameraden eine Flasche springen ließ. Meine Frau war zur Beerdigung von Kapitän Groves Frau, sie erzählte, wie unsere Jane, als sie ins Boot stieg, stürzte und ihren Hintern entblößte.

6.2. Pfarrer Fogourdy vertraut mir die Nachricht an, dass jetzt endgültig Frieden herrscht zwischen dem Papst und dem König von Frankreich.[8]

7.2. Las meiner Frau Sir W. Davenants Reden gegen London und Paris vor, in denen gegenseitig schwere Vorwürfe erhoben werden.[9]

8.2. Der König soll angeblich große Stücke auf den Herzog von Monmouth halten und ihn für eine eventuelle Nachfolge in Erwägung ziehen.

9.2. Man hört, dass die Holländer sich in Indien als »Herren der Südsee« aufspielen und allen fremden Schiffen die Durchfahrt verweigern, was unsere Kaufleute in Harnisch bringt.

10.2. Meine Erkältung hielt sich in Grenzen, ich hatte gestern Morgen meine Weste nicht bis obenhin zugeknöpft.

11.2. Mache mir Sorgen wegen des Briefes, den ich meinem Vater schreiben muss. Er wird sehr hart sein, aber es gibt keine andere Möglichkeit.

15.2. Sir Thomas Chamberlain zeigte mir Briefe aus Ostindien, in denen man sah, wie stark sich die Holländer dort fühlen und wie verächtlich sie die Engländer behandeln. Sie schlagen unsere Leute, hängen die englische unter die holländische Flagge und erklären, sie täten, was sie wollen. Das kann sich der König nicht gefallen lassen, wenn ihm das Parlament Geld gibt.

17.2. Setzte meine Frau unterwegs bei ihrem Vater in Long Acre ab, in einer üblen Gegend, mitten in lauter Freudenhäusern, so dass ich mir ziemliche Sorge machte. Nach dem Essen gab ich in Whitehall ein Memorandum in der Tanger-Frage ab. Bis 4 Uhr morgens im Büro gearbeitet, ganz allein, in großer Kälte, die Kerze reichte nicht mehr für den Heimweg. Noch etwas gegessen und getrunken und dann müde, verfroren und mit Kopfschmerzen ins Bett.

18.2. Nur kurz im Amt gewesen, dann nach Hause und noch bei Tageslicht um 6 Uhr zu Bett. Wachte um 12 auf, als meine Frau ins Bett ging.

22.2. Kaufte mir zwei Städteansichten, die zusammengenäht waren, für 9 Shilling und Sixpence. Danach zur Börse, um herauszufinden, wie in anderen Ländern die Schiffsmasten feucht- oder trockengehalten werden. Zu Hause gab es ein miserables, kaltes Essen, weil meine Leute alle bei der großen Wäsche waren. Heute Abend kam Mr. Alsopp, der Braumeister des Königs, zu mir und erzählte, dass der König ganz unter dem Einfluss von etwa sechs Männern steht, denen er riesige Grundstücke geschenkt hat, nicht einmal der alte Herzog von Buckingham wird beim König vorgelassen. Lord Lodderdale herrscht unumschränkt in Schottland. In Turnstile ist neulich eine Frau vergewaltigt worden, die mit ihrem Mann im Bett lag. Der Mann wurde mit seinem Hemd gefesselt. Weil die Täter zum Hofpersonal der Königin gehörten, wurden die Opfer mit £ 300 zum Schweigen gebracht. Der ganze Hof ist wie verrückt auf einen Krieg mit Holland. Mr. Alsopp und ich waren uns darin einig, dass man eine solche Entwicklung nur befürchten könne – es sei denn, die Franzosen fallen in Flandern ein, dann sollten Flamen und Holländer geteilt werden. Der Umgangston der Vertrauten des Königs ist so ordinär, dass man seinen Ohren nicht traut.

23.2. Heute bin ich, durch Gottes Gnade, 31 Jahre alt. Ich befinde mich nicht nur bei guter Gesundheit (besonders was meinen Blasenstein angeht), sondern auch gesellschaftlich in sehr geachteter Stellung. Gott gebe mir Weisheit und Kraft, damit alles so bleibt.

24.2. Ging in Whitehall in die Kapelle der Königin, wurde aber aufgefordert, niederzuknien, und verließ deshalb die Kirche.

Unterhielt mich draußen längere Zeit mit einem Mann, der Marmor zersägte; erfuhr, dass ein Mann an einem Tag nur 15 Zentimeter tief in einen Marmorblock hineinsägen kann. Die Sägen haben keine Zähne, der Sand wird von ihnen zermahlen. Im Kaffeehaus lange mit Alderman Barker über den Handel mit Hanf gesprochen.

26. 2. Zu Hause bei meiner Rückkehr Onkel Wight vorgefunden – komisch, dass er, wie mir meine Frau berichtet, sie streichelt und hätschelt und sie eigens besucht. Rege mich aber nicht darüber auf, sondern erhoffe mir allerhand Gutes davon.

27. 2. Als ich ins Büro ging, kam Bagwells Frau zu mir, um für ihren Mann ein gutes Wort einzulegen. Sie gefiel mir sehr gut, und ich kitzelte sie unterm Kinn, hatte aber nicht den Mut, etwas Unpassendes von ihr zu verlangen, denn sie scheint eine sehr anständige, bescheidene Frau zu sein.

28. 2. Vor und nach der Predigt sang in St. Paul's ein grässlicher Chor – der schlechteste, den ich je in meinem Leben gehört habe.

29. 2. Sah auf dem Heimweg im Lombard Street ein Haus brennen. Mein Gott, wie die Händler und Kaufleute in der Umgebung ihre Tücher und Stoffe zusammenrafften!

1. 3. Starker Rheumatismus im linken Auge.

2.3. Blätterte bei St. Paul's in einem burlesken Gedicht mit dem Titel »Scarronides«[10] – ausgezeichnet. Nach dem Essen schnitt mir meine Frau die Haare, die sehr lang gewachsen waren. Mr. Burgby erzählt, dass der König ein vorzüglicher Geschäftsmann ist, aber unter der Krankheit seines Vaters leidet: dem Selbstzweifel. Man kann ihn allzu leicht von seiner Meinung abbringen.

3.3. Meine Frau und ich wollten ins Theater gehen, aber als wir gerade in eine Kutsche einsteigen wollten, hörten wir, dass in dieser Woche die Theater geschlossen sind, es ist Fastenzeit. Mein Gott, wie gierig ich aufs Theater bin, nur einmal im Monat darf ich es mir erlauben.

4.3. Der Herzog von York rief mich zu sich und unterhielt sich längere Zeit mit mir über die Vorbereitungen zum Stapellauf in Woolwich. Habe noch nie so lange mit dem Herzog gesprochen, hatte mich bisher immer vor ihm gefürchtet. Stark erkältet heute Abend, weil ich mir die Haare so kurz schneiden ließ.

7.3. Mit meiner Frau ins Duke's Theatre, wo es »Die unglücklichen Liebenden«[11] gab; hat mir nicht sehr gefallen, weiß aber nicht, woran es lag, vielleicht, weil das Theater halb leer war. Lady Castlemaine in einer Loge.

8.3. Ärgerlich über meine Frau, die sich den Urin von jungen Hunden ins Gesicht geschmiert hat – wie Tante Wight, die damit etwas gegen ihr hässliches Gesicht tun will. Sah mit meiner Frau »Heraclius«,[12] kein starker Verstoß gegen mein Gelübde, weil wir sehr sparsam waren.

11.3. Hoffe zu Gott, dass meine Gewissenhaftigkeit, die für den König sehr nützlich ist, mir gewisse Vorteile einbringen wird.

13.3. Will Joyce wollte mit mir alleine sprechen und sagte mir geradeheraus, dass mein Bruder im Sterben liegt; was noch schlimmer ist, er hat die Pocken, die er früher einmal nicht richtig auskuriert hatte. Sehr beunruhigt. Beschloss, ihn zu besuchen. Er erkannte mich, redete aber von anderen Dingen. Sein Gesicht das eines Sterbenden, das fanden auch die anderen. Dachte auf dem Heimweg an all den Ärger, der beim Tod meines Bruders auf mich zukommen wird.

14.3. Wieder zu meinem Bruder, diesmal erkannte er mich nicht, was mich sehr beunruhigt. Unterhielt mich mit seiner Haushälterin, die mir sagt, dass er ein schlechter Ehemann war. Ob er nun am Leben bleibt oder stirbt – er ist ein ruinierter Mann. Zu Hause geriet ich mit meiner Frau aneinander, weil ich nicht wollte, dass sie ihr Kleid neu besetzen lässt, sie sollte sich für das gleiche Geld lieber ein einfaches neues kaufen. Daraufhin fuhr sie mich in einer Weise an, wie ich es noch nie bei ihr erlebt habe und auch künftig nicht dulden werde. Ging dann ins Büro, worauf sie mir in größter Wut nachkommt, mich wie ein altes, boshaftes, zänkisches Weib anfährt, anblitzt und erklärt, sie würde sich ein neues Kleid kaufen, es besetzen lassen und mir die Rechnung schicken – wenn ich wolle, könne ich dann alles verbrennen; dann rannte sie wieder weg in ihrer Wut.

Meinem Bruder geht es unverändert schlecht. Die Ärzte haben ihn aufgegeben und alle Besucher auch. Ich musste weinen, als ich spürte, dass er mich nicht mehr erkannte.

15.3. Es wird behauptet, mein Bruder habe den Tripper, aber der Arzt sagt, das ist Unsinn. Gegen 8 Uhr begann er unruhig zu werden, man konnte nicht mehr verstehen, was er sagte. Als er zu röcheln anfing, ging ich aus dem Haus, denn ich wollte nicht dabei sein, wenn er stirbt. Als ich nach einer Viertelstunde wiederkam, war mein Bruder tot. Ich nahm alle Papiere, die ich finden konnte, mit nach Hause und schrieb einen Brief an meinen Vater. Nachts schlief ich dicht bei meiner Frau, ich war voll Unruhe und Kummer über meinen Bruder und konnte keinen Schlaf finden.

16.3. Heute ist das Parlament nach einer langen Pause wieder zusammengetreten – aber was man verhandelt hat, das habe ich nicht erfahren.

17.3. Habe jetzt beschlossen, meinen Bruder nicht auf dem Friedhof beerdigen zu lassen, wo meine jüngeren Brüder und Schwestern liegen, sondern in der Kirche im Mittelschiff, so dicht wie möglich beim Stammplatz meiner Mutter, was mich 20 Shilling mehr kosten wird.

18.3. Zur Kirche und mit dem Totengräber verhandelt. »Ich werde die anderen ein bisschen enger zusammenrücken, dann ist noch Platz für ihn« – er meinte die Überfüllung im Mittelschiff, andere Leichen, die noch nicht ganz verfault sind; ich fand diese Ausdrucksweise sehr bemerkenswert. Die zur Beerdigung Eingeladenen, die zwischen 1 und 2 Uhr hätten kommen sollen, erschienen erst gegen 5. 120 hatte ich eingeladen, 150 kamen. Jeder brachte sechs Stück Kuchen mit und Rotwein nach Belieben. Der Leichenzug war sehr stattlich. Dr. Pierson, der Gemeindepfarrer, hielt den Trauergottesdienst, und so erlebte ich, wie mein armer Bruder zu Grabe gelegt wurde. Anschließend aßen wir ein Fass Austern, Kuchen und Käse und waren dabei ungebührlich fröhlich – mein Gott, wie rasch die Erinnerung an einen Menschen verblasst, schon eine Stunde nach seinem Tode. Ich muss mir selber Vorwürfe machen, denn während ich noch, als er im Sterben lag, Schmerz und Kummer empfand, konnte ich bald nach seinem Tode und auch später diese Gefühle nicht mehr aufbringen.

19.3. Fand unter den Briefen meines Bruders einige von Bruder John, in denen er sich sehr übel über mich äußert – bin froh, dass ich Bescheid weiß, er soll das noch bereuen.

21.3. Heute trat das Parlament zusammen. Der König sprach zum Unterhaus über ausländische Verschwörungen gegen ihn und den Frieden im Königreich.

23.3. Wir stellten im Büro fest, dass im Augenblick nur zwei Marinefachleute im Parlament sitzen, Sir W. Batten und Sir W. Penn, dazu höchstens 20–30 Kaufleute. Für eine Insel ist das ein trauriger Zustand – kein Wunder, dass es um unseren Handel so schlecht steht.

25.3. Nach Whitehall zum Gottesdienst. Überfüllte Kirche, weil Dr. Critton predigte, über Jeremias 31, Vers 21 und 22. Es war die schlechteste Predigt, die ich von ihm gehört habe, und doch war sie gut. Zweimal wurde er sehr bitter gegenüber dem König.

26.3. Heute war wieder mein Festtag. Es sind nun, Gott sei Dank, sechs Jahre, seitdem ich meinen Blasenstein losgeworden bin.

28.3. Heute ist Mr. Vaughan, der große Redner, im Parlament aufgetreten und hat eineinhalb Stunden mit großer Eloquenz über das Gesetz zur dreijährigen Legislaturperiode gesprochen.[13] Meine Schwiegermutter möchte den alten Morgenrock meiner Frau haben, den sie nicht mehr anzieht, weil er so schäbig ist. Bin froh, dass sie nichts Wertvolleres erbittet.

30.3. Unterhielt mich mit Kapitän Cooke im Kaffeehaus über den Krieg mit Holland. Der König will offenbar so viele Beschwerden von Kaufleuten sammeln, wie er irgend bekommen kann, damit das Parlament dann in allen Ehren den Krieg erklären kann. Wenn er von sich aus den Krieg erklärte, würde das Parlament ihm kein Geld bewilligen.

1.4. Traf in Whitehall den Herzog von York (sah auch die Königin mit ihren Zofen im Park spazieren gehen, Mrs. Stewart ist ziemlich fett geworden und nicht mehr so attraktiv wie früher). Heute gab mir Mrs. Turner ein seltenes Manuskript von einem gewissen Mr. Wells über Verfahren des Schiffbaus zu lesen. Las abends darin, bis mir die Augen weh taten.

4.4. Traf in Westminster im Vorraum des Oberhauses den Herzog von York. Er unterhielt sich längere Zeit mit mir über das neue Schiff in Woolwich und über den Zustand der Flotte im Falle eines Krieges mit Holland.

5.4. Hörte den König im Oberhaus gegen die dreijährige Legislaturperiode sprechen. Habe noch nie einen so miserablen Redner erlebt. Meine Frau gab mir am Nachmittag eine unpassende Antwort, wie ich es nicht gern habe. Ich zog sie deshalb in der Hitze des Gefechts an der Nase, um sie zu kränken, was ich nachher aber, um sie zu besänftigen, abstritt. Das arme Ding nahm mir das mächtig übel und weinte eine ganze Weile. Nach und nach vertrugen wir uns aber wieder, und ich konnte noch ins Büro gehen und ein wenig arbeiten. Heute erschienen sehr viele Kaufleute vor einem Parlamentsausschuss und brachten ihre Klagen gegen die Holländer vor.

6.4. John Noble, der alte Diener meines Vaters, kam heute zu mir. Ich ahnte schon einiges und erfuhr dann tatsächlich, dass er davon wusste, wie mein Bruder Tom seine hässliche Dienerin Margaret geschwängert hat. Die Zwillinge, von denen nur noch einer lebt, wachsen bei einem John Taylor auf. Tom hat offenbar viel Geld zur Vertuschung der ganzen Angelegenheit ausgegeben.

8.4. Gewaltige Regen- und Hagelschauer, ging in einen Laden und kaufte einen Rohrstock, kostete mich 4 Shilling und Sixpence – ganz aus einem Stück.

12.4. Als ich nach Hause kam, war mein Vater da, der bei uns über Nacht bleiben wollte. Brachte ihn ins Bett, empfand eine große Liebe für ihn.

13.4. Mr. Coventry glaubt nicht, dass es zum Krieg mit den Holländern kommen wird, weil das Parlament dem König kein Geld bewilligen wird. In Holland sollen die Provinzen miteinander rivalisieren.

14.4. Brachte meinen Vater bis Cripplegate, hatte beim Abschied das Gefühl, dass ich ihn nicht wiedersehen werde, so sehr baut er jetzt ab.

15.4. Nachmittags mit meiner Frau ins Duke's Theatre, es gab »Die deutsche Prinzessin«.[14] Ein simples Stück.

17.4. Zog meinen besten schwarzen Leinenanzug und meinen Samtumhang an und ging mit meiner Frau in ihrem besten Spitzenkleid in die Kirche, wo wir schon neun oder zehn Wochen nicht gewesen waren. Die Wahrheit ist, dass meine Eifersucht daran schuld ist – ich habe immer noch Angst, sie könnte dort Pembleton treffen. Unser Pastor Mills machte einen bemerkenswerten Schnitzer: statt »gib uns zum täglichen Gebrauch die Früchte der Erde« sagte er »gib uns zum täglichen Gebrauch unsere gnädige Königin Katharina«.

18.4. Sah im Hyde Park den König mit seiner Perücke, er hat sich kaum verändert. Lady Castlemaine saß in gelber Seide in einer Extrakutsche. Ich selbst eingepfercht in einer Mietsdroschke, schämte mich, so gesehen zu werden, viele Leute erkannten mich auch.

21.4. Das Parlament hat heute beschlossen, dass der König von den Holländern Sühne verlangen soll.

22.4. Ließ mich gegen 4 Uhr morgens wecken. Es war schon hell, aber noch ziemlich kühl, als ich nach Greenwich fuhr, und noch neblig, bevor die Sonne aufging. Hörte mehrere Nachtigallen. Entdeckte allerlei Betrügereien in Woolwich.

25.4. Der Herzog von York hat in seinem Arbeitszimmer einen Vogel, der aus Ostindien stammt, schwarz mit weißer Halskrause. Er spricht sehr viel und wiehert wie ein Pferd – der beste Vogel dieser Art, den ich kenne.[15]

26.4. Meine Frau ging heute zur Beerdigung meiner Cousine Scott. Traurig, wie die Sippe Pepys ausstirbt und niemand in der Lage ist, sie am Leben zu erhalten.

30.4. Alles dreht sich jetzt um die Frage, was mit Holland wird: Krieg oder Frieden. Die meisten sind für Krieg, weil wir im Augenblick in einer stärkeren Position sind – ich persönlich bin sehr dagegen. Das Parlament will den König mit Menschen und Material unterstützen.

Lady Sandwich hat seit drei Tagen die Masern.

2.5. Sah im King's Theatre »Das Labyrinth«,[16] das kümmerlichste Stück, das ich je gesehen habe. Mr. Bland brachte mir zwanzig neue Goldstücke. Ein erfreulicher Anblick, der mein Herz vergnügt machte. Zeigte sie meiner Frau, das arme Ding hätte sie zu gerne behalten, aus keinem anderen Grund als bloßer Freude am Anblick des Goldes. Ich hielt das aber nicht für passend und nahm sie wieder an mich.

4. 5. In Amsterdam breitet sich die Pest immer mehr aus.

5. 5. Meine Augen werden jetzt jeden Tag schwächer, ich kann nicht mehr längere Zeit hintereinander lesen oder schreiben, auch nicht bei Tageslicht.

11. 5. Heute kam Onkel Wight in mein Büro und ging dann nach Hause zu meiner Frau. Sie erzählte mir später, er habe davon angefangen, dass sie keine Kinder habe und er auch nicht, so dass es doch das Beste wäre, sie hätten eines zusammen. Er wollte ihr £ 500 entweder in bar oder in Juwelen im Voraus geben und das Kind zu seinem Erben machen. Dann lobte er ihre gute Figur und erklärte, seines Wissens sei die Sache durchaus legal. Sie habe ihm aber eine hitzige Antwort gegeben, und da er nicht sagen konnte, dass es Scherz gewesen sei, habe er gesagt, er würde nicht mehr davon sprechen, nachdem er nun ihre Einstellung kenne – sie solle es auch nicht weitererzählen. Angeblich hatte er dabei gelacht, aber es war unecht, und nach seinem Gerede, das ich nicht mehr so gut wiedergeben kann, ist mir klar, dass es ernst gemeint war. Ich befürchte deshalb, alle seine Güte ist nichts als niedere Absicht. Was ich davon halten soll, weiß ich nicht, aber ich will mir ihm gegenüber nichts anmerken lassen, bis ich mir die Sache besser überlegt habe.

13.5. Hörte einen Bericht über die Sitzungen von Ober- und Unterhaus. Bei den Lords darf nach der neuen Konventikel nur noch vom Lord Lieutenant eine Haussuchung vorgenommen werden, und wenn sie vor Gericht kommen, dürfen sie nur von ihresgleichen verurteilt werden. Im Unterhaus war man damit nicht einverstanden. Mr. Vaughan sagte, dass womöglich in Zukunft ein Privileg für einen Lord sein könnte, was für einen Unterhausabgeordneten ein Vergehen wäre. Es gab auch noch großen Streit über Mr. Prin, der in den Tower geworfen werden soll, weil er ein Gesetz über Weinabfüllung nach der Verabschiedung eigenmächtig verändert hat.

15.5. Nahm heute mit meiner Frau zusammen ein Abführmittel ein, das bei uns beiden ausgezeichnet wirkte; wir verbrachten die Zeit mit angenehmer Unterhaltung.

16.5. Sah bei Mr. Pierce, dem Chirurgen, ein Hundeexperiment. Ein junger Hund wurde dadurch getötet, dass man Opium in sein Hinterbein einführte.[17]

17.5. Nahm mir vor, nachts meine Hände zusammenzubinden, damit ich sie nicht aus dem Bett halte und mich dadurch erkälte; konnte es aber nicht lange aushalten.

18.5. Heute begann ich damit, Buttermilch und Molke zu trinken – ich hoffe, das tut mir gut.

19.5. Ziemlich ordentlicher Stuhlgang, was ich der Molke zuschreibe, desgleichen mehrere gute Fürze.

20.5. Mr. Cholmely erzählt, dass die Lords manchmal im Scherz zum König sagen, er solle seine Frau gut im Auge behalten, da gäbe es jetzt einen Galan. Der König soll sogar einmal Montagu gefragt haben, wie es denn seiner Mätresse gehe – er meinte damit die Königin.

23.5. Der König ist heute mit dem Herzog von York und großem Gefolge bei Tagesanbruch nach Chatham gefahren.

24.5. Heute erfuhr ich, dass mein Onkel Fenner gestorben ist, was mich ein wenig traurig macht. So rasch gehen die meisten meiner Freunde dahin.

27.5. Mit Erkältungsschmerzen aufgestanden. Ich werde melancholisch, wenn ich an meinen Gesundheitszustand denke.

29.5. Königs Geburtstag und Restaurationstag. Zu Fuß nach St. James's, wo ich lange mit Mr. Coventry über den Krieg gegen Holland sprach. Er befürwortete den Krieg mit schwachen Argumenten. Mit Mr. Povy zum Essen gegangen, und dann von ihm in sein Haus eingeladen. Er hat einen wunderbaren perspektivisch angelegten Garten, einen mit verschiedenen Hölzern getäfelten Raum, eine Kellergrotte für den Wein mit einem kühlenden Brunnen, großartige Möbelstücke, ganz oben im Haus ein Badezimmer,[18] sehr gute Bilder und erlesene Tischsitten – in meinem Leben habe ich so etwas noch nicht gesehen.

31.5. Hörte heute, dass der König am letzten Sonntag (seinem Geburtstag) in den Gemächern von Lady Castlemaine war und die ganze Nacht mit den Musikanten getanzt hat – alle Welt konnte dabei zusehen. Bin sehr betrübt darüber.

1.6. Mr. Holliard erklärt mir, dass ich möglicherweise wieder einen Blasenstein habe; er hat auch gleich etwas zur Auflösung des Steins mitgebracht, was mich sehr bedrückt. Ich bete zu Gott, dass er mich schont. Mit meiner Frau ins King's Theatre, wir sahen »Die schweigsame Frau«,[19] gefiel mir nicht so gut wie früher, aber vielleicht war ich auch nicht in der richtigen Stimmung. Kurz vor Ende der Vorstellung ging ein solcher Hagelsturm nieder, dass wir im Parkett rasch aufstanden und in großem Gedränge das Theater verließen.

4.6. Dem Herzog Bericht erstattet über die Notwendigkeit, Matrosen zwangszurekrutieren, da wir sonst nicht genug Leute für unsere zwölf Schiffe haben.

5.6. Meine Frau ist sehr krank, Magenschmerzen, Erbrechen und Durchfall. Ich legte mich eine Weile auf ihr Bett, das arme Ding hatte große Schmerzen. Danach ins Büro.

11.6. Aus einer Unterhaltung zwischen Sir G. Carteret und Mr. Coventry muss ich schließen, dass man allgemein mit einem baldigen Kriegsbeginn rechnet. Höre auch, dass ein Gesandter aus Holland und einer von der East India Company eingetroffen ist.

13.6. Mr. Coventry hat heute vorgeschlagen, dass ich die Geschichte des letzten Krieges gegen Holland schreiben sollte. Ich bin darüber sehr erfreut, da ich so etwas gerne tue, auch kommt es sehr meiner Begabung entgegen und wird mich, wenn es gelingt, weiterempfehlen.

16.6. Der holländische Gesandte will uns mit schönen Worten umstimmen und für Frieden plädieren.

20.6. Der Herzog von York erzählt mir, dass die Holländer mit ihrer Flotte nur ihre Fischfangboote schützen wollen, angeblich wollen sie den Engländern nichts zuleide tun. Der König lacht darüber, ärgert sich aber, dass die Holländer ihn für einen solchen Kindskopf halten.

22.6. Im Kaffeehaus redeten alle von den Kriegsvorbereitungen der Holländer, angeblich sollen sie sechzig Schiffe ausrüsten. Die Pest breitet sich immer stärker in Holland aus, zu Lande und zu Wasser.

24.6. Nachmittags nach Whitehall, wo Mr. Pierce das Schlafzimmer der Königin zeigte und ihren Ankleideraum, in dem nichts weiter zu sehen ist als einige hübsche fromme Bilder und Erbauungsbücher. Am Kopfende ihres Bettes steht Weihwasser, und auf dem Nachttisch eine von einer Lampe erleuchtete Uhr, so dass sie jederzeit in der Nacht das Zifferblatt erkennen kann.

Mr. Pierce zeigte mir dann auch noch den Ankleideraum des Königs, wo aber derartig viele Bilder und wertvolle, seltene Gegenstände zu sehen waren, dass ich ganz verwirrt war und keine Freude empfinden konnte – das ist mir das erste Mal in meinem Leben bei einem solchen Anlass passiert.

28.6. Habe heute zum ersten Mal in diesem Sommer ein Hemd mit kurzen Ärmeln angezogen; so ängstlich bin ich geworden, dass ich mich vor einer Erkältung fürchte, wo alle Welt unter der Hitze stöhnt.

29.6. Mr. Sheply berichtet mir, dass der Hund, den ich ihm geschenkt habe, kürzlich von fünf anderen Hunden zerfleischt worden ist; bin darüber ein wenig, er jedoch *sehr* traurig.

30.6. Ich beschließe den Monat mitten in wichtigen Geschäften und in der Sorge, dass ich meine Gelübde nicht streng genug eingehalten habe (obwohl das nicht immer meine Schuld war). Allgemeine Unsicherheit wegen des Krieges gegen die Holländer. Die Flotte aus zwölf Schiffen ist bereit. Der König und die Königin sollen angeblich nächsten Sonnabend an Bord gehen.

1.7. Dr. Burnett eröffnet mir, dass ich eine Geschwulst entweder in den Nieren oder an der Blase habe; er schließt das aus meinem Urin. Gab ihm ein Goldstück und hoffe, dass er mich gut berät. (Mr. Holliard hat nie etwas von einer Geschwulst gesagt.)

4.7. Stelle fest, dass meine Frau, ohne mich zu fragen, 25 Shilling für Ohrringe ausgegeben hat. Sehr verärgert und erbost, es fielen böse Worte, vor allem von ihrer Seite, was ich nie für möglich gehalten hätte, dass sie solche Worte in den Mund nimmt. Sie erwähnte auch unsere alten Probleme, an die erinnert zu werden ich hasse. Ich schwor, die Ohrringe zu zerbrechen, wenn sie sie nicht zurückbrächte, und verließ mit diesen Worten das Haus. Nach kurzer Zeit schickte meine Frau, das arme Ding, tatsächlich

Bess mit den Ringen los, damit sie sie wieder zurückbrächte. Ich fing sie ab und schickte sie wieder zurück, meinetwegen mag sie sie behalten, jetzt wo sie nachgegeben hat. Heimgegangen und wieder vertragen, aber ihre Worte gingen mir nicht aus dem Kopf, und ich ging unzufrieden schlafen. Nachher kam sie zu mir ins Bett, aber es nützte alles nichts, ich stand am nächsten Morgen wütend auf. Heute haben der König und die Königin Mylord Sandwich besucht und die Flotte besichtigt.

6.7. Dr. Clerke konnte gestern nicht zu mir kommen, weil der König krank war und zur Ader gelassen werden musste.

7.7. Habe heute zum ersten Mal in diesem Jahr meine Leinenweste weggelassen; fürchte mich dennoch sehr vor einer Erkältung. Holte mir meine neuen Bücher ab, Sir H. Spelmans »Glossar«, Scapulas »Lexikon« und Shakespeares »Stücke«.[20] Dem König geht es wieder gut.

8.7. Gab dem Buchbinder Anweisungen für den Einband meiner Chaucer-Ausgabe.[21]

10.7. Zur Taufe von Kate Joyce, wo es viele Leute und ausgezeichnete Süßigkeiten gab. Nach einer Stunde in Mylords Kutsche (der vornehmen, reichen) nach Hause.

11.7. Nachts um 11 plötzlich angefangen, im Bett zu schwitzen. Dachte daran, wie viel Geld ich im Hause habe, hörte Geräusche und schwitzte immer mehr, bis ich vor Angst fast zerschmolz. Ich läutete die Glocke, aber niemand reagierte. Darauf steigerte sich meine Angst noch, mir fiel ein, dass heute Abend ein Stein gegen unser Fenster geworfen wurde – wahrscheinlich wollten sich die Einbrecher überzeugen, ob wir zu Hause sind. Jetzt verstehe ich erst die Ängste reicher Leute, die um ihren Besitz fürchten. Schließlich hörte ich, wie Jane aufstand; es war nur der Hund, der herausgelassen werden wollte und deshalb Lärm machte.

15.7. Mit Mr. Creed nach St. James's und dann nach Whitehall, wo ich sah, wie Mrs. Stewart aus einem Zimmer kam, in ganz entzückender Aufmachung, die Haare rings um die Ohren angeordnet, sie hatte gerade einem Porträtmaler Modell gesessen. Der König war ebenfalls da und etwa zwanzig Hofleute, sie standen alle um Maler und Modell herum.

18.7. Nach Westminster zum Friseur, damit meine Perücke entlaust wird. Nahm Jane, die Magd des Perückenmachers, mit in ein kleines Bierhaus in Bowers Yard und vergnügte mich mit ihr. Ist ein hübsches, unschuldiges Ding. Nachher mit Mr. Creed zu mir nach Hause, wo er mir 20 Goldstücke hinlegte, die ich nicht zurückwies. Hatte aber mehr erwartet. Trotzdem: besser als nichts, und ich weiß jetzt, woran ich mit ihm bin.

20.7. Große Neuigkeit: Mrs. Lane hat einen gewissen Mr. Martin geheiratet, der bei Kapitän Marsh angestellt ist. Sie ist heute mit ihm abgereist. Muss mich bald mit ihr verabreden und herausfinden, wie ihr die Ehe gefällt.

21.7. Schloss mit Sir W. Warren einen Vertrag über 1000 Gotenburg-Masten ab, den größten Vertrag seiner Art, ganz allein mein Werk und ein für den König sehr vorteilhafter Vertrag.

23.7. Zu Fuß nach Westminster. Da ich in übermütiger Stimmung war, ging ich durch die Fleet Alley, wo eine ausnehmend hübsche Dirne an einer Haustür stand. Ich nahm ein oder zwei Anläufe, aber konnte mein Ehrgefühl und das schlechte Gewissen nicht überwinden. Nahm ganz gegen meine ursprüngliche Absicht eine Kutsche und fuhr nach Westminster Hall zu Mrs. Lane und verabredete mich mit ihr in einem Lokal, wo wir aßen und tranken und uns zweimal verlustierten – eine merkwürdige Frau, die dauernd davon redet, wie sehr sie ihren Mann liebt, und dann doch alles mit sich machen lässt. Ich gab ihr 5 oder 6 Shilling und konnte tun, was ich wollte. Wieder zurück zur Fleet Alley, konnte mich nicht mehr beherrschen und ging in eines der Häuser hinein. Es sah drinnen genauso aus, wie ich es in Erinnerung hatte – man ist nur darauf aus, den Männern das Geld abzunehmen. Die Frau war sehr attraktiv, aber ich traute mich nicht, aus Angst, ich könnte mich anstecken, und weil ich glaubte, nicht genug Geld dabei zu haben. Auf dem Heimweg flehte ich Gott an, er möge mir diesen Nachmittag verzeihen. Nach Hause und ins Bett, müde von den Vergnügungen des Tages, an die ich mit Beschämung zurückdenke.

25.7. Mit Sir W. Batten ins Kaffeehaus. Keine neuen Nachrichten. Die Pest wütet noch immer verheerend unter den Holländern.

26.7. Mittags zu Anthony Joyces Stammtisch. Hatte anderthalb Dutzend Flaschen Wein dorthin schaffen lassen. Sehr lustige Gesellschaft, ich brachte die Rede darauf, dass ich keine Kinder bekomme, woraufhin man mir unter viel Gelächter zehn Ratschläge gab: 1. Drücke deine Frau nicht zu heftig und nicht zu oft. 2. Iss keine späten Mahlzeiten. 3. Trinke Salbeisaft. 4. Trinke Rotwein und iss Toast. 5. Trage kühle holländische Unterhosen. 6. Halte den Magen warm und den Rücken kalt. 7. Auf meine Frage, ob man es lieber abends oder morgens tun solle, wurde mir geantwortet, am wichtigsten sei es, dass beide Lust dazu hätten. 8. Die Frau sollte sich nicht zu fest schnüren. 9. Ich sollte starkes Gewürzbier mit Zucker trinken. 10. Mrs. Ward riet mir, die Stellung zu ändern oder wenigstens mit dem Kopf tiefer als mit den Beinen zu liegen.

28.7. Alle reden nur vom Krieg gegen Holland. Ich glaube, es wird bald so weit sein, denn die Holländer scheinen keine Zugeständnisse machen zu wollen.

Lebe jetzt sehr angenehm zu Hause, werde sehr aufmerksam versorgt von meinen beiden Dienerinnen Jane und Su – beide gefallen mir ausnehmend gut.

30.7. Den ganzen Vormittag im Büro. Alle reden von einem kostbaren Geschenk, das ein Schiff aus Ostindien für den König mitgebracht hat – zwei Edelsteine, die £ 70 000 wert sein sollen.[22]

31.7. Stelle fest, dass ich jetzt mehr als £ 1000 besitze, das erste Mal, dass ich diese Grenze überschritten habe. Ich danke Gott dafür und bete, dass er mir Kraft gibt, noch mehr zu verdienen.

1.8. Im Kaffeehaus waren alle erfüllt vom Sieg des Generals Souches (ein Franzose, der einen Teil der deutschen Armee befehligt) über die Türken, bei dem mehr als 4000 Soldaten getötet worden sein sollen.[23]

2.8. Sah im King's Theatre »Bartholomew Fair«,[24] ohne Zweifel die beste Komödie der Welt. Saß zufällig neben Tom Killigrew, der mir erzählte, dass er eine Theaterschule gründen will, in der auch Opern aufgeführt werden sollen.

4.8. Mittagessen mit Sir W. Penn, nur ein Stück Rindfleisch, heuchelte Fröhlichkeit, die ich bei diesem Mann in Wirklichkeit nie empfinde.

5.8. Bestieg etwa um 10 Uhr vormittags ein sehr stattliches Pferd, das mir Sir W. Batten gestern zu schicken versprochen hatte, und ritt durch die City, weiß Gott mächtig stolz, dass man mich allenthalben auf einem so ansehnlichen Tier sehen konnte.

7.8. Meine Frau erzählte mir traurige Geschichten von dem elenden, streitsüchtigen und armseligen Leben, das meine Eltern mit meiner Schwester Pall auf dem Lande führen. Mache mir große Sorgen darüber, muss auf Abhilfe sinnen. Mr. Spong, der Optiker, erzählte mir, dass er durch sein selbstgebautes Mikroskop erkennen kann, wie sehr sich der Flügel einer Motte und eine Vogelfeder ähneln.

8.8. Mit meiner Frau ins King's Theatre; sie hat letzten Monat kein Stück gesehen, deshalb ist mein Gelübde nicht gebrochen, und es kostet mich nicht mehr, als wenn sie die zwei Mal ins Theater gegangen wäre, die ihr zustehen.

9.8. Heute kam die Meldung, dass der Kaiser die Türken geschlagen, den Großwesir getötet und etwa 8000 Soldaten niedergemetzelt hat.[25]

10.8. Suchte einen Graveur, der meinen Namenszug auf meinem neuen Rechenschieber anbringen kann. Mr. Cocker, der berühmte Schriftmeister, fand sich bereit dazu, ich sah ihm eine Stunde lang zu. Der Mann ist sehr begabt, dazu sehr belesen in unseren englischen Schriftstellern und von sicherem Urteil.

13.8. Mein Schneider bringt mir einen Hausrock, knielang, damit meine empfindlichen Beine geschützt werden. Ebenfalls kommt Mr. Reeve mit einem Mikroskop und einer tragbaren Camera obscura. Für das Mikroskop bezahlte ich £ 5 und 10 Shilling – ein horrender Preis. Mit der Camera obscura kann man Gegenstände in einem dunklen Raum erkennen.

14.8. Mr. Holliard erklärt mir, dass meine Schmerzen nur von einer Abkühlung der Beine herrühren, ich müsste ständig einen Umhang tragen; ich hätte auch gar keine Geschwulst – die Urinverdickung kommt von Überhitzung im Rücken.

15.8. Der Herzog von York sagt, es gebe immer mehr Anzeichen dafür, dass der Krieg mit den Holländern unmittelbar bevorsteht. Traf in der ›Trompete‹ Mrs. Lane, die mir die traurige Geschichte von ihrem Mann erzählte, der, wie ich befürchtet hatte, nichts taugt, sie geschwängert hat und ruiniert ist, wenn ich ihm nicht einen Posten besorge. Sie bot sich mir an, ich vergnügte mich mit ihr, werde ihrem Mann aber nicht helfen – sie hat damals auch nicht auf meinen Rat gehört. Sah in Charing Cross den Riesen, der aus Holland gekommen ist, ich konnte mit dem Hut auf dem Kopf unter seinem Arm hindurchgehen und mit den Fingerspitzen gerade seine Augen berühren. Er ist ein stattlicher, wohlgebauter Mann, seine Frau eine kleine, hübsche Holländerin.[26]

16.8. Wachte um 2 Uhr morgens vom Lärm des Gewitters auf, das etwa eine Stunde anhielt. Die Blitze waren wie Flammen, die den ganzen Himmel erhellten. Danach ein Regen, wie ich ihn noch nie erlebt habe. Entgegen meinen Befürchtungen hat mein Dach dichtgehalten.

17.8. Sir W. Batten gab mir drei Flaschen Epsom-Wasser, die ich austrank und die mir einen hervorragenden Stuhlgang verschafften.

19.8. Suchte nach einem Handwerker, der mir eine Kassette für den Blasenstein anfertigen kann, von dem mich eine Operation befreit hat.

20.8. Das Parlament trat heute zusammen, vertagte sich aber sofort wieder bis zum November.

27.8. Man sagt, dass die Holländer mit einer Flotte von 22 Schiffen vor Ostende kreuzen, worüber wir sehr erschrocken sind.

31.8. Ich habe jetzt einen neuen Burschen, der ziemlich musikalisch ist, er kommt von King's Chapel und wird sich hoffentlich gut bei mir machen.

3.9. Sehr schlecht geschlafen, meine Frau weckte mich ein paarmal auf, das Bett war voller Flöhe, die das Mädchen tagsüber zu knacken versäumt hatte.

5.9. Las auf dem Heimweg Sir John Sucklings »Aglaura« – ein dürftiges Stück, ohne jeden Plan.[27] Zu Hause erwartete meine Frau Mr. Penn, was sofort meine Eifersucht erregte.

6.9. Kaufte auf dem Heimweg für Doll, unsere hübsche Zofe, ein Paar mit gelbem Band besetzte Handschuhe, was mich 20 Shilling kostete. Sie ist so hübsch, dass mir diese Ausgabe nicht zu hoch erschien – ich bin ein Sklave der Schönheit und schätze sie über alles. Kaufte außerdem in einem Geflügelgeschäft ein Kaninchen, das sich jedoch beim Essen als alt und zäh erwies. Mr. Coventry erzählte, dass gestern der Herzog den holländischen Botschafter empfangen und mit starken Worten über den bevorstehenden Krieg verabschiedet hat.

10.9. Sah mit meiner Frau und Mercer im Duke's Theatre »Die Rivalen«,[28] kein sehr gutes Stück, aber gute Szenen darin, besonders wenn Gosnell singt und tanzt; einmal kam sie allerdings aus der Melodie, so dass die Musiker sie nicht mehr begleiten konnten.

11.9. Zur Westminsterabtei, um dort Jane Welsh zu treffen. Wartete von 3 bis 6 Uhr, aber keine Jane kam.

12.9. Besprechung mit dem Herzog. Freute mich, wie er mit seiner kleinen Tochter spielte, ganz wie ein normaler Vater mit seinem Kind.

16.9. Unterhielt mich mit Mr. Pargiter über Russland, das, wie er sagt, in traurigem Zustand ist. Obwohl Moskau eine große Stadt ist, sind die Abstände zwischen den Häusern sehr groß, und wenige Menschen leben in diesen elenden Häusern. Selbst der Kaiser wohnt nur in einem Holzhaus, seine einzige Beschäftigung ist die Falknerei und die Taubenzucht. Den ganzen Winter über sitzen die Russen in ihren Häusern, spielen Schach und vertreiben die Langeweile mit Trinken. Die Frauen sind sehr schlampig. Im Haus des Kaisers gibt es keinen Raum, der mehr als drei Fenster hat, damit es im Winter nicht zu kalt wird. Alle Krankheiten werden in Russland im Schwitzhaus kuriert; die Armen kriechen in ihre Öfen und halten sich auf diese Weise warm. Die Russen sind sehr ungebildet, es gibt niemanden, der dort Latein spricht, außer vielleicht zufällig der Außenminister.[29] Alle reden davon, dass die Holländer nach Guinea segeln, man hat angeblich 42 Schiffe im Kanal gesehen.

18.9. Wollte den Nachmittag mit Jane Welsh im Kreuzgang von Westminster verbringen, aber sie kam nicht, was mich ärgerte.

21.9. Nach allem, was ich heute gehört habe, besteht die Hoffnung, dass es doch nicht zum Krieg kommt.

22.9. Meine Frau fühlt sich nicht wohl, sie sagt mir, dass sie wahrscheinlich schwanger ist. Ich glaube das nicht und möchte es auch nicht, aber Gottes Wille geschehe.

23.9. Las meiner Frau »Die Belagerung von Rhodos«[30] vor und ging dann mit starken Kopfschmerzen ins Bett.

24.9. Man erzählte heute von einem holländischen Schiff, dessen ganze Besatzung an der Pest gestorben ist und das herrenlos vor der Küste bei Gotenburg trieb.

25.9. Starke Halsschmerzen. Las den ganzen Vormittag »Der verrückte Liebhaber«,[31] ein sehr gutes Stück; nachmittags las ich »Die Sitten des Landes«,[32] ein sehr schwaches Stück.

28.9. Sah »Der General«[33] von Lord Orrery, sehr schlecht gespielt. Ich muss gestehen, dass ich damit ein Gelübde gebrochen habe, aber auch wieder nicht, weil ich eigentlich gar nicht gehen wollte, ich hoffe, Gott der Allmächtige betrachtet es auch so.

29.9. Die neuesten Meldungen besagen, dass wir die Holländer in Guinea aus ihren Stützpunkten verdrängt haben, worüber der König sehr erfreut sein soll.[34] Prüfte heute die Buchführung meiner Frau und stellte einige Ungereimtheiten fest; sie gab zu, dass sie manchmal die Summen begradigt, außerdem legt sie etwas beiseite für eine Kette, die sie sich kaufen möchte.

1.10. Die Augen taten mir weh vor lauter Lesen und Schreiben. Wir rüsten jetzt mit aller Macht gegen die Holländer, die Rache für Guinea angekündigt haben.

2.10. Saß in der Kirche von Clerkenwell neben der schönen Butler, die wirklich immer noch von vollkommener Schönheit ist. Ich bin mit meinem Geschmack, was sie betrifft, sehr zufrieden – der untere Teil ihres Gesichts ist der schönste, den ich je gesehen habe. Als ich nach Hause kam, schimpfte meine Frau sehr mit mir, weil ich überall umherstreiche und mich nach anderen umsehe, das sagte sie mir ins Gesicht. Sorgte dafür, dass wir uns wieder vertrugen, Abendessen, Gebet, zu Bett.

3.10. Bagwells Frau mit ins Büro genommen und geküsst, nichts weiter. Sie tadelte mich und sagte, ich mache es mit vielen so, es sei eine Schande. Glaube aber, dass sie es ganz gut aufgenommen hat, obwohl sie sicher sehr ehrbar ist.

4.10. Nach dem Essen ins Theater, es gab den »General«,[35] miserables Stück, kümmerlich gespielt. Saß zufällig neben Sir Charles Sedley, den ich sehr geistreich fand, er machte sich die ganze Zeit über den Autor und die Schauspieler lustig. Ärgerte mich über die Geldausgabe und die Vernachlässigung meiner Arbeit. Morgen soll ein neues Stück Premiere haben, »Die Hochzeit des Pfarrers«,[36] nur von Frauen gespielt.

5.10. Mit Mr. Cocker über Linsen für meine Augen gesprochen, er will mir einige Proben bringen. Heute früh um 3 Uhr besichtigten der König, der Prinz und der Herzog die Flotte.

9.10. Vor der Kirche eine hübsche Dame abgepasst und ihr nachgegangen, sie ging in ein Haus am Tower Hill – eine der schönsten Frauen, die ich je gesehen habe. Ohne Gebete ins Bett, weil es kalt war und morgen Waschtag ist.

10.10. Durch die Gnade Gottes sind meine Frau und ich heute neun Jahre verheiratet – aber da ich den Kopf so voller anderer Dinge hatte, vergaß ich es ganz. Dem Herrn sei Dank für unser langes Leben, für unsere Liebe und Gesundheit, möge er uns weiterhin so beistehen, das wünsche ich mir von ganzem Herzen.

11.10. Meine Frau erzählt mir, dass Lady Castlemaine so heruntergekommen ist, dass man sie kaum noch erkennt – jedenfalls ist sie nicht mehr die Schönheit von einst, was mir sehr leidtut.

13.10. Lange mit Mr. White, Cromwells Kaplan, gesprochen. Erzählte ihm, was ich in einem französischen Buch gelesen habe, dass Cromwell die Leichen verschiedener englischer Könige in ihren Gräbern ausgetauscht haben soll; Mr. White meinte, er hätte noch nie einen so abwegigen Gedanken gehört.[37]

17.10. Weil es im Büro sehr kalt war und ich mich vor einer Erkältung fürchtete, früh nach Hause und ins Bett; meine Frau war noch bei Lady Jemima, zum Kartenspiel und Besuch bei Hof.

18.10. Heute hatte der holländische Botschafter eine Audienz beim König. Worum es ging, weiß ich nicht. Beide Seiten wollen angeblich Frieden, aber keiner will den ersten Schritt tun. So wird es wohl zum Krieg kommen. Der Prinz ist bei der Flotte in Portsmouth, die Holländer rüsten weiter.

21.10. Kaufte bei Sir W. Turner Stoff für einen Anzug und einen Mantel für teures Geld, aber ich bin überzeugt, dass ich mich gut kleiden muss, gleichgültig, was es kostet, die Erfolge werden alle Ausgaben rechtfertigen.

Mr. Martin bettelt um eine Leutnantsstelle; er ist für einen solchen Posten völlig ungeeignet, und ich wimmele ihn ab.

24.10. Heute starb der große O'Neill, ich glaube, zur größten Zufriedenheit aller Protestanten in Irland.[38]

26.10. Meine Leute standen sehr früh auf, um rechtzeitig zum Stapellauf nach Woolwich zu kommen.[39] Fuhr selber in einer Kutsche dorthin und zeigte dem König und dem Herzog das Namensschild. Während des Stapellaufes stand ich unmittelbar neben ihnen. Es war ein großer Erfolg, dem König gefiel das Schiff sehr, er sagte, er habe noch nie eine so schön geschwungene Rumpflinie gesehen. Später kam auch die Königin mit ihren Hofdamen, die bei der Fahrt hierher (die See war sehr rau) seekrank geworden waren. Auf dem Heimweg hätte ich mir auf der London Bridge beinahe das Bein gebrochen, weil ich in der Dunkelheit in ein Loch in den Planken trat; der Schutzmann, der dort postiert war, zog mich wieder heraus, wofür Gott der Herr gepriesen sei. Die Stadt hat heute dem König £ 100000 geliehen, ohne jede andere Sicherheit als das königliche Wort – sehr vornehm.[40]

27.10. Mr. Foly, der Eisenhändler, hatte Sir G. Carteret, Sir J. Mennes, Sir W. Batten, Sir W. Penn und mich zum Essen in den ›Delphin‹ eingeladen. Das Essen war einfach, aber gut. Ich hatte Musik erwartet; dass es sie nicht gab, verdarb mir die Mahlzeit.

31.10. Stelle fest, dass meine Ausgaben für Kleidung jegliches Sparen in diesem Monat unmöglich gemacht haben. Wütend über meine Frau, die keine klare Auskunft über ihre Ausgaben geben konnte. Alles steht im Zeichen der Aufrüstung gegen die Holländer.

3.11. Mittags Bagwells Frau getroffen und mit ihr in eine Kneipe gegangen. Streichelte sie und machte ihr Angebote, aber sie ging nicht darauf ein, worüber ich mich freute, schätze sie jetzt umso höher ein.

5.11. Mit meiner Frau ins Duke's Theatre, wo es ein Stück »Macbeth«[41] gab, ein ganz gutes Stück, anständig gespielt. Auf dem Heimweg musste die Kutsche einen großen Umweg machen wegen der vielen Freudenfeuer – der Tag (der Pulververschwörung) wird überall lebhaft begangen.

9.11. Nach Whitehall, wollte mit Sir. G. Carteret sprechen, sah den König im Kabinettsaal und wurde hereingerufen. Der König stellte mir viele Fragen, die ich alle ausführlich beantwortete. Sehr zufrieden über diese Gelegenheit und erfreut, dass der König mich mehrfach mit meinem Namen anredete. Der Herzog von York ist heute nach Portsmouth gefahren.

11.11. Jemand erzählte uns, in Salisbury sei ein Monstrum geboren worden: zwei Mädchen, die an ihren Bäuchen zusammengewachsen sind und nur ein Paar Beine haben. Das Ungeheuer hat 24 Stunden gelebt, viel geschrien, aber weil es zu vielen Leuten gezeigt wurde, ist es gestorben.

13.11. Vormittags zur Kirche, großer Spaß, als unser Pfarrer in der Liturgie ständig aus dem Ton kommt. Nachmittags meiner Frau einen Monolog aus »Hamlet«, ›Sein oder Nichtsein‹, auswendig vorgetragen.[42]

14.11. Die Holländer haben offenbar eines unserer Schiffe angehalten und wollen es nicht freigeben – das scheint der Beginn der Feindseligkeiten zu sein. Die ›Elias‹ ist auf der Rückreise von Neu-England gesunken; nur der Kapitän und ein paar Mann Besatzung gerettet.

21.11. Bekam heute Briefe, aus denen ich entnehme, dass der Krieg begonnen hat: Gott gebe ein gutes Ende.

23.11. Mr. Holliard berichtet mir, dass er meinen Burschen Tom untersucht hat und einen Blasenstein fand, was mich sehr betrübt, denn es ist ein gutmütiger und anständiger Junge.

24.11. Mit Kommissär Pett ins Kaffeehaus und dort Schokolade getrunken, sehr gut.

25.11. Höre bei Sir W. Batten, dass das Parlament dem König 2,5 Millionen Pfund für diesen Krieg bewilligt hat, nur für die Flotte, für die nächsten drei Jahre.[43]

27.11. Nach dem Abendessen erlesene Unterhaltung mit Mr. Hill über Rom und Italien, die angenehmste, die ich je hatte.

29.11. Ich höre, dass der König gesagt haben soll, die Holländer wollten offenbar einlenken. Gebe Gott, dass das wahr ist.

2.12. Mit meiner Frau und Mercer ins Duke's Theatre, wo es »Die Rivalen«[44] gab, die ich schon kannte. Betterton der einzige gute Schauspieler.

5.12. Der Herzog von York ist aus Portsmouth zurück. Nach Whitehall, dort zusammen mit vielen anderen bedeutenden Persönlichkeiten die Hand des Herzogs geküsst.

6.12. Nach Westminster Hall, wo mich Mrs. Lane am Mantel zupft. Ich ging mit ihr in ihren Laden, und sie machte alles, was ich wollte, bat mich aber, ihrem Mann zu helfen. Sie ist schon ziemlich schwanger und sagt, ich soll Pate des Kindes werden, ich will aber nicht. Höre in der Börse, dass die Holländer nun doch rüsten, was uns zum Umdisponieren zwingt.

9.12. Von Mr. Viner £ 117 erhalten für eine getarnte Frachtsendung, was mich einerseits sehr erfreut, andererseits auch sehr bedrückt, wenn ich an eventuelle Überprüfungen und Verhöre denke.

10.12. Lange geschlafen, worüber ich mich schäme, weil so viele Leute es bemerken, die nicht wissen, wie lange ich nachts aufsitze. In Portsmouth sind zahlreiche Holländer an Land gebracht worden.

11.12. Alleine in der Kirche. Beobachtete die drei hübschen Schwestern des Pfarrers, die besonders attraktive Nasen haben, sie singen auch sehr artig. Gute Predigt des alten Herrn über Elternliebe.

15.12. Seltsam, wie sehr der Herzog die Iren den Engländern vorzieht. Unter den Leuten, die er mit auf See nahm, waren zwei Drittel Iren und Franzosen. Der König gibt den Iren in Irland alle Freiheiten – Cromwell hatte sie in einer Ecke zusammengedrängt –, so dass man ein neues Massaker befürchten muss.

17.12. Alle reden von einem Kometen, den man angeblich nachts sehen kann. Der König und die Königin sind gestern Nacht aufgeblieben und haben den Kometen offenbar gesehen. Wollte es heute auch tun, aber es war wolkig und man konnte keine Sterne sehen.[45]

19.12. Wütend auf meine Frau, weil sie ihre Dienerinnen nicht ordentlich anstellt. Als sie mir eine freche Antwort gab, schlug ich sie ins Gesicht; sie hatte über dem linken Auge eine große Beule und schrie fürchterlich. Trotzdem hatte sie noch die Kraft, mich zu beißen und zu kratzen. Sie musste den ganzen Tag Umschläge auf die Beule machen, das Auge ist ganz schwarz, und es beunruhigt mich sehr, dass die Leute im Hause alles mit ansehen. Mit Bagwells Frau, die an der Börse auf mich gewartet hatte, in ein Bierhaus. Machte einiges mit ihr. Dann zu einer anderen, aber elle ne voulait pas, was mich ärgerte.

20.12. Mit Bagwell nach Hause, wo ich sehr freundlich aufgenommen wurde. Die armen Leute richteten ein sehr passables Essen an, bei dem ich kräftig zulangte. Nach dem Essen schickte ich ihn unter einem Vorwand fort und machte mit ihr, als wir alleine waren, alles, was ich wollte.

23.12. Es heißt, dass der König von Frankreich den Holländern Hilfe versprochen hat. Man weiß noch nicht, auf welcher Seite die Schweden stehen werden.

Gott erlöse uns von diesen Problemen. Sah heute Abend den Kometen, er hat aber keinen Schweif. Hoffe, dass man in klaren Nächten mehr sieht.

26.12. Sehr gute Unterhaltung im Kaffeehaus. Alle glauben, dass die Holländer einen Krieg in der Nordsee vermeiden, dafür uns aber in Übersee angreifen wollen. Zu Hause spielte meine Frau mit den Dienern Karten und Blindekuh.

27.12. Wachte um 6 Uhr morgens auf, und weil kein Nachttopf da war, musste ich bei bitterer Kälte aufstehen und in den Kamin pissen. Gleich wieder ins Bett.

31.12. Jahresabschluss bei strenger Kälte. War aber doch sehr mit meiner Arbeit zufrieden, denn ich besitze jetzt, durch Gottes Güte, £ 1349. Der Herr lasse mich seinem heiligen Namen immer dankbar dafür sein! Um Mitternacht küsste ich meine Frau in der Küche beim Herd und wünschte ihr ein gutes neues Jahr. Meine Gesundheit ist bei diesem kalten Wetter ausgezeichnet, wie ich überhaupt über keinerlei Beschwerden zu klagen habe. Bin mir nur nicht klar, ob es von der Hasenpfote kommt oder weil ich jeden Morgen eine Terpentin-Pille nehme oder weil ich keinen Schlafrock mehr trage. Meine Familie ist ruhig und liebevoll, mein Ansehen im Amt und in der Öffentlichkeit wächst mit jedem Tag, und ich bin, so glaube ich, überall beliebt. Die ganze Politik ist durcheinander wegen des Krieges gegen die Holländer, aber sonst ist Gott sei Dank alles ruhig im Staat.

1665

2.1. Wollte zu Hause mit meiner Frau vergnügt sein, ärgerte mich aber sehr, weil sie mich mit Absicht und aus reiner Bosheit einen Brief über die Eifersucht von Sir Philip Sidney lesen ließ.[1] In Wahrheit sagte mir die Stimme des Gewissens, dass alles auf mich passte. Ich verriet aber nichts davon, sondern las frank und frei, aber es schlug mir doch ziemlich auf den Magen.

3.1. Spielte im Bett mit meiner Frau Karten, bis nach zwei Uhr morgens.

4.1. Zu Lord Oxford, aber Seine Lordschaft waren um 10 Uhr noch im Bett; so eine dreckige, ungehobelte Familie ist mir mein Lebtag noch nicht begegnet. Bei strengem Frost zu Fuß nach Hause.

5.1. Es hat stark geschneit und gefroren.

8.1. Jane Welsh hat mich wieder in Westminster sitzengelassen, habe den ganzen Nachmittag vergeblich auf sie gewartet. Sah unterwegs, wie eine Frau auf dem Glatteis ausrutschte und sich das Bein brach.

11.1. Aus einem Brief entnehme ich, dass zwei unserer Schiffe auf Grund gelaufen und gesunken sind; wenn die Holländer jetzt auf unsere lahme Flotte treffen, dann gnade uns Gott!

13.1. Die Holländer sind vor Margate aufgetaucht. Sah im King's Theatre »Der Verräter«.[2] Traf unglücklicherweise Sir W. Penn dort, so dass ich es meiner Frau erzählen muss, was mich beunruhigt.

14.1. Mit meiner Frau »Volpone«[3] gesehen, ein hervorragendes Stück, das beste, glaube ich, das ich je gesehen habe, glänzend gespielt.

15.1. Gelübde für das neue Jahr entworfen.

17.1. Es ist wärmer geworden, hoffentlich taut es bald.

19.1. Wahrscheinlich vom Wetterwechsel starke Schmerzen, kann kaum die Feder halten und muss deshalb hier abbrechen. Erfuhr gestern, dass Dr. Tom Pepys gestorben ist, worüber ich nicht besonders traurig sein kann; er hätte uns nur ständig Ärger gemacht und seiner Familie Schande gebracht, solch ein Narr war er.

21.1. Fühle mich zur Zeit mächtig wohl, was ich auf meine neue Hasenpfote zurückführe.

23.1. Mit Mrs. Bagwell in ein Cabaret, wo ich mit ihr schon einmal gewesen bin; nach dem Essen gab sie mir alles, was ich wollte. Dann in mein Büro, wo ich mit großer Genugtuung ein Gelübde entwarf, einen Monat lang von den Frauen zu lassen; bin sehr froh darüber, dass ich mich zu einem so vernünftigen Gelübde aufraffen kann. Dann kann ich mich auch wieder um meine Arbeit kümmern, die ich im Augenblick sehr vernachlässige.

26.1. Meine Frau leidet sehr unter Zahnschmerzen, ich an einer Erkältung und einer Hodenquetschung, die ich mir in einer überfüllten Kutsche zugezogen habe.

30.1. Weil ich eine ziemliche Summe Geldes im Hause habe, lebe ich in ständiger Furcht vor Einbrechern. Nachts um zwei ins Bett, in großer Angst, denke bei jeder Maus, dass es ein Einbrecher ist.

3.2. Familienessen bei Onkel Wight. Obgleich es mich nach meinem Gelübde 12 Pennies pro Kuss (nach dem ersten) kostet, riskierte ich ein paar bei der schönen Mrs. Margaret.

4.2. Lord Bellasser erzählte uns die Geschichte, wie er einmal eine Geheimbotschaft des Königs überbringen musste. Sie war in Geheimschrift in eine Gewehrkugel eingeschmolzen, die er verschlucken musste. Am Zielort gab man ihm ein Abführmittel, und so kam die Kugel wieder zum Vorschein. Ärgerte mich zu Hause sehr über meine Frau, mit der ich nur Sorgen und Schwierigkeiten habe.

5.2. Den ganzen Vormittag im Bett verbracht. Dann die neuen Bücher in meinem Arbeitszimmer betrachtet, sieht sehr hübsch aus, fast alle Bücher haben jetzt den gleichen Einband.

6.2. Heute soll der kälteste Tag seit Menschengedenken gewesen sein. Ich mache mir große Sorgen, weil ich einen Anzug getragen habe, der lange nicht gelüftet worden ist und mir deshalb wohl Rheuma bringen wird.

10.2. In Mr. Greys Kutsche nach Westminster, wo ich erfuhr, dass der König gestern im Parlament war, damit die 2,5 Millionen Pfund genehmigt wurden.

12.2. Nach St. Lawrence zum Gottesdienst, um den großen Gelehrten Dr. Wilkins predigen zu hören, war aber sehr enttäuscht von ihm. In meiner Bank saß ein Herr, der vorzüglich sang. Mir schien, er war auch in der St. Paul's School, aber ich kannte seinen Namen nicht. Die Kirche gefiel mir sehr, überaus stattlich.

14.2. Valentinstag. Mrs. Bagwell wollte mein ›Valentine‹ sein, aber mein Gelübde bewahrte mich davor, etwas mit ihr anzufangen.

15.2. Mit Creed ins Gresham College zur Royal Society, wo ich heute als Mitglied aufgenommen wurde.[4] Sehr angenehm, den Diskussionen zuzuhören und die Experimente zu beobachten. Heute ging es um die Natur des Feuers, wie es erlischt, wenn keine Luft da ist, und schwächer wird, wo die Luft unrein ist.

19.2. Sehr unzufrieden mit der Dienerschaft. Befahl meiner Frau, sehr zum Unwillen der Hausbewohner und der Nachbarschaft, unsere kleine Magd zu verprügeln. Wir sperrten sie dann in den Keller, wo sie die Nacht über liegenblieb.

20.2. Bagwells Frau erschien in meinem Büro. Ich schickte sie weg, besuchte sie dann aber in ihrem Haus und vergnügte mich unter erheblichen Schwierigkeiten mit ihr. Als ich nach Hause kam, erzählt mir meine Frau, dass sie eine neue Kammerzofe angestellt hat, eine besonders hübsche, ich müsste sehr vorsichtig sein.

21.2. Schmerzen im Zeigefinger der linken Hand, von den Kämpfen avec la femme que je erwähnte gestern. Die Zofen am Hof treiben es immer verrückter. Eine soll sich gestern als Orangenmädchen verkleidet haben und auf die Straße gegangen sein; an ihren vornehmen Schuhen hat man sie aber erkannt und der Lächerlichkeit preisgegeben. Meine Frau ging heute ins Badehaus, nachdem sie lange hier im Haus im Schmutz gesessen hat.

22.2. Gestern Nacht sehr gefroren, weil meine Frau nach ihrem Bad in ein anderes Bett ging.

23.2. Heute bin ich, durch die Güte des allmächtigen Gottes, 32 Jahre alt geworden, und so gesund bin ich wie nie zuvor, dazu recht wohlhabend, der Herr gebe mir Dankbarkeit dafür.

25.2. Der Schwede, der den König und den Herzog so unverschämt angelogen hat, dass die Holländer unsere Leute in Guinea ins Meer gejagt hätten, ist heute – nachdem er sein Geständnis abgelegt hat – ausgepeitscht worden. Die Richter haben auch erlaubt, dass man ihm die Ohren abschneidet oder seine Nase aufschlitzt. Er soll dann dem holländischen Botschafter übergeben werden.[5] Abends spät nach Hause, musste mich auf Wunsch meiner Frau noch mit warmem Wasser waschen, weil sie selber das jetzt tut.

28. 2. Überprüfte die Haushaltsrechnungen meiner Frau. Stellte fest, dass 7 Shilling fehlten, worauf es einen gewaltigen Krach gab. Ich gebrauchte starke Worte wie »Bettlerin« und beschuldigte auch ihre Freunde, was sie sehr übelnahm und mir ähnliche Vorwürfe machte. Ab und zu kann eine solche kleine Auseinandersetzung gar nicht schaden. So endet dieser Monat mit der Erwartung, dass die Holländer bald kommen; sie sind offenbar besser gerüstet als wir. Gott gebe, dass alles gut ausgeht.

1. 3. Heute ist der Tag, an dem ich meiner Frau £ 20 für Kleidung geben muss, wie ich es ihr versprochen habe. Kann mich nur schwer überwinden, ihr das Geld zu geben, tue es dann aber doch.

4. 3. Heute wurde Holland offiziell der Krieg erklärt.[6]

7. 3. Habe heute beim Pinkeln zwei Blasensteine ausgeschieden, ohne Schmerzen. Blieb danach vorsichtshalber im Bett, werde meinen Arzt konsultieren.

9. 3. Besuchte in der St. Paul's School Mr. Crumlum in seiner Wohnung. Mein Gott, wie lächerlich diese eingebildeten Lehrer sein können, bei aller Gelehrsamkeit – in allem, was er tut und sagt, ist er entsetzlich dogmatisch. Wir unterhielten uns über meine alte Schule, und als ich mein Interesse an alten Büchern zu erkennen gab, schenkte er mir Lilly's Grammatik in einer sehr alten Ausgabe.[7]

10.3. In der Stadt spricht man davon, dass der König für die kürzlich gesunkene ›London‹ ein neues Schiff bekommen soll. Wenn allerdings die Hofleute dieses Projekt in die Hand nehmen sollen, wird bestimmt nichts draus.

12.3. Las die Predigt des Bischofs von Chichester anlässlich des Todestages des letzten Königs – alle Welt spricht davon, ich kann nichts Besonderes daran finden.[8]

13.3. Meine Frau trägt jetzt hellblonde, beinahe weißgefärbte Locken. Sie sieht ganz hübsch darin aus, trotzdem werde ich es nicht zulassen, denn es ist nicht natürlich und ärgert mich.

15.3. In der Royal Society in Gresham College wurde heute einem Hund das große Macassa-Gift verabreicht, er zeigte aber keinerlei Wirkung.[9]

17.3. Mr. Povy schlug mir heute vor, er wolle mir den Posten des Schatzmeisters überlassen, gegen die Hälfte der Einnahmen. Je mehr ich es mir überlege, desto reizvoller erscheint mir der Gedanke.

18.3. Povy hat bereits mit dem Herzog in dieser Angelegenheit gesprochen.

20.3. In St. James's erfahren, dass der Herzog von York mit meiner Ernennung als Schatzmeister der Tanger-Kommission einverstanden ist; der Herzog soll gesagt haben, dass er meinen Fleiß und meine Diskretion ganz besonders schätzt. Wurde gleich in mein neues Amt eingeführt, ohne ein hartes Wort, ganz im Gegenteil.[10]

22.3. Nach St. James's, wo sich Folgendes zutrug:

1. Ich sah den Herzog und küsste ihm die Hand. Er sagte sehr schmeichelhafte Dinge über mich, die mich überglücklich machten.

2. Das Gleiche bei Mr. Coventry, auch er äußerte sich sehr herzlich und liebevoll.

3. Sah unter anderem Mrs. Middleton, eine große Schönheit, von der ich vorher noch nie etwas gehört hatte.

4. Sah den Dichter Wallace, den ich ebenfalls noch nie gesehen hatte.[11]

26.3. Heute vor sieben Jahren habe ich mit Gottes Hilfe meine Blasenstein-Operation überstanden. Erfreue mich der allerbesten Gesundheit und möchte nur wissen, ob es an der neuen Hasenpfote liegt, die ich als Talisman gegen Darmwinde trage, oder daran, dass ich seither den Rücken kühl halte; wenn ich nämlich nachts sehr lange auf dem Rücken liege, ist mein Urin am nächsten Morgen heiß. Vielleicht liegt es auch an der Terpentin-Tablette, die ich jeden Morgen nehme.

27.3. Zum Herzog von Albemarle, der in der Abwesenheit des Herzogs von York die Flottengeschäfte wahrnimmt.

1.4. Noch spät im Büro gesessen, überm Briefeschreiben beinahe eingeschlafen, weil ich zu lange aufbleibe und tagsüber zu viel umherlaufe.

2.4. Vormittags im Büro meine Gelübde schriftlich erneuert.

3.4. Ins Duke's Theatre, es gab Lord Orrerys »Mustapha«,[12] wir waren nicht sehr begeistert. Der König und Lady Castlemaine waren ebenfalls da, was mich sehr erfreute.

4.4. Kaufte ein Paar Baumwollstrümpfe bei einer sehr hübschen Verkäuferin, die mir auch noch allerhand Leinentücher empfahl. Ich erörterte mit ihr das Angebot und überlegte, ob ich sie zu meiner Näherin machen sollte, denn sie war eine der hübschesten und bescheidensten Frauen, die ich je gesehen habe. Sehr müde; nickte ein paarmal beim Briefeschreiben ein.

5.4. Auf Anordnung des Königs war heute Fastentag für den Krieg gegen Holland.

6.4. Im Büro nannte heute Sir G. Carteret Sir W. Batten einen »beschissenen Kerl«, was mich beunruhigte.

7.4. Sir Philip Warwick erklärte mir offen die finanzielle Situation des Königs, was die Flotte betrifft; falls er nicht von einigen Adligen oder reichen Kaufleuten Geld geliehen bekommt, oder auch von der Stadt, können wir unseren Laden dichtmachen.

8.4. Der französische Botschafter will den König dazu bewegen, mit dem König von Frankreich gemeinsame Sache gegen Flandern zu machen. Unsere Flotte liegt vor Harwich. Die Holländer sollen noch nicht in See gestochen sein. Gott gebe uns Frieden.

14.4. Als Morgengruß kam die Nachricht, dass unsere Flotte mit der holländischen aneinandergeraten ist und dass man gestern bei Walthamstow den ganzen Tag Kanonenlärm gehört hat; Kapitän Tiddiman von der ›Royal Catharine‹ hat man beide Beine abgeschossen. Aber gegen Abend kamen ganz anders lautende Nachrichten, genau das Gegenteil.

16.4. Mr. Andrews und Kapitän Taylor besuchten mich. Andrews ist ein Gelehrter und Antiquar, er besitzt u. a. die Charta von Worcester, die König Edward ausgestellt hat, im Original.[13] Es heißt, dass wir drei holländische Kriegsgefangene gemacht haben und einen unserer Kapitäne verloren.

17.4. Man hört, dass in Schottland die holländische Smirna-Flotte gesichtet wurde. In Whitehall wurde der König auf mich aufmerksam. Er kam auf mich zu, nannte mich beim Namen und begann ein Gespräch über die Themse-Schiffe. Das ist das erste Mal, dass mich der König persönlich kennt, muss künftig damit rechnen, dass er mich fragt. Muss deshalb vorbereitet sein, um immer gute Antworten geben zu können.

19.4. Sah in Gresham College mehrere Experimente mit einem Huhn, einem Hund und einer Katze, denen Florentiner Gift[14] verabreicht wurde. Das Huhn schien eine Weile betrunken, wurde dann aber rasch wieder nüchtern; der Hund musste sich gewaltig erbrechen, zeigte aber sonst keinerlei Wirkung. Die Reaktion der Katze erlebte ich nicht mehr, weil Povy mich wegholte.

20.4. Heute Abend soll zum ersten Mal in der Großen Halle in Whitehall ein Theaterstück aufgeführt worden sein; hatte große Lust, aber keine Zeit.[15]

21.4. Der Herzog ist mit der Flotte gestern in See gestochen, möge Gottes Segen sie begleiten.

23.4. Meine Frau zum Gottesdienst in die Kapelle nach Whitehall gebracht und auf der Orgel-Empore platziert. Ich selbst ging in eine Kneipe, trank und amüsierte mich mit der Wirtstochter. Danach in die Kapelle, hörte den berühmten jungen Stillingfleet predigen, den ich noch aus Cambridge kenne und der einer der begnadetsten Prediger seit der Zeit der Apostel sein soll.[16] Eine schlichte, würdige und eindringliche Predigt.

24.4. Mit dem Herzog von Albemarle eine Stunde in seinem Garten auf und ab gegangen, wo er mit anerkennenden Worten seine Meinung über mich äußerte, ich sei die rechte Hand der Flotte, der einzige, der sich um die Dinge kümmere, ohne mich wisse er nicht, was er tun solle – über all dies war ich nicht wenig stolz.

25.4. W. Penn berichtet mir, dass die Flotte mit 103 Schiffen losgesegelt ist und bereits sechs oder sieben holländische Schoner gesichtet hat.

26.4. Die ganze Nacht an dem Butterbier gelitten, bis ich es heute früh erbrochen habe.

28.4. Die Proviantschiffe inspiziert, sämtlich in miserablem Zustand; verfasste einen Brief an den Herzog von Albemarle darüber. Der König hat den Brief ebenfalls gelesen, er strich mir über den Kopf; jedes Mal wenn er mich sieht, spricht er jetzt über Flottenangelegenheiten mit mir.

30.4. So endet dieser Monat, ich bin überaus zufrieden mit meiner Situation, besonders in finanzieller Hinsicht. Unsere Flotte mit etwa 106 Schiffen vor der holländischen Küste bei Texel. Große Furcht vor der Pest hier in der Stadt, angeblich sollen schon zwei oder drei Häuser versiegelt worden sein. Gott schütze uns alle.[17]

3.5. Sah im Gresham College einen abgetriebenen Embryo, der in gesalzenem Spiritus frisch gehalten wurde.

5.5. Sah bei Mr. Evelyn im Garten einen Bienenstock unter Glas, wo man genau beobachten konnte, wie die Bienen Honig machen und ihre Waben bauen. Meine Frau erzählt mir, dass meiner armen Tante Jane eine Brust abgeschnitten worden ist, weil mit ihr schon längere Zeit etwas nicht in Ordnung war. Nachdem ich meine Haare habe lang wachsen lassen, stelle ich fest, dass jetzt alle Perücken tragen; ich lasse es mir wieder kurz schneiden und trage auch eine Perücke.

7.5. Gestern hat meine Frau mit Zeichenstunden bei einem gewissen Brown begonnen. Ich glaube, sie hat viel Talent, bin sehr entzückt darüber.

9.5. Der Zeichenlehrer meiner Frau blieb zum Mittagessen; der Gedanke, dass meine Frau es auf diesem Gebiet zu etwas bringt, erfreut mich sehr.

13.5. Holte meine Uhr vom Uhrmacher ab, ein sehr schönes Stück, das mir Briggs geschenkt hat. Lieber Gott, wie töricht und kindisch bin ich doch noch, dass ich es nicht lassen konnte, den ganzen Nachmittag in der Kutsche meine Uhr in der Hand zu halten und hundertmal nachzusehen, wie spät es ist.

14.5. Las nachmittags in der Kutsche das Buch über den verräterischen Hof von König James, das vor längerer Zeit im Druck erschien und sehr lesenswert ist, obwohl es überaus böswillig ist.[18] Sah dann im King's Theatre »Die Mätressen der Liebe«.[19] Ein paar ganz hübsche Sachen darin, aber nichts Bemerkenswertes.

15.5. Im ›Schwanen‹ ein bisschen mit Sarah zusammengesessen, dann ins nächste Lokal, wo Mary, die Kellnerin, ganz formosa ist. Erschreckend, wie ich beim Ablaufen meiner Gelübde sofort wieder in die alten Laster verfalle und meine Geschäfte vernachlässige.

18.5. Vor dem Herzog von Albemarle wurden Nixon und Stanesby verhört, die vor zwei Holländern die Flucht ergriffen haben – ein schändlicher Fall von elender Feigheit. Dann zum König (der mich jetzt immer mit meinem Namen anspricht) und zum Lordkanzler wegen der Versicherung des königlichen Eigentums.

23.5. Aus Briefen von Amsterdam ist zu entnehmen, dass die holländische Flotte aus etwa 100 Schiffen besteht; sie ist am 23. und 24. in See gestochen.

24.5. Im Kaffeehaus reden alle vom Aufbruch der holländischen Flotte und von der Ausbreitung der Pest hier in der Stadt. Die einen empfehlen diese Medizin, die anderen jene.

26.5. Der Herzog von Albemarle sehr missmutig, weil unsere Schiffe immer noch in der Themse-Mündung liegen.

28.5. Höre, dass Nixon von einem Kriegsgericht wegen Feigheit vor dem Feinde zum Tode durch Erschießen verurteilt worden ist.

29.5. Lange im Bett, Darmwinde und Kolik. Feiertag wegen des Königs Geburtstag und Restauration.

1.6. Nach dem Mittagessen zog ich meinen neuen seidenen Camelot-Anzug an, den besten, den ich je getragen habe, er hat mich mehr als £ 24 gekostet. Ging in diesem Anzug zur Beerdigung von Sir Thomas Viner, wo es sehr voll war. Danach in die Paternoster Row und Seidenstoff für einen normalen Anzug ausgesucht. Dann fuhr ich mit der Kutsche nach Westminster Hall, wo ich die schönste Blume einlud und mit ihr nach Tothill Fields fuhr und spazieren ging. Mit der schönsten Blume eingekehrt und Kuchen gegessen und alles gemacht, was man mit einer Blume machen kann – ich für meinen Teil hatte wenigstens genug. Niemand nahm Notiz von uns, als wir aufbrachen. Das Röschen abgesetzt, eine andere Kutsche genommen und nach Hause, um noch einige Briefe zu schreiben. Aber bei Gott, ich brachte nur wenige zustande, weil mich meine Freude alles andere vergessen ließ. Der Kutscher wird mich nicht wiedererkennen, auch die Leute nicht, wo wir abgestiegen sind. Es heißt, dass unsere Flotte die holländischen Schiffe bereits gesichtet hat.

2.6. Zum Hof in einer Unterschriftsangelegenheit. Wurde in die Wohnung von Lady Castlemaine geführt, wo der König mit ihr und anderen Personen sein Abendessen einnahm. Las den Brief vor und ging.

3.6. Den ganzen Tag über hörte man entlang der Themse Geschützdonner, die beiden Flotten sind offensichtlich aneinandergeraten.

4.6. Es heißt, dass unsere Flotte den Holländern nachsetzt, die sich – entweder aus List oder aus Not – auf die Flucht machen; aber man weiß nichts Genaues.

5.6. Unser Schiff ›Charity‹ soll gesunken sein, einige Schiffbrüchige sind gestern aufgegriffen worden.

7.6. Heute habe ich, sehr gegen meinen Willen, in Drury Lane zwei oder drei Häuser mit einem roten Kreuz an der Tür gesehen, und »Gott erbarme sich unser« stand dazugeschrieben – ein trauriger Anblick, das erste Mal, dass ich so etwas gesehen habe.[20] Mir wurde richtig übel, und ich bildete mir ein, dass ein sonderbarer Geruch von mir ausgehe; war gezwungen, mir etwas Tabak zum Riechen und Kauen zu kaufen; danach war mir gleich besser.

8.6. Erfuhr beim Lord Schatzmeister die große Neuigkeit, dass wir die Holländer vernichtend geschlagen haben. Der Herzog, der Prinz, Lord Sandwich und Mr. Coventry sind alle wohlauf. Freute mich so, dass ich alles andere darüber vergaß. Der Herzog von Albemarle gab mir einen Brief von Mr. Coventry an ihn zu öffnen. Daraus ging Folgendes hervor:

Sieg über die Holländer. 3. Juni 1665[21]

Die Holländer vergaben den Vorteil des günstigeren Windes. Der Herzog von Falmouth, Muskery und Mr. R. Boyle an Bord des Schiffes, auf dem sich auch der Herzog von York befand, von einer Kanonenkugel getötet. Ihr Blut und Gehirn spritzte dem Herzog ins Gesicht; der Kopf von Mr. Boyle soll angeblich den Herzog getroffen haben. Wir haben etwa 24 ihrer besten Schiffe erobert und versenkt, 8000 oder 10 000 Mann getötet oder gefangen genommen; auf unserer Seite gab es nicht mehr als 700 Tote. Die Holländer jetzt alle auf der Flucht, wir ihnen hinterher. Einen größeren Sieg hat die Welt noch nicht gesehen. Mein Herz ist ruhig, ich kann das Ausmaß des Sieges im Augenblick noch nicht fassen. Habe ein großes Freudenfeuer angezündet.[22]

9.6. Der König ist anscheinend sehr betroffen über den Tod von Lord Falmouth; die meisten Leute halten diesen Verlust jedoch für nicht so groß.

10.6. Beim Abendbrot erzählt man mir, dass in der City die Pest ausgebrochen ist.

11.6. Sah, wie die Tür des armen Dr. Burnet versiegelt ist. Er hat an sich selbst zuerst die Pest festgestellt und veranlasst, dass sein Haus isoliert wurde, was sehr nobel von ihm ist.

13.6. Beim Lord Mayor zum Essen eingeladen. Große Gesellschaft und gutes, aber nicht hervorragendes Essen. Der Lord Mayor behandelt mich mit großem Respekt.

15.6. Zog meinen neuen Anzug mit den engen Knien an, der mir sehr gut steht, wie meine Frau sagt. Der Herzog von York ist noch nicht nach London zurückgekommen. Die Stadt wird immer ärger verseucht, die Leute fürchten sich. Letzte Woche starben 112 an der Pest, die Woche vorher 43.[23]

16.6. Der Herzog von York ist wieder zurück, mit allen Höflingen, fett, lustig und braungebrannt von der Seeluft. Die Holländer halten sich offenbar für die Sieger der Schlacht – in Dünkirchen haben sie Freudenfeuer angezündet, dabei konnte unser Sieg gar nicht deutlicher ausfallen.

17.6. Heute Nachmittag erschütterte es mich tief, als mein Kutscher immer langsamer fuhr, anhielt und abstieg. Er konnte kaum mehr stehen; er klagte, dass ihm plötzlich sehr schlecht geworden sei und dass er kaum noch sehen könne. So stieg ich auch aus und nahm eine andere Kutsche, traurig über den armen Mann und verängstigt, dass er vielleicht ein Pestkranker war – ich hatte ihn nämlich in einem pestverseuchten Stadtteil angehalten. Gott sei uns allen gnädig. Sir John Lawson ist sehr krank, der König hat ihn heute besucht. Seine Wunden sind nicht so gefährlich, aber er hat Fieber, Ausschlag und Aufstoßen – drei sehr bedenkliche Symptome.

20.6. Dank-Fest für den Sieg über die Holländer. Die holländische Flotte soll wieder ausgelaufen sein.

22.6. Meine Mutter ist wieder abgereist, es war mir sehr unangenehm, weil sie offenbar noch länger bleiben wollte, ich kann es ihr nachfühlen, denn ihr Leben auf dem Lande ist kümmerlich. Ich erklärte ihr, dass es wegen der Pest besser sei, wenn sie nach Hause führe.

23.6. In einer Mietskutsche nach Hause gefahren, was in diesen Tagen sehr gefährlich ist, die Pest nimmt rapide zu.

25.6. Nach dem Essen fuhr ich nach Greenwich, um Sir John Lawson zu besuchen; stellte jedoch fest, dass er gerade gestorben war, was mich sehr überraschte. Ein großer Verlust für die Nation, obwohl es mir nicht besonders nahegeht, weil er zu mir meist sehr unfreundlich war. Am Hof ist man sich nicht einig darüber, ob der Herzog von York wieder mit der Flotte aufbrechen solle – seine Abwesenheit würde auch den König gefährden.

28.6. Sir J. Mennes nahm meine Frau und mich mit nach Whitehall. Mit dem Herzog von York über Flottenangelegenheiten gesprochen, aber nicht seine Hand geküsst.

29.6. Der Hof rüstet sich zur Abreise, Whitehall ist voller Wagen und Menschen.

30.6. So endet dieses Tagebuch für zwei Jahre. Ich selbst und meine Familie in guter Gesundheit, in schlimmer Zeit, bei starker Ausdehnung der Pest.

Die Schatzmeister-Stelle in der Tanger-Kommission bringt viel Ärger. Überlege, ob ich meine Frau nach Woolwich evakuiere. Sie nimmt gerade mit großem Erfolg Zeichenunterricht. Bin dabei, den ältesten Sohn von Sir G. Carteret und Lady Jemima Montagu zu verkuppeln. Der Herzog von York ist bei der Flotte, wird dort aber nicht lange bleiben.

3.7. Beschließe, meine Arbeit im Büro noch bei Tageslicht zu beenden und jeweils alles in Ordnung zu bringen – die Situation ist so trübe, dass man kaum noch weiß, wie man der Seuche aus dem Weg gehen kann. Gott gebe, dass ich seine Fügung dankbar hinnehme.

5.7. Veranlasste, dass das Bettzeug meiner Frau und ihre übrigen Sachen schon nach Woolwich gebracht werden, für den Fall, dass sie dorthin evakuiert wird. Sah mir nachmittags ihr Quartier in Woolwich an, für sie und zwei Mägde eingerichtet, sie wird es sehr hübsch dort haben. Betrübt, dass ich mich von meiner Frau trennen muss.

7.7. Ließ Mr. Hadson, den Küfer, kommen, um Wein abzuzapfen, den ich dann meiner Frau schicken kann. Ich selbst ging weg und stellte fest, in welch günstige Lage ich durch Gottes Güte doch gekommen bin, dass ich zwei Fässchen Bordeaux, zwei Fässer Canary, ein kleines Fass Sherry, eins mit spanischem Rotwein und eins mit Malaga besitze. So viel hat meines Erachtens keiner meiner Bekannten je auf einmal gehabt.

8.7. Den ganzen Tag im Büro gearbeitet. Fuhr abends um 12 Uhr noch nach Woolwich, meine Frau war schon ins Bett gegangen.

9.7. Sir G. Carteret besucht. Seine Frau sieht so elend wie noch nie aus, offenbar kommt es von einer Trinkkur in Tunbridge Wells, an der sie fast gestorben wäre, wenn sie das Wasser nicht mit Abführmitteln wieder aus ihrem Körper herausbefördert hätte.

10.7. Betrachtete mit größtem Vergnügen einen Wurf junger Hunde bei Mr. Sheldon, meine Frau ist auch sehr entzückt und freut sich, dass sie einen bekommen soll. Dann Abschied und mit dem Schiff zum Herzog von Albemarle, der mir sagt, ich solle sofort zum Hof nach Hampton Court kommen. Wurde vom Lordkanzler und vom Schatzmeister über die Tanger-Finanzen befragt.

11.7. Höre, dass Ostende sich ergeben hat. Konnte nicht einschlafen, aß etwas venetianischen Sirup.

12.7. Fastentag wegen der zunehmenden Verbreitung der Pest.

13.7. Konnte keine Fähre finden und fuhr in einem Ruderboot, das schon einen Passagier hatte. Dieser stellte sich als großer Musikliebhaber heraus, die ganze Strecke verbrachten wir in gemeinsamem Gesang; ein ganz außerordentlicher Zufall. Traf meine Frau bei Sir G. Carteret; es betrübt mich, dass die Trennung uns entfremdet, statt uns näher zusammenzubringen. Diese Woche sind mehr als 700 Menschen an der Pest gestorben.

14.7. Man sagt, dass in der Stadt Geschützfeuer zu hören gewesen sei, ich glaube das aber nicht. Lange auf gesessen und Briefe geschrieben, früh mit Hilfe eines Weckers aufgewacht, den ich mir von meinem Uhrmacher geborgt hatte.[24]

20.7. In Redriffe sind in dieser Woche 1089 an der Pest gestorben. Die Seuche breitet sich unaufhaltsam aus; sie ist jetzt überall in der King Street und in Axe Yard.

22.7. Alle Meldungen besagen, dass wir es jetzt auch mit Frankreich aufnehmen müssen, weil die Franzosen sich den Holländern anschließen.

23.7. Schon um 9 Uhr in Hampton Court. Folgte dem König in die Kapelle und hörte eine gute Predigt; danach unterhielt ich mich mit dem Herzog über Tanger. Wurde von niemandem zum Essen eingeladen, was mich ärgerte.

26.7. Nach Greenwich, wohin heute Morgen auch der König und der Herzog gekommen sind. Beide stellten mir einige Fragen. Der König ist von seinen neuen Gebäuden in Greenwich sehr angetan. Fuhr dann in der Barke des Königs zurück nach Woolwich (küsste dort kurz meine Frau und betrachtete eins ihrer Bilder – sehr eigenartig) und hatte Gelegenheit, den König und den Herzog im Gespräch genau zu beobachten. Gott verzeih mir, obwohl ich die beiden als getreuer Untertan sehr verehre, stelle ich doch fest, dass mir der Unterschied zu gewöhnlichen Sterblichen umso geringer erscheint, je länger ich sie kenne, obwohl beide sehr vornehme und edle Aristokraten sind. – Die Seuche hat diese Woche unsere Gemeinde heimgesucht, sie ist jetzt in der Tat überall, so dass ich daran denken muss, meine Angelegenheiten in Ordnung zu bringen und mich mit Leib und Seele dem Allmächtigen anzuvertrauen.

27.7. Nach Hampton Court, sah, wie der König und die Königin nach Salisbury aufbrachen, danach der Herzog und die Herzogin, denen ich die Hand küsste. Es war das erste Mal, dass ich das getan habe, die Hand der Herzogin war sehr weiß und dick.

29.7. Als ich mittags nach Hause kam, hörte ich, dass mein Bursche Will mit Kopfschmerzen auf meinem Bett liegt, was mich in die größte Angst versetzte. Ich setzte alles daran, ihn möglichst rasch und schonend aus dem Haus schaffen zu lassen.

30.7. Will ist wieder gesund und wieder bei uns. Trauriges Gefühl, die Kirchenglocke so oft läuten zu hören, entweder für Sterbefälle oder Beerdigungen.

31.7. Die Pest greift immer mehr um sich, letzte Woche starben 1700 oder 1800 Menschen. Gott schütze uns und unsere Freunde und gebe uns Gesundheit.

2.8. Öffentlicher Fastentag wegen der Pest. Den ganzen Tag zu Hause geblieben. Stelle fest, dass ich jetzt £ 1900 besitze.

3.8. Zu Pferd nach Dagenham. Unterwegs wurde ich ständig gefragt, wie es um die Pest in London steht – diese Woche soll es 2010 Pesttote und 3000 sonstige Todesfälle gegeben haben. Mr. Marr erzählte mir, wie eine Dienerin von Mr. John Wright von der Pest befallen wurde. Man steckte sie in eine Pest-Kutsche, damit sie in ein Pest-Haus gebracht werden konnte. Sir Anthony Brown begegnete dieser Kutsche in einer engen Straße, und weil die Vorhänge zugezogen waren, dachte er, eine vornehme Dame wolle sich vielleicht in dieser Gegend nicht zeigen, steckte den Kopf in die Tür und sah eine Kranke in einem Pestgewand, die gewaltig stank. Daraufhin bekam es der junge Herr so mit der Angst zu tun, dass es ihn fast das Leben gekostet hätte, aber inzwischen ist er wieder wohlauf.

5.8. Höre, dass der Herzog von Buckingham tot ist, man weiß es aber nicht genau.

6.8. Ließ mich von meiner kleinen Magd kämmen, der ich gestand, dass ich sie sehr schätze und meine mains in su dos choses de son breast tun möchte. Ich musste es lassen, falls ich nicht alguno major inconvenience erleben will.

8.8. Alle Straßen sind verödet, sogar in London, ein trauriger Anblick.

9.8. Las abends noch ein wenig in Cowleys Gedichten,[25] aber mir brummte der Schädel vor lauter Geschäften, zu Bett.

10.8. Diese Woche starben allein 3000 an der Pest. Man erzählt sich, dass der Stadtverordnete Bence nachts über eine Leiche auf der Straße gestolpert ist; als er das zu Hause seiner Frau erzählte, die schwanger war, wurde sie krank und starb an der Pest. Später trafen wir den Stadtverordneten Bence selber, der uns versicherte, dass kein Wort davon wahr sei. Habe mir geschworen, bis morgen mein Testament aufzusetzen; die Stadt ist jetzt so ungesund, dass niemand wissen kann, ob er anderntags noch lebt.

11.8. Den ganzen Tag am Testament gearbeitet. Bringe meine Papiere in Ordnung und verpacke meine Bücher in Kisten, falls es Gott gefallen sollte, mich abzuberufen.

12.8. Die Menschen sterben jetzt in solchen Mengen, dass Beerdigungen von Pesttoten auch tagsüber stattfinden, die Nächte reichen nicht mehr aus. Der Lord Mayor hat angeordnet, dass alle Gesunden um 9 Uhr abends zu Hause sein müssen, damit die Kranken an die frische Luft können. Auf unseren Schiffen in Deptford gibt es jetzt auch einen Toten, was uns sehr beunruhigt. Am Hof soll es unter den Bediensteten auch einen Todesfall gegeben haben, so dass der König und die Königin jetzt nach Milton geeilt sind. Gott schütze uns alle.

14.8. Besiegte nach dem Essen Kapitän Cooke beim Billard, gewann 8 Shilling. Schenkte meiner Frau heute den Diamantring, den mir Mr. …[26] gegeben hat, weil ich ihm zu einer Zahlmeisterstelle verholfen habe.

15.8. Träumte letzte Nacht den schönsten Traum meines Lebens. Ich träumte, ich hätte Lady Castlemaine in meinen Armen und dürfte alles mit ihr tun, was ich wollte. Was für ein Glück würde es sein, wenn wir in unseren Gräbern (wie Shakespeare sagt)[27] nur solche Träume hätten – dann brauchten wir den Tod nicht so zu fürchten wie in dieser Pest-Zeit. Es war schon dunkel, als ich nach Hause kam; am Fuß einer Treppe stolperte ich über eine Leiche, aber Gott sei Dank behielt ich meine Fassung. Werde mich in Zukunft hüten, bei Dunkelheit auf die Straße zu gehen.

16.8. Zur Börse, wo ich lange nicht war. Traurig zu sehen, wie leer die Straßen sind; die meisten Geschäfte geschlossen.

19.8. Sah beim Herzog von Albemarle Briefe, aus denen hervorgeht, dass vier unserer Schiffe bei Bergen von den Holländern zerstört worden sind; wir haben fünf Kommandanten verloren, darunter Mr. Edward Montagu und Mr. Windham. Unsere Flotte ist heimgekehrt wegen Proviantmangel, muss aber wieder auslaufen. Nach Stanes, wo ich erst nach Einbruch der Dunkelheit ankam. Beschaffte mir einen Führer, der im Wald die Orientierung verlor. Mit Hilfe des Mondes brachte ich den Führer wieder auf den richtigen Weg, was mich für alle Mühen entschädigte, die ich früher auf das Studium des Mondes verwendet hatte.

20.8. Sir G. Carteret erzählt mir, dass der König von Dänemark sich unehrenhaft gegenüber uns verhalten hat; wenn wir uns gegen ihn wenden, würde das seinen Ruin bedeuten. Das Wichtigste ist jetzt, die Flotte wieder auslaufen zu lassen, damit sie De Witt abfängt, der mit den ostindischen Schiffen zurückkommt.[28]

21.8. Konnte kein Schiff nach Woolwich bekommen und musste im Dunkeln zu Fuß gehen, von Sir J. Mennes' Diener begleitet. Hatte mächtige Angst vor den Hunden auf der Coome Farm, noch größere vor Wegelagerern und die meiste Angst vor der Pest auf der Farm; man hat dort Bettler aufgenommen, die die Seuche eingeschleppt haben.

22.8. Sah auf dem Wege nach Greenwich einen Sarg mit einer Leiche darin, einer Pestleiche, die Gemeinde hat offenbar niemand beauftragt, sie zu begraben, nur einen Wachtposten abgeordnet, damit niemand zu nahe herankommt; die Seuche macht uns grausamer gegeneinander als gegen Hunde.

25.8. Höre heute, dass Dr. Burnett, mein Arzt, an der Pest gestorben ist, der arme, unglückliche Mann.

26.8. Nach dem Abendessen melancholisch und einsam gelesen, dann zu Bett.

27.8. Längere Zeit in den Werken des Königs gelesen – ein nobles Buch.[29]

28.8. Gerade kommt die Nachricht, dass die Flotte ausgelaufen ist oder heute noch ausläuft – Gott sei gedankt.

29.8. Mit Sir Th. Biddulph über Vorbeugungsmaßnahmen gegen die Pest in Greenwich und Woolwich gesprochen, wo sie überall rapide zunimmt.

30.8. Traf unseren Gemeindeschreiber Hadley, der mir erzählte, dass in unserer Gemeinde die Pest ständig zunimmt. »In dieser Woche sind neun gestorben, ich habe aber nur sechs eingetragen«, sagte er – eine üble Praxis, die wahrscheinlich woanders auch geübt wird, deshalb steht es wohl viel schlimmer um uns.

31.8. So endet dieser Monat mit großer Trübsal in der Bevölkerung wegen des Ausmaßes der Pest, überall im ganzen Königreich. Jeden Tag kommen traurigere Nachrichten über die Verbreitung der Seuche. In der City starben diese Woche 7496, davon 6102 an der Pest. Man fürchtet jedoch, dass die wahre Zahl bei 10 000 liegt – das liegt z. T. an den Armen, die man nicht genau erfassen kann, und z. T. an den Quäkern und anderen, die nicht zulassen, dass für sie die Totenglocken geläutet werden.

Unsere Flotte mit etwa hundert Schiffen auf der Suche nach den Holländern. Viel Geld ist dafür ausgegeben worden, das Königreich kann sich nun keine derartigen Ausgaben mehr leisten, das Parlament kann auch nicht mehr Geld bewilligen. Mir selber geht es sehr gut, nur fürchte ich mich vor der Pest und muss früh und spät nach Woolwich, wo meine Familie sich jetzt ständig aufhält.

2.9. Sir J. Mennes sind zwei Kutschpferde im Stall verreckt, jetzt liegt das dritte im Sterben.

3.9. Zog meinen neuen farbigen Seidenanzug an und meine neue Perücke. Was wohl für eine Mode in Perücken kommt, wenn die Pest vorüber ist? Jetzt wagt niemand, Haar zu kaufen, aus Angst, es könnte von einer Pestleiche stammen. Mit Kapitän Cooke über die Misswirtschaft im Königreich gesprochen, niemand nimmt sich die Probleme des Landes zu Herzen, jeder denkt nur an seinen persönlichen Vorteil oder an sein Vergnügen, der König kümmert sich nur um sein persönliches Wohlergehen – so treibt alles dem Untergang zu. Nach der Kirche Beratung über Maßnahmen gegen die Ausbreitung der Pest. Mein Gott, wenn man den Wahnsinn der Leute bedenkt, die, gerade weil es verboten ist, in großen Mengen die Beerdigungen der Pestleichen beobachten. Wir beschlossen einige Aktionen gegen diesen Zustand.

4.9. Den ganzen Vormittag Briefe geschrieben, u. a. an Lady Carteret, der ich den Stand des Gesundheitswesens in der Stadt und andere traurige Dinge beschrieb.

6.9. Sah in London in den Straßen zahlreiche Feuer brennen, auf Anordnung des Lord Mayor.

7.9. Ließ mir die wöchentliche Totenliste geben, darin allein 6978 Pesttote – eine schreckliche Zahl. Zu Sir R. Viner, er zeigte uns sein Haus und Grundstück, auch einen Negerjungen, der in seinen Diensten stand und an der Schwindsucht starb; er trocknete ihn im Backofen und bewahrt ihn jetzt in einer Kiste auf. Mr. Povy erzählte mir, dass es dem König in letzter Zeit gesundheitlich nicht gut ging, er war schlechter Stimmung und lustlos.

9.9. Musste bei strömendem Regen zu Fuß ins Büro gehen, wurde bis auf die Haut nass und ruinierte mir meine seidenen Hosen. Heute kam die Nachricht, dass die holländische Flotte unbehelligt von Bergen zurückgekehrt ist, was uns der Lächerlichkeit preisgeben wird. Wie die Dinge im Augenblick liegen, muss der Staat in Kürze zusammenbrechen. Voller melancholischer Gedanken zu Bett, wo ich mich nach dänischer Art mit einem Daunenfederbett zudeckte, aber sehr schlecht schlief.

10.9. Meine Frau kam mir schon entgegen und sagte, sie habe gehört, dass ihr Vater sehr krank sei; ich fürchte, er hat die Pest, denn sein Haus ist versiegelt. Sie ist sehr verängstigt und bat mich, ihm etwas zu schicken. Von Mr. Coventry kam mit Eilboten die Nachricht, dass Lord Sandwich zwei der Ostindienschiffe der Holländer sowie sechs oder sieben andere aufgebracht hat, er versucht jetzt, den Rest der Flotte aufzutreiben – er selbst hat nur die ›Hektor‹ verloren, armer Kapitän Cuttle. Diese Nachricht überwältigt mich so, dass es mir die Sprache verschlägt.

12.9. Meine Frau zeigt mir einen Brief von ihrem Bruder, in dem es heißt, dass ihr Vater im Sterben liegt, was mich (Gott verzeih's) nicht so traurig stimmte, wie man denken sollte, obwohl es mir ehrlich leidtut.

13.9. Zu Fuß nach Greenwich, mit der Minuten-Uhr in der Hand.[30] Stelle fest, dass ich bis auf zwei Minuten genau bestimmte Strecken zurücklege. Nachmittags ging ich ein Stück Wegs mit Mr. Penn zusammen und ließ ihn von Frankreich berichten; seine

Beobachtungen waren teils gut, teils unverschämt, im Ganzen aber schlecht erzählt.

14.9. Man erzählt sich, dass wir noch wesentlich mehr holländische Schiffe aufgebracht haben. Ich erlaubte mir jedoch keine freudige Gefühlsregung, bis ich nicht eine Bestätigung der Meldung habe. Fuhr deshalb zum Herzog von Albemarle, wo ich erfuhr, dass Lord Sandwich auf etwa 18 holländische Schiffe gestoßen ist und die meisten davon erobert hat. In dieser Woche hat die Zahl der Toten um 500 abgenommen, man hofft, dass es nächste Woche noch weniger werden.

15.9. Mit Kapitän Cooke einen guten Tropfen getrunken, was ich jetzt während der Pest auf allgemeines Anraten öfter tun muss, es betrifft auch nicht mein Gelübde, außerdem ist mein Arzt tot.

18.9. Bei Tagesanbruch der Flotte entgegengefahren. Bei kaltem Wetter und hoher See mühsam an Bord der ›Prince‹ gegangen. Lord Sandwich noch im Nachthemd, empfing uns sehr freundlich und berichtete über den Zustand der Flotte: keine Vorräte mehr, kein Bier – noch nie sei die Flotte unter derart miserablen Voraussetzungen ausgelaufen. Danach wurde ein Kriegsrat einberufen und die notwendige Versorgung der Flotte mit Lebensmitteln, Kleidung und Geld besprochen, aber der Einzige, der etwas zu sagen hatte, war Mylord, die anderen konnten ihm nichts entgegensetzen. So geht es wahrscheinlich mit der Verwaltung der meisten öffentlichen Angelegenheiten des Königs. Bei starkem Wind rollte das Schiff in der Dünung, obwohl man die

Bewegung kaum mit dem Auge sehen konnte, ich wurde seekrank und konnte keinen Bissen essen.

19. 9. Kapitän Cookes Bursche Jack ist krank geworden, er klagt über Kopfschmerzen – ein schlechtes Zeichen; der Kapitän und ich erschraken sehr. Am nächsten Morgen erfuhren wir, dass es ihm wieder besser geht, worüber ich sehr erfreut war.

20. 9. Eine traurige Zeit, keine Schiffe auf dem Fluss, das Gras wächst in Whitehall, und nur ein paar elende Figuren auf den Straßen. Am schlimmsten ist, dass die Zahl der Pesttoten entgegen allen Erwartungen in dieser Woche wieder zugenommen hat.

24. 9. Schrieb mein Tagebuch für die letzten sieben Tage, mit großer Zufriedenheit, denn es hat Gott wohlgefallen, mir in dieser traurigen Zeit der Pest Glück und Freude zu geben, in den letzten drei Monaten mehr als je zuvor in meinem Leben. Möge es so bleiben und möge ich immer dankbar dafür sein.

27. 9. Bewunderte das Bild meiner Frau, das sie von unserem Heiland gemalt hat, es ist jetzt fertig und sehr hübsch geworden. Creed erzählt mir, dass ich in dem Ruf stehe, ein großer Trinker und Maulheld zu sein. Mein Gott, zu erleben, wie die Tatsache, dass ich in letzter Zeit etwas Wein getrunken habe, von neidischen Menschen zu meinem Schaden verwendet wird! Sah heute die wöchentliche Totenliste. Gesegnet sei Gott, es sind 1800 weniger, der erste große Rückgang.

28.9. In mein neues Quartier in Greenwich gegangen. Litt in der Nacht an Durchfall (vermutlich von der feuchten Bettwäsche), suchte nach einem Nachttopf, fand aber keinen, weckte die Magd und war gezwungen, in einem fremden Haus mitten in der Nacht zweimal in den Kamin zu scheißen.

30.9. Unsere größte Sorge im Flottenamt ist jetzt die Versorgung der Gefangenen und Kranken, die Tag und Nacht vor unserer Tür liegen, die armen Kerle. Weil sie an Land gegangen sind, lassen sie die Kapitäne nicht wieder auf die Schiffe, und wir können nichts für sie tun, weil wir kein Geld haben. Gott möge dieses Problem lösen! Ich gab ihnen etwas Geld und gute Worte, die armen Schlucker schlichen davon wie geprügelte Hunde, man kann ihnen kaum Vorwürfe machen, wenn sie auf Abwege geraten und zu Dieben werden.

1.10. Las »Die Belagerung von Rhodos«[31] – je länger ich darin lese, desto mehr bin ich überzeugt, dass dies das beste Gedicht ist, das je geschrieben wurde.

3.10. Mrs. Pierce erzählt mir, dass die schöne Mrs. Middleton für ihren sauren Körpergeruch bekannt ist, der besonders störend wirkt, wenn sie schwitzt. Die Pest nimmt zwar ab, ist aber in der Tower-Gegend noch immer sehr verbreitet.

5.10. Las unterwegs ein Buch von Mr. Evelyn, das er übersetzt und mir als Geschenk zugesandt hat, über das Zusammenstellen einer Bibliothek.[32] Das Buch ist zu hoch für mich; Evelyns Brief an den Lordkanzler ist jedoch ein sehr hübsches Stück. Er zeigte mir seinen Garten – mit dem Immergrün und der Buchsbaumhecke der schönste, den ich je gesehen habe. Habe heute Abend meine Gelübde erneuert.

7.10. Konnte nur wenige Geschäfte im Büro erledigen; weil die armen Matrosen sterbenskrank vor Hunger auf der Straße liegen und jammern, was mir ans Herz greift. Mittags folgten uns etwa hundert von ihnen, fluchend und betend.

8.10. Der Herzog von Albemarle befahl mir, so viele Schiffe wie möglich klarzumachen zum Auslaufen gegen die Holländer. Ich ließ sofort alle Kapitäne holen, und ich denke, wir werden von den 22 Schiffen 7 so weit hinbekommen, dass sie auslaufen können. (Gott hilf – die Leute sind krank – kein Proviant vorhanden.) Höre heute, dass der Papst gestorben ist. Angeblich soll auch der König von Frankreich erstochen worden sein.[33]

9.10. Die Nachricht vom Tode des Königs von Frankreich stimmt nicht, und angeblich lebt der Papst auch noch.

12.10. Gute Nachrichten: In dieser Woche waren es etwa 600 Pesttote weniger als in der vergangenen.

14.10. In der Stadt erzählt man sich angeblich, dass unter den Flottenkommandanten Streit ausgebrochen sei. Bin hocherfreut und stolz über den Erfolg meiner Proviant-Aktion für die Schiffe. Meine Vorschläge sind dem König, dem Herzog und dem Kabinett vorgelegt worden und haben einhelligen Beifall gefunden.

15.10. Das Parlament hat offenbar dem König £ 1250000 bei einer Steuerabgabe von monatlich £ 5000 für den Krieg bewilligt.

16.10. Mr. Povy erzählt mir, dass der König die meiste Zeit damit verbringt, seine verschiedenen Damen nackt am ganzen Körper im Bett zu küssen; er tut nur das, wozu er gerade Lust hat, und wird seine Geilheit wohl nie loswerden. Es heißt, dass die Holländer mit ihrer Flotte vor Margate stehen – einige Leute sollen an Land zu gehen versucht haben, um Schafe zu stehlen. Gott weiß, was aus dem König wird, seine Schulden wachsen mit jedem Tag, und keine Aussicht auf Besserung. Zu Fuß zum Tower. Mein Gott, wie leer die Straßen sind, so viele arme, kranke Leute mit Geschwüren zu sehen, und überall hört man traurige Geschichten. Man spricht viel von den Reden des Kanzlers und des Königs im Parlament.[34] Danach werden wir diesmal mit Sicherheit Frankreich den Krieg erklären, das wird uns noch mehr Arbeit bringen. Noch spät im Büro und für die letzten acht Tage Tagebuch geführt. Der Umfang meiner Geschäfte hindert mich jetzt an den täglichen Eintragungen, habe es jetzt aber sehr wahrhaftig und genau nachgeholt. Es ist wieder sehr kalt, wofür Gott gedankt sei.

24.10. Sir W. Batten zeigte mir einen guten Brief, den der Bischof von Münster an die Holländer geschrieben hat und in dem er ihnen ihre Position klarmacht.[35]

25.10. Mylord berichtet mir, unter der Hand, dass am Hof große Differenzen zwischen dem König und dem Herzog von York bestehen und dass es außer diesen Streitigkeiten bei Hofe sonst nur noch um das Vergnügen geht, so dass, wie er glaubt – und ich auch –, in kurzer Zeit die ganze Nation in Verwirrung gestürzt sein wird.

26.10. Erfahre in der Börse, dass die Franzosen zwei Angehörige unserer Handelsflotte gefangen genommen und die Schiffe nach Toulon geschleppt haben – der Krieg scheint unvermeidlich.[36] Die Börse wieder ziemlich voll, überhaupt füllt sich die Stadt wieder mit Leben, obwohl die Straßen noch leer und die meisten Läden geschlossen sind.

27.10. Mit Kapitän Cooke in seiner Kutsche durch die Kent Street gefahren, eine elende, ärmliche Gegend, wo die Leute krank und mit Pflastern beklebt vor jeder vierten oder fünften Haustür sitzen. Der Herzog von Albemarle berichtet, dass die Holländer abgezogen sind; wegen des schlechten Wetters mussten sie 160 Taue und Anker zurücklassen. Der Herzog schlug mich als Proviant-Generalinspektor vor, was ich annahm. Er sagte, ich sei der geeignetste Mann für diesen Posten. Der Herzog von York lässt mir mitteilen, dass auch er damit einverstanden ist. Bin außer mir vor Freude und finde keine Worte. Es zeigt sich, dass Gott mich segnet, wenn ich mir Mühe gebe, und er gibt mir Vorgesetzte, denen es nicht entgeht, dass ich mir Mühe gebe.

28.10. Mr. Boreman erzählt mir, dass die Holländer sechzehn neue Schiffe vom Stapel gelassen haben. Es heißt, dass König und Hof beschlossen haben, nur noch in England hergestellte Kleidung zu tragen – wenn das befolgt wird, wäre es eine erfreuliche und gute Nachricht für die Bevölkerung.[37]

29.10. Ging in Woolwich im Dunkeln durch die Stadt und stieß plötzlich auf zwei weinende Frauen, die einen Sarg trugen, vermutlich den Ehemann einer der beiden, was mich traurig stimmt.

31.10. Sir W. Batten erzählt mir, dass Kapitän Cookes Negerjunge an der Pest gestorben ist, ich hatte schon davon gehört. Traf gestern die Leichenprüfer mit ihren Ruten in der Hand, als sie gerade aus Cookes Haus kamen, und hörte, wie sie sagten, er sei nicht an der Pest gestorben.[38] Der Monat endet sehr vergnügt, umso mehr, als die Totenziffer nach anfänglichen Befürchtungen des Gegenteils um 400 abgenommen hat. Die Geldknappheit bei der Flotte stürzt alles ins Chaos, die Mannschaften neigen zur Meuterei, und niemand außer mir kümmert sich um die Flottenangelegenheiten. Setze große Erwartungen in meinen neuen Posten als Proviant-Generalinspektor, der mir £ 300 im Jahr einbringen wird.

1.11. Lag lange im Bett und unterhielt mich mit Mr. Hill über die wichtigsten Dinge im Leben eines Mannes, wie wenig der Verdienst in der Welt zählt und wie viel die Gunst, und dass ich selbst mehr durch Zufall als durch Verdienst meine Karriere begonnen habe. Oberst Clegall erzählt uns, dass der König von Dänemark sich auf unsere Seite gestellt habe, später erfuhr ich jedoch, dass daran nichts Wahres ist.

3.11. Las in Mr. Evelyns Buch über die Malerei, ein sehr hübsches Werk.[39] Kopfschmerzen, weil ich erfahren habe, dass einer der Burschen in meiner Wohnung wahrscheinlich die Pest hat.

Offenbar stimmt das aber nicht, denn dem Jungen geht es gut und er lässt sich auch freiwillig untersuchen. Nach dem Essen ins Büro. An die hundert Matrosen trieben sich den ganzen Nachmittag dort herum, fluchten fürchterlich, warfen Fensterscheiben ein und drohten, nächsten Dienstag das Haus einzureißen. Ich berichtete das an den Hof, aber da hilft nur Geld oder der Strick.

5.11. Das Schlimmste ist die Nachricht, dass die Pest in Lambeth, St. Martin's und Westminster wieder zunimmt; man fürchtet, dass sie sich jetzt über die ganze City ausbreitet. Mr. Evelyn las mir Rollen aus Theaterstücken vor, die er selbst verfasst hat, sehr gut, aber nicht so gut, wie er sie selbst findet.[40] Er ist eine hervorragende Persönlichkeit, aber man muss ihm einiges zugute halten, weil er so eingebildet ist. Er las mir auch, mit zu großem Eifer, ein paar selbstverfertigte kleine Gedichte vor. Mitten in unsere Gespräche platzt Kapitän Cooke, betrunken wie eine Haubitze, aber er konnte immer noch stehen und sich verständlich machen; er ist eine ziemliche Last in diesem Zustand, aber immer angenehm.

6.11. Sir W. Penn ist der verlogenste Schurke, den die Welt je gesehen hat. Sir W. Coventry mit mir einer Meinung, dass der König im nächsten Jahr unmöglich eine Flotte in den Krieg schicken kann, weil er kein Geld hat.

7.11. Mrs. Penington erzählt mir mit großem Kummer, dass ihr junger Hund heute Morgen in ihrem Bett gestorben ist.

9.11. Die Totenliste ist zu unserer größten Besorgnis wieder um 399 angestiegen, das betrifft die ganze Innenstadt und die Vorstädte, was uns alle sehr traurig macht.

10.11. Trage mein Tagebuch seit dem 28. Oktober ein. Habe zwar die täglichen Ereignisse sehr gut im Kopf, belaste aber mein Gedächtnis damit. Unser Nachbar, Mr. Harrington, ist in Epsom an der Pest gestorben. Mr. Hallworthy, ein anderer Nachbar, ein sehr fähiger Mann, ist ebenfalls tot, er stürzte vom Pferd, blieb mit dem Fuß im Steigbügel hängen und schlug sich den Kopf auf.

13.11. Spielte ein wenig mit Mrs. Penington, die wir im Unterrock am Kamin sitzend vorfanden; sie ließ sich ohne weiteres meine Hand an den Busen legen und ließ sie lange dort ruhen, was mir merkwürdig vorkam.

14.11. In Kapitän Cookes Kutsche durch Kent Street gefahren, ein trauriger Anblick, mit Pflastern beklebte Kranke sitzen bettelnd auf der Straße.

15.11. Lady Batten musste bei grässlichem Wetter mit neuen weißen Schuhen durch eine dreckige Straße gehen, blieb mit einer Galosche im Schmutz stecken und musste nur mit einem Schuh nach Hause gehen, worüber sie sich maßlos ärgerte. 400 Pesttote weniger in dieser Woche – dem Herrn sei Dank.

16.11. Mit Lord Brouncker auf ein Ostindienschiff, wo der größte Reichtum und die größte Unordnung herrschten – überall lag Pfeffer verstreut, man trat auf Seidenballen und stolperte über

Kisten mit Kupfer. Lord Sandwich spielte auf der ›Royal James‹ die Gitarre, er hält sie für das ideale Musikinstrument, weil sie sich sehr gut als Begleitinstrument für eine Singstimme eignet, transportabel ist und völlig unkompliziert. Als großes Geheimnis vertraut er mir an, dass der Streit zwischen dem König und dem Herzog von York immer schlimmer wird, der Hof verliert sich in allen möglichen Liebesaffären, der Herzog von York unsterblich in Mrs. Stewart verliebt.

17.11. Las in einem hübschen französischen Buch, »La Nouvelle Allégorique«, über den Streit zwischen der Rhetorik und ihren Feinden – sehr angenehm.[41]

18.11. In Greenwich wird mir zugetragen, wie rüde sich die Matrosen über mich geäußert haben, sie haben sich ausgemalt, was sie mit mir tun würden, was mich beunruhigt.

19.11. Traf meine Frau in Woolwich. Hatte schlechte Laune und konnte mich für ihre Bilder nicht erwärmen; ihre letzten Sachen gefallen mir nicht so wie die früheren, gebe mir aber selber die Schuld daran.

22.11. Einiges Geschäftliche mit dem Herzog von Albemarle besprochen, wollte mich in erster Linie bei ihm zeigen, denn ich bin jetzt bei ihm sehr gut angeschrieben. Große Hoffnung allgemein, dass die Pest zurückgeht, besonders wegen des strengen Frostes. Wir fürchten, dass unsere Schiffe nicht nach Hamburg auslaufen können, weil dort alles zugefroren ist.

Heute ist zum ersten Mal die »Oxford Gazette« erschienen – sehr hübsch, voller Neuigkeiten, und keine Albernheiten darin, verfasst von Williamson.[42]

24.11. Die Börse ist wieder voller Menschen, was mich sehr erfreut. Mr. Evelyn zeigte uns mehrere Briefe von Lord Leicester aus der Zeit der Königin Elisabeth, auch Handschriftliches von Elisabeth und Königin Maria von Schottland. Mein Gott, wie miserabel man damals schrieb und wie kümmerlich das Papier war![43]

26.11. Vor Tagesanbruch aufgestanden und mich für den Ritt nach Erith fertig gemacht. Zwei Pferde von Mr. Howell geborgt, die erst noch gegen den Frost geschützt werden mussten. Mein Bursche hatte einen meiner Sporen verloren, ebenfalls einen meiner Reitstrümpfe. Mrs. Penington ließ mich machen whatever ego voulus avec ses mamelles.

30.11. Große Freude bei allen in dieser Woche – nur noch 333 Pesttote, so dass wir es wagen können, so schnell wie möglich wieder nach London zurückzukehren. Mein Vater schreibt, dass meine Tante Bell schon vor sieben Wochen an der Pest gestorben ist.

4.12. Der Bruder meiner Frau, den ich empfohlen hatte, ist auf Anweisung des Herzogs von Albemarle zum Flügelmann in der Garde ernannt worden, was mich sehr freut, einmal für ihn, zum anderen, weil ich daraus sehe, dass meine Empfehlungen etwas gelten.

6.12. Der Herzog von Albemarle ist sehr liebenswürdig zu mir und fragt mich in allen möglichen Dingen um Rat. Er überrascht mich mit der Nachricht, dass Lord Sandwich in Kürze als Botschafter nach Spanien geht. Verbrachte den Nachmittag mit der Komposition eines Liedes von Solyman an Roxolana.[44] Dann zu Mrs. Pierce, wo sich die beste musikalische Gesellschaft traf, die ich je in meinem Leben erlebt habe. Mrs. Knipp ist das hübscheste, prächtigste, tollste Geschöpf, sie singt so prachtvoll, wie ich es noch nie gehört habe – ich verbrachte den Abend fast in Ekstase.

8.12. Die Schiffe nach Hamburg sind nach all den Schwierigkeiten nun endlich ausgelaufen. In Greenwich alle meine lieben Freunde getroffen, vor allem Mrs. Knipp, dazu einen üblen, eifersüchtigen Kerl, der ihr Mann war und den ganzen Abend nichts sagte.

13.12. Mr. Pierce und seine Frau bewirteten mich mit Tee. Hörte in der Börse, dass die Pest in dieser Woche wieder zugenommen hat, obwohl es ein oder zwei Tage streng gefroren hat. Die Stadt ist so voller Menschen, dass es für die Pest ein Leichtes ist, sich wieder auszubreiten.

18.12. Mit dem Boot nach Greenwich gefahren. Der Fluss voller Eis, so dass ich es mit der Angst zu tun bekam.

20.12. Zu Mrs. Penington, brachte ihr Abendessen aus einer Kneipe mit und amüsierte mich sehr frei mit ihr. Bat sie schließlich, ihr Nachtgewand anzuziehen, damit ich sie so skizzieren könne – sie ist sehr stolz auf diese Pose. Ging inzwischen spazieren. Ob ich nun um zu viele Ecken in dieser kalten Frostnacht gegangen bin oder nicht – jedenfalls war sie schon zu Bett gegangen, als ich zurückkam (unter dem abgesprochenen Vorwand, einige Papiere bei ihr vergessen zu haben). Zwei Dinge bekümmern mich: einmal, dass die Pest wieder auflebt, und zum anderen, dass ich überhaupt keinen Überblick über meine Finanzen mehr habe.

21.12. Mittagessen bei Kapitän Cooke. Gutes Rindfleisch, das jedoch gefroren und deshalb nicht gar war. Habe heute einen Eid geschworen, dass ich erst dann wieder Wein trinken darf, wenn ich meine Finanzlage überblicke.

23.12. Heute kamen vier große Truthähne als Weihnachtsgeschenk von Mr. Deane aus Harwich.

25.12. Morgens in die Kirche, wo eine Trauung stattfand, das junge Paar außerordentlich fröhlich. Merkwürdig, was für ein seltsames Gefühl wir Verheirateten haben, wenn diese armen Toren in unseren Stand hineingelockt werden.

30.12. Den ganzen Nachmittag gerechnet und festgestellt, dass ich jetzt £ 4000 besitze – der Herr sei gepriesen.

31.12. So endet dieses Jahr zu meiner großen Freude auf diese Weise: Ich habe mein Vermögen in diesem Jahr von £ 1300 auf £ 4000 vermehrt. Wir sind durch eine Zeit großer Traurigkeit gegangen wegen der Pest, mich ist diese Zeit teuer zu stehen gekommen, weil ich meine Familie in Woolwich untergebracht habe, mich selbst in Greenwich und eine Dienerin in London. Ich hoffe aber, dass uns der König dafür angemessen entschädigen wird. Jetzt ist die Pest vorbei, und ich plane unsere Rückkehr nach London. Der Krieg gegen die Holländer nimmt keinen günstigen Verlauf, es fehlt an Geld. Ich habe noch nie so fröhlich gelebt (und nie so viel verdient) wie während der Pest, in guter Gesellschaft, mit vielen Tanzvergnügen auf meine Kosten. Das große Missgeschick dieses Jahres war der Sturz von Lord Sandwich wegen der Prämiengelder, man hat ihn als Botschafter nach Spanien abgeschoben.

Meiner ganzen Familie ist es in diesem Jahr gut gegangen. Viele meiner guten Bekannten sind an der Pest gestorben. Zu unserer großen Freude füllt sich die Stadt jedoch wieder, und die Geschäfte machen wieder auf. Gott lasse die Pest weiter abnehmen, denn sie hält den Hof von der Arbeit ab, so dass die öffentlichen Angelegenheiten vor die Hunde gehen – in der Ferne denkt doch niemand daran.

1666

2.1. Zu Lord Brouncker, dort mit meiner lieben Mrs. Knipp zusammen gesungen. Stieg abends in ihre Kutsche, nahm sie auf meinen Schoss, spielte mit ihren Brüsten und sang.

3.1. Gesellschaft mit Musik zu Hause, Mrs. Coleman sang meine Vertonung von »Beauty Retire«, ich glaube, es ist ein gutes Lied, alle lobten es in den höchsten Tönen. Sehr vergnügt, bis Mr. Rolt kam. Er hatte Zahnschmerzen und verdarb uns die Stimmung. Meine Frau bekam daraufhin auch Zahnschmerzen.

5.1. Mit Lord Brouncker und Mrs. Williams vierspännig nach London gefahren. Mein Gott, was für ein Aufsehen die Kutsche eines Edelmannes erregt! Lastträger dienerten, Bettler bettelten. Und es war herzerfrischend zu sehen, wie sich die Stadt allmählich wieder füllt und einige Läden wieder geöffnet sind. Die Gegend um Covent Garden und Westminster ist noch ganz leer, weder Hof noch Adel sind in der Stadt. Sprach mit Mr. Boreman über die Tatsache, dass die Themse ganz mit Schilf zuwächst.

7.1. Abends kam Mrs. Knipp. Wollte mich privat sprechen und sich entschuldigen, dass sie gestern nicht gekommen ist. Beklagte mich über ihren Mann, der sie wie ein Teufel behandelt, sie will aber morgen in acht Tagen mit uns kommen. Küsste sie zum Abschied.

8.1. Sahen uns in einem Geschäft unechte Damasttücher für das Zimmer meiner Frau an. Grübelte abends über die Sinnlosigkeit so großer Ausgaben für das Zimmer meiner Frau nach, dann zu Bett.

9.1. Pierce erzählt mir nach dem Essen, dass sich schon die Straßenjungen erzählen, wie der König von Mrs. Castlemaine abhängig ist, und dass er sie und Mrs. Stewart jeden Morgen vor dem Frühstück besucht.

10.1. Hörte in der Börse, dass die Pest in der letzten Woche wieder zugenommen hat. Man hat auch große Befürchtungen wegen unserer Schiffe, die nach Hamburg unterwegs sind, dass sie auf die Holländer gestoßen sind; außerdem scheint festzustehen, dass Sir J. Smiths Flotte in einen Sturm geraten ist und drei Schiffe ohne Mast nach Plymouth zurückgekommen sind, was eine böse Enttäuschung ist. Wenn die Proviantschiffe ihr Ziel nicht erreichen, ist die Garnison Tanger verloren.

12.1. Meine arme Frau arbeitet den ganzen Tag wie ein Pferd an den Vorhängen für unser Zimmer und das Bett.

13.1. Mit Kapitän Cooke darüber gesprochen, dass über kurz oder lang alles vor die Hunde gehen wird, wenn sich nicht bald etwas ändert. Wenn überdies die Pest noch ein weiteres Jahr andauert, gnade uns Gott.

14.1. Lege ein schriftliches Gelübde ab, dass ich jeweils mein Tagebuch geführt haben muss, bevor ich eine Frau küsse oder

Wein trinke. Schrieb einen Brief an meinen Vater über meine Schwester Pall, die es jetzt zu verheiraten gilt, wobei Gott der Herr mich in die Lage versetzt hat, ihr bei der Mitgift zu helfen. Ich werde ihr etwa £ 450 geben und schlage gleichzeitig Mr. Harman, den Kürschnermeister, als Ehemann für sie vor.

16.1. Sehr besorgt über neue Nachrichten über das Anwachsen der Pest; man muss jetzt fürchten, dass sie noch bis zum Sommer anhält.

19.1. Es ist bemerkenswert, wie menschenleer die Gegend um Covent Garden ist, während die City überfüllt ist wie eh und je.

20.1. Ärgerte mich über meinen Burschen und schlug ihn derart, dass ich mir den Daumen stark verletzte. Ich konnte ihn zwei Tage lang nicht bewegen und hatte große Schmerzen.

22.1. In der ›Krone‹ hinter der Börse fand das erste Treffen der Royal Society seit dem Ausbruch der Pest statt. Dr. Goddard verteidigt seinen eigenen und den Entschluss vieler anderer Ärzte, während der Pest die Stadt zu verlassen mit der Begründung, dass die Patienten ebenfalls die Stadt verließen.[1]

23.1. Wider alles Erwarten gute Pestnachrichten: nur noch 79 Tote letzte Woche. Ein schrecklicher Sturm tobte die ganze Nacht und den Morgen über.

24.1. Der Wind so stürmisch, dass wir kein Schiff zu besteigen wagten. Wir mussten zu Fuß gehen, konnten uns oft nicht gegen den Sturm behaupten und wurden immer wieder zurückgetrieben. Es war sehr gefährlich, durch die Straßen zu gehen, Mauersteine und Ziegel fielen von den Häusern, die Straßen waren bedeckt damit, Schornsteine und an einigen Stellen ganze Häuser waren vom Orkan umgerissen. Auf der London Bridge waren die Geländer fortgeweht, so dass wir uns bücken mussten, um nicht vom Sturm in den Fluss geblasen zu werden. Kein Schiff auf der Themse zu sehen, nur einige, die sich losgerissen hatten. Der unglaublichste Anblick war ein Schiff, das mit den Masten im Wasser lag, kieloben. Musste abends, weil nichts anderes da war, gegen mein Gelübde etwas Sherry trinken, der mir jedoch nicht schmeckte.

25.1. Es steht jetzt fest, dass der König von Frankreich uns öffentlich den Krieg erklärt hat.[2] Gott weiß, wie wenig wir darauf vorbereitet sind.

26.1. Sir G. Carteret beklagt den traurigen Zustand des Königreichs, mit großer Berechtigung, wie mir scheint; wir haben ringsum Feinde und keine Freunde, weder Geld noch Sympathie bei der Bevölkerung. Der Herzog von Albemarle wiegt sich in der fröhlichen Hoffnung, dass er bald Geld und Proviant für die Flotte bekommt.

27.1. Im Samtmantel mit einer Mietkutsche, die auf 8 Uhr bestellt war, zu Lord Brouncker mit sämtlichen Papieren. Mit ihm dann vierspännig nach Hampton Court gefahren, sehr gute Gespräche unterwegs. Ließ in Branford anhalten, weil ich plötzlich scheißen musste. Ging in eine Wirtshaustür, die offen stand, fand die Toilette und benutzte sie, sah aber niemanden. Hörte plötzlich einen großen Hund bellen und hatte Angst, wie ich hier wieder heil herauskommen würde. Zog deshalb meinen Degen, brauchte ihn aber nicht, denn ich gelangte sicher in die Kutsche zurück. Verlor dabei aber meinen Gürtel, was mir erst in Hampton Court auffiel. Nach Ende einer Beratung erschien der König. Ich küsste seine Hand, auch die des Herzogs von York. Der König ging dann auf mich zu und sprach zu mir: »Mr. Pepys, ich danke Euch für Eure treuen Dienste im vergangenen Jahr, ich versichere Euch, dass ich sie wohl zu schätzen weiß.« Abends in verzückter Stimmung wegen der Worte des Königs und des Herzogs – und in Sorge wegen Lord Sandwich.

29.1. Mr. Evelyn beklagte die lasterhaften Zustände am Hof – ich schätze ihn als einen würdevollen Menschen. Er berichtet mir von einem Krankenhaus, das er für kranke Seeleute im nächsten Jahr einrichten will – was meine lebhafteste Zustimmung findet; ein nützlicher Plan, der Geld sparen wird.[3] Alle hoffen, dass in dieser Woche die Pest wieder abnehmen wird.

30.1. Zum ersten Mal, seit ich London wegen der Pest verlassen habe, wieder in unserer Kirche. Es ist beängstigend, die vielen frischen Gräber im Kirchhof zu sehen, werde so schnell nicht wieder hingehen.

31.1. Stellte in Whitehall fest, dass die Menschen von überall zusammenströmen, denn der König scheint sein Versprechen zu halten, morgen nach London zurückzukehren. Er hat guten Grund dazu, denn Gott sei Dank ist die Pest in dieser Woche auf 56 Tote zurückgegangen.

4.2. Meine Frau und ich zum ersten Mal wieder gemeinsam in der Kirche, seit Ausbruch der Pest. Es hatte in der Nacht gefroren und geschneit, so dass die Gräber im Kirchhof schneebedeckt waren und ich nicht solche Angst hatte.

7.2. Fastentag wegen der Pest. Blieb den ganzen Tag zu Hause und räumte mein Zimmer auf. Verletzte mir beim Einschlagen eines Nagels den Daumen so stark, dass ein großes Stück Fleisch vom Daumen herabhing. Meine Frau bekam bei dem Anblick einen gewaltigen Schreck.

10.2. Kaufte meiner Frau in der Börse einen Muff. Mache mir seit vier oder fünf Monaten ernsthaft Sorge wegen meines Schnarchens, gegen das ich kein Mittel weiß.

11.2. Gestern wurde die Kriegserklärung des Königs an Frankreich veröffentlicht; sie ist so milde abgefasst, dass man sich allgemein darüber wundert.[4]

12.2. Mr. Caesar, der Lautenlehrer meines Burschen, erzählt, wie während der Pest manche Leute den Passanten auf der Straße aus dem Fenster ihren Pestatem entgegengeblasen haben.

13.2. Den ganzen Vormittag im Büro. Mittags zur Börse, bei Sheriff (Hooker) gegessen. Bewunderte mit größter Genugtuung Mr. Lethuliers Frau, ein sehr schönes, fettes Weib. Traurige Stimmung im Haus, weil eine junge Mutter im Haus schwerkrank ist. Schlechte Nachrichten am Abend, die Pest hat wieder zugenommen.

14. 2. Sah mir zusammen mit Mr. Hill das neue Haus des Lordkanzlers an.[5] Stieg mühsam bis aufs Dachgeschoss; von oben hat man die vornehmste Aussicht, die ich je gesehen habe – Greenwich ist nichts dagegen. Ein in jeder Beziehung schönes Haus, solide gebaut. Danach mit dem Lordkanzler zu Mr. Hales, dem Maler, der ihn gerade porträtiert. Werde mich und meine Frau ebenfalls von Mr. Hales malen lassen, der eine meisterliche Hand besitzt.

15. 2. Hörte heute Abend, dass Sir J. Smith mit seiner Flotte in Malaga gesichtet worden ist – gute Nachricht.

16. 2. Mit Mr. Moore ins Kaffeehaus, zum ersten Mal wieder seit der Pest.

17. 2. Lange mit Mr. Hater im Garten spazieren gegangen und überlegt, welcher unserer Büroangestellten als Mann für meine Schwester in Frage käme. Schließlich fiel mir der junge Gawden ein, muss darüber noch einmal nachdenken.

18. 2. Ging nach dem Essen nach Whitehall, wohin die Königin jetzt mit ihren Hofdamen zurückgekehrt ist. Ich sah einige, aber weder die Königin noch die großen Schönheiten.

19. 2. Meine Frau sitzt Hales, dem Maler, Modell. Es wird ein hervorragendes Bild werden. Beobachtete danach die Königin beim Kartenspielen. Bin froh darüber, dass es ihr wieder so gut geht – alle sagen, sie hätte kürzlich eine Fehlgeburt gehabt. Dr. Clerke erzählte mir gestern in Whitehall, dass er die Glieder des

Kindes einzeln in der Hand gehabt habe, sie seien so vollkommen gewesen wie bei einem Neugeborenen.

20.2. Nahm Mr. Evelyn mit nach Hause zum Essen, möchte gerne meine Bekanntschaft mit ihm aufrechterhalten, denn er ist ein sehr ausgeglichener und kenntnisreicher Mann. Trank heute bei einer Taufe das erste Glas Wein seit etwa zwei Jahren – mit Ausnahme während der Pest.

22.2. Sehr besorgt darüber, dass die Pest wieder zugenommen hat.

23.2. Lehrte Mrs. Knipp mein Lied »Beauty Retire«, sie singt es ausgesucht schön, es scheint in der Tat ein gutes Lied zu sein. Sie erzählt mir viele Geschichten aus dem Theater und erweist sich in jeder Hinsicht als glänzende Gesellschafterin. Heute ist mein 33. Geburtstag – Gott sei gelobt, dass ich bei so guter Gesundheit bin und materiell gesichert, weit über meine Erwartungen hinaus.

24.2. Beunruhigt, dass das Bild meiner Frau von Mr. Hales nicht so gut wird; schließlich überzeugte ich mich doch, dass es ein ausgezeichnetes Bild wird.

1.3. Gesegnet sei Gott, diese Woche haben wir eine günstige Bilanz: von 237 Toten sind nur 42 an der Pest gestorben, und von diesen nur 6 in der City.

3.3. Hales beklagt sich, dass ihn die Nase meiner Frau ebenso viel Arbeit gekostet hat wie bei anderen das ganze Gesicht. Er hat sie sehr gut hingekriegt.

4.3. Den ganzen Tag lang meine Buchhaltung in Ordnung gebracht. Ich glaube, dass ich mich nicht verrechnet habe: ich besitze jetzt £ 4600, wofür der Herr gepriesen sei, das ist die größte Summe, die ich je besaß. Las danach meine Gelübde und ging mit großer Zufriedenheit ins Bett.

5.3. Die Nachricht wird bestätigt, dass sich der König von Dänemark auf die Seite der Holländer geschlagen und ihnen Unterstützung zugesagt hat.[6]

8.3. Mit der Kutsche zu Hales, wo meine Frau Modell sitzt. Gesicht und Hals sind jetzt fertig. Bin fast außer mir vor Freude, dass ich bald ein so schönes Bild besitzen werde.

9.3. Den Abend mit Mrs. Knipp bei Gesang und allgemeiner Fröhlichkeit verbracht. Gott vergib mir, ich stelle fest, dass ich meine Neigung zum Vergnügen noch immer nicht unter Kontrolle habe und meinen Geschäften dadurch schade. Musik und Frauen kann ich nicht widerstehen, wie dringend auch immer meine Geschäfte sein mögen.

12.3. Kaufte ein silbernes Salzfass für den täglichen Gebrauch. Nach dem Essen kamen Onkel und Tante Wight, die Tante habe ich seit der Pest nicht mehr gesehen, sie ist eine alberne, hässliche Frau. Sie erzählte, wie sehr sie sich vor der Pest gefürchtet habe. Es heißt, dass Mings mit seinen Schiffen in der Elbe eingetroffen ist.

13.3. Die Pest hat wieder leicht zugenommen, was mir gar nicht gefällt.

14.3. Sah bei Hales, wie schnell er den Himmel malt, indem er einen dunklen Untergrund aufträgt und ihn dann nach Belieben aufhellt. Ging dann alleine in den Feldern hinter Gray's Inn spazieren und las meinen geliebten »Faber Fortunae« von Lord Bacon[7] zu Ende. Als es dunkel wurde, ging ich durch die Gassen von Drury Lane, fand darin aber keine Befriedigung, sondern große Angst vor der Pest unter den Dirnen.

15.3. Fragte Hales nach dem Preis für das Bild. Er nannte £ 14, und ich glaube, die hat er auch verdient.

17.3. Heute habe ich zum ersten Mal bei Hales Modell gesessen. Es wird bestimmt ein sehr gutes Bild. Ich muss so sitzen, dass viele Schatten entstehen, breche mir fast den Hals dabei, um über die Schulter zu sehen; das ist die Pose, die er gerne haben möchte.

18.3. Sir Chr. Mings ist unverrichteter Dinge aus Hamburg zurückgekommen.

19.3. Nach dem Essen gingen wir ins King's Theatre. Alles in Unordnung und schmutzig, weil umgebaut wird, um die Bühne zu vergrößern.[8] Gott weiß, wann die nächsten Aufführungen stattfinden werden. Mir ging es vor allem darum, einmal einen Blick hinter die Kulissen zu werfen, die Garderoben und Apparaturen zu besichtigen. Sehr sehenswert. Und die verschiedenen Kostüme, alles kunterbunt durcheinander: hier ein Holzbein, dort eine Halskrause, da ein Steckenpferd, und dort wieder eine Krone. Man kann vor Lachen kaum an sich halten. Wenn man aber bedenkt, wie schön das alles auf der Bühne im Lichterglanz aussieht und wie armselig das Zeug ist, wenn man es aus der Nähe betrachtet, dann ist es doch ganz und gar unerfreulich. Die Maschinen sind prächtig, und die Bilder sehr hübsch. Danach, sehr befriedigt, mit Sir G. Carteret über den traurigen Zustand des Königreichs gesprochen; der Geldmangel und der Sittenverfall wird uns ruinieren.

22.3. Die Pest ist in dieser Woche um vier Fälle angestiegen, was mich beunruhigt, obwohl nur einer dieser Fälle in der City aufgetreten ist.

24.3. Nach Whitehall zum Tanger-Komitee. Nach der Sitzung folgte ich dem Herzog von York in seine Gemächer, wo die Herzogin Lily für ein Porträt Modell saß. War sehr beruhigt, als ich feststellte, dass ihr Gesicht sehr schlecht getroffen ist.

26.3. Mit Lord Brouncker zum Tower, um den berühmten Graveur aufzusuchen, der uns ein Amtssiegel anfertigen soll.

28.3. Erfuhr heute Abend, dass die Königin von Portugal, die Mutter unserer Königin, vor kurzem gestorben ist.[9]

30.3. Saß bis zur Dunkelheit bei Hales, der an meinem Gewand arbeitet. Es ist ein indischer Umhang, den ich mir für diesen Zweck geliehen habe; das Bild verspricht vorzüglich zu werden.

31.3. Den ganzen Abend über meinen Abrechnungen gesessen, mit denen ich nicht zurechtkomme. Musste gegen meinen Willen und gegen mein Gelübde ins Bett gehen, ohne die Abrechnungen beendet zu haben. So endet dieser Monat – ich habe den Kopf voller Zahlen und voller Unruhe, weil ich meine Geschäfte mit Privatangelegenheiten vermischt habe und jetzt beides nicht mehr auseinanderhalten kann. So viel kann ich jedoch übersehen, dass ich erheblich reicher als im letzten Monat sein muss.

1.4. Ich höre, dass die Königin noch immer nichts vom Tode ihrer Mutter weiß; sie unterzieht sich gerade einer Abführ-Kur, deshalb will man es ihr nicht sagen.

2.4. Mit Mr. Gawden zur Guildhall; unterwegs brach seine neue Kutsche zusammen, so dass wir eine alte Mietkutsche nehmen mussten.

3.4. Meine Frau holte mich in einer Kutsche ab, wir wollten Lady Carteret besuchen, die aber nicht zu Hause war. Weiter nach Whitehall und Westminster Hall, wo ich meine Frau in ihrer vornehmen Kleidung absichtlich zeigte, damit sie von vielen gesehen wurde.

5.4. Die Falschheit und Impertinenz von Sir W. Penn im Büro können einen zum Wahnsinn treiben. Meine Frau hat beschlossen, morgen mit einer Kutsche nach Brampton zu fahren, um sich den künftigen Mann meiner Schwester näher anzusehen. Die Pest hat zu unserem großen Leidwesen diese Woche wieder um neun Fälle zugenommen.

6.4. Heute kommt die Nachricht, dass sich die Schweden auf unsere Seite geschlagen haben, gegen die Holländer.[10]

7.4. Ich hatte große Befürchtungen, dass das Parlament von uns Rechenschaft über die Ausgaben für Proviant und Entlohnung der Flotte verlangen würde; wir wären kaum in der Lage gewesen, eine befriedigende Erklärung abzugeben. Der Bischof von Münster, so sagen alle, schließt mit den Holländern Frieden, weil wir ihm das versprochene Geld nicht geliefert haben.[11]

8.4. Der Hof ist ganz erfüllt vom Tod des königlichen Haushofmeisters. Gestern Abend ging es ihm noch sehr gut, heute früh um sieben war er tot – angeblich hatte er einen Abszess in der Brust. So etwas wirkt heute furchtbar auf die Menschen, es heißt, dass die Pest überall wieder zunimmt.

9.4. Früh aufgestanden und zusammen mit meinem Tischler das Fenster im Burschenzimmer größer gemacht, der Raum soll später Ess- und Musikzimmer werden.

15.4. Zu Mr. Pierce, der mir über die Zustände am Hof berichtet, über die Amouren und alle verrückten Dinge, die sich dort zutragen, wie z. B. Mrs. Stewart mit dem König alles macht, was eine Geliebte nur tun kann, und dass der König außer dem Herzog von Monmouth noch viele andere Bastarde hat.

16.4. Die schöne Mrs. Turner kam zu Besuch, ich war sehr angetan von ihr, obwohl sie schrecklich albern und eine eingebildete Bürgersfrau ist.

17.4. Nach dem Essen an meinen Abrechnungen gesessen und einige Fortschritte gemacht. Mein Gott, in welche Konflikte ich geriet – mein Herz zog mich trotz des schlechten Wetters zu allerlei Vergnügungen. Ich bekämpfte diese Regungen aber, wenn auch mit Schwierigkeiten, blieb zu Hause und erledigte eine Reihe von Geschäften.

18.4. Sah mir in der Börse einige neue Dramentexte an, beschloss, mir alle neuen Stücke zu kaufen. Zu Hales, der mich überreden möchte, eine Landschaft in das Porträt aufzunehmen. Mir gefällt das aber nicht.

21.4. Mit Lord Brouncker in den Hyde Park. Der König war auch dort, aber es betrübte mich, Lady Castlemaine in Trauerkleidung zu sehen. Ohne Frisur und ohne Schönheitspflästerchen sieht sie wie eine ganz gewöhnliche Frau aus, sie ist wirklich nicht so schön wie Mrs. Stewart, die ebenfalls da war.

22.4. Zog meinen neuen schwarzen Umhang an, er reicht mir bis an die Knie. Nach Whitehall, wo alles wegen des Todes der Königin-Mutter in tiefer Trauer ist. Sir W. Batten erzählte mir in seiner Kutsche, dass der Bischof von Münster einen Pakt mit den Holländern geschlossen hat und dass unser König darüber wenig erfreut ist – überdies herrscht keine Klarheit über die Haltung der Schweden.[12]

23.4. Heute Vormittag ist das Parlament zusammengetreten, nur um sich bis zum Winter zu vertagen. Ich höre, dass die Pest überall wieder zunimmt, besonders auf dem flachen Lande. Überall in den Straßen Freudenfeuer wegen des St.-Georgs-Tages und weil der Prinz und der Herzog von York in See gestochen sind.

29.4. Mr. Mills hielt eine faule, simple Predigt über den Teufel, der auf nichts in dieser Welt ein Anrecht habe. Ließ mir das Haar ganz kurz schneiden, damit ich bei dem warmen Wetter Kühlung habe.

30.4. Meine Rechnungen durchgesehen. Trotz beträchtlicher Ausgaben in letzter Zeit – £ 80 für ein Halsband, fast £ 40 für eine Sitzgruppe (Stühle und Couch), fast £ 40 für meine drei Bilder – schätze ich meinen Besitz auf £ 5200. So endet dieser Monat mit großen Ausgaben, guter Gesundheit und allgemeinen Fortschritten, wofür der Herr mich dankbar machen möge.

1.5. Las unterwegs ein neues französisches Buch, das mir Lord Brouncker heute gegeben hat: »L'histoire amoureuse des Gaules«, ein Pamphlet gegen die Liebesaffären am französischen Hof.[13]

4.5. Habe heute Abend, unzufrieden mit meinem Müßiggang in letzter Zeit und dem geringen Nutzen, den ich dem König und mir im Flottenamt bringe, strenge Regeln für mich bis Pfingsten aufgestellt.

5.5. In schöner Mondnacht mit meiner Frau und Mercer bis Mitternacht im Garten gesungen, zu unserer größten Zufriedenheit und auch der unserer Nachbarn, die ihre Fensterläden öffneten.

7.5. Meiner Frau geht es immer schlechter mit ihrer geschwollenen Backe.

9.5. Wütend über meine Frau, die sich darüber ärgert, dass ich mit Mrs. Knipp und Mrs. Pierce unterwegs war, sie nannte sie »Huren« und wer weiß was. Abends kam sie in mein Zimmer, mit einem Kolik-Anfall und großen Schmerzen. Ich musste sie halten, sie flehte mich an, ihr zu vergeben – wir brachten sie dann zu Bett, wo die Schmerzen langsam nachließen; wir aßen etwas Spargel an ihrem Bett und trennten uns in freundlicherer Stimmung.

12.5. Zeitig ins Büro, um einen Brief an den Herzog von York aufzusetzen, in dem ihm die schwierige Lage des Flottenamtes infolge des Geldmangels auseinandergesetzt wird. Meine Frau beklagt sich – mit Recht, wie ich finde – darüber, dass ich in Gesellschaft von Mrs. Pierce, Mrs. Knipp oder anderen Frauen, die ich liebe, sie nicht so schätze oder meine Wertschätzung zum Ausdruck bringe, wie ich das tun sollte.

13.5. Nach Whitehall gegangen, wo wir uns alle trafen, um dem Herzog von York einen Brief zu überreichen, in dem wir feierlich über das Fehlen von Geldmitteln Klage führen.

17.5. Lange im Bett gelegen, müde vom gestrigen Fußmarsch. Den ganzen Vormittag im Büro, ärgere mich über meine Nachlässigkeit im Dienst, wodurch ich nicht halb so viel leiste wie früher. Konnte nach dem Mittag kaum noch die Augen im Büro offenhalten und döste vor mich hin.

19.5. Mit Mr. Deane Mittag gegessen. Er erzählte mir von der ›Rupert‹, die er gebaut hat und von der alle, einschließlich König und Herzog, sagen, sie sei das beste Schiff, das je gebaut wurde. Er erklärte mir, wie er die Bugwelle des Schiffes vor dem Stapellauf genau berechnet hat – er ist der Erste, dem das gelungen ist.

20.5. Nach Deptford; unterwegs Lord Bacons »Faber Fortunae«[14] gelesen, ein Werk, das ich nicht oft genug studieren kann.

23.5. Früh ins Bett, mein rechtes Auge wund und wässrig, wahrscheinlich weil ich vor kurzem den Brauer gewechselt habe und jetzt Starkbier trinke.

24.5. Mein Auge leidet noch immer stark unter dem Rheumatismus.

25.5. Ein Herr aus St. Malo in Frankreich erzählte uns unter anderem, warum man dort jeden Abend die Hunde außerhalb der Stadtmauern bringt: nicht nur, um die Stadt zu beschützen, sondern vor allem, um die Anker und Schiffstaue der im Hafen liegenden Schiffe vor Raubüberfällen zu schützen. Jeden Morgen werden die Hunde von einem Jagdhornbläser wieder zusammengeholt.

27.5. Habe mein Testament noch einmal neu aufgesetzt und abgeschrieben. Vermache darin meiner Schwester Pall £ 500, meinem Vater (für sich und meine Mutter) £ 2000 und meiner Frau den Rest meines Besitzes.

29. 5. Königs Geburtstag und Restaurationstag. Vom Glockenläuten in der Stadt aufgewacht. Ins Büro, von wo mich meine Frau mit der Bemerkung abholt, wenn ich die schönste Frau in England sehen wolle, müsse ich sofort nach Hause kommen. Und wer war es? Die Schöne aus der Kirche, die uns neulich gegenübersaß und die jetzt geheiratet hat. Verbrachte den ganzen Nachmittag zu Hause. O Gott, welche Mühe ich hatte, der Versuchung zu widerstehen!

30. 5. Nach Whitehall, wo ich den Herzog jedoch nicht antreffe, er ist mit dem König auf der Jagd. Gegen Mittag wird mir im Büro die Nachricht überbracht, dass mein Vater und meine Schwester gekommen sind. Ich gleich nach Hause. Meinem armen Vater geht es offenbar gut, er hat die Reise hierher zu Pferde gut überstanden, nur seine Augen und sein Gehör sind sehr schlecht geworden.

31. 5. Meine Schwester ist eine gutgewachsene Frau, nicht so dick, wie ich befürchtet hatte, aber voller Sommersprossen und nicht sehr hübsch im Gesicht. Heute ist ein öffentlicher Fastentag, an dem für den Sieg unserer Flotte gebetet werden soll. Er wurde plötzlich angesetzt, ich vermute, weil man vom Auslaufen der Holländer erfahren hatte. Es heißt, dass die französische Flotte bei Rochelle liegt (ob das stimmt, weiß ich nicht), damit ist unsere Flotte geteilt: Prinz Rupert ist mit etwa dreißig Schiffen nach Westen gesegelt, um die Franzosen daran zu hindern, sich mit den Holländern zu vereinen. Der Herzog von Albemarle liegt mit den übrigen Schiffen in den Downs.

1.6. Mit Vater, Schwester und Frau bei Tante Wight zu Mittag gegessen. Auch die schöne Mrs. Wight war da. Leider ist ihr Schielen sehr abträglich, auch hat sie keine schönen Hände, aber ihr Gesicht ist das einer vornehmen römischen Dame.

2.6. Im Büro erreichte uns eine Nachricht, datiert von gestern 11 Uhr, dass die Schiffe des Herzogs von Albemarle in Sicht der Holländer sind. Jetzt müssten sie also im Kampf sein. Viele wollen auch gestern Nachmittag Kanonendonner gehört haben.

3.6. Pfingstsonntag. Kapitän Elliot von der ›Portland‹ hat gesehen, wie ein holländisches Schiff in die Luft flog und drei weitere in Brand gerieten. Der Kampf begann am Freitag. Unseren Schiffen ist offenbar nichts geschehen. Nur die ›Henry‹ ist beschädigt, sie ist durch die feindlichen Schiffe hindurchgesegelt, wehrte zwei ab und machte ein drittes kampfunfähig, dann wurde sie selber in Brand geschossen. Der größte Teil der Mannschaft sprang über Bord und ertrank, unter anderem der Bordgeistliche.

Zu Sir G. Carteret, der mir berichtete, dass die Seeschlacht unter äußerst schlechter Organisation gelitten habe; der Befehl des Königs, dass der Prinz zurücksegeln solle, ist mit gewöhnlicher Post abgeschickt worden und hat den Prinzen erst am Freitag erreicht. Anstatt sofort loszusegeln, hat er bis 4 Uhr nachmittags gewartet und erreichte erst um 10 Uhr abends Dover. Wenn das stimmen sollte, wird es viel Ärger geben. Der König, der Herzog und der ganze Hof sind außer sich.[15]

4.6. Kaum zu Hause, als mich ein paar Leute von der Flotte sprechen wollten. Ich nach unten, und wer steht vor mir? Mr. Daniel, völlig eingemummt, sein Gesicht schwarz wie ein Schornstein, voller Dreck, Pech, Teer und Pulver, das rechte Auge mit Werg bepflastert. Ich lud ihn sofort in eine Kutsche und brachte ihn zum König. Der war sehr erfreut über die Nachrichten und bat um einen ausführlichen Bericht.

Der Kampf[16]

»Wir stießen auf die vor Anker liegende holländische Flotte. Zwischen Dünkirchen und Ostende, sie mit neunzig, wir mit sechzig Schiffen. Wir nahmen den Kampf auf und zwangen sie zum Abdrehen, aber es kamen sechzehn neue Schiffe dazu. Der Kampf dauerte bis zum Abend und den ganzen nächsten Tag. Gestern jagten sie uns dann in die Flucht und verzogen sich vor die holländische Küste. Wie der Tag ausgegangen ist, wissen wir nicht.« Der König zog aus seiner Tasche etwa zwanzig Goldstücke und gab sie Daniel und seinen Leuten.

In Whitehall sind neue Nachrichten aus Harwich eingetroffen, die Holländer sind nach dem Eintreffen des Prinzen geflohen, dennoch ist den ganzen Tag über gekämpft worden. Mit Creed bis 9 oder 10 Uhr abends im Park spazieren gegangen und über das Missgeschick unserer Flotte gesprochen. Was wäre geschehen, wenn der Prinz nicht dazugestoßen wäre? Wie sehr er sich doch in den Holländern getäuscht hat! Wie kümmerlich unser Nachrichtendienst ist, und schließlich, wie nützlich diese Erfahrung mit einem überlegenen, kampfentschlossenen Gegner ist.

5.6. Erwartete jeden Augenblick im Büro neue Nachrichten über die Flotte und die gestrigen Kämpfe, aber nichts kam. Es heißt, dass Sir W. ein Bein im Gefecht verloren hat und gestorben ist.

6.6. Fastentag wegen der Pest. In Whitehall horcht alles auf Kanonenlärm, aber es ist nichts zu hören. Man freut sich darüber und nimmt allgemein an, dass wir die Holländer geschlagen haben. Kapitän Hayward berichtet, dass am Montag beide Flotten bis um 7 Uhr abends gekämpft haben, dann seien die Holländer einfach auf und davon gesegelt. Von den 100 holländischen Schiffen seien höchstens 50 heil davongekommen. Wir waren alle so überwältigt von diesen guten Nachrichten, dass der Herzog damit zum König lief, der gerade zum Gottesdienst gegangen war – der ganze Hof in einem Freudentaumel. Ich mit der Kutsche zur Börse und verbreitete dort die Nachricht, obwohl sie bereits dorthin gedrungen war. Dann in die Kirche. Mein Gott, wie mich alle anstarrten, als ich mit Sir J. Mennes und Lady Penn flüsterte. Was mich jedoch ebenso wie die guten Nachrichten vom Kriegsschauplatz erfreute, war die Tatsache, dass die schöne Mrs. Middleton in der Kirche war, in der Tat eine große Schönheit. Heute beginnt mein Vater damit, bei Hales Modell zu sitzen, ich möchte gerne ein Bild von ihm haben. Abends ging ich noch spazieren und sah die Freudenfeuer überall in der Stadt. Die Freude ist allenthalben riesengroß.

7.6. Lord Brouncker und Sir T. Harvey berichten das genaue Gegenteil: Wir sind geschlagen, haben zahlreiche Schiffe und Kommandanten verloren und kein einziges feindliches Schiff genommen. Das Schlimmste ist, dass die ›Prince‹ auf Grund gelaufen ist, nicht wieder flottgemacht werden konnte und in Brand gesteckt werden musste; Sir G. Ascue ist gefangen genommen und nach Holland gebracht worden. Diese Nachrichten beunruhigen mich sehr – man sieht, wohin uns Stolz und Anmaßung gebracht haben. Nachmittags nach Whitehall, zum Herzog von

York, der sehr bedrückt wirkt, der ganze Hof ist in Trauer. Der Herzog übergab mir mehrere Briefe, die er von der Flotte bekommen hat. Es scheint tatsächlich zuzutreffen, dass wir in jeder Hinsicht geschlagen worden sind, dass wir die Verlierer sind. Die ›Prince‹ auf Grund gelaufen, auf den Galloper-Sandbänken, wo Gleiches schon der ›Royal Charles‹ und der ›Royal Catharine‹ widerfahren ist; die ›Essex‹ erobert und nach Holland abtransportiert, die ›Swiftsure‹ vermisst, die Kapitäne Bacon, Tearne, Wood, Mootham, Whitty und Coppin gefallen. Der Herzog von Albemarle schreibt, dass er noch nie mit derartig schlechten Offizieren gekämpft habe. Sir W. Clerke wurde ein Bein abgeschossen, zwei Tage später starb er.

8.6. Mings hat einen Backendurchschuss und eine im Schulterblatt stecken gebliebene Kugel. Mit Sir W. Warren über die schlechte Organisation dieser Schlacht gesprochen.

9.6. Mit dem Herzog von York über verschiedene Flottenangelegenheiten verhandelt. Die ›Swiftsure‹ ist in Sicherheit, worüber alle sehr erfreut sind. Stelle fest, dass nach dem Trinken von starkem Wasser meine Augen sofort wund wurden, d. h. nur das rechte Auge.

10.6. Pierce, der Chirurg, erzählt mir, dass die Kommandanten, Offiziere und Mannschaften einmütig das Verhalten des Herzogs von Albemarle verurteilen. Außerdem berichtet er, dass der Herzog von York seiner neuen Geliebten, Lady Denham, völlig verfallen ist; der König soll sich mit Lady Castlemaine überworfen haben. Wir planen, Geld von der City zu borgen, aber die

City wird uns nicht einen einzigen Pfennig geben. Sir G. Carteret berichtet mir, was man jetzt von allen Seiten hört, dass die Organisation der Seeschlacht in jeder Beziehung miserabel war. Viele sagen, unter Lord Sandwich wäre das nicht passiert. Unter den Offizieren herrscht Unzufriedenheit. Das Schlimmste war, dass die Nachrichtenübermittlung nicht funktioniert hat. Sir G. Carteret bezeichnet jedoch den Kampf am Sonntag als einen ehrenvollen Rückzug.

11.6. Sir J. Banks erzählt, dass er auf dem Weg von Rochester nach London 300–400 Seeleute überholt habe, jeden Tag kommen mehr von der Flotte zurück, und es ist kaum anzunehmen, dass sie jemals wieder auf die Schiffe zurückkehren. Kaufte auf dem Heimweg ein paar Hummer. Zu Hause angekommen, fiel mir plötzlich beim Tischgebet ein, dass ich die Hummer in der Kutsche liegengelassen hatte, mein Diener rannte auf der Stelle los, konnte die Kutsche aber nicht mehr einholen, wir amüsierten uns sehr über diese Situation. Danach zur Beerdigung von Sir Chr. Mings, bei der sich folgendes außerordentliches Ereignis zutrug, eines der romantischsten, die ich je erlebt habe. Ungefähr ein Dutzend kräftige, tüchtige Kerle kamen mit Tränen in den Augen zu uns, und einer von ihnen sagte: Wir haben unseren toten Kommandanten geliebt und ihm gedient, und wir haben ihn nun beerdigt. Wir möchten etwas für ihn tun, wir möchten ihn rächen – alles, was wir in die Waagschale werfen können, ist unser Leben. Wir möchten auf einem Feuerschiff Dienst tun, als geschlossene Mannschaft, einer von uns soll der Befehlshaber sein. Wir werden ihm dienen und alles tun, damit unser toter Kommandant gerächt wird.

Sir W. Coventry war darüber sehr gerührt, ebenso wie ich – mir kamen sogar die Tränen –, und schrieb sich ihre Namen auf. Auf dem Heimweg schaute ich noch bei Mrs. Bagwell herein und machte mit ihr, was ich wollte. War aber sehr erschrocken, als sie mir erzählte, dass ihr Diener an der Pest gestorben sei.

14.6. In Whitehall fand eine Sitzung der Tanger-Kommission statt. Mr. Yealsley wurde heute alles bewilligt, nahezu £ 7000. Ich sah, welche Macht das Geld hat, das Lord Ashley dazu bewog, so freundlich und gefällig zu sein – das wird mir eine Lehre fürs Leben sein.

15.6. Mr. Bland schenkte mir gestern eine sehr hübsche afrikanische Matte (man kann sie als Bettvorleger benutzen).

16.6. Die Holländer jubeln offenbar sehr über ihren Sieg, haben auch allen Grund dazu. Sir William Berkeley wurde getötet, bevor sein Schiff gekapert wurde – er liegt jetzt öffentlich in einer Zuckerkiste, seine Flagge neben ihm.

18.6. Von Lord Bellasyse zum Essen eingeladen. Während der Mahlzeit spielte ein Knabe Violine, der gerade aus Frankreich zurückgekommen ist. Ich finde die französischen Lieder keineswegs besser als unsere; Baptiste Lully und Bannister geben sich nicht viel nach. Heute ist die Nachricht gekommen, dass die Franzosen uns die Insel St. Christophorus weggenommen haben; es ist zu befürchten, dass sie es mit den anderen Inseln ähnlich machen werden. Dies treibt die City zum Wahnsinn.

19.6. Noch spätabends mit meiner Frau und Mercer im Garten gesungen. In Mercer bin ich schon zu sehr vernarrt, seit ich einmal morgens, als sie mich anzog, mit ihren Brüsten spielte – sie sind die schönsten, die ich je gesehen habe, das ist die reine Wahrheit.

20.6. Magenkolik, weil ich mir in letzter Zeit vom vielen Füßewaschen eine Erkältung zugezogen habe, hoffentlich geht sie bald vorüber.

21.6. Nach dem Essen zu Mr. Debusty. Sah in seinem Haus ein Bild in Goldrahmen, ein Flötenspieler, hielt es eine Weile für ein echtes Gemälde, bis ich wusste, dass es eine erlesene Tapisserie war. Sir George Smith, den ich unterwegs traf, erzählte mir, dass der Lordkanzler und einige Hofbeamte mit der City verhandelt haben und dass die City beschlossen hat, dem König £ 100 000 zu leihen, was, wenn das Geld bald gezahlt wird, eine größere Hilfe sein wird, als ich je vermutet hatte.

23.6. Heute reisten mein Vater und meine Schwester in aller Frühe ab. Meine Frau brachte sie an die Kutsche. Ich bin sehr froh, dass ich meinem Vater jetzt helfen kann, von mir aus könnte er auch bei uns bleiben, er ist ein sehr angenehmer Gast. Ärgere mich, dass meine Frau sich offenbar gestern mit Mercer überworfen hat, so dass das Mädchen jetzt zu ihrer Mutter zurückgegangen ist. Ich liebe das Mädchen und könnte weinen, dass sie nun nicht mehr da ist. Nach dem Essen nach Deptford. Las unterwegs »Pompejus der Große«, ein Stück, das mehrere vornehme Leute, darunter Lord Buckhurst, aus dem Französischen übersetzt haben.[17] Als ich nach Hause kam, hörte ich, dass Mercers Mutter hier war und mit meiner Frau gesprochen hat, und jetzt ist Mercer wieder zurückgekommen, worüber ich sehr erfreut und erleichtert bin.

24.6. Major Halsley behauptet, der Herzog von Albemarle spreche noch immer von einem Sieg, wir hätten angeblich 8000 Holländer getötet und 14 Schiffe versenkt. Unseren geringen Erfolg erklärt er mit mangelndem Kampfgeist bei den Kommandanten und Uneinigkeit in der Führung. Sir W. Coventry versichert mir, dass die nächste Seeschlacht für den Verlierer den Untergang bedeuten wird.

25.6. Las während der Fahrt nach Deptford das Stück über Comenius.[18] Mrs. Pen zeigte uns später zwei Gärten in Hackney, in denen Orangen wachsen. Auf ein und demselben Baum sah man grüne Früchte, halbreife, viertelreife und vollreife. Ich pflückte mir heimlich eine kleine Orange und aß sie, sie war so groß wie mein halber kleiner Finger. Hier gab es außerdem viele andere exotische Pflanzen, viele Labyrinthe und ein hübsches Vogelhaus. Heute Nacht zum ersten Mal ohne Weste geschlafen, ich hoffe, mir bekommt das.

26.6. Den ganzen Vormittag damit beschäftigt, das Auslaufen unserer Flotte vorzubereiten. Die Holländer sind mit Sicherheit bereits auf See, wir werden hoffentlich nicht allzu sehr im Hintertreffen sein. Heute Nachmittag nach langer Trockenheit ein kräftiger Regenschauer. Abends verabschiedete sich unsere Köchin Mary, die mit der Arbeit nicht mehr zurechtkam. Eine neue,

Lucy, ist schon für sie angestellt, sie ist sehr hässlich, wird aber eine gute Dienerin sein.

27.6. Sir W. Coventry hält unsere Lage für ziemlich verzweifelt. Sollten wir die Holländer in der nächsten Schlacht besiegen, werden sie zu für uns vorteilhaften Bedingungen Frieden schließen wollen; wenn wir geschlagen werden, können wir froh sein, wenn wir nicht allzu teuer bezahlen müssen. Alles in allem hängt der Ausgang des Krieges von neuen Geldbewilligungen durch das Parlament ab; wenn bei der nächsten Sitzung nichts bewilligt wird, sind wir verloren.

28.6. Wir erwarten die Holländer stündlich an unserer Küste. Unsere Flotte ist einigermaßen auf sie vorbereitet.

29.6. Schickte morgens einen Boten zu verschiedenen Leuten, um meine Schulden zu begleichen, die mich sehr bedrücken.

30.6. Während ich mich abends auszog, hätte sich unsere neue hässliche Dienerin beinahe das Genick gebrochen. Sie fiel die Treppe herunter, holte sich (worüber ich froh war) aber nur eine Beule am Kopf. Zuerst lag sie stöhnend am Boden und japste, als ob es mit ihr zu Ende ginge. Dieser Monat endet in großer Geschäftigkeit für mich. Ich mache mir große Sorgen, was wohl aus unseren öffentlichen Angelegenheiten werden wird; wir haben so viele Feinde im Ausland und weder eine schlagkräftige Armee noch Geld. Es ist wahr, dass die Moral unserer Flotte und ihrer Befehlshaber durch die letzte Niederlage gegen die Holländer gebrochen ist. Ich treffe Vorsorge für schlechte Zeiten und versuche, so viel Geld wie möglich beiseite zu schaffen, dass ich in Zeiten der Not (die gewiss kommen werden) etwas zum Leben habe.

1.7. Bis spät in die Nacht Leute eingeschifft. Herrgott, was weinten einige von den armen Weibern, ich habe mein Lebtag noch nicht so viel natürliche Leidenschaft gesehen. Wie sie zu jedem Trupp hinrannten, um zu sehen, ob ihre Männer dabei waren, und jedem Schiff nachweinten bei Mondenschein – das Herz tat mir weh davon. Und überdies: es war sehr schwer, die armen geduldigen Arbeiter und Hausväter zu sehen, die ihre armen Frauen und Familien zurücklassen mussten, wie sie so plötzlich von Fremden gepackt wurden, dazu ohne Handgeld und ganz gegen jedes Gesetz zum Fortgehen gezwungen – das ist eine große Grausamkeit.

2.7. Zum Lord Mayor wegen der Zwangsrekrutierungen, aber ohne Erfolg: ein unbedarfter, unfähiger Mann. Traute mich nicht, zu den Konskribierten zu gehen, die alle Ursache haben, unruhig zu werden: sie werden wie Gefangene gehalten, bekommen kein Handgeld und sind überhaupt nicht dienstpflichtig für die Marine.

3.7. Stelle zu meiner großen Freude fest, dass ich jetzt mehr als £ 5600 besitze.

4.7. Fastentag wegen der Pest, kaum Kutschen zu bekommen. Gott sei Dank nur zwei neue Pestfälle in dieser Woche. Auf dem Lande wütet die Seuche gewaltig, besonders in Colchester, wo die Bevölkerung schon sehr dezimiert ist. Sir W. Penn erklärte mir, dass drei Dinge geändert werden müssen, wenn wir nicht von den Holländern vernichtend geschlagen werden wollen:

1. wir müssen in geschlossener Formation kämpfen,

2. wir dürfen unsere Schiffe in Notsituationen nicht leichtfertig verlassen,

3. leicht beschädigte Schiffe müssen sich aus eigener Kraft wieder kampffähig machen.

5.7. Borgte Mr. Shepley £ 30 in 30 Goldstücken.

6.7. Auf den Straßen sieht man jetzt fast nur Frauen – die Männer haben Angst vor Zwangsrekrutierungen. Sir G. Carteret fürchtet das Gleiche wie ich, nämlich ein völliges Chaos in unserem Staate.

7.7. Creed erzählt mir, dass am Hof gedrückte Stimmung herrscht. Man liegt lange im Bett. Es gibt nichts mehr in der Welt, was uns helfen könnte, es sei denn, der König kümmerte sich um die Staatsaffären. Die heißeste Nacht, die ich je erlebt habe, es donnerte und blitzte die ganze Nacht, dann regnete es heftig. Lag eine Weile in schrecklicher Angst, weil ich jemanden im Hause hörte. Die Furcht, beraubt zu werden, ist riesengroß, weil ich so viel Geld im Haus habe.

8.7. Nach dem Essen noch einmal in die Kirche, habe das lange nicht mehr getan, zweimal an einem Tag in die Kirche.

10.7. Im Flottenamt war der Hof voller Frauen (ich glaube mehr als dreihundert), die für ihre Männer und Freunde Geld holen wollten, die in Holland als Kriegsgefangene sitzen. Sie schrien und fluchten so wild, dass meine Frau und ich uns kaum getrauten, eine Wildpastete, die wir heute Abend essen wollten, zum Backen zu schicken. Aber es passierte nichts. Die Frauen drangen bis in den Garten vor, kamen ans Fenster meines Arbeitszimmers und bedrängten mich. Ich muss gestehen, ihr Wehklagen war so traurig, dass ich großes Mitleid mit ihnen empfand, aber ich kann ihnen nicht helfen. Als die meisten weg waren, rief ich eine Frau zu mir, die nur über das Schicksal ihres Mannes geklagt hatte, und gab ihr etwas Geld; sie segnete mich und ging fort. Abends ein vorzügliches Essen und vergnügte Unterhaltung mit den Damen Batelier. Wir brachten sie nach Hause, wo sie uns noch etwas zu trinken anboten und uns einige Vögel im Käfig zeigten, sehr fette Vögel, die aus Bordeaux kommen und für die Küche des Königs bestimmt sind.

11.7. Mit Sir G. Downing über die Freilassung unserer Kriegsgefangenen in Holland gesprochen. Höre, dass die Herzogin von York einen Sohn geboren hat. Beim Herzog, in Anwesenheit des Königs, vorgesprochen und über den Bau von zehn großen neuen Schiffen verhandelt. Der König sprach sich u.a. sehr verächtlich über die merkwürdigen Bräuche am spanischen Hof aus; der König von Spanien pisst nur, wenn ein anderer ihm den Nachttopf hält.[19]

13.7. Unsere Flotte ist jetzt bereit zum Auslaufen, bis auf zwei oder drei neue Schiffe. Die Holländer sollen wieder von unserer

Küste verschwunden sein, ich glaube diesen Meldungen aber nicht.

14.7. Schrieb einen gedrechselten Brief an den Herzog von York und legte ihm die Geldnöte des Flottenamtes dar. Abends meine Beine und Füße in der Küche mit warmem Wasser gewaschen und dann zu Bett.

15.7. Mit großen Schmerzen bis Fleet Street gelaufen – hatte neue Schuhe an. Mit meiner Frau und Betty Michell und ihrem Mann in die Felder spazieren gegangen, bis nach Hackney. Unterwegs sehr viel Milch getrunken, gegen die Herzschmerzen, die mich in letzter Zeit plagen. Furzte gewaltig während des ganzen Heimwegs – kein gutes Omen, habe mich wohl erkältet. Abends im Bett ging das Furzen weiter, musste mehrmals scheißen und auch erbrechen, sehr ungewöhnlich. Es kommt sicher von der Milch nach so viel Bier; die Erkältung ist vom Füßewaschen gestern Abend.

17.7. Es geht wieder besser. Glaubte, das Schaukeln der Kutsche würde mir guttun und fuhr mit meiner Frau nach der Börse zum Einkaufen.

18.7. Der Herzog von York erklärt uns, dass jetzt die Verluste der Holländer feststehen: 29 Kapitäne und 13 Schiffe. Sir W. Coventry schlug vor, diese Meldung unter den Offizieren und Mannschaften zu verbreiten, um die angeschlagene Moral wieder zu heben. Ich halte das für einen der unehrenhaftesten Vorschläge, die je gemacht wurden. Las auf dem Wege nach Greenwich

»Die rivalisierenden Damen«, ein angenehmes, gut geschriebenes Stück.[20]

19.7. Hatte einen Brief von Sir W. Coventry, dass die Flotte heute Morgen ausgelaufen ist. Gott schicke uns bald gute Nachrichten!

21.7. Pett erzählt mir, dass unter den Kommandanten große Unordnung herrscht, keine Disziplin, bloß Fluchen und Schimpfen, jeder tut, was ihm gerade passt. Die Generäle, die es auch nicht besser wissen, lassen alles so hingehen. Wir müssen befürchten, dass der Allmächtige uns nicht seinen Segen gibt, solange wir in diesem Zustand sind.

22.7. Mit Hugh May in Whitehall spazieren gegangen und über die gegenwärtigen Gartenanlagen gesprochen. Wir in England haben die besten Kieswege in unseren Parks, die Franzosen und Italiener kennen solche Wege gar nicht, auch ist das Grün unserer Kegelanlagen besser als anderswo. Unsere Mischung ist die beste, mit ein paar Statuen und Blumentöpfen von unterschiedlicher Farbe, die je nach der Jahreszeit unterschiedlich bepflanzt werden.[21] Sah im ganzen Hof nicht ein einziges fröhliches Gesicht – man macht sich offenbar Sorge über das Verhalten der Generäle. Die Flotte liegt immer noch in der Themsemündung. Die Königin ist mit ihren Hofdamen in Tunbridge Wells.

23.7. Simpson, der Möbelschreiner, kommt. Mit großer Anstrengung stellen wir meine neuen Bücherschränke auf; die Bücher nahmen so zu, dass sie überall auf den Stühlen herumlagen und ich die Stühle gar nicht mehr benutzen konnte.[22] Sir W. Coventry sagt, dass unsere augenblickliche Flotte nach der Stärke der Kanonen, der Größe und Anzahl der Schiffe und Besatzungen die beste ist, die England jemals aufgeboten hat. Die Franzosen haben sich noch nicht mit den Holländern vereinigt, was den Holländern gar nicht passt. Wir erwarten Großes von den bevorstehenden Auseinandersetzungen, am Ende werden wir einen deutlicheren Überblick über den Kriegsverlauf haben.

24.7. Während ich dies schreibe, habe ich die Genugtuung, zwei Flotten in besserer Weise ausgerüstet und auf den Weg geschickt zu haben, als dies je zuvor geschehen ist – werde deshalb mein Gehalt mit größerer Befriedigung entgegennehmen. Nach Hause und zu Bett.

25.7. Während wir in Whitehall darauf warten, dass der König und der Herzog aus der Kirche zurückkommen, erzählen die Leute, dass man deutlich Kanonenlärm hören könne. Alles strömte in den Park, wo man tatsächlich den Geschützdonner hörte. Schließlich begab sich der König zum öffentlichen Mittagessen, ich würde mich nicht wohlfühlen, wenn so viele Menschen mir beim Essen zusehen würden. Erstaunlich zu sehen, in welch schmutzigen Kleidern Lord Berkshire dem König beim Essen und Trinken aufwartete. Nachdem der König mit dem Fleisch fertig war, wurde es nach hinten getragen, wo wir es zusammen mit zwei oder drei Dienern des Königs aufaßen – es war ganz hervorragend. Dazu tranken wir eisgekühlte Getränke, was bei dieser Hitze sehr angenehm war.[23] Heute Abend noch keine neuen Nachrichten von der Flotte.

26.7. Verlas vor dem Herzog von York meinen Bericht über die Proviant-Aktionen dieses Jahres, erbat von Seiner Königlichen Hoheit einen Hinweis darauf, ob dieser Bericht seine Zustimmung fände. Er erklärte, das sei der Fall, die Proviantfrage sei nun in besseren Händen als zuvor, was mich sehr erfreute, zumal es in Anwesenheit meiner Kollegen gesagt wurde.

27.7. Noch immer keine Nachricht von der Flotte. Das Parlament ist äußerst unwillig, weitere Geldsummen aufzutreiben. Die Schweden halten treu zu uns, sind aber arm. Ein Fährmann erzählt mir, dass unser Schiff ›Resolution‹ verbrannt ist und dass wir vier oder fünf feindliche Schiffe versenkt haben. Creed bestätigte mir in Whitehall diese Nachricht. Sir W. Coventry zeigte mir dann einen Brief von Kapitän Talbot, in dem es heißt, der Kampf habe am 25. begonnen. Zwei oder drei unserer großen Schiffe seien in Gefahr gewesen, von unseren eigenen Kanonenbooten beschossen zu werden – Sir W. Coventry und ich können das überhaupt nicht verstehen. Wir sprachen dann über die jungen Kapitäne, die noch ziemlich unruhig sind; der Verlust der alten Kapitäne ist für den König sehr schmerzlich.

Eine so günstige Konstellation wie die jetzige wird sich für uns gegenüber den Holländern so schnell nicht wieder bieten. Saß abends noch ein bisschen an meiner Komposition »It is decreed«, dann zu Bett.[24]

28.7. Beim Mittagessen interessantes Gespräch mit Dr. Charleton über die Vorsehung in der Natur, dass z. B. jede Kreatur die Zähne hat, die sie für ihre spezifische Nahrung braucht. Es ist offenkundig, dass die menschlichen Zähne nicht für Fleisch, sondern für Früchte eingerichtet sind. Lord Brouncker machte einige Einwände gegen diese These. Der Doktor verteidigte sich damit, dass z. B. Kinder am liebsten Früchte mögen und Fleisch nur widerwillig essen. Danach sechsspännig mit Lord Brouncker nach Highgate gefahren. Unterwegs erklärte er mir die Grundelemente der Optik, wie es kommt, dass ein Gegenstand manchmal größer und manchmal kleiner erscheint, und dass es nicht das Auge ist, welches den Abstand feststellt, sondern der Verstand. All das unterhielt und bildete mich beträchtlich.

29.7. Mittags kam ein Brief an Sir W. Batten über die Seeschlacht – ich konnte meine Ungeduld kaum bezähmen, den Inhalt zu erfahren. Es stand aber nichts über die Schlacht in dem Brief. Nach der Kirche begannen sofort die Glocken zu läuten – die ganze Stadt ist voll von Siegesnachrichten. Sir W. Coventry teilt mir ebenfalls in einem Brief mit, dass der Sieg unser ist. Wir haben sie in den Weelings geschlagen. Zwei ihrer großen Schiffe hatten wir erobert, auf Befehl unserer Generale wurden sie in Brand gesetzt; das scheint mir ein armseliges Resultat einer Schlacht zwischen zwei so bedeutenden Flotten. Nachmittags mit dem Mikroskop und verschiedenen Linsen beschäftigt gewesen, ausgezeichnete Dinge beobachtet, wider alles Erwarten.

30.7. Meine Frau ist wütend auf mich, weil ich so viele Mühe auf Mercers Musikunterricht verwende und für sie nur wenig Zeit habe, was ich zugeben muss. Es liegt daran, dass das Mädchen eine natürliche Begabung für Musik hat und sie nicht. In leichter Missstimmung zu Bett.

31.7. Der König ist in Tunbridge Wells, der Herzog von York auf der Jagd. Bei diesen ungewissen Zeitläuften ist es am besten, man bewahrt einen Teil seines Geldes außer Hauses auf. Es geht mir sehr gut, ich beschließe diesen Monat in größter körperlicher und seelischer Zufriedenheit. Wir haben einen großen Sieg über die Holländer errungen, wie ich ihn mir immer gewünscht habe – dieser Sieg berechtigt uns wieder dazu, uns »Eroberer« und »Beherrscher der Meere« zu nennen. Der Herzog von Albemarle hat jedoch keinen Grund, besonders stolz auf sich zu sein oder seine früheren Frechheiten zu wiederholen.

1.8. Früh aufgestanden und Konto geführt: der Herr sei gepriesen – ich besitze jetzt £ 5700, mehr als ich jemals hatte.

3.8. Der Bericht von unserem Erfolg, der über alle Erwartungen hinausgeht, und der Tod so vieler feindlicher Matrosen hat den Sieg als sehr bedeutend erscheinen lassen – aber nur für Narren, denn sein Zustandekommen war rein zufällig.

4.8. Sir W. Penn erzählt mir, dass der Holländer de Ruyter sich nicht an Land traut, aus Angst vor der aufgebrachten Bevölkerung.[25]

5.8. Beklagte mich im St. James's Palace beim Herzog von York über den fortgesetzten Geldmangel. Sprach mit meiner Frau über den Plan, aufs Land zu ziehen, wenn ich aus meinem Amt entfernt werde, was bei der Unzufriedenheit des Parlaments mit dem Flottenamt gar nicht so unwahrscheinlich ist.

6.8. Mrs. Daniel berichtet, dass die Pest in Greenwich schlimmer denn je zuvor wütet; man nimmt an, dass die Menschen aus den verseuchten Ortschaften jetzt alle nach London strömen werden. Gott sei uns gnädig!

8.8. Mr. Hook erklärte mir die Natur der Töne, vor allem die der Streichinstrumente; wenn er wisse, wie viele Schwingungen ein bestimmter Ton habe, könne er auch die Anzahl der Flügelschwingungen einer Fliege berechnen. Mir erscheint das ein wenig zu raffiniert.[26] Der Herzog von York trägt mehrere Pflaster im Gesicht, er hat sich gestern bei der Jagd an einem Zweig verletzt – ein Wunder, dass er nicht das Auge verloren hat. Sternklare Nacht, blieb bis 1 Uhr morgens auf und beobachtete Mond und Jupiter durch Mr. Reeves 12 Fuß langes Fernrohr.

9.8. Mrs. Rawlinson ist an der Pest gestorben. Mr. Evelyn erzählte mir, wie trübe es in Deptford wegen der Pest aussieht; Deale ist fast ganz entvölkert.

10.8. Lese wieder einmal, mit immer größerem Vergnügen, Lord Bacons »Faber Fortunae«.[27]

11.8. Heute Nachmittag hieß es, wir seien mit einigen Mannschaften an der holländischen Küste gelandet, das wäre eine riesige Torheit – sowohl die Nachricht als auch der bloße Versuch.

12.8. Besprach mit meiner Frau die Einrichtung ihres Zimmers, um die wir uns im nächsten Sommer kümmern wollen, falls wir dann noch leben. Abends in meinem Arbeitszimmer ihre

Haushaltsbücher kontrolliert und festgestellt, dass sie ohne meine Erlaubnis ein Spitzentaschentuch und eine Nadel gekauft hat. Obwohl das nicht besonders schlimm ist, möchte ich doch nicht, dass es einreißt. Wir gerieten mächtig aneinander und gingen verfeindet ins Bett.

14.8. Povy erzählte mir, wie sehr sich Lord Peterborough über einen Brief von mir aufgeregt habe und dass er mir einen wütenden Antwortbrief geschrieben habe, der jedoch noch nicht angekommen ist. Das bedrückt mich, denn obwohl ich ein reines Gewissen habe, kann es doch sehr nachteilig sein, wenn sich ein Adliger abfällig über unsereinen äußert. Wollte Lord Peterborough deshalb aufsuchen und mit ihm sprechen, traf ihn aber nicht an. Nach dem Essen in den Bärengarten, wo wir einige gute Vorführungen von Bullen sahen, die Hunde angriffen und durch die Luft schleuderten – einmal sogar in eine Zuschauerloge. Ein rohes und unangenehmes Vergnügen. Abends noch zu Mrs. Mercer, wo wir sehr ausgelassen waren, uns mit Kerzenwachs und Ruß beschmierten, bis wir wie die Teufel aussahen. Danach zu uns nach Hause, ich versorgte alle mit Getränken, und dann gingen wir nach oben und tanzten bis 3 oder 4 Uhr morgens.

15.8. Sehr schläfrig. Blieb bis nach 8 Uhr im Bett. Wurde durch einen Brief von Sir W. Coventry aufgeschreckt, in dem u.a. stand, dass wir 160 feindliche Schiffe in Brand geschossen haben. Später mit Sir W. Coventry im Park spazieren gegangen und über den traurigen Zustand des Flottenamtes gesprochen. Las auf der Themse »Die Abenteuer von fünf Stunden«[28] – je länger ich darin lese, desto mehr bewundere ich das Buch.

16.8. Sir W. Batten zeigte uns einen Brief von Sir T. Allen, in dem von zehn oder zwölf eroberten Schiffen die Rede ist.

17.8. Las die »Abenteuer von fünf Stunden« zu Ende – das beste Stück, das ich je in meinem Leben gelesen habe. Kapitän Erwin berichtet aus Siam, wo jedermann, wenn sich der König zeigt, flach auf dem Boden liegt und bei Todesstrafe den König nicht anschauen darf.

19.8. Mit Mr. Spong den ganzen Tag optische Experimente gemacht. Wir sahen abends Jupiter und seinen Satelliten sehr gut, aber nicht Saturn, weil es zu dunkel war.

20.8. Las auf dem Wege nach Deptford »Othello«, was ich bisher für ein sehr gutes Stück hielt. Verglichen mit den »Abenteuern von fünf Stunden« erscheint es mir jedoch als überaus dürftig.[29]

21.8. Meine Frau war während des Essens sehr schnippisch zu mir, weil ich ihr für ihren Nachmittagsbummel kein Geld gegeben habe.

22.8. Mrs. Knipp erzählt mir, dass meine Vertonung von »Beauty Retire« überall sehr beliebt ist – worüber ich nicht wenig stolz bin. »It is decreed« ist wahrscheinlich noch besser, aber noch unvollendet.

23.8. Die Polsterer sind in meinem Arbeitszimmer.

24.8. Mit Simpson mein Arbeitszimmer neu eingerichtet: Karten und Bilder aufgehängt, Bücher aufgestellt, zu meiner allergrößten Befriedigung. Ich glaube, mein Arbeitszimmer kann jetzt mit denen der vornehmsten Leute durchaus mithalten. Es ist hell genug, obwohl es ein bisschen mehr Licht gut vertragen könnte.

26.8. Beunruhigt über eine Nachricht von Lord Brouncker, dass wir für heute Nachmittag zum König bestellt sind, es geht um eine Beschwerde der Generäle über uns. Nach dem Essen mit der Kutsche nach Whitehall. Wartete, bis der König mit einer Kabinettsitzung im Grünen Saal fertig war. Dann wurden wir hereingerufen. Der König begann mit mir, wollte wissen, wie es um die Proviantierung der Flotte stünde. Ich gab einen ausführlichen Bericht, womit man zufrieden zu sein schien, aber auf weiteren raschen Nachschub drang. Der Brief der Generäle, der verlesen wurde, begründete die Rückkehr von der holländischen Küste mit Vorratsmangel. Dann wurde nach den Kanonenbooten gefragt, aber sehr oberflächlich und ohne Ernsthaftigkeit. Nachdem wir entlassen waren, hatte ich ein ungutes Gefühl über meinen Auftritt. Dies soll mir eine Lehre sein, mich auf einen Tag der Inquisition gut vorzubereiten. Als ich nach Hause kam, erfuhr ich, dass Sir J. Mennes einen bösen Anfall von Schluckauf gehabt hat, der den ganzen Tag anhielt, ein sehr schlechtes Zeichen.

27.8. Noch immer keine Sicherheit über die Bewegungen der holländischen Flotte.

28.8. Sir W. Coventry las mir einen Brief der Generäle an den König vor, in dem er selbst und ich wegen unserer Berechnungen angegriffen werden, außerdem das ganze Flottenamt wegen Nachlässigkeit, das Ganze in scharfem, bedrohlichem Ton. Sir W. Coventry will den Generälen Rede und Antwort stehen. Aber zuerst müssen Vorräte beschafft werden, das walte Gott!

Abends in meinem neuen Arbeitszimmer, das mir jeden Tag besser gefällt. Spät zu Bett.

29.8. Sir W. Coventry las uns seine Antwort auf den Brief der Generäle vor, einen sehr direkten Brief, in dem er sich und mich in vollem Umfang verteidigt, was mich sehr beruhigt. Noch keine Nachrichten über die Position der Holländer. Unsere Flotte ist wahrscheinlich gestern in See gestochen, aber wir wissen nichts Genaues.

31.8. Habe mir heute überlegt, dass ich die Buchrücken aller meiner Bücher mit Golddruck versehen werde.

1.9. Mit Sir W. Penn, meiner Frau und Mercer zu »Pulcinella«,[30] wo wir einen gewaltigen Schreck bekamen, als plötzlich der junge Killigrew im Zuschauerraum erschien. Wir versteckten uns, ich glaube, er hat uns nicht gesehen.

2.9. Einige unserer Mädchen blieben bis spät in die Nacht auf. Ungefähr um 3 Uhr morgens weckte uns Jane und sagte, dass man in der Stadt ein großes Feuer sehen könne.[31] Ich stand auf, schlüpfte in meinen Morgenrock und ging an Janes Fenster. Es sah so aus, als sei das Feuer hinten in der Mark Lane; da ich ein solches Feuer noch nicht erlebt hatte, legte ich mich wieder schlafen. Um 7 Uhr stand ich wieder auf, zog mich an, sah aus dem

Fenster und stellte fest, dass das Feuer in großer Entfernung war. Ging in mein Arbeitszimmer und räumte nach dem gestrigen Großreinemachen meine Sachen auf.

Jane kam zu mir und erzählte, dass heute Nacht durch das Feuer, das wir gesehen haben, über 300 Häuser zerstört worden seien und dass es jetzt in der ganzen Fish Street bei der London Bridge wüte. Machte mich sofort fertig und ging zum Tower und sah, dass zu beiden Seiten der Brücke die Häuser brannten, ein unendlich großes Feuer auf dieser und auf der anderen Seite der Brücke. Ging zum Kommandanten des Towers, der mir berichtete, dass es heute Morgen im königlichen Backhaus in Pudding Lane angefangen habe und dass die St.-Magnus-Kirche und der größte Teil der Fish Street schon niedergebrannt seien. Nahm dann ein Boot und fuhr unter der Brücke durch. Inzwischen breitete sich das Feuer immer mehr aus und erreichte in kurzer Zeit den Steelyard. Jeder versucht, sein Hab und Gut zu retten, es in den Fluss zu werfen oder in kleine Boote. Die Armen bleiben in ihren Häusern, bis das Feuer sie erreicht hat, dann rennen sie auf die Schiffe oder von einer Anlegebrücke auf die andere. Mir fiel auf, dass die armen Tauben ihre Schläge nicht verlassen wollten und vor den Fenstern der Häuser herumflatterten, bis einige mit den Flügeln ins Feuer kamen und tot herabstürzten. Beobachtete etwa eine Stunde lang, wie das Feuer sich nach allen Richtungen ausbreitete und niemand Anstalten zum Löschen machte – alle kümmerten sich nur um ihre Habseligkeiten und überließen das Feuer sich selbst. Der starke Wind treibt das Feuer in die City, und nach der langen Trockenheit ist jetzt alles leicht entzündlich, sogar die Steine in den Kirchenmauern. Dann nach Whitehall zum Kabinett des Königs, wo ich einigen Leuten Bericht erstattete, zum allgemeinen Entsetzen. Der König erfuhr von meinem Bericht und rief mich zu sich. Ich erzählte ihm und dem Herzog von York, was ich gesehen hatte, und dass das Feuer nicht mehr aufzuhalten sei, wenn nicht sofort auf königlichen Befehl Häuser niedergerissen würden. Alle waren sehr besorgt, und der König befahl mir, den Lord Mayor aufzusuchen und ihm zu sagen, er solle keine Schonung walten lassen und überall vor dem Feuer Häuser einreißen lassen. Dann mit Kapitän Cooke und Creed nach St. Paul's, die Watling Street entlanggegangen, die Menschen strömten uns entgegen, mit Gepäck beladen, manchmal trug man Kranke in ihren Betten fort. Die unmöglichsten Gegenstände sah man in kleinen Wagen und auf den Rücken der Leute. Traf den Lord Mayor schließlich in Canning Street, wo er – auf die Nachricht von den Anordnungen des Königs hin – wie eine in Ohnmacht fallende Frau schrie: »Mein Gott, was soll ich tun! Ich bin verloren! Die Leute gehorchen mir nicht mehr. Ich habe selber Hand angelegt beim Einreißen von Häusern, aber das Feuer holt uns immer wieder ein.« Er brauche keine Soldaten, er müsse sich im Übrigen jetzt erst einmal erfrischen, denn er sei die ganze Nacht auf gewesen. Damit ließ er mich stehen und ich ihn. Ging dann nach Hause. Sah unterwegs niemand, der auch nur die geringsten Anstalten machte, dem Feuer zu Leibe zu rücken. In der Thames Street waren die Häuser voller leicht brennbarer Gegenstände wie Pech und Teer, dazu Vorratshäuser mit Öl, Wein, Brandy und anderem. Die Kirche füllte sich mit allerlei Hausrat. Allmählich wurde es 12 Uhr, deshalb nach Hause, wo ich meine Gäste vorfand: Mr. Wood und Frau, Barbara Shelden, dazu Mr. Moone. Wir wollten eigentlich mein neues Arbeitszimmer vorführen, aber es wurde nichts Rechtes daraus, denn wir waren in großer Unruhe und Sorge wegen dieses Feuers, von dem man nicht weiß, wie es sich entwickeln wird. Trotzdem hatten wir ein außerordentlich gutes Mittagessen und waren so fröhlich, wie man es unter diesen Umständen sein konnte. Während wir noch beim Essen saßen, kam Mrs. Batelier und fragte nach Mr. Woolfe und Mr. Stanes, deren Häuser in der Fish Street niedergebrannt sind; wir alle in trauriger Stimmung. Nach dem Essen ging ich mit Moone wieder in die City. Die Straßen voller Pferde und Menschen und vollbeladener Wagen, die einander im Wege stehen, die Leute schaffen ihre Habseligkeiten von einem Haus ins andere. Canning Street wird jetzt geräumt. Wir trennten uns bei St. Paul's, er ging nach Hause, ich zum Pauls-Kai, wohin ich ein Boot bestellt hatte. Vom Fluss aus sah man, dass das Feuer sich weiter ausgebreitet hat, nach allen Richtungen, und es sieht nicht so aus, als ob man es dämmen könnte. Traf den König und den Herzog von York in der königlichen Barkasse. Ihr Befehl besteht darin, alle Häuser niederzureißen. Man kann im Augenblick aber nicht allzu viel machen, das Feuer hat eine riesige Geschwindigkeit erreicht. Es bestand die Hoffnung, es an den Drei Kränen zum Stehen zu bringen, wenn man vorsichtig zu Werke ging, aber der Wind treibt es immer weiter in die City; vom Wasser aus kann man nicht sehen, wie weit es dort vorgedrungen ist. Die Themse ist voller Schiffe, viele Hausratsgegenstände schwimmen schon im Wasser. Traf mich in Whitehall mit meiner Frau, Creed und Wood. Dann wieder zum Fluss und in meinem Boot das Feuer beobachtet, es breitet sich immer mehr aus, der Wind ist noch sehr stark. Wir fuhren, so nahe es ging, an das Feuer heran. Wenn man das Gesicht gegen den Wind hielt, wurde man fast vom Funkenregen verbrannt, viele Häuser gerieten schon vom Funkenflug in Brand. Als wir es auf dem Wasser nicht mehr aushalten konnten, gingen wir in eine Kneipe gegenüber den Drei Kränen und blieben dort, bis es dunkel wurde. Je dunkler es wurde, desto größer erschien das Feuer, in allen Winkeln, auf Hügeln, zwischen Häusern und Kirchen, soweit man sehen konnte, bis hinaus zur City leuchtete die schreckliche, böse, blutrote Flamme, nicht wie die Flamme eines gewöhnlichen Feuers. Wir blieben, bis man das Feuer als einen einzigen riesigen Bogen von dieser bis zur anderen Seite der Brücke sah, ein Bogen, der etwa eine Meile lang war. Der Anblick machte mich weinen. Die Kirchen, Häuser, alles in Flammen, ein schreckliches Getöse, wenn die Häuser zusammenstürzen. Ging nach Hause, voller Trauer, und fand dort alle lamentierend vor. Der Lärm des Feuers kam immer näher, so dass wir unsere Sachen packen und unsere Habe zum Wegschaffen fertigmachen mussten. Bei Mondschein, es war eine trockene, warme Nacht, trug ich viele meiner Habseligkeiten in den Garten, schaffte mit Mr. Hater die Geldkisten und die Eisenkästen in den Keller, wo sie wahrscheinlich am sichersten waren. Die Säcke mit dem Gold brachte ich ins Büro, damit sie rasch wegtransportiert werden konnten, meine wichtigsten Akten ebenfalls. Die Angst war so groß, dass Sir W. Batten Wagen vom Lande kommen ließ, um noch in der Nacht seine Sachen fortzuschaffen.

3.9. Etwa um 4 Uhr morgens schickte Lady Batten einen Wagen, der mein Geld und die wertvollen Dinge zu Sir W. Rider nach Bethnall Green bringen sollte; ich selbst fuhr im Nachthemd auf dem Wagen mit. Mein Gott, die Straßen sind voller Menschen, die durcheinanderlaufen und fahren und sich um Fuhrwerke reißen. Sir W. Rider völlig ermattet, er war die ganze

Nacht auf, weil dauernd Freunde kamen und ihre Sachen bei ihm abluden. Bin sehr erleichtert, dass meine Schätze hier in Sicherheit sind. Dann schnell wieder nach Hause. Weder meine Frau noch ich selber haben in dieser Nacht Schlaf gefunden. Heute haben wir den ganzen Tag daran gearbeitet, unsere restlichen Einrichtungsgegenstände fortzuschaffen. Mr. Tooker besorgte mir einen Kahn, in den wir die meisten Dinge verluden. Die Frau unseres Nachbarn stand mit ihrem hübschen Kind am Kai, ich bot ihr bereitwillig Platz für einige ihrer Sachen in meinem Kahn an. Der Herzog von York war heute im Flottenamt und sprach mit uns. Mit seiner Ordonnanz ritt er durch die Stadt und sorgte für Ruhe und Ordnung; er ist jetzt General und hat die Befehlsgewalt. Legte mich gegen Abend ein wenig im Büro hin; meine ganzen Sachen sind entweder eingepackt oder abtransportiert. Wir aßen die Reste von gestern, weil wir keinen Herd und kein Geschirr mehr haben und nichts zubereiten können.

4. 9. Bei Tagesanbruch aufgestanden, um den Rest meiner Sachen fortzuschaffen, mit einem Kahn. Hatte aber so wenig Helfer dabei, dass es Nachmittag wurde, bis alles verstaut war. Mit Sir W. Penn zur Tower Street, wir sahen, wie das Feuer bis auf drei Häuser an Mr. Powell herangekommen ist, dessen Hausrat (Geschirr, Tabletts, Schaufeln usw.) überall in der Tower Street herumlag. Das Feuer fraß sich durch diese enge Straße auf beiden Seiten, mit grenzenloser Wut. Sir W. Batten, der nicht wusste, wohin mit seinem Wein, grub ein Loch in seinen Garten und deponierte die Flaschen dort. Ich benutzte die Gelegenheit und legte alle die Papiere aus dem Büro, die ich noch nicht fortgeschafft hatte, in die gleiche Grube. Abends grub ich mit Sir W. Penn noch ein Loch

und legte unseren Wein hinein, dazu noch meinen Parmesankäse und einige andere Sachen. Der Herzog von York war heute im Büro, aber ich war nicht da. Ich machte Sir W. Penn den Vorschlag, unsere Arbeiter aus den Werften von Woolwich und Deptford in die City zu beordern, damit sie die Häuser rings um das Flottenamt abreißen, denn es wäre sehr zum Nachteil für den König, wenn das Amt den Flammen zum Opfer fiele. Heute Abend aßen Mr. und Mrs. Turner mit uns im Büro, es gab Hammelschulter, ohne Servietten, sehr traurig, aber wir waren guter Dinge. Wenn man aber in den Garten ging und den schrecklichen Feuerhimmel sah, verdüsterte sich die Stimmung wieder; es sieht aus, als stehe das ganze Firmament in Flammen. Ging nach dem Essen noch in die Tower Street, die das Feuer jetzt ganz zerstört hat, mit außerordentlicher Wildheit. Man hat damit begonnen, in der Tower Street, unmittelbar am Tower, Häuser in die Luft zu sprengen, was zuerst die Menschen in Angst und Schrecken versetzt hat, aber das Feuer stellenweise zum Stillstand brachte. Die Häuser fallen dabei in sich zusammen, und man kann das Feuer in den Trümmern leicht löschen. St. Paul's ist verbrannt und die ganze Cheapside ebenfalls. Ich schrieb heute Abend an meinen Vater, aber da das Posthaus niedergebrannt ist, konnte der Brief nicht befördert werden.

5.9. Schlief wieder im Büro, sehr abgekämpft, die Füße taten mir weh vom vielen Laufen, ich konnte am Ende kaum noch stehen. Um zwei Uhr morgens weckte mich meine Frau, man hörte »Feuer!«-Rufe, jetzt brennt schon die Kirche von Barking, die am Ende unserer Straße steht. Ich stand auf und beschloss, meine Frau fortzubringen. Nahm auch mein Gold (etwa £ 2350) sowie

W. Hewer und Jane mit. Mein Gott, was für ein Anblick im Mondenlicht: fast die ganze City in Flammen. Wir fuhren mit dem Boot nach Woolwich, wo die Tore geschlossen waren und keine Wachtposten zu sehen, was mich beunruhigte, weil von einer Verschwörung die Rede war, die von den Franzosen angezettelt worden sein soll. Brachte dann mein Gold zu Mr. Shelden und wies meine Frau und W. Hewer an, es Tag und Nacht zu bewachen. Fuhr dann zurück und stellte fest, dass mein Hausrat in den Kähnen in Deptford gut aufgehoben ist. Nach Hause, wo ich unser Haus bereits in Flammen glaubte, es war jetzt 7 Uhr, aber noch ist das Feuer nicht so weit vorgedrungen. Auch das Flottenamt ist noch unversehrt. Die Sprengungen und die Räumungen von Häusern durch die Werftarbeiter haben sich sehr günstig ausgewirkt. In der Kirche von Barking ist nur das Dach verbrannt. Ich stieg auf den Kirchturm, von wo sich mir das traurigste Bild der Verwüstung bot, das ich je gesehen habe. Überall ein Flammenmeer. Ölkeller, Schwefellager usw. in Brand. Ich fürchtete mich, allzu lange auf dem Turm zu bleiben, und stieg deshalb schnell wieder herunter. Aß bei Sir W. Penn ein Stück kaltes Fleisch. Hatte seit Sonntag außer den Resten des Sonntagsbratens nichts mehr gegessen. Traf Mr. Young und Mr. Whistler. Es sieht so aus, als ob das Feuer in unserer Gegend zum Stehen gebracht ist. Ging in die Stadt und fand Fenchurch Street, Gracious Street und Lombard Street in Schutt und Asche. Die Börse bietet einen traurigen Anblick, nichts ist übrig geblieben von all den Statuen und Säulen – nur das Bildnis von Sir Th. Gresham in der Ecke. Ging weiter nach Moorfields (die Füße begannen fast zu brennen vom ständigen Laufen über glühende Kohlen), wo eine große Menschenansammlung ist, die Leute tragen ihre Sachen dorthin, jeder bewacht seine Habseligkeiten. Ein Glück, dass das Wetter so günstig ist, so kann man im Freien übernachten. Trank dort etwas und zahlte 2 Pennies für ein einfaches Pfennig-Brot. Dann nach Hause, über Cheapside und Newgate Market, alles verbrannt, sah Anthony Joyces Haus in Flammen. Sammelte eine Glasscherbe aus Mercers Kapelle auf. Sah auch, wie eine Katze aus einem Schornstein bei der Börse geholt wurde. Ihr Fell war völlig abgesengt, und doch lebte sie noch. Gegen Abend nach Hause. Es besteht Hoffnung, dass das Flottenamt gerettet werden kann, es muss Tag und Nacht bewacht werden, wir brachten die Wachmannschaften in den Amtsräumen unter und besorgten ihnen Essen und Trinken, Brot und Käse.

6.9. Um 5 Uhr morgens aufgestanden. Unsere Mannschaft wird nach Bishopsgate gerufen, wo ein Feuer ausgebrochen ist – was in mir (und vielen anderen) den Verdacht bestärkt, dass es sich um Brandstiftung handelt. Es sind unter diesem Verdacht schon viele Leute verhaftet worden, für einen Fremden ist es jetzt gefährlich, durch die Straßen zu gehen. Ich ging mit unseren Leuten nach Bishopsgate, und wir löschten das Feuer in kürzester Zeit. Es war lustig zu sehen, wie die Frauen in den Kanälen hart arbeiteten beim Wasserschöpfen; zwischendurch schrien sie nach Getränken und waren dann betrunken wie die Teufel. Ich sah, wie Zuckerfässer auf der Straße aufgebrochen wurden, die Leute holten sich ganze Hände voll Zucker aus den Fässern und taten ihn in ihr Bier. Fuhr mit dem Boot nach Westminster und wollte mich umziehen, da ich von oben bis unten verschmutzt war. Konnte aber kein einziges Geschäft finden, in dem ich mir ein Hemd oder ein Paar Handschuhe hätte kaufen können. Zum

›Schwanen‹, wo ich mich frisieren ließ, dann nach Whitehall, wo niemand zu sehen war, und dann nach Hause. Der Fluss bietet einen traurigen Anblick – kein Haus, keine Kirche steht mehr, bis hin zum Temple, wo das Feuer aufhörte. Dann nach Deptford, brachte alle meine Sachen zu Sir G. Carteret, nichts fehlte und nichts war beschädigt. Zurück ins Büro, wo ich auch schlief. Das Amt voller Arbeiter, die die ganze Nacht über redeten und umhergingen.

7.9. Um 5 Uhr aufgestanden. Gott sei Dank alles in Ordnung. Mit einem Boot zum Pauls-Kai. Von da zu Fuß weiter, sah, dass die ganze Stadt niedergebrannt ist, St. Paul's bietet einen elenden Anblick, alle Dächer zerstört, der Turm auf St. Faith's gestürzt. Die St. Paul's School abgebrannt, ebenfalls Ludgate, Fleet Street, das Haus meines Vaters. Dann zu Creed, der im Bett lag, sein Haus ganz ohne Möbel, weil es feuergefährdet war. Borgte mir ein Hemd von ihm und wusch mich. Dann zu Sir W. Coventry, in dessen Haus alle Gardinen entfernt worden waren – genauso wie am Hof in Whitehall und jetzt überall. Er hofft, dass es nach dem Feuer nicht zu Unruhen kommt, was allgemein befürchtet wird – angeblich sollen die Franzosen an allem schuld sein.[32] Grund zur Unzufriedenheit gäbe es reichlich, aber die Leute haben alle Hände voll damit zu tun, sich und ihre Habseligkeiten in Sicherheit zu bringen. Die Miliz ist in Alarmbereitschaft. Unsere Flotten sollen in Sichtweite gewesen sein, sind dann aber durch die ungünstige Witterung wieder getrennt worden. Die Holländer sollen sich nur gezeigt haben, um ihren Landsleuten Eindruck zu machen; ihre Flotte angeblich, was Mannschaften und Verpflegung angeht, in erbärmlichem Zustand. Nach Hause und gab Anweisungen zur Säuberung meines Hauses. Abends zu Sir W. Penn, der mir ein Bett zur Verfügung stellte, aber ganz ohne Vorhänge; so stieg ich zum ersten Mal in ein kahles Bett, in meiner Unterwäsche, und schlief sehr gut, hatte aber noch solche Furcht vor dem Feuer, dass ich mich nicht erholte. Alle Leute schimpfen über den einfältigen Lord Mayor und seine Unfähigkeit, das Feuer zu bekämpfen. Er hat eine Proklamation erlassen, dass an bestimmten Plätzen der Stadt Märkte abgehalten werden sollen und dass alle Kirchen geöffnet werden sollen, damit die Armen dort untergebracht werden können.

9.9. Zur Kirche, wo unser Pastor eine traurige, aber gute Predigt hielt. Viele Menschen weinten, besonders die Frauen. Die Kirche sehr voll, die meisten jedoch Fremde.

10.9. Den ganzen Vormittag den Keller aufgeräumt. Hörte, dass man davon spricht, wie viele Schätze in Sir W. Battens Haus aufbewahrt werden. Besorgte mir einen Wagen und holte sofort mein Geld zurück. Gott sei Dank war alles unversehrt. Ich brachte es in mein Büro, befürchte aber, dass es dort von zu vielen Menschen gesehen wird. Organisierte eine ununterbrochene Bewachung. Abends noch nach Woolwich, wo ich meine Frau bei schlechter Stimmung vorfand.

11.9. Brachte mein Gold von Woolwich ins Flottenamt. Abends mit Mr. Hater, Gibson und Tom alle meine Kisten und das Geld in den Keller geschafft, mit großer Mühe, aber großer Befriedigung für mich, als alles fertig war. Sehr spät und sehr müde zu Bett.

13.9. Holte mit Arbeitern aus Deptford meine Sachen nach Hause. In Deptford sterben noch immer jeden Tag sieben oder acht Menschen an der Pest.

14.9. Musste in dringenden Geschäften mein Haus verlassen, was mir sehr unangenehm war, weil die Arbeiter meine Geldkisten sehen und sich bedienen konnten. Holte später meinen Wein aus dem Versteck und brachte ihn in den Keller.

15.9. Kapitän Cooke erzählte, dass das Parlament es für nötig hält, den Krieg gegen die Holländer weiterzuführen, und dass der Sturm schuld daran war, dass wir die holländische Flotte nicht besiegt haben. Die Holländer sind angeblich in einer traurigen Verfassung, aber unser Unglück gibt ihnen wieder Mut. Die holländische Flotte ist in Richtung Norden gesegelt.

Habe nachts große Angst vor dem Feuer und vor einstürzenden Häusern.

16.9. Mittags mit meiner Frau (die nicht mitkommen wollte, weil sie nicht richtig angezogen war und sich schmutzig fühlte) zu Sir W. Penn. Ein kümmerliches Mahl. Danach bis Mitternacht im Büro gearbeitet.

17.9. Früh aufgestanden, zum ersten Mal seit acht Tagen rasiert. Mein Gott, wie hässlich ich gestern aussah und wie gut ich mich heute fühle. Mit dem Boot zu Sir W. Coventry, die City bietet noch immer einen traurigen Anblick, noch immer brennt es an vielen Stellen.

18.9. Seltsam, wie häufig und stark ich heute Nacht pissen musste – ich kann es nur den Austern zuschreiben, die wir gestern gegessen haben, sonst könnte es nur die Kälte sein, denn die Nacht war kühl, regnerisch und stürmisch. Mache mir Sorgen, weil meiner Frau sehr stark die Haare ausfallen.

Heute trat das Parlament zusammen, vertagte sich aber bis Freitag, weil dann der König anwesend sein wird.

19.9. Sah am Hof einen Bastard des verstorbenen Königs von Schweden, einen modischen, sich sehr französisch gebenden Gentleman.[33] Hörte in Whitehall viele Klagen und Anekdoten über die Priester, die zu viel Wein beim Abendmahl verbrauchen, weil sie sich allzu häufig selber bedienen. Ärgere mich über den Verlust von vier oder fünf meiner größten Bücher, die ich so raffiniert verteilt habe, dass ich nun nicht mehr weiß, wo sie sind; gestohlen sind sie wahrscheinlich nicht.[34] Die meisten meiner vergoldeten Rahmen sind beschädigt, worüber ich mich ärgere – am meisten aber über die Bücher. Zog heute zum ersten Mal zwei Hemden an, das bekommt meinen Blähungen sehr gut.

20.9. Überlege immer noch, wo meine Bücher sein könnten, aber mir fällt es nicht ein. Nachmittags in der Kutsche mit meiner Frau in die Stadt gefahren und ihr die Ruinen gezeigt, was sie sehr betroffen machte – in der Tat ein trüber Anblick.

22.9. Mein Glasermeister hat so viel zu tun, dass er nicht zu mir kommen kann.

26.9. Höre von den großen Verlusten der Buchhändler im Hof von St. Paul's, sie sollen sich auf £ 150 000 belaufen; einige Buchhändler sind total ruiniert. Traf den guten Mr. Evelyn. Er meinte, nicht ein einziger Adliger sei vom Lande dem König zu Hilfe gekommen oder habe bei der Bekämpfung des Feuers geholfen; auch die Priester hätten weder dem König noch dem gemeinen Volk Trost gespendet. Er klagt darüber und fürchtet, dass neues Unheil über uns hereinbrechen wird.[35] Unsere Flotte ist jetzt auf hoher See, die Holländer ebenfalls, soweit wir wissen. Das Wetter ist sehr schlecht, die Flotte wird von einem glücklosen Mann befehligt. Gott segne ihn und die ihm anvertraute Flotte.

27.9. Ein wütender Sturm tobte die ganze Nacht. Wirre Träume von Bränden in den Überresten der Stadt, wache aus Angstträumen über das Schicksal der Flotte auf.

28.9. Endlich kommt der Glaser und setzt die Fensterscheiben wieder ein, und der Buchbinder kommt und vergoldet die Buchrücken neu.

30.9. Zur Kirche, wo ich schon längere Zeit nicht mehr war. Die Kirche gerammelt voll mit Fremden, seit das Feuer in unserer Gemeinde gewütet hat. Aber kein einziges hübsches Gesicht darunter – als ob ein Fluch auf unserer Gemeinde läge.

3.10. Früh aufgewacht, voller Sorgen wegen der Parlamentskommission, die unsere Buchführung im Flottenamt überprüfen soll – dies ist die schwierigste Situation, in der ich je gewesen bin.

Als Erster kommt um 8 Uhr Birch, danach Garraway, Sir W. Thomson und Mr. Boscawen. Sie waren klug und zurückhaltend, sie hatten offenbar Anweisungen, alle unsere Schwächen bloßzulegen. Als die Kommission gegangen war, fühlte ich mich sehr erleichtert, Furcht und Schmerz ließen nach, und ich glaubte, siegreich aus dieser Situation hervorgegangen zu sein, weil man mir nichts nachweisen konnte. Nach Hause, wo ich meinen Vater und meinen Bruder vorfand, freue mich, sie zu sehen.

4.10. Mit Sir G. Carteret darüber gesprochen, dass der König viel von seiner Macht eingebüßt hat, weil er sich auf diese Weise seine Finanzen überprüfen lässt, wie ein normaler Bürger. Mr. Kirton, mein Buchhändler, ist durch das Feuer total ruiniert, ebenso wie die meisten anderen Buchhändler, deren sämtliche Lagerbestände verbrannt sind. Es wird daher eine große Nachfrage nach Büchern geben, besonders nach lateinischen und fremdsprachigen.

6.10. Heute Morgen erzählte mir meine Frau, dass sie von einer Hausdame gehört habe, die £ 20 im Jahr verlangt und dafür singt, tanzt und vier oder fünf Instrumente spielt sowie viele andere gute Sachen beherrscht, was mich sehr erfreut. Wir ließen sie kommen, sie singt jedoch kümmerlich, so dass wir sie nicht anstellen werden.

7.10. Zum König und zum Herzog von York bestellt. Da niemand anfangen wollte, tat ich es und hielt eine flüssige und, wie ich glaube, gute Rede, in der ich den traurigen Zustand der Flotte schilderte, der auf den schlimmen Geldmangel zurückzuführen ist. Kaum war ich fertig, da erhob sich Prinz Rupert und sagte erregt zum König, er habe seine Flotte in tadellosem Zustand nach Hause gebracht, was immer der Gentleman auch sage. Ich antwortete nur, dass es mir leidtäte, Seine Hoheit verletzt zu haben, ich hätte nur wiedergegeben, was uns von den Verantwortlichen berichtet worden sei. Daraufhin murmelte er vor sich hin und wiederholte seine Feststellung. Nach langem Schweigen zogen wir uns schließlich zurück. Mir war dieser ganze Auftritt äußerst unangenehm, besonders, nachdem ich mit Jack Fenn darüber gesprochen hatte. Er meinte, der Prinz wird jetzt mit Sicherheit fragen, wer dieser Pepys ist, und dann erfahren, dass ich ein Schützling von Lord Sandwich bin. Als Sir W. Coventry aus dem Empfangszimmer herauskam, sagte er mir, er hätte mich in Schutz genommen. Als wir dann erfuhren, dass der König uns mit £ 5000 oder 6000 unterstützen will, wo £ 100 000 das absolute Minimum wären, sehe ich täglich deutlicher den Ruin auf uns zukommen – Gott steh uns bei.

8.10. Das Parlament verabschiedete heute das Gesetz gegen die Einfuhr von irischen Rindern, was den Iren neuen Grund für Unruhen geben wird. Der König hat gestern eine Regelung für Kleidermoden verkündet, die von nun ab nicht mehr geändert werden soll. Die Absicht dahinter ist, den Adligen Sparsamkeit beizubringen, das kann nur von Nutzen sein.[36]

9.10. Zum ersten Mal seit dem Feuer wieder eine Besprechung im Flottenamt.

10.10. Fastentag wegen des Feuers. Heute ist mein Hochzeitstag, der wievielte, kann ich nicht sagen, meine Frau behauptet, der zehnte.[37]

11.10. Überlegte mit meinem Vater, ob es nicht besser wäre, aus Sicherheitsgründen einen Teil meines Geldes aufs Land zu schaffen – ich weiß hier nicht, wohin damit. Gab meinem Vater etwas Geld, dem armen Mann, er war außer sich vor Freude. Memorandum: Habe während des Feuers und der darauf folgenden unruhigen Zeiten mein Tagebuch bis zum heutigen Tag auf losen Blättern geführt.

12.10. Verabschiedete mich von meinem armen Vater, der heute mit der Cambridge-Postkutsche nach Brampton zurückgefahren ist, nachdem er noch eine Rundfahrt durch die abgebrannte City gemacht hat. Traf Sir W. Coventry, der mir berichtete, dass das Parlament unsere laufenden Ausgaben um £ 150 000 gekürzt hat. Er war – ebenso wie ich – froh darüber, dass es nicht noch ärger gekommen ist und dass man 28 000 Mann für das nächste Jahr bewilligt hat.

13.10. Bis 4 Uhr morgens an meinen Aufstellungen für die Tanger-Kommission gearbeitet, mehrmals verrechnet. Nachmittags Sitzung der Kommission. Bin ganz vernarrt in den Lordkanzler, der von glänzender Auffassungs- und Rednergabe ist, dazu die größte Leichtigkeit und zugleich Autorität besitzt, wie ich es noch nie bei einem Menschen erlebt habe. Das Parlament hat dem König £ 1 800 000 für das nächste Jahr bewilligt, was eine beträchtliche Summe wäre, wenn der König nicht so viele Schulden hätte.

15.10. Mit Colville über die Verruchtheit des Hofes gesprochen, dass der König sich dadurch die Verachtung seiner Untertanen zuzieht, dass der Herzog von York der Sklave seiner Mätresse, der Hure Denham geworden ist, dass die Herzogin eine Affäre mit Sidney gehabt hat, dass man befürchten muss, sobald das Geld für den König aufgebracht ist, wird er Frieden schließen. Lady Castlemaine soll wieder schwanger sein. Man redet offen davon, dass der König mit Mrs. Stewart schläft. Heute zog der König zum ersten Mal das neue Kleidungsstück an – ein langes Gewand aus schwarzem Tuch, mit weißer Seide durchsetzt, darüber ein Überhang, die Beine mit schwarzem Band umwickelt wie ein Taubenfuß. Ich hoffe, der König hält sich an seine Verordnung, denn dies ist eine gute und hübsche Art, sich zu kleiden.[38] Lady Sandwich erzählt mir, dass auch die Damen in Kürze eine neue Kleidung tragen werden: kurze Röcke über den Knöcheln, was weder ihr noch mir gefällt. Sie berichtet auch, dass am Hofe allen möglichen Lastern gefrönt wird, dass man auch Stücke aufführt.[39] Heute war die große Debatte im Parlament über die Art und Weise, wie man das dem König bewilligte Geld aufbringen kann.

16.10. Noch immer keine Lösung dafür gefunden.

17.10. Zum ersten Mal seit langem privat mit meinem Bruder gesprochen. Stelle fest, dass er erst zweimal gepredigt hat.[40] Gab ihm einige Ratschläge in Bezug auf seine Aussprache, fürchte aber, dass nie ein guter Kanzelredner aus ihm wird, auch kein besonders bemerkenswerter Gelehrter, denn er macht sich nichts aus Optik oder Mathematik, ich weiß auch nicht, wie es bei ihm um Theologie und allgemeines Schulwissen steht. Am Hof sieht man jetzt überall die neue Kleidung.

18.10. Lord Brouncker schlug vor, mich und meine Frau heute zu einer Aufführung bei Hofe mitzunehmen und in seiner Kutsche nach Hause zu fahren. Verlockendes Angebot, werde aber nicht darauf eingehen.

19.10. Viner und Backwell wurden heute Nachmittag zum König beordert, in der Geldangelegenheit. Wir sollen so wenig Geld bekommen, dass ich zusammen mit Sir G. Carteret, Sir W. Coventry und Lord Brouncker unsere Lage noch einmal dem Herzog von York darlegte: dass die Flotte nicht ohne dringend benötigte Dinge auslaufen könne und dass wir uns andererseits auf die Frage gefasst machen müssen, warum die Flotte nicht ausgelaufen sei – alles hängt am Geld. Dass wir dem König einen schlechten Dienst erweisen, indem wir etwas zu tun vorgeben, wo uns in Wahrheit die Hände gebunden sind. Sir W. Coventry sagte dem Herzog rundheraus, dass er lieber auf sein Amt verzichten als einen so unglücklichen Dienst weiter verrichten wolle, ich schloss mich dieser Ansicht an. Der Herzog von York musste zugeben, dass er auch nicht sehe, wie wir ohne eine Zuwendung von £ 20 000 noch sinnvolle Arbeit verrichten können; er wolle mit dem König darüber sprechen.

20.10. Mit Mr. Ganden im Garten spazieren gegangen, er erzählt, dass in der Flotte das Fluchen, Trinken und Huren überhandnehme. Sah die Erklärung des Königs über seine Verhandlungen mit dem König von Dänemark; danach ist der dänische König einer der niederträchtigsten Menschen in der Welt.[41]

21.10. Nachmittags zum König gerufen, musste über unsere finanziellen Wünsche für Tanger berichten. Seltsam zu erleben, wie der König nach meinem Bericht dasaß, wie ein Denkmal, sprachlos. Dann fragte mich der Lordkanzler, ob ich es für sinnvoll hielte, dass man uns bei den gegenwärtigen Umständen unterstützte. Man verwies mich schließlich auf eine weitere Sitzung der Tanger-Kommission. Nach dem Abendessen holten mein Bursche, Jane und ich zwei meiner eisernen Kisten aus dem Keller und brachten sie in mein Arbeitszimmer. Es war mir eine große Genugtuung, das Geld wieder in meinem Zimmer zu sehen, zumal der feuchte Keller die Kisten sehr angreift. Sir H. Cholmly erzählte mir heute, dass der junge Harry Killigrew vom Hof verbannt worden ist, weil er gesagt hat, Lady Castlemaine war in ihrer Jugend eine mannstolle kleine Göre. Ging heute Nachmittag zu Mrs. Martin, wo ich ihre Schwester Doll vorfand, mit der ich, zu meiner Überraschung, alles machen konnte, was ich nur wollte.

24.10. Nach Whitehall, wo wir dem Herzog unsere Aufwartung machten. Auf unsere ständigen Bitten nach mehr Geld hat er nur zu erwidern, dass es ihm leidtäte und dass er mit dem König gesprochen habe: sobald Geld aufzutreiben sei, sollten wir etwas bekommen. Um sieben Uhr abends nach Hause. Rief meine Frau und holte sie bei Mondschein in den Garten, wo ich ihr unsere finanzielle Situation klarmachte und sie auf die Gefahr hinwies, alles Geld hier im Hause aufzubewahren, falls es zu Unruhen kommen sollte. Wir beschlossen, einen Teil des Geldes nach Brampton zu schaffen.

25.10. Mrs. Knipp erzählte uns, dass in beiden Häusern ab nächsten Montag wieder Theater gespielt wird.[42] Mrs. William meint, das Duke's Theatre wird jetzt wesentlich besser sein, weil es die besseren Schauspielerinnen hat – das freut mich zu hören.

26.10. Den ganzen Vormittag meine Buchführung in Ordnung gebracht, um die ich mich seit dem Feuer nicht mehr gekümmert habe.

27.10. Lord Belasses kommt zu mir – eine große Ehre. Er berichtet mir über die Zustände im Parlament. Im Unterhaus hat man zwei- oder dreihundert Messer vorgeführt, die im Schutt eines abgebrannten Hauses gefunden wurden, das Haus soll einem Katholiken gehört haben. Daraufhin breitete sich eine heftige anti-katholische Stimmung aus. Eine Resolution wurde gefasst, den König zu bitten, dass er die Katholiken aus allen öffentlichen Stellungen entfernt.[43] Nächste Woche fangen die Theater wieder an zu spielen.

29.10. Sir Thomas Teddiman kommt zu Besuch. Um ihn nicht zum Mittagessen einladen zu müssen, täuschte ich wichtige Geschäfte in Westminster vor. Nachmittags mit meinem Bruder dessen Übersetzung von Lord Bacons »Faber Fortunae« durchgesprochen. Keine sehr gute Leistung, bin enttäuscht: alles zu wörtlich, ganz ohne Leben. Ins neue Theater in Whitehall, wo ich zum ersten Mal seit der Pest wieder ein Stück sah. Der König und die

Königin, der Herzog und die Herzogin und alle die großen Hofdamen waren anwesend. Das Stück, »Liebe in einer Tonne«,[44] albern, machte mir kein Vergnügen. Außerdem konnte man sehr schlecht hören. Der Anblick der Damen war allerdings sehr erhebend.

31.10. Mit Sir W. Batten nach Whitehall. Hatte mir gestern Abend in einer engen Kutsche die Hoden gequetscht, ziemliche Schmerzen, die aber hoffentlich bald nachlassen werden. Nachmittags Buch geführt. Stelle fest, dass ich jetzt £ 6200 besitze, wofür der heilige Name des Herrn gepriesen sei. Um die Flotte kümmert sich niemand. Keiner hat Vertrauen in uns. Im Büro hören wir den ganzen Tag nur Klagen wegen Geldmangel. Alles ruht, bis der König Geld für uns aufgetrieben hat. Das Parlament hat sich schon eine Weile mit diesem Problem beschäftigt, ist aber so unzufrieden mit der Staatsführung des Königs und seiner Vergnügungssucht, dass es nicht noch mehr Geld bewilligen möchte. Die Seeleute werden ausgesprochen unverschämt, alles gerät außer Kontrolle, die Kommandanten finden keinen Gehorsam mehr, die Matrosen tun, was sie wollen. Niemand weiß genau, wie es um die Staatsgeschäfte wirklich steht, aber alle haben eine schlechte Meinung davon. Viele fürchten für das nächste Jahr eine Invasion; ich selbst sehe großes Unheil auf uns zukommen und bereite mich darauf vor, indem ich mir etwas für regnerische Tage zurücklege, bei aller Loyalität gegenüber dem König natürlich. Mein Kummer ist nur, dass der König so untätig ist; wenn er sich aufraffen würde, könnte er uns noch retten und die Holländer schlagen, aber solange er und der Herzog von York nur ihrem Vergnügen nachgehen, müssen wir geschlagen werden.

1.11. Sir William Coventry in melancholischer Stimmung, er fürchtet unseren baldigen Ruin.

2.11. Kaufte in Woolwich Äpfel und Schweinefleisch, der Metzger empfahl es als das beste in England: »Sehen Sie nur, wie fett es ist, das Magere wirkt darin wie ein Schönheitspflästerchen.« Las auf dem Heimweg »The Bondman« und die »Herzogin von Malfi«, anscheinend ein gutes Stück.[45]

5.11. Stellte fest, dass die Sarah aus dem ›Schwanen‹ einen Schuhmacher geheiratet hat. Konnte deshalb nicht mit ihr sprechen, werde es aber wahrscheinlich bald in aller Ruhe tun können. Abends in Whitehall spazieren gegangen und beinahe ins Theater gegangen, hatte aber Angst, dass ich wegen der Freudenfeuer nach der Vorstellung keine Kutsche bekommen würde, und verzichtete deshalb.

8.11. Der Herzog von York soll heute gesagt haben, dass in Kürze ein schwarzer Tag bevorsteht, ob er damit die Papisten meint oder was, ist unklar. Mr. Grey versicherte mir heute, dass er von einflussreicher Seite gehört habe, dem Frieden zwischen den Holländern und uns stehe nichts mehr im Wege; sobald der König genug Geld hat, wird er sehr rasch Frieden schließen.

9.11. In der Börse herrscht allgemeine Verwirrung, niemand weiß, was auf uns zukommt, alle befürchten Schlimmes. Mit Knipp gesungen, man wollte auch mein Lied »Beauty Retire« hören, das Knipp überall bekannt gemacht hat. Ohne falsche Bescheidenheit: ich glaube auch, dass es auf seine Art gut ist. Als wir gerade zu tanzen anfingen, kam die Nachricht, dass Whitehall in Flammen steht, und auch Horse Guard. Wir rannten auf den Dachboden und sahen die Bestätigung: ein schreckliches, großes Feuer, man sah und hörte, wie man mit Sprengungen dagegen anging.

Die Damen begannen sich zu fürchten, eine bekam sogar einen Anfall. Die ganze Stadt im Alarmzustand. Trommelwirbel und Trompeten, und überall Wachtposten in den Straßen.[46] Alle fürchten, dass heute oder morgen ein großes Massaker stattfindet, man spürt etwas Außerordentliches, weiß aber nicht, was. Nachrichten kommen, dass das Feuer unter Kontrolle ist.

Daraufhin hebt sich unsere Stimmung wieder, wir essen und sind lustig. Nach ein oder zwei Tänzen kommt die Nachricht, dass das Feuer mit unverminderter Wut um sich greift, was uns alle betroffen macht, ich wollte dringend nach Hause, konnte aber nicht, weil keine Kutsche mehr da war. Ging dann zu Fuß, hörte unterwegs, dass das Feuer unter Kontrolle sei.

10.11. Heute ist der fatale Tag, über den alle Welt gesprochen hat, der Tag, an dem die Papisten oder wer auch immer ein Massaker veranstalten sollten. Ich vertraue jedoch auf Gott, dass wir morgen früh genau wie immer aufstehen werden. Nachmittags erzählt mir Creed, dass Lady Denham im Sterben liegt, sie behauptet, vergiftet worden zu sein, angeblich soll man auch versucht haben, den König zu vergiften. Was alle diese traurigen Zeichen zu bedeuten haben, weiß Gott der Herr alleine. Jeden Tag sieht die Lage schlechter aus. Gott bereite uns auf das Schlimmste vor.

11.11. In der Kirche verirrten sich meine Gedanken ständig zu Betty Michell, so dass ich heimlich mit meinem Ding spielte.

12.11. Wurde auf dem Weg zur Börse so vollgespritzt mit Dreck, dass ich mich in meinem neuen Unterhemd nicht mehr weiter zu gehen getraute. Abends mit Jane, nachdem meine Frau und alle anderen Diener schon im Bett waren, mein restliches Geld aus dem Keller geholt. Weiß nicht, wie ich es verteilen soll. Sah heute Nachmittag die Leiche von Robert Braybrook, Bischof von London, gestorben 1404. Während des Feuers stürzte er aus seinem Grab und lag als Gerippe da, mit etwas Fleisch an den Knochen, zäh und trocken wie schwammiges, trockenes Leder. Sein Kopf war zur Seite gewandt.

13.11. Kaufte in Bishopsgate einige Gläser und ein Etui mit Tafelmessern, denn morgen kommt Lord Hinchingbrooke zum Essen zu uns. Hörte dann aber im Büro, dass Mylord sich nicht wohl fühlt und nicht zum Essen kommen kann, worüber ich nicht sehr traurig bin, weil mein Haus in großer Unordnung ist, wir hatten gerade die Maurer im Haus, der Kamin im Esszimmer qualmte so. Sie haben fast bis Mitternacht daran gearbeitet, jetzt sieht er sehr hübsch aus und raucht nicht mehr.

14.11. Sir G. Carteret meint, von Frieden könne keine Rede sein, solange wir nicht darum betteln. Dr. Croone erzählte mir von einem Experiment im Gresham College, bei dem das Blut eines Hundes abgelassen wurde (bis er starb) und in einen anderen Hund eingefüllt wurde, dem man gleichzeitig sein eigenes Blut abließ. Dem zweiten Hund ging es sehr gut dabei. Dieses Experiment war Anlass für verschiedene Bemerkungen, z. B. dass man das Blut eines Quäkers in einen Erzbischof füllen sollte usw.[47]

15.11. Heute Abend Ball bei Hof, die Königin hat Geburtstag. Ich ergatterte mit Müh und Not einen Platz auf der Galerie, von wo ich alles gut überblicken konnte. Allmählich füllte sich der Raum, die Kerzen wurden angezündet, der König, die Königin und die Hofdamen nahmen Platz. Es war ein glorreicher Anblick, Mrs. Stewart in Schwarz mit weißen Spitzen gekleidet zu sehen, ihr Kopf und ihre Schultern mit Diamanten besetzt. Gleich nach seinem Eintreffen nahm der König die Königin bei der Hand, und zusammen mit etwa vierzehn Paaren begannen sie die Branle. Danach kam eine Courante, dazwischen ein anderer französischer Tanz. Mrs. Stewart tanzte besonders elegant, aber im Ganzen war das Tanzen nicht besonders angenehm, nur der Anblick der Kleider und der vornehmen Leute lohnte sich, wahrscheinlich werde ich nie wieder eine solche Galanterie in meinem Leben erleben.

16.11. Mr. Hooke erzählte mir, dass der Hund, der neulich im College mit dem Blut eines anderen Hundes angefüllt wurde, wohlauf ist. Er meint, dass dieses Experiment auch für Menschen sehr nützlich werden kann.

17.11. Arbeite bis Mitternacht in meinem Zimmer an einem großen Brief an den Herzog von York, in dem die Situation der Flotte so deutlich geschildert wird, dass der König, wenn er sich auch nur einen Funken um die Staatsgeschäfte kümmert, Geld beschaffen muss.

18.11. Lord Brouncker und Sir W. Coventry stimmen meinem großen Brief zu. Der Sache nach ist es der schlimmste Brief, den je ein Prinz erhalten hat.

19.11. Sir G. Carteret ist mit dem Brief nicht einverstanden, besonders nicht mit dem Zustandsbericht über die Flotte.

20.11. Gedenktag für das Ende der Pest. Aber die Leute sagen alle, dass die Pest noch gar nicht aufgehört hat, dass noch immer Menschen daran sterben. Der Gedenktag wurde nur deshalb verordnet, damit wieder öffentliche Theatervorstellungen stattfinden können. Traf nach dem Gottesdienst Mr. Gregory, mit dem ich vereinbarte, dass er meiner Frau Gamben-Unterricht erteilt. Danach zu einer Sitzung mit dem Herzog von York, bei der der Lordkanzler fast die ganze Zeit laut schnarchte.

22.11. Lord Brouncker zeigte mir Hollars neuen Stich der City, auf dem der zerstörte Teil sehr gut abgebildet ist.[48] Mittags Streit mit meiner Frau, weil sie ihren Halsbesatz abgetrennt hatte, so dass man beinahe ihre Brüste sehen konnte. Sie hatte es natürlich in gutem Glauben getan, aber ohne Überlegung, weil es nun einmal Mode ist. Mr. Batelier erzählt, dass der König von Frankreich seine Lakaien in die Tracht unseres Königs gesteckt hat und dass die Adligen in Frankreich es ihm gleichtun werden. Das ist die größte Beleidigung, und obwohl es witzig ist und geistreich, ärgert es mich, dass man den König von England so gering schätzt.

24.11. Las abends den neuesten Bericht über Hexen von einem Mitglied des Gresham College, sehr gut geschrieben, aber nicht sehr überzeugend.[49]

25.11. Am Hof. Der Lordschatzkanzler erklärte mir, dass der König nichts tun kann, solange das Parlament ihm kein Geld bewilligt. Der König bat mich, allen Leuten zu sagen, dass sie noch etwas warten möchten. Sah auch Mrs. Stewart, das schönste Geschöpf, das ich je in meinem Leben gesehen habe, sie ist jetzt noch schöner als Lady Castlemaine. Mr. May erzählte mir, dass die Pläne für den Wiederaufbau der City zügig vorangehen, alles wird sehr schön werden, zur vollen Zufriedenheit der Leute. Hoffentlich dauert nicht alles zu lange.

28.11. Nach Whitehall, wo sich herausstellt, dass trotz Regen und Sturm der Herzog von York auf die Jagd gegangen ist – wir sind umsonst gekommen.

1.12. Sah, wie in einem Keller in der Tower Street ein frisches Feuer brannte, das von lebhaften Winden entfacht wurde. Traf dann unseren ehemaligen Lord Mayor, unter dem die Stadt abbrannte, fuhr mit ihm per Schiff nach Whitehall. Mein Gott, was für ein alberner Mensch, wie er jammert, dass jeder sein eigenes Wohl über das der Gesamtheit stellt – er scheint ein rechter Kümmerling zu sein. Borgte mir heute Nachmittag von Mrs. Mitchell ein verbotenes und deshalb sehr gefragtes Pamphlet mit dem Titel »Verteidigung der Katholiken«, in dem die Strenge des Parlaments gegenüber den Katholiken beklagt wird. Das Ganze ist sehr gut geschrieben.[50]

2.12. Hörte bei Sir W. Batten schlimme Nachrichten, dass unsere Neuengland-Flotte zum dritten Mal durch schlechtes Wetter aufgehalten und auseinandergetrieben wurde; ob es Verluste gegeben hat, weiß man noch nicht. Dies, zu allem Übrigen, macht unsere Hoffnungen zunichte, und jedermann prophezeit den Untergang der Nation.

3.12. Höre mit der größten Befriedigung, dass die schottischen Rebellen alle überwältigt sind – sie hatten sich bis auf drei Meilen Edinburgh genähert; drei- oder vierhundert sind getötet oder gefangen genommen; jetzt wird es dort für eine Weile Ruhe geben.

5.12. Goodgroome aß mit uns zu Mittag, er gibt jetzt meiner Frau Gesangsstunden. Nach dem Essen gab ich ihm meine Komposition »Beauty Retire«, nach der er mich schon oft gefragt hat; ohne Schmeichelei: ich halte dieses Stück für ein sehr gutes Lied. Abends Ärger mit meiner Frau, weil sie nicht genau aufschreibt, wie oft der Musiklehrer im Hause war. Wütend zu Bett.

6.12. Versöhnung vor dem Aufstehen. Meine Frau geht nachmittags mit meinem Bruder ins Theater. Das Stück hat ihr nicht gefallen, sie meint, sie ist in der Zwischenzeit kritischer geworden. Heute stand in der Gazette die vollständige Geschichte von der Niederlage der schottischen Rebellen und von der Investitur des Herzogs von Cambridge als Ritter des Hosenbandordens.[51]

7.12. Als ich zum Mittagessen nach Hause kam, fand ich ein schmutziges, zerknülltes Tischtuch vor, was mich sehr wütend machte. Meine Frau war sehr geduldig und legte ein neues Tischtuch auf. Nach dem Essen ins King's Theatre, wo schon fast zwei Akte vorbei waren, als ich ankam. Ich versteckte mich in meinem Mantel und sah den Rest von »The Maid's Tragedy«, ein gutes Stück, gut gespielt.[52] Es war das erste Theaterstück für mich seit dem Pestausbruch, erst seit 14 Tagen wird wieder öffentlich gespielt. Hatte aber große Angst, dass mich jemand sehen könnte.

8.12. Mr. Pierce erzählt, dass der König dem Lord Chamberlain den Befehl gegeben hat, in allen öffentlichen Häusern und Theatern nach Parlamentsabgeordneten zu suchen und sie zur Abstimmung zu holen. Nach dem Essen mit meiner Frau zu Mrs. Pierce. In Ludgate Hill verlor unsere Kutsche ein Rad, so mussten wir uns in andere Kutschen hineinquetschen. Ging dann noch ins King's Theatre, mit schlechtem Gewissen, wo ich den größten Teil von »The English Monsieur«[53] sah, ein sehr witziges und angenehmes Stück. Versteckte mich, so gut es ging, aber Gott wollte, dass sich Sir John Chichly ausgerechnet neben mich setzte.

12.12. Habe starke Rückenschmerzen, entweder durch Erkältung oder von einer Überanstrengung, als ich gestern eine Kiste aufbrechen wollte. Konnte mich nachts vor Schmerzen nicht rühren.

13.12. Habe mir die Augen bei Kerzenlicht überanstrengt, werde mir eine grüne Brille besorgen.

14.12. Traf in Westminster Hall meinen guten Freund Mr. Evelyn. Wir beklagten unsere Lage, vor allem, dass sich der König nicht um die Staatsgeschäfte kümmert.

15.12. Gute Nachrichten in der Börse: Unsere Hamburg-Flotte ist zurückgekehrt, und es besteht Aussicht, dass die Gotenburg-Flotte ebenfalls bald heimkommt.

16.12. Speiste ganz ohne Gäste zu Mittag, was ich an einem Sonntag ungern tue. Ging nachmittags mit Lord Brouncker im Park spazieren. Er glaubt, dass der König allmählich einsieht, wie gering seine Aussichten sind, vom Parlament noch irgendwelches Geld zu bekommen; er wird es deshalb auflösen wollen. Außerdem wird er um jeden Preis Frieden schließen, was auch im Interesse des Lordkanzlers ist. Er glaubt auch nicht, dass der Herzog von York je wieder in See stechen wird.

19.12. Sah vom Tower Hill aus, wie sich drei- oder vierhundert Seeleute zusammenrotteten. Sie gaben sich Zeichen und brachen in Rufe aus. Ich bekam es mit der Angst zu tun und eilte, so schnell ich konnte, nach Hause, wo ich Tumulte befürchtete, aber Gott sei Dank war alles normal. Erfuhr später von Sir W. Batten und Sir R. Ford, dass die Seeleute aus bestimmten Gefängnissen einige ihrer Kameraden befreien wollten. Der Herzog von Albemarle ist mit Truppen nach Wapping ausgerückt, um die Seeleute zu überwältigen – eine unglaubliche Schande für uns. Sir W. Batten erzählte auch, wie Sir Allen Brodericke und Sir Allen Apsly neulich betrunken ins Unterhaus gekommen sind, eine halbe Stunde lang gleichzeitig geredet haben und durch nichts zum

Schweigen gebracht werden konnten, was mich zutiefst bekümmert. Wir sprachen lange über die traurige Lage des Staates und über die Schande, die die berechtigten Beschwerden der Seeleute über die königlichen Beamten gebracht haben.

24.12. Kaufte mir heute eine grüne Brille. Noch immer keine Nachricht von unserer Gotenburg-Flotte.

25.12. Lag lange im Bett. Meine Frau wollte noch länger schlafen, weil sie bis 4 Uhr morgens auf war und die Mädchen beim Backen von Minzpasteten beaufsichtigt hat. Nach der Kirche ein sehr gutes Mittagessen: geröstete Rinderrippchen mit Minzpasteten, dazu sehr guten Wein aus meinem Keller. Mein Herz ist froh, und ich danke Gott dem Allmächtigen dafür, dass es mir so gut geht. Abends zusammen mit meinem Bruder einen Katalog meiner Bibliothek angefertigt.

27.12. Zu Sir W. Batten eingeladen, kein besonders gutes Essen, sehr viele Leute anwesend. Brach mit meiner Frau mitten während des Essens auf, wir fuhren mit der Kutsche ins King's Theatre, wo es »Die zornige Dame«[54] gab.

28.12. Sah im Duke's Theatre »Macbeth«, hervorragend gespielt, ein ungewöhnlich unterhaltsames Stück.[55] Sah danach in Whitehall »Heinrich V.«,[56] saß aber so weit weg von der Bühne, dass ich kaum etwas verstand, außerdem zog es stark, was mich sehr störte.

31.12. Stand heute früh mit dem festen Entschluss auf, alle meine ausstehenden Schulden dieses Jahres zu begleichen. Nahm mein Geld und ging zu verschiedenen Stellen in der Stadt, es herrscht noch immer strenger Frost. Stelle zu meiner großen Unzufriedenheit fest, dass ich in diesem Jahr £ 573 weniger als vergangenes Jahr eingenommen habe. Überdies habe ich dieses Jahr auch mehr ausgegeben als im vergangenen Jahr. Trotzdem sei Gott gepriesen. So endet dieses Jahr des Unglücks für die Nation. Mir selbst und meiner Familie geht es gut. Wir haben vier Mädchen und einen Burschen im Haus, außerdem wohnt jetzt mein Bruder bei uns. Gesundheitlich geht es uns allen gut, nur meine Augen tun mir bei Kerzentlicht weh. Die öffentlichen Angelegenheiten in einem überaus traurigen Zustand. Die Matrosen sind demoralisiert, weil sie keinen Sold mehr bekommen, man kann sie kaum noch zügeln. Unsere Feinde, die Franzosen und Holländer, sind stark und mächtig, wir umso ärmer. Das Parlament knausert mit dem Geld. Die City wird wohl so bald nicht wieder aufgebaut, alle ziehen woandershin, und niemand hat den Mut, seinen Geschäften nachzugehen. Der Hof in traurigem Zustand, lasterhaft und nachlässig. Alle verständigen Leute fürchten für nächstes Jahr den Untergang des Königreichs, wovor uns Gott behüten möge. Bemerkenswert für mich ist, dass ich jetzt reichlich mit gutem Geschirr versehen bin, so dass ich alle meine Einladungen auf Silber halten kann; besitze jetzt zweieinhalb Dutzend Silberteller.

1667

1.1. Lange im Bett gelegen. Ein bitterkalter Frosttag. Der Frost dauert nun schon sehr lange, die Themse ist voller Treibeis. Mittags die beste panierte Gans, die ich je gegessen habe. Abends spät im Büro, die Augen taten mir weh.

2.1. Am Hof hat man Befürchtungen wegen militärischer Aktionen der Franzosen. Gott sei uns gnädig, denn wir können jetzt keine Flotte aussenden. Sah im King's Theatre »Der Brauch des Landes«[1] – von allen Stücken, die ich je gesehen habe, ist dies das miserabelste: es hat weder eine Handlung noch Sprache, noch irgendetwas Vernünftiges. Bestimmt das elendste Stück, das ich gesehen habe und je sehen werde.

Überlege mir neue Gelübde für dieses Jahr.

4.1. Lord Brouncker, Sir W. Penn mit Gemahlin und Tochter mit Verehrer speisten bei mir. Sie waren alle starr vor Staunen, dass ich sie so vornehm auf Silber bewirtete. Dazu ein entsprechendes Essen, wenn auch nur sieben Gänge.

5.1. Mit meiner Frau ins Duke's Theatre, wo es »Mustapha«[2] gab, ein ganz hervorragendes Stück. Abends starke Kopfschmerzen, weil ich zu viel Sherry getrunken hatte und mir die Augen wehtaten.

6.1. Der junge Michell zeigte mir den Bäckerladen in Pudding Lane, wo das große Feuer begann.

7.1. Im Duke's Theatre wieder »Macbeth« gesehen, das mir ein in jeder Beziehung ausgezeichnetes Stück erscheint, sehr unterhaltsam, obwohl es eine tiefe Tragödie ist, was eine seltsame Eigenschaft für Tragödien ist, hier jedoch sehr angemessen.[3]

8.1. Mein Bruder hat jetzt den Katalog meiner Bücher fertiggestellt, in perfekter alphabetischer Reihenfolge.

11.1. Erfuhr heute, dass mein Vater an seinem alten Bruchleiden erkrankt ist, was mir Sorgen macht.

12.1. Las abends in Mores »Antidote against atheism«,[4] einem hübschen Buch; dann zu Bett.

16.1. Angeblich soll ein Brief aus Holland gekommen sein, in dem um einen Friedensvertrag ersucht wird; ich bezweifle das jedoch. Sah noch heute rauchende Ruinen, Überreste vom großen Feuer. Die Straßen aufgeweicht und schmutzig.

18.1. Sir W. Penn erzählte mir, dass der König heute eine sehr scharfe Rede im Oberhaus gehalten hat, in der er sich beklagte, dass man ihm zu Unrecht vorwerfe, mit den Holländern Frieden schließen zu wollen.

20.1. Die Kirche doppelt so voll wie sonst, zu meiner großen Freude predigte Mr. Frampton. Die beste Predigt, die ich je in meinem Leben gehört habe, über Apostelgeschichte 11,8. Mr. Brisband lieh mir den »Dritten Ratschlag für einen Maler«, eine bittere Satire auf den Herzog von Albemarle. Werde mir eine Kopie davon machen.[5]

24.1. Als wir vormittags im Büro saßen, kam die Nachricht, dass bei Sir W. Batten ein Feuer ausgebrochen sei. Es wurde aber rasch gelöscht.

27.1. Las Erasmus, »De scribendis Epistolis«, ein sehr gutes Buch, besonders ein Brief an einen Höfling, den ich gerne herausgerissen hätte, ließ es dann aber doch sein.[6]

30.1. Fastentag wegen des Todestags des Königs.

31.1. So endet dieser Monat: ich selbst in sehr gutem Gesundheitszustand. Das Parlament kurz vor der Auflösung, nachdem es unter großer Verwirrung dem König Geld bewilligt hat. Prinz Rupert ist schwerkrank. Niemand weiß, wer nächstes Jahr die Flotte kommandieren wird. Große Rüstungsanstrengungen in Holland und Frankreich.

2.2. Sehr angetan heute Abend von einem Gedicht, das ich von Westminster Hall mitgebracht habe. Es ist von Dryden und behandelt den gegenwärtigen Krieg, ein sehr gutes Gedicht.[7]

3.2. Wir unterhielten uns während des Mittagessens über Nostradamus' Prophezeiungen, besonders über das große Feuer.[8] Las abends in Hakewills »Apology«, mit großer Zustimmung, besonders was die ewige Jugend des Erdballs angeht.[9]

4.2. Saß im Theater neben einer Dame, die Lady Castlemaine außerordentlich ähnlich sah. Ich glaube, sie ist eine Hure, denn sie scheint die meisten Herren im Theater zu kennen.

7.2. Als ich mit meinem Bruder über seine Reise nach Brampton sprach und ihm allerlei gute Ratschläge gab, fiel er plötzlich wie tot um, was mir einen wahnsinnigen Schrecken einjagte. Ich hob ihn vom Boden auf, er war leichenblass, und allmählich kam er wieder zu sich.

8.2. Der König hat das Parlament bis zum Oktober vertagt. Wir unterhielten uns lange über Cromwell und waren alle der Meinung, dass er ein mutiger Kerl war, der seine Krone redlich verdient hat.

9.2. Las ein bisschen in »Every Man in his Humour«,[10] worin ich die beste Ausdrucksweise finde, die ich je in meinem Leben gelesen habe. Heute Mittag kam der Uhrmacher meiner Frau, ich bezahlte ihm £ 12 für die Uhr, die er für sie gemacht hat.

10.2. Mr. Mills hielt eine unnötige Predigt über die Erbsünde, weder er noch die Gemeinde hat irgendetwas verstanden. Heute besuchte mich Mr. Carter, ein alter Bekannter vom College. Wir sprachen über unsere Kommilitonen und ihre Schicksale; zu meiner Freude war keiner dabei, dem es besser gegangen ist als mir.

11.2. Kaufte mir die Rede des Königs bei der Vertagung des Parlaments, in der Stellen enthalten sind, die sehr auf einen baldigen Friedensschluss hindeuten.

12.2. Unterhielt mich mit Thomas Killigrew, der mir erzählt, dass seit dem Feuer sein Theater nicht mehr so gut besucht ist, obwohl die Bühne jetzt sehr verbessert ist, mit vielen Wachskerzen, und dass es nicht mehr wie in einem Biergarten, sondern sehr zivilisiert zugeht. Er hat jetzt etwa zehn ausgezeichnete Musiker, sei acht- oder zehnmal nach Rom gereist, um gute Musik zu hören, von dort habe er neun italienische Musiker mitgebracht.

13.2. Schlechtes Wetter heute Abend, konnte nur mit Mühe eine Kutsche bekommen; zog während der nächtlichen Fahrt durch die Ruinen meinen Degen.

14.2. Mr. Cholmly überrascht mich mit der Nachricht, dass der König gestern erklärt hat, er verhandle bereits mit den Holländern. Sie hätten ihm einen sehr höflichen Brief geschrieben, und er habe Den Haag als geeigneten Ort für Friedensverhandlungen ausgewählt.

16.2. Hörte bei Lord Brouncker zwei große Eunuchen singen; sie singen mit hoher und weicher Stimme, aber Frauenstimmen sind mir doch lieber.

17.2. Wartete dem König und dem Herzog im Park auf; hatte Angst, sie würden mich nach dem Wert der kürzlich gesunkenen ›St. Patrick‹ fragen. Die beiden waren aber mehr interessiert am

Liebesspiel der Gänse im Wasser; wenn der Ganter die Gans tritt, ist sie die ganze Zeit unter Wasser, was mir neu war. Der König und der Herzog amüsierten sich über die Szene und machten einige Bemerkungen, die mir gar nicht gefielen.

18. 2. Sah im King's Theatre »The Maid's Tragedy«,[11] war aber die ganze Zeit gestört von zwei schwatzhaften Damen und Sir Ch. Sedley. Die eine der Damen hatte die ganze Zeit über eine Maske auf, sie war sehr geistreich und vornehm.

22. 2. Einladung zum Mittagessen bei Sir W. Penn. Die Tochter war schlampig angezogen, und so hässlich, wie man sich nur denken kann. Das Essen erbärmlich, das Beste war noch das Silber, das sie von uns ausgeliehen hatten.

23. 2. Bin heute mit Gottes Segen 34 Jahre alt geworden, in sehr guter Gesundheit und materiellen Umständen, die ich mir nie erträumt hätte. Der Name des Herrn sei gepriesen.

24. 2. Meine Frau erzählt mir, dass die kleine Miss Tooker sich den Tripper geholt hat, jung wie sie ist; sie lag im Bett ihrer Mutter, als diese Männerbesuch hatte.

25. 2. Unterhielt mich lange im Bett mit meiner Frau über frühere Zeiten, wie sie in dem kleinen Stübchen bei Lord Sandwich Feuer machte und meine schmutzige Wäsche wusch, das arme Ding! Dafür werde ich sie immer lieben und bewundern und rede mir ein, sie würde es noch einmal tun, wenn uns Gott wieder in die gleiche Lage bringen würde.

27.2. Mr. Cooling erzählte mir, dass gestern Abend der Herzog von Buckingham in den Tower geworfen worden ist, wegen verräterischer Umtriebe. Der König soll sehr zornig auf ihn sein und ihn aus dem Council entlassen haben.[12]

28.2. Habe in den letzten Tagen noch immer Rauch vom großen Feuer gesehen, kann nachts aus Furcht vor dem Feuer nicht schlafen, heute Nacht bin ich erst um 2 Uhr morgens eingeschlafen. – So endet der Monat mit keinen größeren Sorgen für mich, außer dass es meinen Eltern schlecht geht, ich glaube nicht, dass mein Vater jemals wieder ganz gesund werden wird.

1.3. Versuchte vor dem Essen, mit meiner Frau ein bisschen zu singen. Das arme Ding hat aber ein so miserables Gehör, dass ich ganz wütend wurde, bis sie anfing zu weinen. Ich will aber mehr Geduld mit ihr haben, denn sie ist mir zuliebe sehr willig, und ich bin ihr gegenüber sehr ungerecht.

2.3. Sah mit meiner Frau im King's Theatre das neue Stück von Dryden, »The Maiden Queen«,[13] das überall sehr gelobt wird wegen seiner Regelmäßigkeit und geistreichen Passagen. Am besten gefiel mir eine komische Rolle, die von Nell hinreißend gespielt wurde – ich bewundere sie wegen dieser Leistung. Las abends noch das Leben von Heinrich V. und VI. im Speed.[14]

6.3. Mit W. Penn nach Whitehall, wo der Herzog von York und der König uns erklärten, dass der Krieg in diesem Jahr anders geführt werde. Offenbar besteht die Befürchtung, dass es zu einer Invasion kommt. In Westminster Hall klagen alle über den Kohle-Preis: £ 4 pro Kaldron. Es ist jetzt wieder sehr kalt geworden.

9.3. Kapitän Cooke erzählte, dass der Herzog von Buckingham am Montag zum Verräter erklärt werden wird. Starke Erkältung, die ich mir wahrscheinlich gestern Morgen geholt habe, als ich zu lange barfuß nach neuen Socken suchte, die alten waren nämlich, da sie dicht am Fenster lagen, vollgeschneit, weshalb ich sie nicht wieder anziehen wollte.

10.3. Las eine Stunde in Morlys »Einführung in die Musik«,[15] ein sehr gutes, aber unmethodisches Buch.

12.3. Fand mittags Mr. Goodgroome zu Hause vor, dessen Gesangsstunden für meine Frau mir immer weniger gefallen. Trotzdem hoffe ich, dass sie eines Tages passabel singen wird, vielleicht schafft sie sogar Koloraturen. Ein armer Matrose lag heute halb verhungert in unserem Hof. Ich schickte ihm eine halbe Krone, und wir ließen ihm seinen Sold auszahlen.

16.3. Das Wetter ist wieder warm geworden. Sah in der letzten Woche noch immer Rauch aus einigen Kellern kommen, es sind nun mehr als sechs Monate seit dem großen Feuer vergangen.

18.3. Mein Vater schreibt mir heute, dass seine Krankheit sich nicht gebessert habe und dass es meiner Mutter sehr viel schlechter gehe, so dass er fürchte, sie werde es nicht mehr lange machen, was mich sehr beunruhigt.

20.3. Erfahre, dass der Herzog von Richmond und Mrs. Stewart gestern Abend getraut worden sind. Mit meiner Frau zu Polichenelli, dem Puppenspieler. Sehr hübsch, und voller Abwechslung, eine sehr gute Unterhaltung.[16] Zu Hause ein trauriger Brief von meinem Bruder: bei meiner Mutter haben die Ärzte jede Hoffnung aufgegeben, und meinem Vater geht es ebenfalls sehr schlecht. Mache mir große Sorgen deshalb.

22.3. Höre, dass die Friedensverhandlungen in Breda sein sollen.

23.3. Ärgerte mich mächtig über unsere Magd Lucie, die Köchin, die sonst sehr ordentlich ist und gut arbeitet, nur leider säuft sie; heute war sie den ganzen Tag betrunken, so dass sie nicht putzen konnte, hoffentlich legt sie nicht eines Tages Feuer.

24.3. Gab heute dem Fährmann 10 Shilling, damit er sein Boot neu anstreichen und mein Wappen daran anbringen kann.

25.3. Mein Bruder schreibt, meine Mutter röchelt bereits, sie kann jeden Augenblick sterben.

26.3. Mit Sir W. Penn in die Schlosskneipe. Trank aber nur Branntwein, wie ich das seit einiger Zeit tue, aus Rücksicht auf mein Gelübde. Allerdings wird mir das nicht mehr viel nützen, wenn die warme Jahreszeit kommt.

27.3. Erhielt durch meinen Bruder die Nachricht von Mutters Tod. Sie ist am Montagnachmittag gestorben, ihre letzten Worte waren: »Gott segne meinen armen Sam!« Als ich das las, musste ich sehr weinen. Trotzdem ist es für sie und für uns alle besser, hilflos, wie sie nun einmal war, als wenn sie meinen Vater oder mich überlebt hätte. Dieser Gedanke beruhigte mich ein wenig. Zum Schneider wegen Trauerkleidung.

30.3. Meine Frau wusste, dass ich im Theater war. Es gab »Die lustigen Liebhaber«,[17] von Lady Newcastle, das albernste Stück, das ich je gesehen habe.

31.3. Der Schneider brachte unsere Trauerkleidung, alles sehr hübsch. Meine neue Perücke machte in der Kirche großen Eindruck. An diesem Monatsende spüren alle eine starke Sehnsucht nach Frieden, der Krieg kann so nicht weitergehen.

1.4. Ging mit Sir W. Coventry spazieren, der mir erzählte, dass wir auf jeden Fall Frieden schließen müssen, denn wir können keine Flotte mehr losschicken.

3.4. Ins Büro, dann zu Sir W. Penn und die Zeit mit ihm verschwatzt, danach nach Hause, Abendessen und zu Bett, in schlechter Laune aus drei Gründen: weil die neue Uhr meiner Frau sich als elendes Machwerk herausgestellt hat, weil mein Büro und das Königreich in miserablem Zustand sind und weil die Kosten für die Beerdigung meiner Mutter ganz erheblich sein werden.

4.4. Heute war Gründonnerstag. Der König wusch die Füße der Armen nicht selbst, der Bischof von London tat es für ihn.

7.4. Ostersonntag. Hörte die italienische Musik in der Kapelle der Königin, die Komposition gefiel mir sehr gut, nur mag ich die Kastratenstimmen nicht.

9.4. Sah im King's Theatre »Der Widerspenstigen Zähmung«.[18] Das Stück hat einige gute Szenen, ist aber im Übrigen dürftig.

10.4. Unsere Friedensunterhändler bereiten sich auf die Abreise nach Breda vor. Gott sei gesegnet, meinem Vater geht es offenbar wieder besser.

12.4. Als ich nach Hause kam, stellte ich fest, dass Lucie, unsere Küchenhilfe, die Haustür offen gelassen hatte. Ärgerte mich so, dass ich ihr in der Haustür einen Fußtritt verpasste. Wollte ihr gerade noch eine knallen, als ich bemerkte, dass Sir W. Penns Bursche mir zusah, was mich noch mehr erboste, weil ich genau weiß, dass er es sofort seiner Herrschaft erzählen wird. Sah deshalb den Burschen sehr freundlich an und wechselte ein paar verbindliche Worte mit ihm, damit er nicht denken konnte, ich sei wütend, obwohl ich das durchaus war.

14.4. Las mit Vergnügen in meiner »Geschichte der Türkei«.[19] Danach sehr gutes Roastbeef zum Mittagessen.

15.4. Dr. Childe kam heute zu mir und schrieb mir den Generalbass und verschiedene andere Stimmen zu mehreren Liedern, zu meiner größten Zufriedenheit. Ging dann ins King's Theatre, wo es so voll war, dass ich stehen musste, an der Tür, bis es mir zu sehr zog und ich fortging.

16.4. Sah heute »Die schweigsame Frau«,[20] eine alte Aufführung, die ich schon oft gesehen habe. In diesem Stück steckt mehr als in zehn modernen Dramen.

19.4. »Macbeth« gesehen, immer wieder eines der besten Stücke, was Abwechslung durch Tanz und Musik betrifft.[21] Meine Frau erzählt mir, dass unseren Dienern allmählich auffällt, wie sehr ich meinem Vergnügen nachgehe. Ich schäme mich sehr.

20.4. Starke Ohren- und Halsschmerzen. War in dieser Woche jeden Tag im Theater, werde bis Pfingsten keins mehr betreten.

26.4. Sah in St. James's, wie ein junger Mann das große Bild mit dem sitzenden Königspaar von van Dyck kopierte, er machte seine Sache sehr gut.[22] Mr. Evelyn erzählte mir vom König von Frankreich, was für ein bedeutender Fürst er ist und dass er die Gesetzestexte hat kürzen lassen.[23] Auch der König von Frankreich hat Mätressen, aber er lacht über die Torheiten unseres Königs, der seine Bastarde zu Prinzen macht. – Die Nachricht kommt, dass die Holländer mit 24 großen Schiffen vor unserer Küste liegen.

27.4. Habe heute sehr günstig Kohlen eingekauft.

28.4. Schlief in der Kirche ein, so dass mein Hut in ein Loch unter der Kanzel fiel; nach der Predigt fischte der Küster ihn mit einem Stock wieder heraus.

30.4. Höre in der Börse, dass die Franzosen und Portugiesen Frieden geschlossen haben. Besitze jetzt £ 6700, wofür Gott mich dankbar mache. Mit frohem Herzen zum Abendessen.

3.5. Mit einem alten Bekannten, Mr. Pechell, einem gutmütigen Menschen, spazieren gegangen, obwohl ich mich wegen seiner roten Nase nicht gerne mit ihm sehen lasse.

5.5. Wollte Sir G. Carteret besuchen, aber der nahm gerade Abführmittel. Ging dann in die Kirche, wo jemand eine langweilige Predigt hielt; die meisten von den guten Frauen aus unserer Gemeinde sind auf dem Lande, jedenfalls kommen sie nicht mehr in die Kirche.

8.5. Sprach mit Mr. Andrews, unserem Nachbarn, über das Grundstück hinter unserem Haus, das ich gerne kaufen möchte, um darauf einen Stall und ein Kutschen-Haus zu bauen; mein gesellschaftlicher Stand macht das jetzt notwendig.

11.5. Meine Frau hat sich heute weiße Locken aufgesteckt, was mich so in Wut brachte, dass ich furchtbare Flüche ausstieß (was mir Gott verzeihen möge) und die Faust schüttelte. Sie gab mir keine Antwort. Ging ohne Abendessen zu Bett.

12.5. Als ich morgens über meinen Abrechnungen saß, kam meine Frau im Nachthemd zu mir und versprach, in meiner Gegenwart keine weißen Locken mehr zu tragen, wenn ich ihr Geld dafür gäbe, dass sie ihre Trauerkleider mit Spitze besetzen kann. Ich Esel machte Einwendungen, worauf sie zu schimpfen und zu schreien anfing und mir mein Verhältnis zu Mrs. Knipp vorwarf. Sie wolle nur dann keine weißen Locken mehr tragen, wenn ich Mrs. Knipp nie mehr sehen würde (sie hat natürlich mehr Grund zur Eifersucht als ich früher wegen dem Tanzmeister Pembleton).

15.5. Höre bei Sir W. Batten, dass unsere Botschafter in Holland nicht gut behandelt wurden, man hat ihnen ein unmöbliertes Haus zur Verfügung gestellt.

Mr. Lowder, so heißt es, benutzt einen Badezuber, d.h. er badet und schwitzt darin, nach ihm dann seine Frau. Dabei sollen sie sich gegenseitig den Tripper verpasst haben, hoffentlich stimmt das nicht.

16.5. Unsere Botschafter sind offenbar doch mit großer Höflichkeit behandelt worden. Mr. Shepley berichtet, dass es meinem Vater wieder sehr gut geht – bis auf die Schmerzen. Ich wünschte, er wäre jetzt hier, dann könnte ich ihm besser helfen.

19.5. Las in Mr. Hookers Lebensbeschreibung, die mir sehr gut gefällt.[24]

22.5. In der Börse erzählt man sich, dass die Schweden sich mit den Holländern überworfen haben.

24.5. Zu Sir W. Penn eingeladen, wo es Taubenpastete gab. Nach dem Essen trat ein Zauberkünstler auf, der uns Tricks zeigte, die ich noch nie gesehen hatte, meine Frau glaubte tatsächlich, der Teufel sei dabei im Spiel.

26.5. Amüsierte mich in der Kirche mit meinem Fernglas, durch das ich das große Vergnügen hatte, eine große Zahl attraktiver Frauen zu beobachten. Mit dieser Beschäftigung und einem kurzen Nickerchen überstand ich den Gottesdienst leidlich. Ging danach zu Mrs. Martin und machte mit ihr, was ich wollte.

Las dann auf der Rückfahrt in meinem Boot Mr. Evelyns neues Buch über die Einsamkeit, das ich nicht sehr bemerkenswert finde.[25]

27.5. Sah im Bärengarten einen Schaukampf. Es war so voll, dass ich kaum hineinkam. Die Bären lieferten sich ein wütendes Gefecht. Danach kämpften ein Metzger und ein Fährmann, denen nach einer Weile ihre Berufsgenossen zu Hilfe kamen, so dass ein gewaltiger Tumult entstand.

31.5. Die junge Frau Daniel kam morgens in mein Büro, um für ihren Mann ein gutes Wort einzulegen. Ich versprach, ihm eine Stelle zu besorgen, und legte dann meine Hand auf ihren Bauch, aber sie ist so mager, dass es mir keinen besonderen Spaß machte.

2.6. Früh aufgestanden, wollte gleich arbeiten, ohne mich rasiert oder frisch angezogen zu haben, stelle aber fest, dass ich so nicht völlig wach bin. Las abends Mr. Boyles Buch über die Farben zu Ende, es ist aber so chemisch, dass ich nur wenig davon verstehe.[26]

3.6. Las »Das Leben des Kardinal Wolsey, geschrieben von seinem eigenen Diener«.[27] Sprach mit dem guten Mr. Evelyn über den gegenwärtigen Stand der Dinge; die Holländer sind mit 80 Schiffen ausgelaufen, die Franzosen sind mit 20 Schiffen und 5 Kanonenbooten im Kanal, während wir nicht ein einziges Schiff dagegensetzen können. Unsere Unterhändler verhandeln in Breda. Die Schuld daran hat unser nachlässiger Prinz. Das Königreich wird nun wohl zugrunde gehen, trotz aller Tradition und Reputation.

4.6. Erfahre von Mr. Commander, dass ich das Grundstück für meinen Kutschen-Schuppen doch nicht bekommen kann. Bin betrübt darüber. Wenn ich aber die allgemeine Lage bedenke, ist es vielleicht ganz gut so. Abends mit meiner Frau über ihre Kleidung in Streit geraten. Las dann laut aus Boyles »Hydrostatik«[28] vor und ließ sie weiterreden, bis zur Erschöpfung. Dann vertrugen wir uns wieder und gingen zusammen ins Bett.

6.6. Mr. Pierce berichtet, dass der Herzog von Cambridge im Sterben liegt und von allen bereits aufgegeben ist – ein trauriger Verlust.

8.6. Im Amt erfahre ich, dass die Holländer mit 80 Segelschiffen vor Harwich liegen und dass man in Bethnall Green den ganzen Tag Geschützdonner gehört hat. Der König hat Lord Oxford ausgesandt, damit er an Ort und Stelle die nötigen Maßnahmen einleitet.

9.6. Las während der Heimfahrt eine Satire mit dem Titel »Die Visionen«, aus dem Spanischen von Le Strange übersetzt. Die Übersetzung ist ganz hervorragend, man sollte nicht glauben, dass es eine Übersetzung ist.[29] Wir sollen Kanonenboote gegen die Holländer kampfbereit machen.

11.6. Sheerness ist verloren, was sehr traurig ist. Der Rat hat uns ermächtigt, alle Schiffe zu beschlagnahmen. Die Miliz ist aufgerufen.

12.6. Schlechte Nachrichten: Die Holländer haben die Sperrkette bei Chatham durchbrochen. Der Hof in sehr gedrückter Stimmung. Unsere Herzen tun weh, denn die Meldung bestätigt sich: die Holländer haben unsere Schiffe in Brand gesteckt, vor allem die ›Royal Charles‹. Ich fürchte so sehr um das Schicksal des Königreichs, dass ich beschließe, heute Abend mit meinem Vater und meiner Frau darüber zu beraten, was ich mit meinem Geld tun soll. Gott helfe uns, Gott weiß aber auch, dass ich für meine Person immer meine Pflicht getan habe. Wir beschlossen, mein Geld fortzuschaffen – teils aufs Land, und teils zu Sarah Giles. Voller Furcht und Angst zu Bett, kaum ein Auge zugetan.

13.6. Auf Befehl des Königs und des Herzogs von York wurden unsere Schiffe bei Barking Creek versenkt, damit die Holländer nicht weiter vordringen können. Daraufhin packte mich solche Angst, dass ich beschloss, meinen Vater und meine Frau sofort aufs Land zu schicken; jeder nahm £ 1300 in Gold im Reisekoffer mit. Habe mir einen Gürtel anfertigen lassen, in dem ich auf mühselige Weise £ 300 in Gold mit mir herumschleppe. Die ganze City ist niedergeschlagen und bedrückt, man glaubt sich verraten und verkauft und fürchtet sich vor einer Invasion der Franzosen. Habe heute mein Testament gemacht und alles zwischen meinem Vater und meiner Frau gleichmäßig verteilt.

14.6. Bin jetzt ganz alleine im Flottenamt, worüber ich froh bin, denn so bin ich immer in der Nähe meines Hauses und außerhalb der Gefahrenzone, kann aber trotzdem Nützliches für den König leisten.

17.6. Aß mit Mr. Hater zu Mittag, der uns ein trauriges Schicksal vorhersagt. Er möchte jetzt am liebsten in Hamburg sein, viele andere haben offenbar den gleichen Wunsch. Der Hof verbarrikadiert sich bereits gegen die Holländer.

18.6. Gute Nachrichten von der Explosion eines holländischen Schiffes.

19.6. Meine Frau erzählte mir, wie sie zusammen mit meinem Vater unser Gold vergraben hat, an einem Sonntag, bei helllichtem Tage, so dass man ihnen gut zusehen konnte, was mich schier wahnsinnig macht. Überlege jetzt, wie ich das Gold wieder zurückkriege. Erzürnte mich sehr mit meiner Frau, aß und sprach nicht mit ihr und ging sofort ins Bett.

20.6. Wieder mit meiner Frau versöhnt wegen des Goldes. Entsetzlich heißes Wetter.

21.6. Aus Harwich kommt die Nachricht, dass die Holländer in Sichtweite sind, fast hundert Schiffe kann man erkennen.

23.6. Las den ganzen Vormittag in Lord Lookes »Pleas of the Crowne«,[30] sehr vornehm. – Das große Elend wird kommen, wenn sich der Kohlenmangel in der Stadt bemerkbar macht.

24.6. Man sagt, dass der König jeden Abend mit dem Herzog von Monmouth oder mit Lady Castlemaine im Hyde Park ist.

26.6. Während ich mich ankleidete, kam Nell herein; ich spielte mit ihr, fasste sie an den Bauch, küsste sie aber nicht. Die Kohlenpreise sind gewaltig gestiegen, weil der Bedarf nicht gedeckt werden kann.

27.6. Heute sind etwa achtzig holländische Schiffe gesehen worden, die die Themse aufwärts segelten.

28.6. Lady und Sir Philipp Carteret unterhielten sich über die Größe des gegenwärtigen Königs von Frankreich, welche Leistungen er vollbracht habe, dass jedermann mitten in der Nacht durch Paris gehen könne, ohne Angst um seinen Geldbeutel haben zu müssen, dass es dort keine Bettler und keinen Schmutz gäbe.

29.6. Habe Hässliches geträumt. Meine Mutter klagte, dass sie keine Handschuhe habe, ich hatte starke Nierenschmerzen beim Wasserlassen, zog einen großen Gegenstand aus der Tasche, der sich in einen Vogel verwandelte – schließlich wachte ich auf; war sehr unruhig von diesen Träumen.

1.7. Heute sind Briefe gekommen, dass meine Schwester sehr krank ist. Spielte in meinem Zimmer ein bisschen mit Nell, berührte ihr Ding, aber nichts weiter. Danach mit meiner Frau im Garten spazieren gegangen. Weil Sir J. Mennes noch krank ist, konnten wir nicht singen. Sir W. Penn gesellte sich zu uns und schenkte uns eine Flasche Cidre. Nach Hause, las, bis ich müde war, dann zu Bett.

3.7. Die letzte Neuigkeit ist, dass der Feind mit 3000 Mann bei Harwich gelandet ist.[31] Zu Mrs. Martin, die ganz verstört ist, weil ich sie angeblich geschwängert habe – sie schwört, dass das Kind von mir ist. Ich glaube das nicht, tröste sie damit, dass es nicht sein kann; wenn aber doch, dann werde ich sofort ihren Mann zurückbeordern, obwohl ich nicht weiß, ob mir das gelingt, weil sein Schiff in der Nähe von Schottland unterwegs ist. Mache mir ziemliche Sorgen.

5.7. Keine weiteren Neuigkeiten. Die Holländer marschieren von Harwich nach Norden, angeblich in Richtung Yarmouth.

6.7. Creed bringt die Nachricht von einem Friedensschluss. Ich erzählte es freudig W. Batten und W. Penn. Jetzt haben wir eine Gelegenheit, uns zu retten. Zu Mrs. Martin, wo ich zu meiner großen Freude erfahre, dass sie doch nicht schwanger ist. Vor lauter Erleichterung ließ ich gleich Wein kommen und lud auch Mrs. Martins Schwester und Mrs. Cragg zum Feiern ein.

8.7. Mr. Coventry soll aus Breda zurückgekommen sein mit schlechten Nachrichten für den König; mit dem Frieden ist es wohl vorerst nichts.

9.7. Abends kommen Meldungen, dass die Holländer mit ihrer Flotte vor Dover liegen. Niemand glaubt mehr an einen Frieden.

12.7. Der König hat offenbar den drei Bedingungen der Holländer zugestimmt, und Mr. Coventry ist wieder nach Breda unterwegs.

13.7. Heißes Wetter. Habe nur mit einer Decke und einem Leinentuch geschlafen. Mr. Pierce erzählt mir, dass Lord Buckhurst Nell Gwyn vom Hof weggelockt hat und jetzt mit ihr zusammenlebt. Er gibt ihr £ 100 im Jahr; sie hat alle ihre Rollen zurückgegeben und spielt nun kein Theater mehr. Lacy soll im Sterben liegen, trotzdem ist seine Hure noch bei ihm.

14.7. Um 4 Uhr früh aufgestanden. Mrs. Turner kam wie verabredet zu uns, wir unterhielten uns so lange, bis meine Frau sich hergerichtet hatte (was sehr lange dauerte). Als sie endlich fertig war, verstauten wir einige Flaschen Wein und Bier sowie kaltes Geflügel in der Kutsche. Vierspännig fuhren wir dann los nach Epsom. Es war ein sehr schöner Tag. Die Landschaft sehr angenehm, nur die Straße sehr staubig. Wir kamen um 8 Uhr am Brunnen von Epsom an, wo bereits reges Treiben herrschte. Wir stiegen aus und ich trank das Heilwasser, die Damen nicht. Ich trank zwei Liter davon und hatte einige hervorragende Stuhlgänge danach. Allmählich wurde es heiß in der Sonne. Wir bestiegen wieder unsere Kutsche und fuhren in die Stadt zum ›King's Head‹, wo wir einen miserablen Raum zugewiesen bekamen. Wir bestellten Drinks und besprachen das Mittagessen. Angeblich wohnen Lord Buckhurst und Nelly im Haus nebenan; das arme Mädchen, mir tut sie leid. Ich ging danach allein und zu Fuß zur Kirche. Inzwischen hatten die Frauen uns ein besseres Zimmer besorgt. Das Essen war gut, wir alle sehr vergnügt. Nach dem Essen Mittagsschlaf, es war sehr heiß. Dann wieder in die Kutsche, um die Luft einzuatmen, es wehte jetzt eine leichte Brise. Ich füllte mir am Brunnen einige Flaschen mit Heilwasser, die ich mit nach Hause nahm. Führte die Damen dann in den Wald, wo sie sich bald im Unterholz verliefen, so dass ich sie nicht wiederfand, schließlich aber doch. Als wir aus dem Wald kamen, verstauchte ich mir den Knöchel, was sehr schmerzhaft war. Wir gingen dann noch auf die Downs, wo ein Junge einem alten Schäfer aus der Bibel vorlas. Gegen 7 Uhr abends machten wir uns auf den Heimweg, während die Menschen in Epsom mit Frauen und Kindern noch spazieren gingen. Mrs. Turner war sehr beeindruckt von meinem Entschluss, mir kein Landhaus zuzulegen, sondern eine Kutsche, und mit der jeden Samstag an einen anderen Ort zu fahren. So hat man mehr Abwechslung, weniger Kosten und Sorgen als mit einem Landhaus. Allmählich wurde es dunkel, und wir sahen zu unserer Freude viele Glühwürmchen. Mein Fuß schmerzte immer mehr; Mrs. Turner legte ihre warme Hand darauf, was sehr half. Als wir gegen 11 Uhr nach Hause kamen, konnte ich nur mit Hilfe der Damen gehen. Am nächsten Tag musste ich im Bett bleiben.

24.7. Las mit großer Befriedigung in Boyles »Hydrostatistics«,[32] einem Werk, das ich als Meisterwerk der Philosophie bewundere.

27.7. Sir John Coventry ist aus Breda zurückgekommen, angeblich mit einer Bestätigung des Friedensvertrages. Man sagt, dass es zwischen dem König und Lady Castlemaine endgültig aus ist; sie soll schwanger sein und behaupten, es sei des Königs

Kind. Am Hof soll es noch nie so schlimm zugegangen sein, was Trinken, Huren und Spielen betrifft.

29.7. Mein Vetter Roger erzählt, dass der Erzbischof von Canterbury sich jetzt eine Geliebte hält, was offenbar allgemein bekannt ist. Lady Castlemaine hat sich in den jungen Jermin verliebt; sie hat jetzt öfter mit ihm geschlafen als mit dem König. Sie ist aber wütend, weil Jermin Lady Falmouth heiraten will, der König ist wütend, weil sie sich mit Jermin abgibt – so sind alle wütend und verrückt in unserem Königreich. Es heißt, dass die größten Feinde des Königs in seiner eigenen Familie sitzen. Heute hörte man Kanonendonner, aber niemand weiß, woher. Vielleicht treiben die Holländer unsere Schiffe vor sich her, die Themse aufwärts.

1.8. Mit meiner Frau bei Sir W. Penn zum Mittagessen eingeladen. Es gab eine erbärmliche Wildpastete, die zum Himmel stank, dazu nur eine Hammelkeule sowie ein oder zwei Hühnchen.

3.8. Legte heute dem Schatzamt meine Abrechnung über alle Schulden der Flotte vor, sie betragen über £ 950 000.

5.8. Hörte an der Börse, dass wir vier Schiffe verloren haben, zwei auf der Rückfahrt aus Guinea, eins aus Gallipoli und eins aus Barbados. Angeblich haben wir einige der holländischen Ostindienschiffe aufgebracht.

7.8. Dr. Pierce erzählt, der König und Lady Castlemaine hätten sich wieder vertragen; er habe sie auf den Knien um Verzeihung gebeten und versprochen, sie nie wieder zu kränken.

8.8. Mr. Evelyn berichtet mir, dass kluge Männer jetzt ihren beweglichen Besitz ins Ausland schaffen, denn der Ruin des Königreiches steht unmittelbar bevor.

9.8. Heute soll der Friedensvertrag in Breda ratifiziert werden.

10.8. Cowley ist gestorben, ein sehr würdiger, ernsthafter Mann, den ich nicht persönlich gekannt habe.[33]

12.8. Saß im King's Theatre zufällig vor Mrs. Pierce und Mrs. Knipp, die mich an den Haaren zogen. Wir plauderten, und ich kaufte ihnen Obst in der Pause.

16.8. Sah bei meinem Buchhändler die »Geschichte der Royal Society«,[34] ein sehr gutes Buch. Bin voller Blähungen, mein Anus ist fest zusammengekniffen. Noch immer keine Nachrichten über die Ratifizierung des Friedensvertrages in Breda.

17.8. Mittags ins King's Theatre. Premiere des neuen Stückes »Die Sorgen der Königin Elisabeth«[35] in Anwesenheit des Königs. Das albernste Stück, das es je gab. Das einzig Angenehme war, wie Knipp unter den Milchmädchen tanzte.

18.8. Hörte in St. Dunstan's eine sehr ordentliche Predigt. Stand in der Nähe eines hübschen Mädchens, dessen Hand ich zu ergreifen versuchte. Sie rückte aber immer weiter von mir ab und holte schließlich Nadeln aus ihrer Tasche, um mich damit zu stechen, wenn ich wieder näher kommen sollte. Da war aber noch ein anderes hübsches Mädchen, das ließ sich eine Weile die Hand halten, zog sie dann aber zurück. Auf dem Rückweg bekam eines unserer vier Kutschpferde einen Krampf und drohte umzufallen. Daraufhin blies der Kutscher dem Pferd etwas Tabak in die Nase, der Gaul nieste und erholte sich sofort.

20.8. Sir W. Coventry nahm Mr. Penn und mich beiseite und verlangte, wir sollten dem König von unseren Prisengeldern etwas leihweise abtreten. Er war nicht sehr aufdringlich, weshalb er auch nur eine lustige Antwort erhielt. Trotzdem, glaube ich, war es ihm ernst, denn er sagte, so knapp sei das Geld noch nie gewesen.

23.8. Im Schatzamt die Anleihelisten angesehen. Bis £ 5 herunter haben die Leute gezeichnet. Das ist armselig. Ich werde £ 300 zeichnen, obwohl mir das gegen den Strich geht.

24.8. Heute Morgen wurde der Friedensschluss verkündet. Der König gibt bekannt, dass er jedem, der ihm Geld leiht, 10 Prozent gibt. Keine Freudenfeuer, weil sie so kostspielig sind und weil niemand mit dem Frieden so recht zufrieden ist. Habe in letzter Zeit so viele Theaterstücke gesehen, dass ich ganz übersättigt bin und bis Michaeli nicht mehr ins Theater gehen werde.

2.9. Beobachtete ein großes Tennisspiel zwischen Prinz Rupert und einem gewissen Kapitän Cooke, angeblich den besten Tennisspielern der Nation. Mir fiel auf, dass dem König, als er auch spielte, eine Stahlwaage nachgetragen wurde; er wiegt sich jeweils vor und nach dem Spiel, um festzustellen, wie viel Gewicht er verloren hat. Heute waren es 4½ Pfund.

4.9. Beobachtete, wie albern der König sich benimmt, er spielt ständig entweder mit seinem Hund oder mit seinem Schwanz, kümmert sich nicht im Geringsten um das, was um ihn herum vorgeht, und was er sagt, ist überaus schwach.

5.9. Hörte heute von Sir W. Batten, dass die Königin ins Kloster gehen will. Lady Castlemaine soll mit einer Pension von £ 4000 im Jahr nach Frankreich gehen.

8.9. Beobachtete in Whitehall den König und die Königin bei einer formellen Mahlzeit. Sie stecken jedem, der ihnen ein Gericht bringt, ein Stück Brot, das in dieses Gericht getaucht wurde, in den Mund. Es waren auch einige Russen da, die dem König beim Essen zusahen.[36]

15.9. Wir sangen zu Hause mehrere gute Sachen, aber ich bin mehr und mehr davon überzeugt, dass mehrstimmiger Gesang kein richtiges Singen ist, sondern eine Art Instrumentalmusik, bei der die Bedeutung der Wörter verlorengeht, besonders wenn es sich um Fugen handelt. Abends musste meine Frau mir im Bett vorlesen, weil meine Augen so schlecht sind – sie macht das sehr gut, sie las aus Mr. Boyles Arbeit über den Stil der Heiligen Schrift.[37]

16.9. Im Theater saß eine sehr hübsche Dame hinter uns, die so herzlich und anhaltend lachte, dass es mir wohltat.

25.9. Ich stelle fest, dass zur Ehre der Stadt London nicht ein Einziger ihrer Bürger bankrottgegangen ist, trotz Krieg, Pest und Feuer.

27.9. Meine Frau ließ mich nach Hause rufen, weil das neue, sehr hübsche Dienstmädchen zur Vorstellung gekommen ist. Sie ist in der Tat sehr attraktiv und könnte, zum Leidwesen meiner Frau, allzu viel von meiner Aufmerksamkeit auf sich lenken.

28.9. Habe nicht sehr viel geschlafen, weil ich ständig an unser kleines hübsches Mädchen denken musste.

29.9. Mit meiner Frau darüber gesprochen, dass ich mir nächstes Jahr eine Kutsche zulegen werde.

1.10. Abends ein Galakonzert für den König, präsentiert vom ›Master of the King's Music‹,[38] mit Instrumenten (ich glaube 24 Violinen) und Singstimmen, aber mir hat selten ein Konzert so wenig gefallen wie dieses – der ganze Reiz der Vokalmusik ging dabei verloren.

5.10. Mit meiner Frau ins Duke of York's Theatre, es war aber so voll dort, dass wir keinen Platz bekamen, deshalb gingen wir ins King's Theatre, wo wir Knipp trafen, die uns mit in die Schauspielerinnen-Garderobe nahm.[39] Mein Gott, zu sehen, wie die Frauen angemalt waren und von welch ordinären Männern sie umgeben waren und wie obszön sie sich unterhielten, wie erbärmlich die Männer angezogen sind und wie prächtig sie bei Kerzenlicht auf der Bühne aussehen – das alles ist sehr bemerkenswert.

10.10. Bei meinem Vater im Garten das Gold wieder ausgegraben. Konnten es zuerst nicht finden, stellten dann fest, dass es überall verstreut war, es fehlten etwa hundert Goldstücke, die sich aber bis auf wenige allmählich fanden. Regte mich darüber sehr auf und stellte fest, dass es ebenso mühsam ist, Geld aufzubewahren wie Geld zu verdienen.

12.10. Heute war Sir W. Battens Beerdigung, er wurde von Hunderten von Kutschen nach Walthamstow begleitet und dort begraben. Der König soll vor dem Parlament eine sehr sanfte Rede gehalten haben, in der er daran erinnerte, dass er die Armee aufgelöst und die Papisten aus allen öffentlichen Ämtern entfernt habe. Das Parlament hat ihm darauf seinen Dank ausgesprochen.

13.10. Der Herzog von York ließ mich rufen und erzählte mir, dass der König mir das Schiff, um das ich gebeten hatte, bewilligen wird. Überdies sei der König mit meiner Arbeit sehr zufrieden.

15.10. Meine Frau zeigt schon wieder Zeichen der Eifersucht – ich fürchte, das Mädchen wird nicht lange bei uns bleiben.

20.10. Heute erhielt ich den Befehl, dem Parlamentsausschuss eine Liste aller Schiffe und ihrer Befehlshaber vorzulegen, die während des Krieges ausgelaufen sind.

22.10. Schlecht geschlafen, aus Angst, wie die Sache im Parlament ausgehen wird. Den ganzen Morgen damit beschäftigt, alles noch einmal zurechtzulegen, hatte nicht einmal Zeit zum Essen. Als das Haus vollzählig war, wurden wir aufgerufen. Ich gab meinen Bericht, wie sich die Dinge von Anfang an beim Flottenamt abgespielt haben, und beantwortete alle Fragen, so dass ich glaube, man war mit mir und dem Amt vollauf zufrieden. Schließlich wurden wir entlassen, die Debatte wurde vertagt, und mein Vetter Roger beglückwünschte mich, dass ich meine Sache so gut gemacht habe, was auch noch andere taten. Darauf war ich nicht wenig stolz, aber trotzdem fürchte ich noch einen Rückschlag.

26.10. Mrs. Pierce ist immer noch sehr hübsch, aber sie malt sich im Gesicht rot an, was ich nicht ausstehen kann.

2.11. Mit meiner Frau und Willett ins King's Theatre, wo es »Heinrich IV.«[40] gab. Das Haus voller Parlamentarier, die gerade Ferien haben. Vor uns saß ein vornehmer Herr, der während der Vorstellung Obst aß. Plötzlich fiel er wie tot zu Boden. Aber Orangen-Mollie steckte ihm ohne Umschweife einen Finger in den Hals und brachte ihn so wieder zum Leben.

4.11. Ging zu Turlington, dem Brillenmacher. Er riet mir ab, meine alte Brille noch zu benutzen, und meinte, nichts würde meinen Augen mehr schaden als eine Lupe, weil sie zu sehr vergrößert.

6.11. Sah mir beim Buchhändler Allestry[41] viele französische und ausländische Bücher an.

7.11. Mit Sir W. Penn »Der Sturm«[42] gesehen, ein altes Stück von Shakespeare, das Theater gerammelt voll, der König und der Hof anwesend, das unschuldigste Stück, das ich je gesehen habe, nicht sehr geistreich, aber gut, besser als der Durchschnitt.

10.11. Erfahre in Whitehall, dass der Herzog von York die Pocken hat. Ich überlege, was wird, wenn er stirbt. Dr. Frazier sagt mir, dass es ihm den Umständen entsprechend gut geht; man hat ihm am Freitag Blut abgelassen.

11.11. Hörte, dass Kirton, mein Buchhändler, gestorben ist, angeblich aus Kummer über seine Verluste beim großen Feuer.

21.11. Dr. Whistler erzählte mir die Geschichte von Dr. Cayns, der das Caius College in Cambridge erbaut hat. Er wurde sehr alt, weil er sich nur von Frauenmilch ernährte, zunächst von einer bösen Frau, da wurde er auch böse und giftig. Danach ernährte er sich von einer gutmütigen, geduldigen Frau und nahm bald ebendiese Eigenschaften an.[43] So könnte es einem mit manchen Nahrungsmitteln gehen.

29.11. Wachte um 7 Uhr morgens auf von einem lauten Klopfen im Haus. Weckte meine Frau und horchte mit ihr auf die Geräusche. Wir hatten beide große Angst, waren überzeugt, dass Diebe im Haus waren und unsere Diener bereits umgebracht hatten. Schließlich stand ich vorsichtig auf, zog Rock und Hosen an und ging (mit Angst, gebe ich zu) in die Mägdekammer, wo alles ruhig war. Die Mädchen alle wohlauf, sie erklärten mir, dass nebenan der Schornsteinfeger sei – daher das Geräusch. Eines der merkwürdigsten Abenteuer meines Lebens – erinnert mich an Don Quijote, zumal wir gestern auch unsere Katze die Treppe hinunterspringen sahen und nicht wussten, ob es die Katze oder ein Geist war. Manchmal glauben wir tatsächlich, dass wir Gespenster im Haus haben.

30.11. Gute Unterhaltung in Cary-House. Sprach u.a. mit Dr. Wilkins, der erklärte, dass der Mensch als geselliges Wesen geschaffen sei; von allen Kreaturen sei der Mensch am wenigsten zur Verteidigung ausgerüstet. Ohne die Sprache wäre der Mensch ein armseliges Wesen. Mir fällt ein, was Mr. Evelyn gesagt hat, dass wir nämlich sehr bald wieder ein Commonwealth haben werden.

2.12. Heute Abend hatte unser kleiner Hund Fancy einen altersbedingten Wahnsinnsanfall.

3.12. W. Batelier erzählt mir die große Neuigkeit, dass der Lordkanzler geflohen ist.[44] Er soll einen Brief an das Oberhaus hinterlassen haben, in dem er ein Komplott gegen sich als Anlass seiner Flucht bezeichnet. Ich muss mir diesen Brief besorgen.[45]

5.12. Schickte heute meinem Vater, auf seinen Wunsch hin, sechs Paar alte Schuhe von mir, die ihm passen und die noch gut erhalten sind. Es gefällt mir aber nicht, dass mein Vater meine alten Sachen aufträgt.

12.12. Sah nach dem Essen im Duke of York's Theatre »Der Sturm«,[46] das mir jedes Mal von neuem gefällt. Das Theater war voll, ich konnte nicht gut sehen, weil ich nicht gesehen werden wollte.

15.12. Hörte einen Deutschen predigen, mit einem schwerverständlichen Akzent, es war aber eine außerordentlich gute Predigt, die mir sehr gefiel.[47]

19.12. Meine Frau sehr krank mit Zahnschmerzen, ihr Gesicht ist ganz angeschwollen, und ich mache mir große Sorgen.

20.12. Ihr Gesicht ist so geschwollen, dass man fürchten muss, es platzt. Mr. Hollier kam und zeigte sich besorgt über die rechtzeitige Ableitung der Säfte. – Sprach mit Sir W. Penn über alles Mögliche. Ich habe festgestellt, dass unsere gegenwärtige Regierung allgemein als etwas noch nie Dagewesenes betrachtet wird, d.h. als eine Vereinigung von König und Unterhaus gegen das Oberhaus. Die Bischöfe fürchten mit Recht, dass sie ins Hintertreffen geraten.

22.12. Willett kam mit einer Nachricht von meiner Frau zu mir, und zum ersten Mal gab ich ihr einen kleinen Kuss, sie ist so freundlich, ich mag sie wirklich sehr.

23.12. Der Abszess meiner Frau ist durch die Backe in den Mund eingedrungen, jetzt geht es ihr wieder besser.

24.12. In der Kapelle von Whitehall von abends 9 bis morgens 2 Uhr, eine riesige Menschenmenge zum Hochamt. Die Königin war mit einigen ihrer Damen da. Mein Gott, welch ein Gefühl, in so einer Masse zu sein: hier ein Diener, da ein Bettler, dort eine feine Dame, hier ein übereifriger armer Papist, dort ein Protestant oder auch zwei oder drei, die sich die Show ansehen wollen. Hatte große Angst vor Taschendieben. Die Musik ausgezeichnet, aber die Liturgie zu frivol. Die Leute spielen mit dem Rosenkranz in der einen Hand und gestikulieren mit der anderen, mitten in der Messe.

Die meisten Papisten waren so schlau, Kissen zum Knien mitzubringen, ich hatte keines und deshalb große Mühen beim Knien.

28.12. Sah mit meiner Frau und dem Mädchen »Das verrückte Paar«.[48] Es gefiel uns, die natürliche Leidenschaft einer armen Frau zu beobachten: sie war die Mutter eines der Kinder auf der Bühne; als das Kind zu weinen begann, lief sie auf die Bühne und nahm ihr Kind an sich.

30.12. Sprach mit Sir G. Carteret über unseren jammervollen Zustand. Erfuhr, dass der König sich mit dem Herzog von York wieder vertragen hat, dass wir keinesfalls sicher vor einer Invasion im nächsten Jahr sind und dass Carteret das Königreich für verloren hält. Zahlte heute überfällige Rechnungen bei meinem Schneider und Schuster.

31.12. So endet das Jahr mit großem Glück für mich und meine Familie, was Gesundheit und öffentliches Ansehen betrifft, Gott sei gesegnet dafür. Es besteht aber wenig Hoffnung für die Nation, sie wird in Kürze ruiniert sein, entweder durch innere Zwistigkeiten – das Parlament ist unzufrieden, und der König ist umgeben von unzuverlässigen Beratern, die Kluft zwischen ihm und dem Herzog von York vergrößert sich – oder durch fremde Invasion, der wir nichts entgegenzusetzen hätten, der König von Frankreich wäre durchaus zu einer Invasion imstande. Mache mir auch Gedanken wegen meiner Stellung im Flottenamt, wenn der Parlamentsausschuss unsere Amtsführung überprüft, was in Kürze geschehen wird. Ich bete zu Gott, dass diese Überprüfung zum Segen des Königreichs ausfällt, wozu die besten Voraussetzungen bestehen.

1668

1.1. Lord Crew wies mich auf Sir Fulke Grevilles »Life of Sir Philip Sidney«[1] hin, in dem unser Verhältnis zu Holland präzise vorhergesagt ist. Werde mir das Buch besorgen. Im Duke of York's Theatre, sah »Sir Martin Marall«.[2] Eine Menge Bürgerliche, Lehrlinge und andere waren da. Früher, als ich anfing, ins Theater zu gehen, waren nicht halb so viele Lehrlinge und gewöhnliche Leute im Parkett. So kann man die Vergnügungs- und Verschwendungssucht unserer Zeit auch hier beobachten. In den beiden Temple Halls beobachtete ich, wie schmutzige Lehrlinge und vornehme Herren gemeinsam um Geld spielten. Schlimm mit anzusehen, wie Menschen der besten Qualität sich mit ganz ordinären Leuten an den Spieltisch setzen und wie die einfachen Leute große Geldsummen verspielen.

11.1. Abends eine halbe Stunde im Mondschein mit meiner Frau spazieren gegangen. Ließ mir anschließend am Kamin von Deb das Haar kämmen, mir gefällt es, wenn sie um mich herum ist; dann zu Bett.

12.1. Meine Frau spricht sich energisch dagegen aus, dass mein Vater zu uns zieht, wenn meine Schwester heiratet; sollte er doch kommen, würde sie ausziehen.

22.1. Heute kam die erste Anfrage der Kommission. Sie enthält viel mehr, als wir unser Lebtag werden beantworten können.

Ich sehe voraus, dass es viel Ärger und für manche auch Schande geben wird.

31.1. Wurde von der Kommission sehr respektvoll und freundlich empfangen, unterrichtete sie in allem, was sie von mir wissen wollten, wofür sie mir ihre Genugtuung ausdrückten. Sie stellten viele Fragen und verlangten die Vorlage mehrerer Bücher, es war eine sehr sachverständige Kommission.

Griffin erzählte mir, dass das Feuer genauso viele Kirchen zerstört hat, wie es Tage gedauert hat.

4.2. Abends mit meiner Frau, Betty Turner und Deb neue Titelschilder auf meine Bücher geklebt, bis Mitternacht.

5.2. Wurde heute von der Kommission vereidigt. Sie fragten mich über jede Kleinigkeit aus und wussten ausgezeichnet Bescheid. Mir kann aber nicht viel passieren, außer dass ich den Profit, den ich aus meiner Übereinkunft mit Kapitän Cooke geschlagen habe, zurückzahlen muss.

6.2. Griff heute Abend Mercer unter den Rock und berührte ihren Schenkel, aber sie schob meine Hand weg, erzählte und sang weiter und war sehr lustig.

8.2. Kaufte bei meinem Buchhändler in Strand jenes unanständige Buch »Die Schule der Frauen«, das ich, sowie ich es gelesen habe, zu verbrennen entschlossen bin, damit es mir keine Schande macht, wenn es bei mir gefunden wird.[3]

9.2. In »Die Schule der Frauen« gelesen, ein unerhört obszönes Buch. Ein verständiger Mann kann so etwas aber durchaus lesen, um sich ein Bild von der Verruchtheit der Welt zu machen.

11.2. Im Flottenamt erreicht mich eine verfluchte Vorladung des Ausschusses über Unregelmäßigkeiten im Amt; es macht mich rasend, dass ich zum Prügelknaben dieser Untersuchungskommission gemacht werden soll.

14.2. Brachte heute meinen Bericht zur Kommission. Mein Herz ist sehr erleichtert, dass ich ihn jetzt los bin, in aller seiner Wahrheit und Schlichtheit, obwohl mir das durchaus zum Nachteil gereichen könnte.

15.2. Gegen Mitternacht zu Bett. Meine Frau hatte Abführmittel genommen und bekam außerdem ihre Tage; mir war mehr nach Ruhe als nach Krankenpflege zumute, außerdem konnte ich ihr ohnehin nicht helfen.

16.2. Den ganzen Vormittag am Katalog meiner Bücher gearbeitet.

18.2. Sir W. Coventry erzählt mir, dass er im Falle eines neuen Krieges gegen die Holländer nicht wieder Sekretär sein wolle. Ich sagte: »Und ich nie wieder Clerk of the Acts, denn ich kenne jetzt meinen Lohn dafür. Gott sei Dank kann ich es mir leisten, ein gutes Buch zu kaufen (eine Fiedel brauche ich nicht), und außerdem habe ich eine brave Frau.« Werde meiner Frau einen Türkis-Ring als Valentinsgeschenk geben, das kostet mich etwa £ 5, verglichen mit anderen Frauen ist das sehr wenig, und es gibt nicht viele Gelegenheiten, wo ich etwas für sie ausgeben muss.

23.2. Heute Abend zeigte mir meine Frau mit großem Vergnügen ihre Schmuckkassette; sie schätzt, dass sie einen Wert von etwa £ 150 in Juwelen besitzt. Ich bin froh darüber, denn es ist nur gut, dass das arme Ding etwas hat, womit sie zufrieden ist.

27.2. Mit meiner Frau und Deb ins King's Theatre, wo es »Virgin Martyr«[4] gab, seit langer Zeit wieder einmal. Was mich mehr als alles andere bewegte, war die Holzbläsermusik, wenn der Engel herabsteigt; sie ist so süß, dass ich ganz verzückt war – in der Tat, meine Seele war so benommen, dass ich fast krank wurde, so wie es mir früher erging, als ich in meine Frau verliebt war. Ich konnte den ganzen Abend an nichts anderes denken, war die ganze Nacht über verzaubert. Ich glaube nicht, dass jemals ein Musikstück eine solche Gewalt über Menschen gehabt hat wie dieses; beschloss, ein Blasinstrument zu lernen und meine Frau ebenfalls dazu anzuspornen.[5]

28.2. Oberst Birch berichtet von einer neuen Attacke gegen die Flottenbeamten im Parlament.

29.2. So endet dieser Monat, mit großen Sorgen für mich wegen der Fragen im Parlament, besonders wegen der Matrosenbesoldung.

1.3. Mit Sir W. Coventry unsere Verteidigungsstrategie durchgegangen, für nächsten Donnerstag im Parlament. Wenn sie uns nicht wider alle Vernunft ruinieren wollen, werden wir uns unserer Haut gut zu wehren wissen.

2.3. Bekam heute die Nachricht, dass meine Schwester am letzten Donnerstag Mr. Jackson geheiratet hat – die Sorge bin ich vorerst los.

3.3. Früh aufgestanden und an unserer Verteidigung gearbeitet. Stelle zu meinem großen Ärger fest, dass Lord Brouncker nur seine eigene Verteidigung vorbereitet hat, während ich mir große Mühe gegeben habe, alle zu verteidigen.

4.3. Wieder den ganzen Tag bis spät in die Nacht gearbeitet. Gab den anderen die wichtigsten Punkte an, über die ich sprechen will. Stelle zu meinem Ärger fest, dass sich alle auf mich verlassen, der ich den geringsten Grund habe, mich so anzustrengen, denn Dank für meine Arbeit bekomme ich von den anderen gewiss nicht.

5.3. Bis 6 Uhr früh schlaflos gelegen. Rief dann nach meiner Frau, um mich trösten zu lassen. Gegen 9 Uhr war ich bereit und fuhr nach Westminster, wo meine Kollegen schon warteten. Um mich zu beruhigen, trank ich noch ein halbes Pint Sekt und dann noch etwas Branntwein, wodurch mein Mut erheblich wuchs. Zwischen 11 und 12 Uhr wurden wir hereingerufen. Das Unterhaus war bis auf den letzten Platz gefüllt und voller Voreingenommenheit und Erwartung. Nachdem der Sprecher die Unzufriedenheit des Hauses zum Ausdruck gebracht und den Kommissionsbericht verlesen hatte, begann ich mit unserer Verteidigung, sehr sanft und ansprechend, redete ohne Stocken und ohne etwas auszulassen bis nach drei Uhr nachmittags, ohne dass mich der Sprecher auch nur einmal unterbrochen hätte. Dann zogen wir uns zurück, und alle Kollegen, die mich gehört hatten, beglückwünschten mich und sagten, meine Rede sei die beste gewesen, die sie je gehört hätten. Sie waren geradezu entzückt und voller Hoffnung, dass die Entscheidung zu unseren Gunsten ausfallen würde. Da aber meine Rede so lange dauerte, waren viele zwischendurch zum Essen gegangen und halb betrunken zurückgekehrt; weil das Haus nicht vollzählig war, wurde die Entscheidung auf morgen in einer Woche vertagt. Trotzdem ist es klar, dass wir an Boden gewonnen haben, und jedermann sagt, dass ich große Ehre eingelegt habe. Voller Freude gingen wir dann alle zu einem Dinner bei Lord Brouncker.

6.3. Zeitig aufgestanden und zu Sir W. Coventry, der mich mit dem Satz begrüßte: »Guten Morgen, Mr. Pepys, Sie müssen Sprecher im Parlament werden.« Sein Bruder bewunderte mich ebenfalls, so erzählte er, und ein anderer Gentleman habe gesagt, ich könnte es auf £ 1000 im Jahr bringen, wenn ich als Anwalt auftreten würde. Am meisten aber beeindruckte mich, dass der Generalstaatsanwalt gesagt haben soll, ich sei der beste Redner in ganz England. Der Herzog von York und der König kamen zu mir, und der König sagte: »Mr. Pepys, ich freue mich sehr über Ihren gestrigen Erfolg.« Andere Parlamentsabgeordnete in der Nähe des Königs sagten, dass sie ihr Lebtag keine solche Rede gehört hätten, und Kammerherr Progers schwor, er habe zum König gesagt, der Generalstaatsanwalt könne bei mir in die Lehre gehen.

Mr. G. Montagu nannte mich einen zweiten Cicero und meinte, alle Welt sage dasselbe. Gott mache mich dankbar dafür und lasse mich nicht stolz und eingebildet werden und nichts tun, was meinen Ruhm vermindern könnte.

17.3. Fragte bei meinem Buchhändler nach Montaignes »Essais«,[6] die mir Lord Arlington und Lord Blany sehr empfohlen haben, kaufte sie aber nicht.

18.3. Traf Doll Lane in der Dog-Taverne und machte mit ihr, was ich wollte, diesmal von hinten, weil es anders nicht ging. Dann zum Buchhändler und kaufte Montaignes »Essais« in Englisch. Meine Augen sind sehr schlecht, aber ich weiß nicht, wie ich das Lesen lassen soll.

24.3. In Whitehall spricht alles von den Tumulten, die von Lehrlingen in anderen Stadtteilen angefacht worden sind.[7] Sie haben in ihrer freien Zeit Hurenhäuser eingerissen, so dass bei Hofe große Angst entstand und der Alarmzustand über das Militär verhängt wurde, als ob die Franzosen vor der Stadt stünden.

25.3. Der Herzog von York zeigte sich sehr besorgt über die Unruhen. Es hat schon einiges Blutvergießen gegeben, viele Häuser sind eingerissen worden. Die Lehrlinge sollen angeblich gesagt haben, dass sie einen Fehler gemacht hätten, all die kleinen Hurenhäuser zu zertrümmern und nicht das große Hurenhaus in Whitehall. Einige sollen letzte Nacht gerufen haben »Reformation und Umkehr!«. Daraufhin sollen einige Höflinge sehr unruhig geworden sein, obwohl man allgemein glaubt, dass dieser Sache nicht viel Bedeutung zuzuschreiben ist.

31.3. Ich sagte zu Deb, sie solle Feder, Tinte und Papier nehmen und aufschreiben, was meine Frau alles zu erledigen hat; sie hatte Schwierigkeiten mit dem Schreiben und fing an zu weinen. Meine Frau schimpfte und nannte sie bockig.

Ich ließ mich dann von Deb zu Bett bringen, gab ihr gute Ratschläge, nahm sie in den Arm und küsste sie, was mir große Befriedigung verschaffte.

1.4. Ließ mich von Deb ankleiden und frisieren, machte das Gleiche mit ihr wie gestern Abend.

2.4. Fragte Mr. Hooke nach den Ursachen für Wohl- und Missklänge in der Musik – es soll mit den Schwingungen zusammenhängen. Mich befriedigt diese Erklärung nicht, werde in meiner Muße mehr darüber nachdenken. Meine Frau ist mit zwei ihrer Mädchen aufs Land gereist.

3.4. Jetzt wo ich alleine bin, habe ich keinen Appetit und kümmere mich nicht ums Essen. Nur wenn ich Gesellschaft habe, esse ich. So werde ich wohl die Kolik bekommen. Kaufte mir Descartes' kleine Abhandlung über die Musik.[8]

4.4. Mit Sir W. Penn nach Whitehall. Der Herzog von York führte uns in die Gemächer des Königs, der jedoch in seinem Zimmer eingeschlafen war, so dass wir im Vorzimmer warteten, wo der Herzog uns allerlei Wetterregeln erklärte.

6.4. Lady Castlemaine soll sich sehr über die Petition der armen Huren erregt haben, deren Häuser beim Lehrlingsaufstand eingerissen worden sind.

Borgte heute dem Herzog von York meinen Mantel, als wir im Regen durch St. James's Park gingen.

7.4. Höre, dass Sir William Davenant gestorben ist. Wer ihn als Theaterdirektor ersetzen wird, ist noch nicht klar.

14.4. Meine Augen sind besser, wenn ich abends nichts mehr trinke.

23.4. Führte Knipp und Mrs. Pierce durch den Tower, zeigte ihnen alles Sehenswerte, darunter auch die Kronjuwelen, die in der Tat überaus edel sind.

30.4. So endet der Monat. Meine Frau auf dem Lande, ich selber mit großen Vergnügungen und Ausgaben. Meine Augen werden täglich schlechter. Das Parlament wird in wenigen Tagen in die Ferien gehen. Habe jetzt schon sieben oder acht Monate lang keine privaten Abrechnungen mehr gemacht.

Das Königreich verarmt und in trübem Zustand. Eine Flotte soll ausgerüstet werden, für die kein Geld da ist. Die religiöse Frage beunruhigt die Leute; das Parlament hat sich heftig gegen die Nonkonformisten ausgesprochen. Gott helfe uns.

9.5. Erfuhr von einer Fehlgeburt der Königin, was beweist, dass sie wohl empfangen, aber nicht gebären kann.

17.5. Zog meinen neuen steifen Anzug an, mit Schultergürteln nach der neuesten Mode. In diesem hübschen Aufzug in die Kirche, wo ein langweiliger fremder Geistlicher predigte.

18.5. Mit Mercer und Mrs. Horsfield ins King's Theatre, wo die Premiere von Sir Charles Sedleys lange erwartetem neuen Stück »Der Maulbeergarten«[9] war. Nachdem ich eine Weile im Theater gesessen hatte, verschwand ich rasch, weil ich noch nichts gegessen hatte, in die ›Rosenkneipe‹ und verzehrte eine halbe Hammelbrust. Dann schnell wieder zurück ins Theater, wo der König und die Königin inzwischen eingetroffen waren, das Haus gerammelt voll. Das Stück in keiner Hinsicht bemerkenswert, weder sprachlich noch von der Inszenierung her, so dass ich den König kein einziges Mal lachen sah, von Anfang bis Ende; ich habe mich bei einer Premiere noch nie so wenig amüsiert. Obendrein war die Musik derart miserabel, dass es Kapitän Roll und mich (er saß neben mir) ganz närrisch machte.

21.5. Die Stadt ist voll vom Gerede über einen Meteor oder ein Feuer, das am letzten Samstag über die Stadt hinweggezogen ist, wobei mir einfiel, dass ich in dieser Nacht auch ein Licht hinter mir sah, als ich noch im Garten war, ich drehte mich um und sah ein plötzliches Feuer über den Himmel laufen, das dann sehr schnell verschwand.

23.5. Um 4 Uhr morgens zur Reise nach Brampton aufgestanden. Abends um 9 Uhr in Cambridge angekommen. In der ›Rose‹ sehr schlecht geschlafen, weil betrunkene Studenten die ganze Nacht lärmten.

25.5. Besprach mit meinem Vater, was mit ihm und seinem Haus geschehen soll, wenn Pall und ihr Mann fortziehen.

3.6. Präsentierte dem Herzog von York eine Aufstellung über die Kosten der gegenwärtigen Flotte und bat anschließend um Urlaub für fünf oder sechs Tage.

4.6. Interessant zu beobachten, wie die großen Herren alles so einrichten, dass sie bei Nachfragen im Parlament stichhaltige Auskunft geben können. Bereite meine neue Reise nach Brampton vor, obwohl ich hier unentbehrlich bin.

13.6. In Bath die Bäder mit Menschen darin besichtigt. Sie sind nicht so groß, wie ich gedacht hatte, aber sehr angenehm. Die Stadt fast ganz aus Stein gebaut, sauber, die Straßen aber ziemlich eng.

14.6. Um 4 Uhr morgens aufgestanden und ins Kreuz-Bad gegangen, in das wir einer nach dem anderen hineingetragen wurden. Sehr vornehme Gesellschaft, feine Damen mit artigem Benehmen, mir scheint es aber nicht sehr sauber zu sein, wenn so viele Menschen zusammen im gleichen Wasser sind. Gute Konversation. Seltsam zu spüren, wie warm das Wasser ist; obwohl dies als das kälteste Bad gilt, sind die Quellen doch so heiß, dass die Füße die Hitze nicht ertragen können. Die Männer und Frauen, die während der ganzen Saison in diesen Bädern leben, sehen auch ganz abgekocht aus. In ein Tuch gewickelt und im Badestuhl sitzend zurückgetragen. (Ich bin mehr als zwei Stunden im Wasser gewesen.) Nach Hause, ins Bett und eine Stunde lang geschwitzt, währenddessen eine ausgezeichnete Musik gespielt wurde. Gegen 11 Uhr nach Bristol weitergefahren. Mit meiner Frau durch die Stadt gewandert – in jeder Hinsicht ein zweites

London. Marsh Street besichtigt, wo Deb geboren wurde. Bristol Milk getrunken, Erdbeeren gegessen und kalte Wildpastete.

15.6. Nachmittags nach Avebury, wo wir die großen Steine sahen, die so wie in Stonehenge aus der Erde ragen. Der König hat die Steine auch besichtigt.

16.6. Abends in Reading eingetroffen, einer großen Stadt, noch größer als Salisbury.

17.6. Meine Frau druckst an etwas herum, sie wartet nur auf eine Gelegenheit.

18.6. Der Sturm wird bald losbrechen, ich fühle es. Schließe aus einigen Andeutungen, dass es wegen meiner Theaterbesuche ist und weil ich mit anderen ausgegangen bin.

19.6. Zwischen 2 und 3 Uhr morgens vom Geschrei unserer Mädchen aufgewacht. »Feuer in Mark Lane!«, schrien sie, ich sah aus dem Fenster, und es war entsetzlich. Wir hatten das seltsame Gefühl, als würde das Feuer uns auf der Stelle verschlingen. Um 9 Uhr fing meine Frau mit ihrem Geplärr wieder an; schließlich kam heraus, dass sie nach Frankreich ziehen möchte, um dort ganz ohne Sorgen zu leben. Sie warf mir vor, dass ich vergnügungssüchtig sei und sie vernachlässige, dass sie sich mit meinem Vater überworfen habe. Ich sagte gar nichts, nur ein paar freundliche Worte, damit sie ihre Stimmung loswerden konnte. Ich glaube, wir werden bald wieder gute Freunde sein.

20.6. Ich kann jetzt bei Kerzenlicht fast nichts mehr lesen, meine Augen sind so schlecht, dass ich dringend ärztlichen Rat brauche, sonst werde ich blind.

29.6. Dr. Turberville hat mir etwas für die Augen verschrieben, dazu noch Tropfen.

30.6. Zum Mittagessen gab es zu Hause ein stinkendes Stück Hammelfleisch, das Wetter ist feucht und heiß, so dass man kein Fleisch aufbewahren kann.

3.7. Mr. Pierce, der Chirurg, und Dr. Clerke sezierten mit großem Vergnügen mehrere Augen von Schafen und Ochsen. Merkwürdig, dass Turberville, mein Augenarzt, der ein großer Mann sein soll, so etwas noch nie gesehen hat.

13.7. Heute Morgen wurden mir 14 Unzen Blut abgelassen wegen meiner Augen.

16.7. Sah in der Royal Society ein Experiment, bei dem einem Hund eine Nadel durch das Rückgrat gestochen wurde, wodurch er gelähmt war; sobald die Nadel entfernt war, konnte er sich wieder frei bewegen.

17.7. Die Hitze ist so groß, dass wir in zwei Betten zu liegen gezwungen waren.

31.7. Der Monat endet sehr traurig. Meine Augen sind jetzt fast unbrauchbar, ich bin begierig, das neueste Experiment mit den Papierröhren auszuprobieren.

6.8. Berührte heute in der Kutsche zum ersten Mal unsere Deb, sie war beunruhigt darüber, ließ es aber geschehen.

10.8. Meine Frau liest ein lächerliches Buch über die Geschichte der Schneidergilde;[10] währenddessen kämmte Deb mein Haar, und ich berührte und streichelte sie mit größtem Vergnügen.

11.8. Heute ging meine Frau mit Mercer und Deb zu dem Zigeuner in Lambeth, wo sie sich ihr Schicksal aus der Hand lesen ließen; was dabei herauskam, weiß ich nicht.

12.8. Heute berührte mich Deb, nachdem ich schon im Bett war, was mir großes Vergnügen bereitete.

22.8. Heute Morgen erzählte Captain Cooke, dass er nun Gewissheit hat: unser Amt wird aufgelöst, nur ich soll meinen Posten behalten.

23.8. Hängte heute in meinem grünen Zimmer meinen neuen Stadtplan von Paris auf.[11]

25.8. Der Herzog von York hat meinen großen Brief über das Flottenamt an Mr. Wren weitergegeben, man überlegt sich, wie man die Reformen am besten durchführen kann.

27.8. Der Herzog hat meinen Brief ohne einen einzigen Einwand akzeptiert. Mit meiner Frau, W. Batelier und Deb zum Bartholomäusmarkt, wo wir den Seiltänzern zusahen.

30.8. In Whitehall im Garten des Königs spazieren gegangen und die Königin mit ihren Hofdamen beobachtet. Stahl mir ein paar Äpfel von den Bäumen. Meine Augen sind jetzt in einem solchen Zustand, dass ich meine Aufgabe im Flottenamt nicht mehr wie früher erfüllen kann. Wäre damit einverstanden, dass ich von meinen Pflichten entbunden werde.

31.8. Sah im Duke of York's Theatre »Hamlet«, sehr zufrieden mit Stück und Aufführung. Betterton ist in dieser Rolle unübertroffen.[12] Schlief heute Nacht in Debs Kammer, einem sehr hübschen Raum.

2.9. Der Fastentag wegen des Großen Feuers wird streng eingehalten.

3.9. Zu meinem Buchhändler wegen Hobbes' »Leviathan«, einem Werk, das jetzt überall im Gespräch ist, weil die Bischöfe keinen Nachdruck mehr erlauben wollen.[13]

4.9. Sah mit meiner Frau das Puppenspiel »Bartholomäusmarkt«,[14] das mir ausgezeichnet gefällt; nur die Verunglimpfung der Puritaner wirkt nicht mehr – das waren die Leute, die am Ende doch recht behalten werden.

5.9. Mr. Hale hat jetzt die Hand meiner Frau neu gemalt, sie ist viel besser geworden als die alte.

6.9. Las die »Fünf Predigten in fünf verschiedenen Stilarten«; mir gefallen am Ende die presbyterianischen und die unabhängigen Predigten doch noch am besten.[15]

14.9. Früh aufgestanden und an der Börse und St. Paul's vorbeigegangen. Der Anblick der vom Turm herabstürzenden Steine macht mich seekrank. Angeblich ist bei den Bauarbeiten aber bisher noch kein Unglück geschehen.

16.9. Beim Anziehen die Brüste meiner Magd Jane berührt, was sie durchaus geschehen ließ. Werde ausprobieren, wie weit ich gehen kann.

20.10. Wir haben jetzt ein neues Mädchen für Nell, die uns verlassen hat; sie war in letzter Zeit faul und eingebildet geworden. Die Neue soll aber nur so lange bleiben, bis ich eine Kutsche habe, dann brauche ich einen Jungen. Habe mir heute mehrere Kutschen angesehen und für eine, die mir sehr gefiel, £ 50 geboten. Vielleicht bekomme ich sie.

21.10. Zeigte meiner Frau die Kutsche, sie ist ganz außer sich vor Freude. Der Besitzer war aber nicht da, so dass wir nichts erreichen konnten.

23.10. Zu meinem Buchhändler und einen Blick auf seine Frau geworfen, sie hat aber einen so großen Bauch, dass es sich nicht lohnt. Pierce erzählte mir heute von den neuesten Unternehmungen von Sir Charles Sidley und Buckhurst. Sie sind den ganzen Abend mit nackten Ärschen durch die Straßen gelaufen, bis sie schließlich von den Wachen ergriffen und eingesperrt wurden. Er erzählte auch, dass sich der König in Saxam mit den beiden so betrunken hat, dass er hinterher keine Audienzen mehr geben konnte.

24.10. Heute Morgen kommt der Kutschenbauer, wir einigten uns auf £ 53. Er will mir auch einen Kutscher besorgen.

25.10. Nach dem Abendessen ließ ich mich von Deb kämmen, und daraus entstand der größte Kummer, der mir je auf dieser Welt zugestoßen ist. Denn plötzlich kam meine Frau herein, als ich gerade das Mädchen in den Armen hielt und eine Hand unter ihrem Rock hatte; tatsächlich war ich gerade an einer zentralen Stelle. Wir waren beide mächtig verlegen und meine Frau zuerst ganz sprachlos. Sobald sie aber wieder zu sich kam, geriet sie völlig außer Rand und Band. Ich selbst sagte fast gar nichts, sondern ging ins Bett, konnte aber bis zwei Uhr morgens nicht schlafen. Da weckte sie mich und erzählte mir als großes Geheimnis, dass sie eine Katholikin sei und das heilige Sakrament empfangen habe. Mich beunruhigte das, aber ich beachtete sie nicht weiter, sie setzte mir aber weiter kräftig zu wegen der Szene mit Deb. Da ich nicht wusste, wie viel sie gesehen hatte, sagte ich so wenig wie möglich.

26.10. Aufgestanden und nach Whitehall, aber mächtig in Unruhe wegen dem armen Ding, das meine Frau rauswerfen will. Wieder zurück, meine Frau noch immer missgestimmt und das Mädchen niedergeschlagen. Mitten in der Nacht weckte sie mich und fuhr mich an, sie habe gesehen, wie ich das Mädchen umarmt und geküsst habe. Das Letztere stritt ich ab, das andere gab ich zu.

27.10. Als wir zu Bett gehen wollten, packte meine Frau von neuem die Wut, und die ganze Nacht über tobte sie auf unvorstellbare Weise und drohte, sie wolle meine Schande an die Öffentlichkeit bringen. Mit guten Worten und Versprechungen beruhigte ich sie allmählich. Morgens schob ich Deb einen Zettel zu mit einer Nachricht über das, was ich meiner Frau gegenüber zugegeben hatte. Schwebte in größter Angst, bis sie mir sagte, dass sie den Zettel verbrannt habe.

28.10. Habe mit meiner Frau wieder Frieden geschlossen, ein bisschen grollt sie mir aber immer noch.

31.10. So endet dieser Monat, mit ziemlicher Seelenruhe, jedoch nicht gänzlicher, nach dem größten Krach mit meiner Frau, durch meine Torheit mit dem Mädchen. Habe allen Grund, traurig zu sein und mich zu schämen. Muss mir auch um das Mädchen Sorgen machen, für das ich wahrscheinlich den Ruin bedeute, obwohl ich entschlossen bin, sie zu lieben und ihr immer ein Freund zu sein.

1.11. Beunruhigt darüber, dass ich nicht herausbekommen kann, wie meine Frau sich Deb gegenüber verhält. Ich fürchte, sie wird sie an die Luft setzen.

2.11. Ging heute zu einem Kutschenmacher, wo es eine Kutsche geben soll, genau wie Mr. Povy eine hat, aber heute Morgen ist sie verkauft worden.

3.11. Meine Frau beobachtet mich jetzt ganz scharf, ob ich mit Deb Blicke austausche, was ich mir manchmal nicht verkneifen kann. Zu meinem Kummer sehe ich, wie das arme Ding mich anschaut und wie ihr die Tränen in die Augen treten.

6.11. Meine Frau steht jetzt immer mit mir auf und zieht mich an, damit ich das Mädchen nicht sehe. Dies ist in Wirklichkeit eine Eintragung für den 5., obwohl sie unter dem 6. steht. Mein Kopf ist jetzt so verwirrt, dass ich diese Art Fehler häufiger als je zuvor mache.

9.11. Warf Deb einen kleinen Zettel zu mit der Nachricht, dass ich noch immer alles abstreite, sogar, sie geküsst zu haben – sie möge sich entsprechend verhalten. Ich hoffe darauf, dass Gott mir diese Lüge verzeiht, weil er weiß, wie schlimm es für mich wäre, den Ruin dieses Mädchens veranlasst zu haben.

10.11. Meine Frau tobte heute wie nie zuvor, weil das Mädchen alles gestanden hätte, sogar, dass ich sie unten mit der Hand berührt hätte, was mich sehr beunruhigt, weil ich die Zukunft unter diesen Umständen nicht vorhersehen kann. Sie macht mir die schlimmsten Vorwürfe; ich gebe vieles zu, bin zerknirscht und weine; am Ende waren wir wieder gute Freunde. Als ich gerade eingeschlafen war, weckte sie mich und schrie, sie könne nicht schlafen, und tobte bis gegen Mitternacht.

11.11. Abends, als wir schon eine Weile im Bett lagen, fuhr meine Frau wie eine Wahnsinnige auf und wollte raus, was ich aber nicht zuließ. Ich konnte die Tränen nicht mehr zurückhalten, und so ging es die halbe Nacht. Nach viel Kummer, Vorwürfen und kleinen Tobsuchtsanfällen versprach ich nochmals, das Mädchen zu entlassen, worauf wir allmählich zur Ruhe kamen.

12.11. Mit Tränen in den Augen entließ ich heute das Mädchen und ermahnte sie, so bald wie möglich fortzugehen und mich nie wiederzusehen. Sie weinte ebenfalls, aber ich glaube, sie weiß, dass ich ihr Freund bleibe, denn sie ist ziemlich schlau, wenn nicht sogar raffiniert.

13.11. Meine Frau erzählt mir, dass Deb schon eine neue Stelle hat und dass sie morgen das Haus verlassen wird. Sie möchte auch nicht, dass ich sie ausbezahle, sondern will es selber tun. Zum ersten Mal seit beinahe 20 Tagen in Ruhe und Frieden geschlafen.

14.11. Hätte Deb gerne noch mal gesehen und ihr etwas Geld gegeben. Wickelte deshalb 40 Shilling in Papier ein, aber meine Frau hinderte mich daran, Deb zu Gesicht zu bekommen. Stelle fest, dass ich das Mädchen nicht vergessen kann und mich ärgere, dass ich nicht weiß, wo sie ist. Was mich aber noch mehr bekümmert, ist, dass meine Frau jetzt endgültig die Oberhand zu haben glaubt. Schlief nachts zu größter Zufriedenheit mit meiner Frau; bin mit ihr seit dem Zerwürfnis öfter zusammen gewesen als in den zwölf Monaten davor.

15.11. Muss gestehen, dass ich gerne wüsste, wo Deb jetzt ist – obwohl das wahrscheinlich meinen Ruin bedeuten würde.

16.11. Nach Holborn, wo – wie ich aus Andeutungen meiner Frau geschlossen habe – Deb sein soll. Ich mache mir große Sorgen, dass das arme Mädchen gezwungen ist, sich in einer solchen Gegend aufzuhalten.

18.11. Meine Frau ist eifersüchtig, wenn ich ausgehe, weil sie Angst hat, ich ginge zu Deb, was ich, Gott verzeih's, abstritt. Abends fuhr ich nach Lincoln's Inn Fields, wo sie zu mir in die Kutsche stieg. Ich küsste und umarmte sie und riet ihr, sich mit niemandem außer mir einzulassen, was sie auch versprach. Ich gab ihr 20 Shilling und sagte ihr, sie solle bei Herringman, meinem Buchhändler, immer ihren jeweiligen Aufenthaltsort in einem versiegelten Umschlag hinterlassen. Zu Hause meiner Frau eine schöne Geschichte erzählt, wie ich den Tag verbracht habe, das arme Ding war damit zufrieden oder tat wenigstens so.

19.11. Fand mittags meine Frau traurig im Esszimmer sitzen. Als ich sie nach dem Grund fragte, nannte sie mich einen falschen, verdorbenen Schuft und erklärte, sie wisse, dass ich mich gestern mit Deb getroffen habe. Zuerst leugnete ich, weil sie es unmöglich wissen konnte, dann aber gab ich alles zu, um mein Gewissen zu erleichtern. Musste den ganzen Nachmittag ihre Drohungen, Beteuerungen und Flüche über mich ergehen lassen. Was aber noch schlimmer war: sie schwor, sie wolle dem Mädchen die Nase aufschlitzen und mich noch heute Abend für immer verlassen. Wenn ich wollte, dass wir im Frieden auseinandergingen, sollte ich ihr £ 300 oder £ 400 geben, sonst würde sie alles überall weitererzählen. So verbrachte ich in der größten Verwirrung, Sorge, Scham und Todesangst den Nachmittag und glaubte, es würde kein Ende nehmen. Zuletzt musste ich wohl oder übel W. Hewer in alles einweihen. Der arme Kerl weinte wie ein Kind, erreichte aber schließlich, dass sie sich unter der Bedingung zufriedengab, dass ich ihr in die Hand verspreche, Deb mein Lebtag nie wieder zu sehen und zu sprechen. So kam doch noch wider Erwarten ein leidlicher Friede zustande. Abends betete ich zu Gott auf den Knien allein in meinem Zimmer, ich kann das aber noch nicht von ganzem Herzen tun. Ich hoffe, Gott wird mir täglich mehr Gnade schenken, ihn zu fürchten und meiner armen Frau treu zu sein.

20.11. Heute Morgen waren wir überaus freundlich zueinander. W. Hewer begleitet mich jetzt immer, denn sie erklärte rundheraus, dass sie mir nicht traue, wenn ich allein sei. Schickte Hewer zu Deb mit der Nachricht, dass ich gegenüber meiner Frau gestanden habe. Besprach mit Hewer, ob es sinnvoll sei, jetzt meine Arbeit aufzugeben und aufs Land zu ziehen. Besuchte den Kutschenmacher, meine kleine Kutsche gefällt mir über die Maßen. Als ich nach Hause kam, fing meine Frau wieder an zu toben, sie schlug mich und zog mich an den Haaren, was ich geschehen ließ. Mit Schweigen und Weinen brachte ich ihren Anfall zum Abklingen. Musste einen Brief aufsetzen, in dem ich Deb eine Hure nenne. W. Hewer brachte den Brief zu Deb, zusammen mit einigen scharfen Zeilen meiner Frau. Von da ab war alles wieder gut, wir küssten uns und waren gute Freunde.

22.11. Meine Frau verbrachte den ganzen Tag damit, sich zu säubern, nachdem sie vier oder fünf Wochen ziemlich schmutzig herumgelaufen war.

28.11. Im Büro erreicht mich die Nachricht, dass meine Kutsche da ist. Sofort nach Hause, sehr zufrieden mit dem Wagen, nur die Pferde gefallen mir nicht, werde mir bessere besorgen.

29.11. Habe jetzt ein sehr gutes Verhältnis zu meiner Frau, bin sehr beruhigt, kann wieder gut arbeiten, muss aber hin und wieder doch an Deb denken. Heute ist die Livree meines Kutschers gekommen, die mir sehr gefällt.

30.11. So endet dieser Monat mit großer Zufriedenheit. Es war der traurigste Monat für mein Herz und der teuerste für mein Portemonnaie, weil ich das Boudoir meiner Frau eingerichtet habe und jetzt eine Kutsche mit Pferden besitze. Bin noch nie zuvor in solchem Wohlstand gewesen. Nur meine Augen sind so schlecht, dass ich kaum noch arbeiten kann.

2.12. Zum ersten Mal in meiner eigenen Kutsche ausgefahren, was mein Herz entzückt. Gott sei gelobt und gepriesen!

5.12. Wieder in Sorge wegen meiner Frau, die behauptet, dass ich im Schlaf von Deborah spreche.

7.12. Heute sah ich Deb im Vorbeifahren aus unserer Kutsche in der Queen's Street, musste wieder an sie denken, was Gott mir verzeihen möge.

12.12. Höre, dass in Lombard Street ein neu erbautes Haus eingestürzt ist, weil man schlechten Mörtel und schlechte Ziegel verwendet hat. Heute sind meine beiden schwarzen Kutschpferde gekommen, sie kosten mich £ 50.

14.12. Erfuhr heute, dass der König das Parlament bis zum nächsten Oktober in die Ferien geschickt hat – das wird mir Gelegenheit geben, endlich nach Frankreich zu reisen.

18.12. Musste einen neuen Strauß mit meiner Frau ausfechten. Sie habe gehört, dass Deb jetzt mächtig fein sei und allen Leuten erzähle, sie hätte einen Freund, der sie aushalte. Meine Frau meint nun, ich sei dieser Freund. Das arme Ding, ich kann es ihr nicht einmal übelnehmen!

20.12. Der Herzog von York war heute in guter Laune und erzählte uns allerlei Geschichten aus den Flandrischen Kriegen, dass die spanische Infanterie z.B. am diszipliniertesten sei oder dass in der Zitadelle von Antwerpen ein Soldat erst nach dreijährigem Dienst das Recht zu betteln hat.

21.12. Nach Holborn, um die Frau mit dem Bart zu sehen.[16] Sie ist eine einfache, kleine Frau, eine Dänin, etwa vierzig Jahre alt; sie hat eine Mädchenstimme und einen schwarzen, struppigen Männerbart. Sie bot meiner Frau nähere Beweise ihrer Fraulichkeit an, verweigerte dies aber mehreren Männern. Sah mit meiner Frau im Duke's Theatre »Macbeth«, der König und der Hof waren auch da. Der König und der Herzog von York sahen mich und lächelten, sie notierten gewiss auch die hübsche Frau neben mir.

25.12. Meine Frau schneiderte heute den ganzen Tag an einem schwarzen Unterrock herum. Ich leistete ihr Gesellschaft und ließ mir von dem Jungen aus dem »Leben Cäsars«[17] und aus Descartes' Buch über die Musik[18] vorlesen. Das Letztere verstehe ich nicht, ich glaube, der Autor auch nicht, obwohl er ein sehr gelehrter Mann ist.

30.12. Musste 40 Shilling für ein Fenster meiner Kutsche bezahlen, das ich wahrscheinlich selber mit dem Knie zerdrückt habe.

31.12. Gesegnet sei der Herr, das Jahr geht zu Ende, nach großen Schwierigkeiten mit meiner Frau durch meine eigene Torheit, und doch endet es in großem wechselseitigem Frieden und in Zufriedenheit. Wahrscheinlich wird es so bleiben, dafür will ich sorgen, weil ich fest entschlossen bin, die Annehmlichkeiten, die ich jetzt besitze, zu genießen. Ich werde meiner Frau nie wieder Anlass zur Sorge geben. Mein größtes Problem ist augenblicklich der Zustand meiner Abrechnungen, um die ich mich jetzt beinahe zwei Jahre nicht gekümmert habe, so dass ich nicht sagen kann, wie ich finanziell eigentlich dastehe. Aber mit Gottes Hilfe werde ich mich darum kümmern, wenn der Zustand meiner Augen es erlaubt.

1669

1.1. Werde meiner Frau als Neujahrsgeschenk ein Schränkchen aus Walnussholz schenken, sehr hübsch, kostet mich £ 11.

4.1. Bewilligte meiner Frau freiwillig einen Betrag von £ 30 im Jahr für Kleider und dergleichen, worüber sie sich sehr freute, weil es mehr ist, als sie je verlangt oder erwartet hatte.

12.1. Heute Abend fiel mir auf, dass meine Frau sehr trübsinnig war. Als ich zu Bett ging, dachte ich wie gewöhnlich, meine Frau würde nachkommen, stellte aber fest, dass sie neue Kerzen und Feuerholz holte, es war sehr kalt. Als ich sie mehrmals bat, doch ins Bett zu kommen, wurde sie plötzlich von einem Wutanfall gepackt, ich sei ein Schuft und betrüge sie. Ich merkte aber, dass sie keinen richtigen Anlass hatte, erfand bloß eine Situation, in der sie mich in einer geschlossenen Kutsche mit Deb gesehen haben will. Etwa um ein Uhr kam sie an meine Seite des Bettes, riss den Vorhang auf und fuchtelte mit der glühenden Feuerzange, als ob sie mich damit kneifen wollte. Erschrocken sprang ich auf, worauf sie sich nach einigen beruhigenden Worten wieder hinlegte. Nachher plauderten wir noch lange vergnügt, es war nur die Angst, weil ich gestern fort war, ohne ihr etwas zu sagen.

17.1. Probierte nach dem Essen mein neues Parallelogramm aus.

20.1. Besuchte mit meiner Frau den großen Landschaftsmaler Danckerts,[1] damit er sich unsere Esszimmermaße ansieht.

22.1. Traf in der Börse Mr. Danckerts, den berühmten Landschaftsmaler; er wird in meinem Wohnzimmer auf Täfelungen die vier Residenzen des Königs malen: Whitehall, Hampton Court, Greenwich und Windsor.

23.1. Nach dem Essen ins Zimmer meiner Frau, wo sie mir die Haare schnitt und mein Hemd untersuchte, denn ich musste mich in der vergangenen Woche gewaltig jucken. Sie stellte fest, dass ich Läuse habe, fand auf dem Kopf und am Körper an die zwanzig Läuse, kleine und große, worüber ich sehr erstaunt bin, weil es mehr sind, als ich in den letzten zwanzig Jahren jemals gehabt habe. Wahrscheinlich habe ich sie von unserem Burschen. Ich zog mir sofort ein neues Hemd an und schnitt mir eine Glatze, so werde ich sie bald loswerden.

31.1. So endet dieser Monat, mit ganz unterschiedlichen Tagen der Freude und der Trauer, die aus den Streitigkeiten zwischen mir und meiner Frau herrühren, sie erinnert sich immer wieder an meine Treulosigkeit ihr gegenüber, aber im Augenblick steht sie gerade sehr gut zu mir.

3.2. Stelle fest, dass ich sehr viel Geschäftliches durch Diktieren erledigen kann, weil ich dadurch auch meine Augen schone.

8.2. Besuchte Lord Sandwich und sah, während er sich ankleidete, einem jungen spanischen Tänzer zu, den er mit herübergebracht hat; mir gefällt der spanische Stil aber nicht so gut wie der englische. Werde ihn zu uns einladen und ihn meiner Frau vorführen.

10. 2. Mit meiner Frau zum Gips-Skulpteur in Charing Cross, wo ich meinen Kopf in Stuck bilden ließ.[2] War zuerst sehr erschrocken, als ich mein Gesicht mit Pomatum bestrichen bekam. Der Abdruck sah nicht sehr schön aus, keine Ähnlichkeit festzustellen, bin gespannt auf das Endergebnis.

12. 2. Pelling hat mir W. Penns Buch über die Dreieinigkeit besorgt. Meine Frau las mir daraus vor. Es ist so hervorragend geschrieben, dass ich ihm so etwas einfach nicht zutraue – ein ernsthaftes Buch, nicht für jedermann geschrieben.[3]

15. 2. Zum Stuckateur, wo ich den nach meinem Kopf modellierten Abguss sah. Wunderbar lebensähnlich, werde mir noch eine weitere Kopie machen lassen. Nach Whitehall ins Theater, wo wir »Das Abenteuer von fünf Stunden« sahen. Saß sehr weit hinten, konnte nicht alles verstehen. Kamen erst nach 11 Uhr nach Hause, Abendessen, wir hatten, was ganz selten vorkommt, kein Brot im Haus.

16. 2. Meine Augen vom vielen Kerzenlicht sehr krank.

17. 2. Hörte in Whitehall, dass der König gestern beim holländischen Botschafter gespeist hat, nach dem Essen soll es hoch hergegangen sein. Lord Rochester soll T. Killigrew vor den Augen des Königs eine Ohrfeige verpasst haben. Viele böse Bemerkungen darüber bei Hof, dass der König sich so etwas gefallen lässt.

23.2. Nahm meine Frau und die Mädchen mit in die Westminsterabtei und zeigte ihnen alle die prächtigen Grabmäler. Als besonders Bevorzugte durften wir die Leiche von Königin Katharina von Valois sehen, ich hatte sogar den Oberteil ihres Körpers in meiner Hand. Küsste ihren Mund und dachte dabei, dass ich eine Königin küsse, heute an meinem 36. Geburtstag.[4] Zeigte meinen Cousinen dann das Glashaus und ließ uns einige singende Gläser anfertigen; einige waren so dünn, dass sie beim bloßen Anhauch zerbrachen.[5]

1.3. Westminster Hall voller Menschen. Der König hat das Parlament bis zum 19. Oktober vertagt, worüber ich sehr erfreut bin, weil ich so vielleicht Zeit finde, nach Frankreich zu reisen.

2.3. Meine Frau zog heute zum ersten Mal ihr französisches Kleid an, Sack genannt, Batelier hat es ihr aus Frankreich mitgebracht.

4.3. Zum Herzog von York. Fand ihn mit der Herzogin und den großen Hofdamen auf einem Teppich am Boden sitzend, sie spielten ein lustiges Gesellschaftsspiel, die Herzogin und Lady Castlemaine sehr witzig.

7.3. Erfahre, dass der König und der Herzog von York um 3 Uhr morgens nach Newmarket zu den Pferderennen aufgebrochen sind, sie werden erst in zehn oder zwölf Tagen zurückkommen.

8.3. Die Kutsche des Königs soll umgestürzt sein, er ist in den Schmutz gefallen, aber niemand wurde verletzt. Wie es passiert ist, weiß niemand, nur dass es sehr dunkel war und die Fackeln nicht hell genug.

9.3. Traf Sir W. Coventry dabei an, als er gerade sein Tagebuch führte. Ich glaube, er ist der einzige Mensch, dem ich erzählt habe, dass ich seit acht oder zehn Jahren sehr streng ein Tagebuch geführt habe. Hinterher tat es mir fast leid, es war nicht notwendig und könnte unangenehm werden.[6] Nach dem Mittagessen mit der Kutsche zu meiner Cousine Turner, wo ich zum ersten Mal in einem Zug ein Glas Orangensaft trank, ein sehr gutes Getränk, von dem ich aber, da es neu ist, nicht weiß, ob es mir nicht schaden wird.

12.3. Als ich nach Hause kam, fand ich meine Frau in hellem Zorn vor. Sie hat erfahren, dass es Deb prächtig geht, dass sie mit Schönheitspflästerchen herumläuft und ihre ehemalige Herrin schlechtmacht. Gott weiß, dass ich von all dem keine Ahnung habe. In ihrer Wut sagte meine Frau noch, dass sie das attraktive Mädchen, das sie gerade angestellt hat, wieder entlassen habe und dafür eine pockennarbige Magd engagiert habe, was mich sehr ärgert.

13.3. Was mich heute in besonders gute Stimmung versetzte, war die Tatsache, dass ich heute zum Kapitän gemacht worden bin – Mr. Wren schickte mir die Urkunde vom Herzog von York, dass ich zum Kapitän der ›Jerzy‹ ernannt worden bin, damit ich an einer Kriegsgerichtsverhandlung teilnehmen kann. Sehr vergnügt darüber, zumal es mir auch nützen kann, und obendrein bekomme ich sogar noch etwas Geld dafür.

18.3. Mit meiner Frau zum ersten Mal in unserer eigenen Kutsche in den Hyde Park, wo wir voll Stolz auf und ab fuhren. Viele andere Kutschen da, hielt nach vergleichbaren Pferden und Kutschen Ausschau, fand aber keine.

24.3. Nach Maidstone, wohin ich schon immer wollte. Besah mir die Stadt gründlich und bestieg den Kirchturm; hatte eine prächtige Aussicht. Wieder herunter und in die Stadt, wo ich einem alten Mann beim Flachshecheln zusah. Ich ging in seine Scheune, gab ihm etwas Geld und beobachtete ihn bei seinem Handwerk, sehr hübsch anzusehen.

28.3. Nachdem ich mein Tagebuch geführt habe, geht es meinen Augen besonders schlecht, sie werden jeden Tag schlechter. Bin überzeugt, dass dies mit den ungewohnten Getränken zusammenhängt, die ich auf dem Lande getrunken habe, das seltsame Bier bekommt meinen Augen gar nicht.

31.3. So endet der Monat. Bin ziemlich zufrieden mit allem, nur die angekündigten Veränderungen im Flottenamt beunruhigen mich.

2.4. Brachte mir heute auf Mr. Coolings Empfehlung hin aus der Apotheke des Königs in Whitehall ein Augenwasser mit, das ihm sehr gutgetan hat, hoffentlich hilft es mir auch.

4.4. Die Königinmutter ist in letzter Zeit sehr kränklich gewesen, man fürchtet um ihr Leben.

5.4. Heute eine neue Magd engagiert. Als Köchin haben wir nun schon einige Zeit eine Schwarze, die besonders das Fleisch hervorragend zubereitet, wir sind sehr mit ihr zufrieden.

8.4. Als ich heute Nachmittag durch Smithfield ging, sah ich, wie eine Kutsche den Kutscher im Genick überrollte und über ihm stehen blieb, und trotzdem stand der Mann auf, als ob nichts geschehen sei. Ein Wunder.

11.4. Mit meiner Frau in den Park, wo uns Sir W. Coventry zum ersten Mal in unserer eigenen Kutsche sah, desgleichen heute Abend der Herzog von York, der meiner Frau bedeutungsvolle Blicke zuwarf.

12.4. Mit meiner Frau in den ›Hahn‹, weil sie großen Appetit auf Erbsensuppe hatte; sehr gut gegessen.

13.4. Sah in Whitehall im Hofgarten Deb, durch einen von Gott gesandten Zufall, mein Herz schlug mächtig. Ich lief hinter ihr her, sie war in ihren alten Kleidern. Merkte, dass sie mir aus dem Weg gehen wollte, aber ich sprach sie an und verlangte von ihr, dass sie niemals zugeben sollte, wir hätten uns gesehen. Mit wirrem Kopf trennte ich mich dann von ihr.

15.4. Traf mich mit Deb in einem kleinen Wirtshaus, redete mit ihr und küsste sie. Gab ihr eingewickelt 20 Shilling, und wir verabredeten uns für nächsten Montag in Westminster.

17.4. Sah den »Alchimisten«[7] im King's Theatre, aber meine schlechten Augen trüben mir den Genuss.

19.4. Meine Frau hat nichts gemerkt von dem, was neuerdings zwischen mir und Deb gewesen ist.

20.4. Kapitän Dean erzählt mir, dass der Herzog von Buckingham mich nicht ausstehen kann, was ich schon wusste, und dass Sir T. Allen auch nicht mein Freund ist. All das kümmert mich nicht übermäßig, weil ich genau weiß, wie nützlich ich bin, weshalb man mich auch nicht entlassen wird.

26.4. Mr. Sheres aß mit uns zu Mittag, er will meiner Frau die Grundregeln des Perspektivzeichnens beibringen, meint aber nach einem ersten Versuch, es sei zu schwierig, weil sie keine Kenntnisse der Geometrie habe. Am Temple-Tor sah ich plötzlich Deb, zwinkerte ihr zu und lächelte, unbemerkt. Der König und der Hof sind heute für eine Woche nach Newmarket aufgebrochen. Bestellte beim Kutschenmacher neuen Lack für meine Kutsche.

30.4. Zum Schneider und zum Gürtelmacher, wo mich eine alte Frau mit sehr schmerzhaftem Augenwasser behandelt; nehme ein kleines Glas davon mit. Um 3 Uhr war meine Kutsche immer noch nicht fertig. Blieb deshalb in der Werkstatt bis 8, spendierte den Arbeitern einen Drink und sah zu, wie sie die Kutsche lackierten, reinigten und ölten.

1.5. Mr. Sheres nahm Abschied, er reist über Portsmouth nach Tanger, worüber meine Frau sehr traurig ist, weil sie ihn sehr (allerdings nicht *zu*) gern hat. Sie hatte den ganzen Abend schlechte Laune, was mich ärgerte. Sie konnte auch nicht schlafen, so dass ich sie in den Arm nehmen musste, bis sie Ruhe fand.

4.5. Meine Frau mit der Kutsche zu ihrer Mutter nach Deptford. Versuchte, einen Porter zu Deb zu schicken, ging dann aber selber und erfuhr, dass sie nach Greenwich gefahren ist. Als ich gerade wieder zu Hause war, kam meine Frau zurück, aus Eifersucht. Gott verzeih mir, da habe ich Glück gehabt.

7.5. Habe gestern Nacht ein Gelübde abgelegt vor Gott dem Allmächtigen, dass ich nicht mehr an Deb denken und zu ihr nach Greenwich fahren will, wozu ich große Lust hatte. Ging an Guildhall vorbei, der Bau ist fast fertig. Sah, wie gerade ein toter, vom Bau gestürzter Arbeiter fortgetragen wurde. Ähnliches soll hier mehrfach vorgekommen sein. Erhielt heute ein Exemplar eines Theaterstückes, das Kapitän Taylor geschrieben hat.

Glaube nicht, dass er so etwas kann, werde es mir vorlesen lassen und dann ein Urteil abgeben.

8.5. Änderte zum ersten Mal seit acht Jahren im Büro meinen Platz, weil ich das Licht vom Fenster nicht mehr vertragen kann.

10.5. Creed erzählt mir, dass man über meine prächtige Kutsche und die Pferde bereits spricht, was mir sehr unangenehm ist. Povy erzählt, dass auch meine goldbesetzten Spitzenärmel gestern im Park aufgefallen sind. Werde in diesem Aufzug nie wieder bei Hof erscheinen, gab meinem Schneider einen Änderungsauftrag.

12. 5. Mit meiner Frau ins Duke of York's Theatre, wo wir in der Seitenloge dicht über dem Orchester saßen. Hörte, aber sah nicht, das neue Stück »Die römische Jungfrau«[8] – das Kerzenlicht in den Augen brachte mich fast um.

Erfahre, dass meine Schwester hochschwanger ist. Weiß nicht, ob ich mich darüber freuen soll oder nicht, weil mir nichts daran liegt, dass meine Freunde Kinder haben; dabei liebe ich anderer Leute Kinder.

16. 5. Entwarf den ganzen Nachmittag eine Petition an den Herzog von York wegen meiner Augen mit der Bitte um drei oder vier Monate Urlaub, damit ich mich auf einer Auslandsreise erholen kann.

18. 5. Meine Frau in großer Not mit Zahnschmerzen. Wartete, bis ihr Zahnarzt kam. Erfuhr später im Büro, dass ihr ein Zahn gezogen wurde. Nach Hause, um sie zu trösten.

19. 5. Man erzählt sich, dass Harry Killigrew gestern Abend neunfach von Dienstpersonal verwundet worden sei, als er in einer Mietkutsche vom Park nach Hammersmith zu seinem Haus fuhr. Der Herzog von York holte mich in sein Studierzimmer, nahm meine Petition entgegen, sprach über meine Augen und drückte sein Mitleid aus. Mit dem größten Wohlwollen gewährte er mir Urlaub und billigte meinen Plan, nach Holland zu reisen,

um die dortigen Flottenverhältnisse zu studieren. Er holte dann die Zustimmung des Königs ein, die mit der Auflage verbunden wurde, dass ich inkognito nach Holland reise, offiziell soll ich aufs Land fahren. Mir gefällt das.

20.5. Meine Augen sehr müde, mein Kopf voll mit Reisevorbereitungen.

31.5. Beizeiten aufgestanden und den ganzen Nachmittag Abrechnungen geprüft und in Ordnung gebracht, da ich wegen meiner Augen und meiner Nachlässigkeit ein oder zwei Jahre im Rückstand bin. Jetzt ist die Arbeit schwierig und mühselig, ich machte heute aber doch einen guten Anfang. Zu Hause zu Mittag gegessen. Nachmittags nach Whitehall. Im Vorbeigehen auf einen Sprung zu Mrs. Michell, wo ich seit Jahr und Tag nicht mehr war. Ich wusste, dass ihr Mann auswärts war und je did baiser elle. Dann ein weiteres Treffen mit dem Herzog von York in Whitehall, von wo mich meine Frau abholte. Im ›Weltende‹ eingekehrt, sehr lustig. Spät nach Hause.

Und so endet alles, da ich bezweifle, dass ich je wieder mit eigenen Augen mein Tagebuch führen kann, ich kann es jetzt nicht mehr länger tun, da ich es so lange trieb, bis ich mir fast jedes Mal die Augen verdarb, wenn ich die Feder in die Hand nahm. Deshalb muss ich, was immer auch daraus entsteht, aufhören und will es künftig durch meine Leute in normaler Schrift führen lassen und mich damit begnügen, dass nicht mehr niedergeschrieben wird, als was für sie taugt (was nicht sehr viel sein wird, jetzt wo meine Affäre mit Deb zu Ende ist und meine Augen mich an allen anderen Vergnügungen hindern) und was alle Welt wissen darf. Ich werde mich bemühen, einen Rand in meinem Buch frei zu lassen, um hier und da eigenhändig in Kurzschrift Anmerkungen machen zu können. Und so beschreite ich denn diesen Weg, was bedeutet, dass ich mich fast meinem eigenen Grab entgegengehen sehe, für das und für alle Trübsal, die im Gefolge meiner Blindheit kommen wird, Gott in seiner Güte mich vorbereiten möge.

Anhang

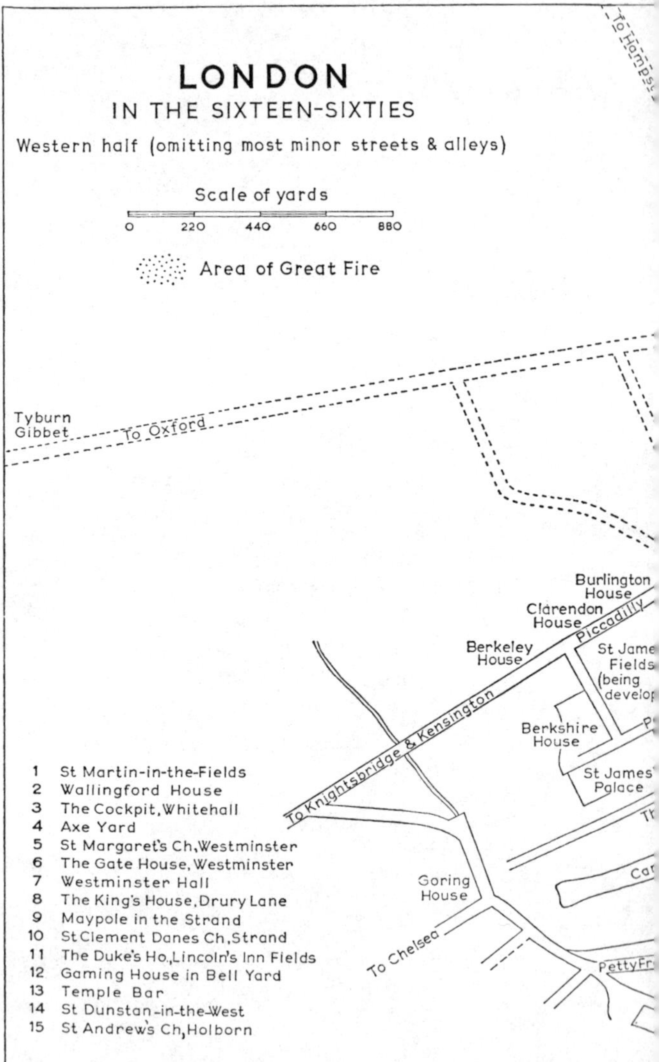

LONDON
IN THE SIXTEEN-SIXTIES
Western half (omitting most minor streets & alleys)
Scale of yards
0
220
440
660
880
Area of Great Fire
Tyburn Gibbet
To Oxford
Burlington House
Clarendon House
Piccadilly
Berkeley House
St James Fields (being develop
To Knightsbridge & Kensington
Berkshire House
St James' Palace
Goring House
To Chelsea
Petty Fr
1 St Martin-in-the-Fields
2 Wallingford House
3 The Cockpit, Whitehall
4 Axe Yard
5 St Margaret's Ch, Westminster
6 The Gate House, Westminster
7 Westminster Hall
8 The King's House, Drury Lane
9 Maypole in the Strand
10 St Clement Danes Ch, Strand
11 The Duke's Ho., Lincoln's Inn Fields
12 Gaming House in Bell Yard
13 Temple Bar
14 St Dunstan-in-the-West
15 St Andrew's Ch, Holborn

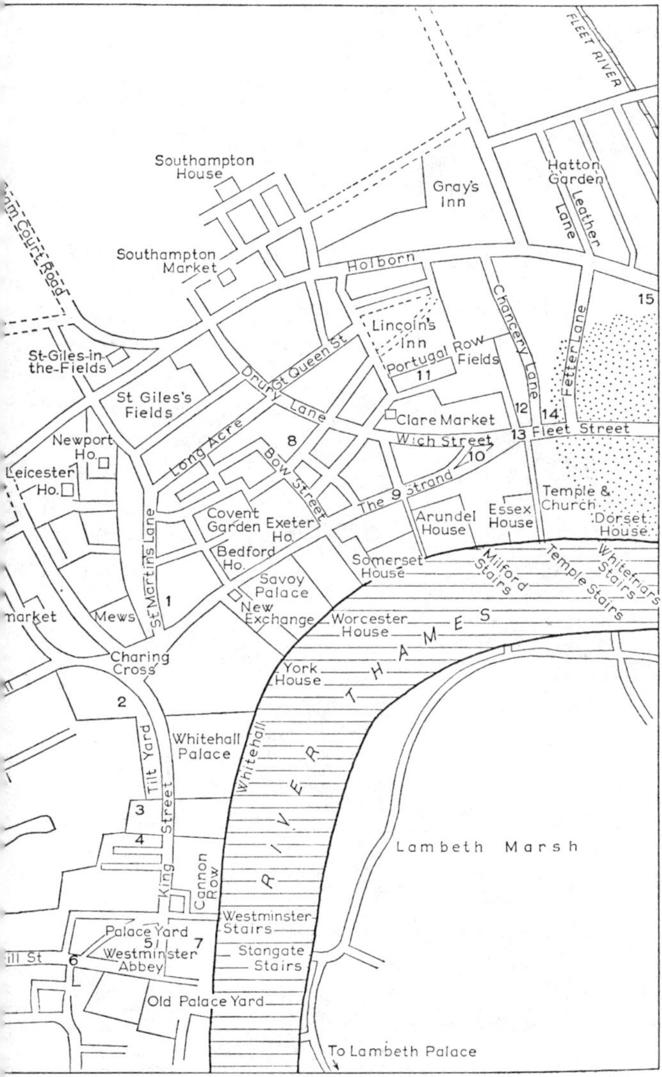
FLEET RIVER
Southampton House
Gray's Inn
Hatton Garden
Leather Lane
Southampton Market
Holborn
Chancery Lane
Fetter Lane
15
Lincoln's Inn
Portugal Row
Fields
11
St-Giles-in-the-Fields
St Giles's Fields
Drury Lane
Gt Queen St
Clare Market
12
14
13
Fleet Street
Wich Street
10
Newport Ho.
Long Acre
8
Bow Street
Leicester Ho.
The Strand
9
Temple & Church
Dorset House
Essex House
Arundel House
Covent Garden
Exeter Ho.
Bedford Ho.
St Martins Lane
Somerset House
Milford Stairs
Temple Stairs
Whitefriars Stairs
Savoy Palace
1
New Exchange
Worcester House
Mews
Charing Cross
York House
RIVER THAMES
2
Tilt Yard
Whitehall Palace
Whitehall
3
4
King Street
Cannon Row
Lambeth Marsh
Westminster Stairs
Palace Yard
5
7
Westminster Abbey
6
Stangate Stairs
Old Palace Yard
To Lambeth Palace

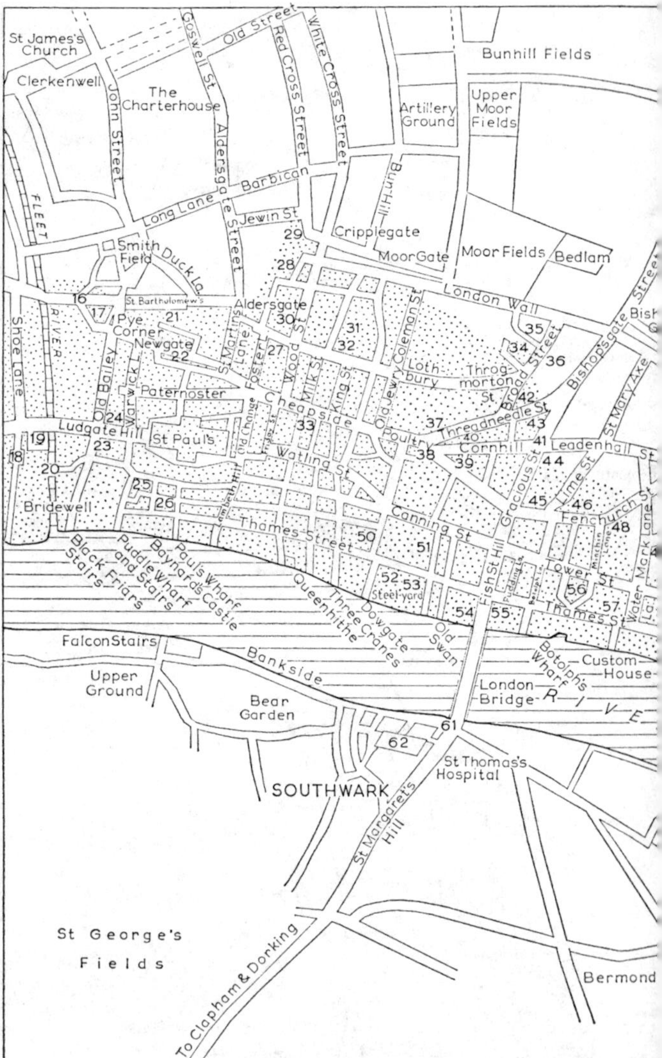
St James's Church
Clerkenwell
Old Street
Goswell St
Red Cross Street
White Cross Street
Bunhill Fields
The Charterhouse
John Street
Aldersgate Street
Artillery Ground
Upper Moor Fields
Barbican
Bunhill
FLEET
Long Lane
Jewin St
Cripplegate
Smith Field
Duck La.
MoorGate
Moor Fields
Bedlam
London Wall
St Bartholomew's
Aldersgate
RIVER
Shoe Lane
Pye Corner
Newgate
St Martins Lane
Foster Lane
Wood St
Milk St
King St
Old Jewry
Coleman St
Lothbury
Throgmorton St.
Broad Street
Bishopsgate Street
St Mary Axe
Old Bailey
Warwick L.
Paternoster
Cheapside
Ludgate Hill
St Paul's
Old Change
Friday St
Poultry
Threadneedle St
Cornhill
Leadenhall St
Watling St
Lambeth Hill
Gracious St
Lime St
Bridewell
Canning St
Fenchurch St
Thames Street
Fish St Hill
Pudding La.
Lower St
Mark Lane
Water La.
Steel-yard
Thames St
Black Friars Stairs
Puddle Wharf and Stairs
Baynard's Castle
Paul's Wharf
Queenhithe
Three Cranes
Dowgate
Old Swan
Botolph's Wharf
Custom House
Falcon Stairs
Bankside
Upper Ground
London Bridge
RIVE
Bear Garden
St Thomas's Hospital
SOUTHWARK
St Margaret's Hill
St George's Fields
To Clapham & Dorking
Bermond
16 17 18 19 20 21 22 23 24 25 26 27 28 29 30 31 32 33 34 35 36 37 38 39 40 41 42 43 44 45 46 48 50 51 52 53 54 55 56 57 61 62

LONDON
IN THE SIXTEEN-SIXTIES
Eastern half (omitting most minor streets & alleys)
Scale of yards
0 220 440 660 880
Area of Great Fire
16 Holborn Conduit
17 St Sepulchre's Ch.
18 Salisbury Court
19 St Bride's Church
20 Bridge in Bridewell
21 Christ Ch. Newgate
22 Newgate Market
23 Ludgate
24 St Martin's Ch.
25 The Wardrobe
26 Doctors' Commons
27 Goldsmiths' Hall
28 Barber Surgeons' Hall
29 St Giles, Cripplegate
30 Haberdashers' Hall
31 Guildhall
32 St Lawrence Jewry
33 St Mary le Bow
34 Dutch Ch. Austin Friars
35 Treasury Office, Navy
36 Gresham College
37 The Post Office, 1666
38 Stocks Market
39 The Great Coffee House
40 Royal Exchange
41 Cornhill Conduit
42 French Church
43 Merchant Taylors' Hall
44 Leadenhall Market
45 St Dionis Backchurch
46 The Mitre, Fenchurch St
47 St Katherine Cree
48 Clothworkers' Hall
49 St Olave's Ch. Hart St
50 Skinners' Hall, Dowgate Hill
51 St Lawrence Poultney
52 All Hallows the Great
53 All Hallows the Less
54 Fishmongers' Hall
55 St Magnus's Church
56 St Dunstan in the East
57 Trinity House
58 All Hallows, Barking
59 Navy Office
60 St Katherine's by the Tower
61 The Bear at the Bridge Foot
62 St Mary Overie (now Southwark Cath.)
Shoreditch
Artillery Yard
Petticoat Lane
To Colchester
Whitechapel
Houndsditch
Aldgate
Minories
Goodman's Fields
Victualling Office
The Tower
East Smithfield
To Ratcliff
To Ratcliff & Limehouse
60
Iron Gate Stairs
Pasture Grounds
THAMES
Wapping Church
Sir William Warren's shipyard
To Deptford, Woolwich & Chatham
Rotherhithe Church

Die Karten von London stammen von T. F. Reddaway und sind entnommen aus »The Diary of Samuel Pepys. A new and complete transcription edited by Robert Latham and William Matthews«, Bd. 1, London: Bell & Sons, 1970.

Anmerkungen

1660

1 Pepys waren am 26. März 1658 in einer größeren Operation Blasensteine entfernt worden.
2 Axe Yard lag westlich der King Street in Westminster. Pepys hatte dort mindestens seit dem 26. August 1658 gewohnt.
3 Das Rumpfparlament, das nach Cromwells Sturz im Mai 1658 die Regierungsgewalt übernommen hatte, war am 13. Oktober von Offizieren unter Führung von John Lambert aufgelöst worden.
4 General Monck befehligte eine besonders disziplinierte Truppe; er hatte die Rebellion der Offiziere von Anfang an missbilligt.
5 George Downing war seit 1656 einer der vier »Tellers of the Receipt of the Exchequer«; Pepys hatte seine Stellung als Sekretär bei ihm seit etwa 1654.
6 Der Text ist eine ungefähre Wiedergabe von Gal. 4,4.
7 John Pepys, der Vater des Chronisten, hatte sein Schneidergeschäft und seine Wohnung in Salisbury Court; die erwähnten Befestigungen wurden auf Beschluss des Parlaments wieder geschleift.
8 Die achtjährige Theophila Turner war eine Verwandte von Pepys; Madam Morris ist unidentifiziert.
9 East war ein Diener von Pepys' Arbeitgeber, Lord Edward Montagu.
10 Edward Shipley, Haushofmeister bei Lord Montagu.
11 Es handelte sich um einen Betrag von £ 2000 (der bei Montagus Tod 1672 noch immer ausstand); am 2. Februar trieb Pepys davon £ 60 – vermutlich Zinsen – ein.
12 Vgl. Anm. 17.
13 Jemima war Edward Montagus älteste Tochter; sie lebte zu dieser Zeit im Hause des Heilpraktikers Scott, der sie wegen einer Missbildung der Halswirbel behandelte; es gehörte zu Pepys' Pflichten, sich um sie zu kümmern. – Cribbage: ein Kartenspiel.
14 ›Will's‹ war ein Bierlokal in der Nähe von Westminster Hall. John und Elisa Hunt waren Nachbarn und Freunde der Pepyses.
15 Jemima Montagu, die Frau von Lord Montagu.
16 Das Parlament hatte einen Monatssold für die Armee beschlossen.
17 Henry Moore und George Hawley waren Rechtsanwälte und bei Lord Montagu angestellt.

18 Vgl. Anm. 11.

19 Pepys hatte sein Haus von Valentine Wanley gemietet, der in Lambeth wohnte.

20 Lord Montagu.

21 Am 6. Januar erfuhr das Parlament offiziell, dass Lambert sich ergeben hatte.

22 Robin Shaw, Jack Spicer und Dick Vines waren Angestellte des Schatzamtes.

23 Valentine Fage, ein Apotheker, war Stadtverordneter für St. Bride in Farrington Without, wo Pepys' Vater lebte.

24 Seit dem Aufstand der Lehrlinge vom 5. Dezember 1659 hielten sich Truppen in der Stadt auf.

25 Der Vetter Thomas Pepys war ein wohlhabender Kaufmann; er wohnte in der Newport Street in Covent Garden.

26 John Pepys, neunzehn Jahre alt, hatte gerade die St. Paul's School verlassen; im Februar 1660 bezog er die Universität Cambridge.

27 Francis Quarles' »Emblemes, divine and moral« (1653) waren das beliebteste der zeitgenössischen Emblem-Bücher, d. h. Bücher mit moralisierenden Versen.

28 Ralph Greatorex, Erfinder und Konstrukteur von mathematischen Instrumenten.

29 Pepys erhielt £ 50 im Jahr als Downings persönlicher Sekretär (vgl. Anm. 5).

30 »Las cosas maravillosas della sancta ciudad de Roma« (Rom 1651), eine spanische Fassung des Rom-Führers für Pilger »Mirabilia urbis Romae«. Pepys konnte Spanisch nicht nur lesen, sondern auch sprechen.

31 Thomas Fuller, »The Church History of Britain«, 1655. Pepys' beliebteste Sonntagslektüre.

32 John Creed, der Lord Montagu bereits 1659 begleitet hatte, erschien ihm jetzt als dezidierter Puritaner ungeeignet.

33 William Wight, ein Fischhändler; Halbbruder von Pepys' Vater.

34 Robert Bowyer, ein ranghöherer Kollege von Pepys im Schatzamt.

35 Vgl. Anm. 10.

36 Von den fünf Testamenten, die Pepys während der Zeitspanne seines Tagebuchs machte, fehlt jede Spur. – Zu Moore und Hawley vgl. Anm. 17.

37 Die Gegend von Westminster wurde immer wieder von Überschwemmungen heimgesucht; erst im 19. Jh. errichtete man Uferbefestigungen.

38 Will Howe, Haus- und Schiffsdiener von Lord Montagu.

39 In jenen Wochen vor dem Zusammentreten des neuen Parlaments (am 25. April) war London von jubilierenden Royalisten beherrscht; die Wahlen hatten den Republikanern eine vernichtende Niederlage beschert.

40 Dieser Brief enthielt die Deklaration von Breda (s. Anm. 41).

41 Die Deklaration von Breda (in der Karls II. Restauration verkündet wurde) wurde dem Parlament der Stadt London und der Armee mitgeteilt.

42 Es handelt sich offenbar um einen »Roman« des französischen Schriftstellers Paul Scarron († 1660) in einer englischen Fassung.

43 Das Rumpfparlament hatte das Commonwealth-Wappen wieder eingeführt; es bestand aus dem St.-Georgs-Kreuz und der irischen Harfe. Der König lehnte dieses Wappen ab, weil er Irland als abhängiges Gebiet betrachtete.

44 Von diesen Büchern ist in der Pepys Library in Cambridge die Psalmen-Ausgabe durch Henry du Monts vierteilige Ausgabe der Godeau'schen Psalmen-Version vertreten; Bacons »Novum Organon« erwarb Pepys vermutlich entweder in der Leydener Ausgabe von 1650 oder in der Amsterdamer von 1660; bei Farnaby handelt es sich um Thomas Farnabys »Index Rhetoricus« (Amsterdam 1648).

45 Maria, Prinzessin von Oranien, die Schwester Karls II. und Witwe von Prinz Wilhelm II. von Oranien.

46 Elisabeth, die Tochter Jakobs I. von England und Witwe Friedrichs von der Pfalz, des Titularkönigs von Böhmen.

47 Sowohl der Schrein (1220) als auch das Grab von Erzbischof Becket waren während der Reformation zerstört worden. Was Pepys sah, ist auch heute noch zu sehen: die Fußspuren der Pilger rings um das Grab in der Trinity Chapel.

48 Nach dem Volksglauben konnten die Skrofeln durch die Berührung eines geweihten Königs geheilt werden.

49 D. h. »Clerk of the Acts«.

50 Der König, die beiden Herzöge, der »Privy Council« und beide Häuser des Parlaments waren in die Guild Hall eingeladen.

51 Die erste Erwähnung einer Graphik-Erwerbung; Pepys besaß am Ende seines Lebens eine stattliche Graphik-Sammlung.

52 Diese Kapelle wurde jetzt von den Anglikanern benutzt; während der Revolution hatten die Independenten die Westminsterabtei für sich beansprucht.

53 Payne Fisher hatte bereits Oliver Cromwell bedichtet; die hier erwähnte Ode ist nicht erhalten.

54 Es handelte sich um die Yacht ›Mary‹, die ihm von der Stadt Amsterdam geschenkt worden war.

55 Eine politische Romanze des schottischen Satirikers John Barclay († 1621), die bis 1693 vierzig Auflagen erlebte.

56 Die Ärzte hatten dem Herzog rasche Genesung prognostiziert und keine Medikamente mehr verschrieben.

57 Vgl. 2. Mose 29,20; 3. Mose 8,23 und 14,14.

58 Es war üblich, die höheren Verwaltungsbeamten der Flotte in den Grafschaften zu Friedensrichtern zu machen, wo sich die wichtigsten Werften befanden.

59 D. i. Daniel (?) Butler, ein Freund von Pepys, wahrscheinlich ein Geistlicher.

60 Seit etwa 1658 wurde Tee über Holland importiert, das Pfund kostete £ 2.

61 John Speed, »A Prospect of the most famous parts of the world« (1631). Auszüge daraus gab es seit 1660 in mehreren Ausgaben.

62 Lord Pembroke gehörte zum Vorstand der ›Royal African Company‹, die am 18. Dezember 1660 ihre Statuten erhielt. Lord Sandwich war Mitglied dieser Gesellschaft.

63 Lord Sandwich pflegte vor seinen Dienern Französisch zu sprechen. Die nachfolgende Geschichte ist zum größten Teil erfunden. Anne Hyde hatte den Herzog am 3. September im Hause ihres Vaters geheiratet; am 22. Oktober gebar sie einen Sohn. Im November 1659 hatte der Herzog die Eheschließung amtlich registrieren lassen.

64 Thomas Harrison gehörte zu den »regicides«, d. h. denjenigen, die an der Verurteilung und Hinrichtung Karls I. beteiligt waren.

65 Vgl. Anm. 42.

66 »Wit without Money«, eine Komödie von John Fletcher, zuerst aufgeführt 1614, 1639 veröffentlicht.

67 Über diesen Vorschlag ist nichts bekannt. Pepys stand den Fähigkeiten und sprachlichen Fertigkeiten in England lebender Franzosen skeptisch gegenüber, er hatte vor allem das Beispiel seines Schwiegervaters vor Augen.

68 John Dauncey, »The History of the thrice illustrious Princess Henrietta Maria de Bourbon, Queen of England«. Nicht in Pepys' Bibliothek vorhanden.

69 Das lateinisch geschriebene Werk des deutschen protestantischen Theologen und Pädagogen Johann Heinrich Alsted (†1638). Nach Themen (nicht alphabetisch) angeordnet. Im 17. Jh. außerordentlich einflussreich.

70 John Fletchers Komödie »The Woman's prize, or The tamer tamed« war als Fortsetzung zu Shakespeares »Der Widerspenstigen Zähmung« angelegt. 1606 zuerst aufgeführt, 1647 veröffentlicht.

71 Es handelt sich um die »Proklamation gegen das Überhandnehmen von Mietkutschen in den Cities von London und Westminster und ihren Vorstädten« vom 18. Oktober 1660, die am 6. November (nicht am 7.) in Kraft getreten war. Die Londoner Straßen, für Reiter und Fußgänger gedacht, wurden jetzt immer häufiger von Kutschen blockiert.

72 »Montelion, der prophetische Almanach für das Jahr 1661« war eine Parodie astrologischer Vorhersagen; sie ist u.a. John Philips, einem Neffen von John Milton, zugeschrieben worden.

73 »The Rump, or The mirror of the late times«, eine satirische Komödie über die Cromwell-Herrschaft, von John Tatham. 1660 zuerst veröffentlicht.

74 »The Beggars' Bush«, Komödie von Fletcher und Massinger. 1622 zuerst aufgeführt, 1647 veröffentlicht. Das erwähnte Theater ist das Theatre Royal, Vere Street. Hier spielte vom 8. November 1660 bis Anfang Mai 1663 Thomas Killigrews ›King's Company‹.

75 Gemeint ist Michael Mohun.

76 Der Geiger John Singleton gehörte zu einem von Karl II. zusammengestellten Streichorchester, das für die Bühnenmusik im ›Cockpit‹, dem königlichen Privattheater, verantwortlich war.

77 An bestimmten Wochentagen pflegten Mitglieder der königlichen Familie vor ausgewählten Zuschauern zu speisen.

78 »The Traitor«, Tragödie von James Shirley. 1631 zuerst aufgeführt, 1635 veröffentlicht. Michael Mohun spielte den Lorenzo.

79 Es handelt sich um Vertonungen von Henry Lawe zu Texten von Sir John Birkenhead.

80 »Epicoene, or The silent Woman«, Komödie von Ben Jonson. Thomas Killigrew besaß das Aufführungsmonopol für die Stücke von Jonson.

81 Shakespeares Komödie, die um 1600 entstanden ist und in der First Folio Edition von 1623 zuerst veröffentlicht wurde. Im Gegensatz zu den meisten anderen ist dieses Stück für Aufführungen während der Restaurationszeit nicht bearbeitet worden.

82 Vgl. Anm. 31.

83 »Artamène, ou Le grand Cyrus«, Roman von Madeleine de Scudéri (1607–1701), 1649–53 in zehn Bänden veröffentlicht.

84 Der sog. Overton-Plot, ausgeführt von Generalmajor Lambert; beteiligt waren vor allem entlassene Soldaten und allerlei Sektierer.

85 Die Ärzte hatten sich nicht einigen können, ob sie Masern, Fleckfieber oder Windpocken hatte; die Krankheit dauerte nur fünf Tage; die Prinzessin von Oranien ist nur 29 Jahre alt geworden.

86 Pepys kaufte sich wahrscheinlich den ersten Teil von Shakespeares Historie, die um 1597 entstanden ist; zwischen 1598 und 1639 erschienen neun Ausgaben dieses Stückes.

1661

1 Vgl. 1660, Anm. 84.

2 Neuwahlen fanden im Frühjahr 1661 statt, am 8. Mai trat das neue Parlament zum ersten Mal zusammen. Der Fehler des alten Parlaments war nicht so sehr Parteisüchtigkeit, sondern seine Illegalität, d. h. es war ein Gremium, das vor der Rückkehr des Königs zusammengetreten war.

3 Thomas Pepys war ein wohlhabender Geschäftsmann in Westminster.

4 Vgl. 1660, Anm. 74. Nicht die ersten Berufsschauspielerinnen im englischen Theater. In Thomas Killigrews »Othello«-Inszenierung vom 8. Dezember 1660 im Theatre Royal, Vere Street, spielte eine weibliche Darstellerin die Desdemona, was aus einer Stelle im Prolog zu dieser Inszenierung hervorgeht.

5 »The scornful Lady«, Komödie von Beaumont und Fletcher, 1616 zuerst veröffentlicht.

6 Beide Bücher nicht in Pepys' Bibliothek vorhanden; lediglich spätere Ausgaben.

7 Es handelt sich um den Aufstand der »Fünften Monarchisten« unter der Führung von Thomas Venner, der drei Tage lang Angst und Schrecken unter der Bevölkerung verbreitet hatte.

8 Vgl. 1660, Anm. 80.

9 »The Lost Lady«, Tragikomödie von Sir William Berkeley, 1638 zuerst aufgeführt und veröffentlicht.

10 Thomas Fullers »History of the worthies of England« erschien 1662. Zu Pepys' großem Ärger war seine eigene Familie nicht erwähnt.

11 Es handelt sich um ein Treffen jener Gesellschaft, die nach ihrer ersten Satzung vom 15. Juli 1662 als ›Royal Society‹ berühmt wurde. Seit November 1660 tagte man jeden Mittwochnachmittag im Gresham College.

12 Francis Osborne († 1658) war der Verfasser moralisierender Traktate für junge Männer; Pepys schätzte besonders Osbornes »Advice to a son« (1656). Das zweite hier erwähnte Werk ist eine Sammlung lateinischer Verse über die Kirchenväter (»Patriarchae, sive Christi servatoris genealogia, per mundi aetates traducta«, 1657) von dem italienischen Historiker Emanuele Tesauro († 1675).

13 Vgl. Anm. 9.

14 Diese Reise fand erst im Herbst 1669 statt.

15 Pepys hatte das Stück, eine Komödie von Beaumont und Fletcher, bereits am 27. November 1660 und noch einmal am 4. Januar 1661 gesehen – beide Male wurde die Titelrolle offensichtlich von einem Knabenschauspieler gespielt.

16 An diesem Tag beschenken sich in den angelsächsischen Ländern Menschen, die sich auf diese Weise ihre besondere Zuneigung ausdrücken.

17 Eine ungenaue Wiedergabe von Ps. 68,2: »Es stehe Gott auf, dass seine Feinde zerstreuet werden, und die ihn hassen, vor ihm fliehen.«

18 Dieses Gerücht bezog sich auf die Schwester des Prinzen von Ligne – er hatte keine Nichte.

19 Der Herzog von York wurde erst 1669 Katholik, hatte aber schon längere Zeit Katholiken als Bedienstete angestellt.

20 Komödie von Abraham Cowley (1618–67), 1638 im Trinity College, Cambridge, aufgeführt und im gleichen Jahr veröffentlicht.

21 »The Changeling«, Tragödie von Thomas Middleton und William Rowley, 1622 zuerst aufgeführt, 1653 veröffentlicht.

22 Pepys übertreibt hier den »Reichtum« der Schauspieler. Wir wissen, dass zu jener Zeit z. B. Charles Hart, der führende Darsteller der ›King's Company‹, in der Woche £ 3 verdiente; Betterton und seine Frau verdienten in der ›Duke of York's Company‹ zusammen £ 5 wöchentlich.

23 Tatsächlich lief die Flotte im Juni 1661 unter dem Kommando von Lord Sandwich nach Algier aus und brachte dann die Braut Karls II., Katharina von Braganza, aus Portugal zurück. Die Verlobung wurde erst am 8. Mai öffentlich bekanntgegeben.

24 »Love's Mistress, or The Queen's Masque«, allegorisches Drama von Thomas Heywood, 1634 zuerst aufgeführt, 1636 veröffentlicht.

25 Kardinal Mazarin war am 28. Februar bzw. 9. März 1661 in Vincennes gestorben.
26 Entweder John Smiths »The Seaman's Grammar« (1653) oder Sir Henry Manwayrings »The Sea-mans dictionary« (1644); beide sind – zu einem Buch zusammengebunden – in Pepys' Bibliothek vorhanden.
27 »All's Lost by Lust«, Tragödie von William Rowley; 1619 geschrieben, 1633 veröffentlicht.
28 Im englischen Original heißt es »Peslemesle«, d. h. Pell-mell, eine unter Karl I. eingeführte Vorform des Croquet-Spiels.
29 Shooter war ein Räuber. ›Shooter's Hill‹, auf der Strecke von London nach Dover, galt als ein besonders gefährlicher Punkt. Straßenräuber, die man gefasst hatte, wurden gewöhnlich an Ort und Stelle gehenkt; die Leichen tränkte man in Teer.
30 Vgl. 1660, Anm. 48.
31 Charles Stuart, designierter Herzog von Cambridge, am 22. Oktober 1660 geboren, eines der acht Kinder des Herzogs, wurde an diesem Tag in der Westminsterabtei beigesetzt.
32 Francis Bacons »Faber fortunae sive Doctrina de ambitu vitae«, ein Stück aus den »Sermones fideles«, die 1641, 1644 und 1659 in Leyden erschienen waren. Lieblingslektüre von Pepys. Am 29. Oktober 1666 beauftragte er seinen Bruder, das Stück ins Englische zu übersetzen. (Nicht identisch mit Bacons Essay »Of Fortune«.)
33 Die Entstehung der Insekten war in der Royal Society, deren Mitglied Ashmole war, diskutiert worden.
34 Vgl. 1660, Anm. 28.
35 Shakespeares »Heinrich IV., Erster Teil«, im Theatre Royal, Vere Street.
36 »Bartholomew Faire«, Komödie von Ben Jonson (1572–1637), 1614 zuerst aufgeführt, 1631 veröffentlicht. Das Stück enthielt satirische Angriffe auf die Puritaner, weshalb es sich jetzt großer Beliebtheit erfreute.
37 Theodore Goodgroome war der Bruder von John Goodgroome, der vermutlich Musiker im Dienst des Königs war.
38 Richard Hookers »Of the lawes of ecclesiastical politie«, 1593/94 zuerst veröffentlicht, die klassische Darstellung der anglikanischen Position in Kirche und Gesellschaft.
39 Der zweite Teil von William Davenants »The Siege of Rhodes«, der ersten englischen Oper. 1656 war der erste Teil zuerst aufgeführt und veröffentlicht worden. 1663 erschien der zweite Teil.

40 Tragikomödie von Thomas Killigrew, 1636 zuerst aufgeführt, 1641 veröffentlicht.

41 Im Theatre Royal benutzte Thomas Killigrew keine gemalten Dekorationen; die Tatsache, dass man in der »Oper« (dem neuen Theater, ebenfalls bei den Lincoln's Inn Fields) jedoch derartige Dekorationen verwendete, bedeutete eine starke Attraktion.

42 Robert Pepys aus Brampton.

43 »Brennoralt, or The discontented colonel«, Tragikomödie von Sir John Suckling, 1639/41 aufgeführt, 1646 veröffentlicht.

44 In Baldock fand 1661, wie Joseph Besse berichtet, ein Quäkertreffen statt; 1668 versammelten sich im gleichen Ort »Hunderte von Menschen«, um George Fox zu hören.

45 Im 17. Jh. führte man zahlreiche fieberhafte Erkrankungen sowie Koliken auf den Genuss von Obst zurück; während der Pest war z. B. in London der Verkauf bestimmter Früchte verboten.

46 Komödie von Davenant, 1634 zuerst aufgeführt, 1636 veröffentlicht. Mit der »Oper« ist das neue Theater in Lincoln's Inn Fields gemeint, vgl. Anm. 41.

47 Nach den Totenlisten sind im Jahre 1661 in London 3490 Menschen an »Fieber« gestorben.

48 Vgl. Anm. 46.

49 Vgl. Anm. 38.

50 Robert Holmes war im Januar 1661 nach Westafrika gesegelt. Die »Kreatur« war vermutlich ein Schimpanse oder Gorilla.

51 Pepys sah an diesem Tag offenbar die Bearbeitung von John Davenant, eine gekürzte und im Text stark veränderte Fassung. Die Davenant'sche »Hamlet«-Bearbeitung erschien 1676 im Druck.

52 Der Hamlet war eine von Thomas Bettertons berühmtesten Rollen; vgl. die Beschreibung in Colley Cibbers »Apology for the life of Mr. Colley Cibber, Comedian« (1740), Kap. 4.

53 »The jovial crew, or The merry beggars«, Komödie von Richard Brome.

54 Im Cockpit Theatre, Drury Lane. Wahrscheinlich sah Pepys dort »Le mariage d'Orphée et d'Eurydice« in einer Inszenierung von Jean Channoreau. Es handelt sich um das erste Auftreten einer ausländischen Schauspielertruppe seit der Restauration.

55 Wahrscheinlich Thomas, der zweite Sohn von Lord John Somerset. Elizabeth Pepys hatte als junges Mädchen 1648–53 in Paris gelebt.

56 In Smithfield. Eine Art Kirmes, alljährlich in den letzten beiden Augustwochen veranstaltet; nach 1830 abgeschafft.

57 »The Elder Brother«, Komödie von John Fletcher, bearbeitet von Philip Massinger. 1625 geschrieben, 1637 veröffentlicht.

58 »Tis a Pity she's a Whore«, Tragödie von John Ford, 1629 geschrieben, 1633 veröffentlicht.

59 Shakespeares Komödie, 1602 entstanden, 1623 in der First Folio Edition zum ersten Mal veröffentlicht.

60 Es waren Geschenke des Dogen und des Senats von Venedig, die für den Kanal im St. James's Park bestimmt waren.

61 Vgl. 1660, Anm. 81.

62 Derartige Streitigkeiten waren an der Tagesordnung bis 1815; erst dann wurde die Rangfolge der Diplomaten nach dem Prinzip der Seniorität geregelt. Der spanische und der französische Botschafter hatten sich 1657 in Den Haag ein erbittertes Gefecht geliefert.

63 Der volle Titel lautet »The white devil, or Vittoria Corombona«, Tragödie von John Webster, 1609 zuerst aufgeführt, 1612 veröffentlicht.

64 In den Mittelmeerländern nichts Ungewöhnliches; in Italien benutzte man gelegentlich Ölpapier. Pepys beobachtete später in Tanger, dass die Fenster dort nur Läden haben.

65 Vgl. Anm. 12.

66 »Love and Honour«, Tragikomödie von Davenant, 1634 zuerst aufgeführt, 1649 veröffentlicht. Eine der beliebtesten Inszenierungen im Lincoln's Inn Fields Theatre. Pepys bezieht sich wahrscheinlich auf bewegliche Kulissen und perspektivische Dekorationen.

67 Romantische Pastorale von Henry Glapthorne, 1632/33 geschrieben, 1639 veröffentlicht.

68 Thomas Fuller, »The historie of the holy warre« – eine Geschichte der Kreuzzüge, 1639 zuerst veröffentlicht.

69 Tragikomödie von Philip Massinger (1624). Pepys hat dieses Stück während der Zeit seines Tagebuchs siebenmal gesehen, er bewunderte vor allem Thomas Betterton in der Hauptrolle.

70 Offenbar aus Gold- bzw. Silberfäden, später zu einem Taschentuch verarbeitet. Erst 1669 gab Pepys seiner Frau einen regelmäßigen Betrag für Kleider.

71 Erzbischof Laud hatte diesen Brauch scharf verurteilt.

72 Der Erlass aus dem Jahre 1642, der sie aus dem Oberhaus vertrieben hatte, war im Juli 1661 aufgehoben worden.

73 Thomas Hobbes, »Of libertie and necessitie« (1654).

74 Das Werk eines Malers dieses Namens ist nicht bekannt. Die Gemälde von Pepys und seiner Frau wurden am 22. Februar 1662 in Pepys' Esszimmer aufgehängt und am 11. Juni 1662 vom Künstler ebendort lackiert.

75 Der Jurist John Selden war der Autor des offiziösen Handbuchs »Mare Clausum« (1635), in dem für England der Souveränitätsanspruch auf alle umliegenden Gewässer erhoben wurde – mit Ausnahme der Ostsee. Selden ist 1654 gestorben. Seine Abhandlung erschien zuerst in lateinischer Sprache, dann (1652) in einer englischen Übersetzung – diese wird sich Pepys gekauft haben.

76 Das heißt die sog. »regicides«.

77 Eine Proklamation vom 7. September 1661 hatte alle Gold- und Silbermünzen der Cromwell-Zeit für ungültig erklärt; spätere Erlasse verlängerten jedoch deren Gültigkeit für spezifische Zwecke wie Steuerzahlungen usw.

78 In zwei Verträgen wurde die Entsendung von vier Schiffen nach Bombay vereinbart.

79 Gemeint sind offenbar Hugo Grotius' »Mare Liberum« (1609) und die Schrift von John Selden (vgl. Anm. 75).

80 Vgl. Anm. 75.

81 Pepys notierte seine Gelübde in einem kleinen Buch, das er in allen möglichen Situationen zu lesen pflegte, besonders häufig sonntags und im Freien.

1662

1 Richard Fanshaw war 1661 als Botschafter nach Portugal entsandt worden, um die juristischen Aspekte des Heiratsvertrages zu klären.

2 Sir Paul Neale, Höfling und aktives Mitglied der Royal Society mit besonderem Interesse für Astronomie.

3 Frankreich und Holland verhandelten wegen eines Handels- und eines Verteidigungsabkommens; es wurde am 27. April abgeschlossen.

4 John Birchenshaw war Geiger und Komponist; er hatte eine »mathematische Kompositionstechnik« erfunden.

5 Es handelte sich um geblasenes Glas, das zerfällt, wenn man seine Oberfläche zerstört. Das Experiment wurde am 6. März 1661 in der Royal Society vorgeführt.

6 Die Fastenverordnung stammte vom König; er hatte sie am 8. Januar erlassen.

7 Viscount Monson, Sir Henry Mildmay und Robert Wallop gehörten zum Tribunal der »regicides«, hatten aber das Todesurteil nicht unterschrieben. Dennoch waren sie in dem Prozess vom Juli 1661 degradiert und vorerst zu lebenslänglichem Gefängnis verurteilt worden.

8 Der Sturm richtete auch im Ärmelkanal großen Schaden an. Lord Sandwichs Expedition, die den Piratenstützpunkt Algier erobern sollte, war bereits im Sommer 1661 gescheitert.

9 Diese Geschichte könnte ein Missverständnis der bekannten Tatsache sein, dass Vögel häufig Schlangen angreifen, vgl. E. Topsell, »Hist. Serpents« (1608).

10 Hier handelt es sich offenbar um diejenigen »regicides«, die sich freiwillig der Restaurationsregierung gestellt hatten und so der Hinrichtung im Oktober 1660 entgangen waren.

11 Die Pepyses waren in der Gegend von Cottenham bei Cambridge ansässig und gelangten erst in der elisabethanischen Zeit zu mäßigem Wohlstand. Vgl. 1661, Anm. 10.

12 Dieser Sieg ereignete sich bereits am 12. Februar.

13 Die erste Inszenierung des Stückes seit der Restauration.

14 Eine Kutsche konnte Pepys sich erst 1668 leisten, als er etwa £ 8000 besaß; zu einem Adelstitel hat er es nie gebracht.

15 Das sog. Chimney-Money-Gesetz sollte die Beträge einbringen, die in diesem Jahr beim Steueraufkommen fehlen würden. Es war äußerst unpopulär und wurde 1689 wieder aufgehoben.

16 Der eigentliche Erfinder dieser »Maschine« war der Holländer Cornelis van Crebbel; Johannes Siberius Kuffeler, sein Schwiegersohn, versuchte, sich an der Erfindung zu bereichern.

17 »The Maid in the mill«, Komödie von Fletcher und Rowley, 1623 zuerst aufgeführt, 1647 veröffentlicht.

18 Diese Befürchtung erwies sich als unbegründet.

19 Die Entfernung der Epidermis während der Verwesung macht die Leiche bleicher – aber nicht weiß.

20 John Okey, Miles Corbet und John Barkstead, geflüchtete »regicides«, waren auf Downings Anordnung verhaftet worden.

21 Prinzessin Mary, die spätere Königin, wurde am 30. April 1662 im St. James's Palace geboren.

22 Derartige Operationen waren damals üblich; sie dienten dazu, das Gleichgewicht der Körpersäfte (›humores‹) herzustellen – in Pepys' Fall ging es vor allem um seine Nieren. Auch die entnommene Blutmenge war nicht ungewöhnlich: am 13. Juli 1668 zapfte ihm der gleiche Arzt vierzehn Unzen ab.

23 Ungenaue Wiedergabe von Joh. 4,14.

24 Davor hatte Pepys sich von einem Barbier rasieren lassen. Am 6. Januar 1664 benutzte er zum ersten Mal ein Rasiermesser.

25 Tragödie von Christopher Marlowe (1564–93); um 1592 entstanden, 1604 veröffentlicht. Hier handelt es sich vermutlich um eine Fassung, die 1663 im Druck erschien und zahlreiche neue Szenen enthielt.

26 Sie war klein, untersetzt und hatte frische Farben, vorstehende Zähne und einen angenehmen Gesichtsausdruck – allerdings gehen die Meinungen über ihr Aussehen auch stark auseinander.

27 Derartig geschlitzte Gewänder sollten die bunte Unterwäsche oder besonders kunstvolle Spitze zeigen.

28 Hanfseile aus Riga galten allgemein als die besten.

29 Henry Bond, ein erfahrener Lehrmeister der angewandten Mathematik und Verfasser mehrerer Bücher über dieses Gebiet, lebte im Tower.

30 Gemeint sind »Basilika: The Workes of King Charles the Martyr«, in zwei Bänden. Am 10. Juni 1662 war die Drucklizenz erteilt worden. Pepys kaufte sich später, am 13. Mai 1665, doch ein Exemplar.

31 Pepys besaß eine vierbändige Cicero-Ausgabe (Venedig 1582/83).

32 Spanien befand sich von 1641 bis 1668 mit Portugal im Kriegszustand.

33 Zu ernsthaften Kriegsvorbereitungen kam es erst im Frühjahr 1664; im März 1665 wurde der Krieg erklärt.

34 Die Grundrechenarten wurden in der Schule nicht gelernt. Es gab dafür mathematische Handbücher mit z. T. überaus komplizierten Multiplikationsmethoden.

35 Der Stockholmer Teer galt als der beste, gefolgt vom norwegischen und vom russischen.

36 Es handelte sich um fünfzig Geistliche in London und Middle-Essex.

37 Ähnliche Kommissionen gab es für andere, aber durchaus nicht für alle Kolonien.

38 Hier sind vereinzelte Protestaktionen gegen die »Act of Uniformity« vom 19. Mai 1662 gemeint; die Act schrieb u. a. ein revidiertes Gebetbuch vor.

39 Die von Inigo Jones 1623–27 erbaute Kapelle im St. James's Palace war von

Königin Henrietta-Maria für katholische Gottesdienste benutzt worden; jetzt diente sie den Benediktinern und einer kleinen Gruppe portugiesischer Franziskaner als Gotteshaus.

40 In einer Übersetzung von Dr. John Durel, dem späteren Dekan von Windsor.

41 Pepys hat Shakespeares Komödie (geschrieben um 1595, veröffentlicht 1600) während der Zeit des Tagebuchs nur dieses eine Mal gesehen.

42 Tragödie von James Shirley, 1641 zuerst aufgeführt, 1652 veröffentlicht.

43 Zu diesem Zweck wurde in der ›Queen's Guard Chamber‹ in Whitehall eine kleine Bühne errichtet; man spielte »Signor Bologna alias Pollicinella«.

44 Dünkirchen hatten die Engländer 1658 von Spanien gekauft; jetzt wurde es für £ 7 000 000 an Frankreich verkauft. Die englischen Kaufleute protestierten dagegen, weil sie befürchteten, Dünkirchen werde fortan zu einem Stützpunkt der Freibeuter.

45 Für diese Maßnahme finden sich keinerlei offizielle Bestätigungen. Es muss sich um Gerüchte über eine Verschwörung handeln.

46 Bis weit in den November 1662 hinein verhaftete man überall Quäker, u. a. in Sherborne, Dorset.

47 Der Hugenotten-Dichter Du Bartas (1544–90) veröffentlichte 1578 »La Semaine ou la Création du monde«; 1641 übersetzte Joshua Sylvester dieses Werk unter dem Titel »Divine weekes and workes«. Pepys bezieht sich offenbar auf die Seiten 89 bis 94 dieses Werkes: ›The Imposture, The Second Part of the First Day of the II Week‹.

48 Tragödie von George Chapman (1560–1634).

49 Vgl. 1661, Anm. 5.

50 Zar Alexander hatte drei Gesandte geschickt, deren Ankunft in London beträchtliches Aufsehen erregte; die diplomatischen (und Handels-)Beziehungen mit Russland waren seit 1620 einigermaßen unregelmäßig gewesen.

51 Eine englische Fassung von Corneilles Tragödie »Le Cid« (1637), vermutlich von Joseph Rutter; sie erschien 1637 und 1650 im Druck.

52 Wahrscheinlich in der englischen Übersetzung von George Sandys (1640).

53 Davenants Oper »The Siege of Rhodes«, vgl. 1661, Anm. 39.

1663

1 Tragikomödie von Thomas Killigrew (vgl. 1661, Anm. 40); Aufführungen fanden im königlichen Privattheater unmittelbar neben dem Palast von Whitehall statt.

2 Bearbeitung einer spanischen Komödie, »Los empeños de seis horas«, angeblich von Calderon, wahrscheinlich aber von Don Antonio Coello y Ochoa († 1682); die englische Fassung stammte von Samuel Tuke, sie erschien 1663 im Druck.

3 Vgl. Anm. 2.

4 »The way to be rich, according to the practice of the great Audley, who begun with two hundred pound, in the year 1605 and dyed worth four hundred thousand pound«, November 1662. Der Verfasser, Hugh Audley, hatte es als Geldverleiher zu beträchtlichem Reichtum gebracht.

5 Am 20. August 1662 war es in Rom zwischen dem französischen Botschafter, dem Herzog von Créqui, und der korsischen Garde des Papstes zu einer Auseinandersetzung gekommen, die Ludwig XIV. zum Anlass eines politischen Streites nahm, an dessen Ende sich der Papst (im Februar 1664) öffentlich entschuldigte.

6 Der erste Teil des Gedichtes von Samuel Butler (1612–80) war 1662 erschienen. 1663 kam es zu mehreren Neuauflagen. Im November 1663 erschien der zweite, 1678 der dritte Teil.

7 Josua 24,15.

8 »The tryal of Sir Henry Vane, Kt., at the Kings Bench, Westminster, June the 2nd and 6th, 1662, together with what he intended to have spoken the day of his sentence (June 11) for arrest of judgement (had he not been interrupted and over-ruled by the court) and his bill of exceptions. With other occasional speeches etc. also his speech and prayer etc. on the scaffold (1662).«

9 George Bate, »Elenchi motuum nuperorum in Anglia pars secunda« (1663). Eine Geschichte der englischen Revolution aus royalistischer Sicht.

10 Die Komödie »The Sleighted Maid« (1663) von Robert Stapylton.

11 Anatomie-Vorlesungen wurden häufig öffentlich gehalten; bei den »privaten Anatomien« wurden Gäste geladen und Mahlzeiten verabreicht.

12 Vgl. Anm. 5.

13 Die Kommissäre waren in Grundbesitzfragen entscheidend befugt; Or-

mond, der »Lord Lieutenant«, war beauftragt, das Parlament aufzulösen, falls er es für nötig hielt. Man hatte eine Verschwörung gegen den Lord Lieutenant und das Dubliner Schloss aufgedeckt.

14 Der König hatte sich sowohl schriftlich als auch mündlich mit Maßnahmen gegen katholische Priester und Jesuiten einverstanden erklärt.

15 Eine Anzahl von katholischen Bauern hatte sich gegen Entscheidungen der Landbesitzgerichtsbarkeit aufgelehnt.

16 John Selden hatte sein »Mare Clausum« 1635 Karl I. gewidmet; vgl. 1661, Anm. 75. Pepys meint hier die englische Übersetzung von 1652.

17 Komödie von John Fletcher, vgl. 1660, Anm. 66.

18 »Fair-warning: the second part. Or XX prophecies concerning the return of Popery«; »Evangelium Armatum. A specimen; or short collection of several doctrines & positions destructive to our government, both civil and ecclesiastical«.

19 Morris-dance (von span. ›morisca‹, Mauren- oder Mohrentanz), dt. auch Moriskentanz genannt, seit dem 15. Jh. überliefert, meist in glöckchenbesetzten Kostümen aufgeführt.

20 Am 5. Mai war eine entsprechende Kommission eingesetzt worden.

21 »The Humorous Lieutenant, or Demetrius and Enanthe«, Tragikomödie von John Fletcher, 1619 zuerst aufgeführt, 1647 veröffentlicht. – Das Theater wurde schon 1666 umgebaut, auf Killigrews Drängen hin.

22 Eigentlich war es der Geburtstag des Königs und der Jahrestag seiner Restauration.

23 Eine gewisse Mary Moders, Tochter eines Geigers aus Canterbury, die der Bigamie angeklagt war – ein Vergehen, auf das die Todesstrafe stand. Sie hatte von sich reden gemacht, als sie vorgab, eine deutsche Aristokratin zu sein, die vor einer ihr aufgezwungenen Heirat mit einem achtzigjährigen Mann geflohen sei. Im Jahre 1673 wurde sie gehängt.

24 Im 17. Jh. war in England – im Gegensatz zu den meisten anderen westeuropäischen Ländern, die den gregorianischen Kalender übernommen hatten – noch der julianische Kalender in Gebrauch, was z. B. bedeutete, dass für Pepys der längste Tag des Jahres 10 Tage vor dem 21. Juni lag.

25 Pepys entnahm die Meldungen vermutlich dem öffentlichen Mitteilungsblatt vom 29. Juni.

26 Senatus populusque Romanus. Von Carteret wird behauptet, dass auch seine Beherrschung des Englischen sehr dürftig gewesen sei – er hatte seine Jugend größtenteils auf See verbracht.

27 Vgl. 1661, Anm. 32.

28 Die Araber hatten Truppen, die an den Befestigungsanlagen arbeiteten, während der Mittagspause am 14. Juni angegriffen. Statt »200 Mann« muss es wohl 20 heißen.

29 Descartes' »Discours de la méthode« und die »Géometrie« gehörten zum Unterrichtsstoff in Cambridge, seit er von dem Vorwurf des Atheismus bereinigt worden war; mit der Hinwendung zu Descartes begann der Niedergang der Aristoteles-Studien in Cambridge.

30 Roger L'Estrange übernahm die Redaktion des »Intelligencer« und der »News« von Henry Muddiman; beide Blätter waren fast ausschließlich Mitteilungsorgane der Regierung.

31 Im Juni hatte eine starke türkische Armee Transsylvanien und West-Ungarn überrannt und bedrohte nun Österreich. Dieses Vordringen der Türken rief in ganz Westeuropa beträchtliche Unruhe hervor.

32 Vgl. Anm. 31.

33 Hier irrt Pepys. Elizabeth I. kam 1558 zur Regierung, Erzbischof Cranmer starb bereits 1556 und hatte sich gewiss nicht durch »Eifer und Kühnheit in religiösen Dingen« ausgezeichnet. Vermutlich meint Pepys den Brief von Erzbischof Grindal an Königin Elizabeth, den Fuller abdruckt (und fälschlich auf 1580 datiert).

34 Der Alarm war von Berichten über einen bevorstehenden Aufstand im Norden des Landes ausgelöst worden.

35 Eine Therapie, die man bis weit ins 18. Jh. verwendete.

36 Die Beulenpest wütete besonders in Nordafrika und im Nahen Osten. Der Ausbruch der Seuche in Holland erreichte im Sommer 1664 seinen Höhepunkt.

37 Hier geht es offenbar um die Kontroverse zwischen den Anhängern der traditionellen, auf Naturheilmitteln basierenden Medizin und den Anhängern des Paracelsus (1493–1541), die sich für chemische Medikamente einsetzten und wenig von Galens (129–199) Lehren hielten. Während der Pest von 1665 versagten allerdings beide Richtungen.

38 Erst 1669 kam es zu der hier erwähnten Frankreich-Reise; die Pepyses bereisten im September/Oktober Holland, Flandern und Paris.

39 Sicher ist nur, dass Ludwig XIV. 17 Kriegsschiffe in Holland kaufte, um die französische Flotte, die 1661 nur aus 20 Schiffen bestand, zu verstärken.

40 Alle diese Bücher kaufte Pepys zu einem späteren Zeitpunkt – mit Ausnahme der historischen Werke des deutschen Theologen Salomon Gess-

ner († 1606) –, nämlich: Sir W. Dugdale, »History of St. Paul's Cathedral« (1658), John Stow, »Survey of London« (1633), Ben Jonson, »Works« (1692), Beaumont/Fletcher, »Fifty Comedies and Tragedies« (1679).

41 Thomas Fuller, »The history of the worthies of England« (1662); »Cabala, sive scrinia sacra, Mysteries of State and government in letters of [...] the reigns of King Henry the Eighth, Queen Elizabeth, King James and King Charles« (1663); »Les délices de la Hollande« (Amsterdam 1678); Samuel Butler, »Hudibras« (1689; vgl. Anm. 6).

42 Ein Irrtum. In Frankreich lief seit 1661 eine Untersuchung falscher Adelstitel, die häufig zwecks Vermeidung von Besteuerung angenommen wurden; im September 1664 wurde ein Edikt erlassen, in dem alle Titel, die nach 1634 verliehen waren, widerrufen wurden.

43 Eine Neuinszenierung des Shakespeare-Stückes von Davenant.

44 Die Tennisplätze befanden sich im Whitehall Palace. Der König war ein begeisterter Tennisspieler; er pflegte sich vor und nach dem Spiel zu wiegen, »to see how much he loses in weight by playing«, vgl. 1667, 2. September.

1664

1 Davenants Neuinszenierung von Shakespeares Stück blieb jahrelang Gesprächsstoff in London. Pepys war an diesem Tag seit dem 13. Juni 1663 zum ersten Mal wieder im Theater.

2 Diese Meldung klingt sehr unwahrscheinlich; der Bruder von Pepys' Frau schloss sich bald darauf der holländischen Armee an.

3 Bis zum 20. September 1665 verzichtete Pepys ganz auf die Dienste eines Barbiers.

4 Thomas Browne (1605–82), »Religio Medici«, erschien zuerst 1642; zu Osborne vgl. 1661, Anm. 12; zu »Hudibras« vgl. 1663, Anm. 6.

5 »The Indian Queen« war eine Verstragödie von Robert Howard und John Dryden; die Premiere war am 25. Januar 1664 im Theatre Royal, Drury Lane.

6 Dieses Wiegen der Luft sollte später, zu Beginn des 18. Jh.s, der Entwicklung der Dampfmaschine den Weg ebnen.

7 Dieses Kaffeehaus wurde später unter dem Namen ›Will's‹ bekannt und entwickelte sich zum Treffpunkt der Londoner Literaten. John Dryden

hatte von 1650 bis 1654 im Trinity College in Cambridge studiert; der Historiker William Howell, den Pepys ebenfalls erwähnt, war seit 1652 Fellow des Magdalene College.

8 Am 2. Februar 1664 war der Friede von Pisa geschlossen worden.

9 Es handelt sich offenbar um Auszüge aus dem zweiten Teil der »First day's entertainment at Rutland House, by declamations and music, after the manner of the ancients« (1656) – einer Schrift, mit der er die Theater während der Zeit des Commonwealth wieder ins Gespräch bringen wollte.

10 Eine von Charles Cotton anonym veröffentlichte Vergil-Parodie, witzig und obszön, amüsant für Pepys, weil er in seiner Schulzeit mit Vergil traktiert worden war.

11 »The unfortunate Lovers«, Tragödie von Sir William Davenant (1606–68), 1643 zuerst veröffentlicht.

12 Die Übersetzung von Corneilles gleichnamiger Tragödie.

13 John Vaughan, Abgeordneter für Cardiganshire, gehörte zu den wortmächtigsten Kritikern der Regierung.

14 Ein vermutlich von John Holden verfasstes Stück über Mary Moders, vgl. 1663, Anm. 23.

15 Wahrscheinlich handelt es sich hier um einen Mina-Vogel aus Bengalen; die East India Company importierte diese Vögel später in größeren Mengen nach England.

16 Offenbar eine englische Fassung von Corneilles »Ariane«; vielleicht aber auch Thomas Fordes Tragikomödie »Love's Labyrinth« (1660) oder Walter Hawkesworths lateinische Komödie »Labyrinthus« (1603).

17 Ein vorbereitendes Experiment; am 18. Mai wurde in der Royal Society die gleiche Operation öffentlich durchgeführt.

18 Eigene Badezimmer waren im 17. Jh. noch eine große Seltenheit.

19 Komödie von Ben Jonson, vgl. 1660, Anm. 80.

20 H. Spelmans »Glossarium Archaiologicum« (1664), Joannes Scapulas »Lexicon Graeco-Latinum« (Amsterdam 1652) sowie eine der beiden Ausgaben der sog. Third Folio aus den Jahren 1663 und 1664 mit Shakespeares Stücken.

21 Thomas Speghts Ausgabe von Chaucers Werken aus dem Jahre 1602; in der Pepys-Bibliothek vorhanden.

22 Es handelte sich um drei Steine, die ein Geschenk eines Armeniers waren; der König hatte sie dem französischen Botschafter gezeigt – ihr Wert soll nicht sehr groß gewesen sein.

23 Louis Ratuit, Graf von Souches, hatte am 19. Juli 1664 die Schlacht bei Lewenz in Ungarn gewonnen.

24 Komödie von Ben Jonson. Pepys hatte seine Meinung aus dem Jahre 1661 (vgl. 1661, Anm. 36) offenbar revidiert.

25 Gemeint ist Montecuculis Sieg über die Türken am 1. August 1664 in St. Gothard, Ungarn. Nach dieser Schlacht kam es zum Frieden zwischen dem Kaiser und dem Sultan. Der Großwesir wurde nicht getötet.

26 Es gibt verschiedene zeitgenössische Berichte über den »Riesen aus Holland«, dessen Größe übereinstimmend mit 2,80 m angegeben wird; er soll 1666 gestorben sein.

27 Sir John Sucklings (1609–42) »Aglaura« (1637) war ursprünglich eine Tragödie, ist dann später mit zweifelhaftem Erfolg zu einer Tragikomödie umgearbeitet worden.

28 Davenants Bearbeitung von John Fletchers »The two noble kinsmen«, ein Stück, das Fletcher vermutlich zusammen mit Shakespeare verfasste. Davenants Version erschien 1668 im Druck.

29 In vielen zeitgenössischen Berichten westeuropäischer Reisender wird Russland als ein Land der Armut, des Aberglaubens und der Ungastlichkeit geschildert; vgl. z. B. S. Collins, »Present State of Russia« (1671).

30 Davenants Oper (1656/59). Pepys besaß ein Exemplar der Ausgabe von 1663. Vgl. 1661, Anm. 39.

31 »The mad Lover«, Tragikomödie von John Fletcher, 1617 zuerst aufgeführt, 1647 veröffentlicht.

32 »The custom of the country«, Komödie von Fletcher und Massinger, zwischen 1619 und 1622 entstanden, 1647 veröffentlicht.

33 1661 geschrieben, eines der ersten heroischen Dramen der Restaurationszeit, 1662 in Dublin unter dem Titel »Altemera« uraufgeführt – erst 1835 veröffentlicht.

34 Es handelt sich um die Aktionen von Kapitän Robert Holmes, die entscheidend zur Auslösung des zweiten Krieges der Engländer gegen Holland beitrugen.

35 Vgl. Anm. 33.

36 Thomas Killigrews außergewöhnlich obszöne Komödie, die 1640 entstanden und 1664 veröffentlicht worden war. Dies ist die erste Erwähnung einer Aufführung *nach* der Restauration.

37 Bei dem genannten Buch handelt es sich vermutlich um Samuel-Joseph Sorbières »Relation d'un voyage en Angleterre« (Paris 1664).

38 Daniel O'Neill, Postmaster General, gehörte zu den einflussreichsten Iren jener Zeit.

39 Es handelt sich um den Stapellauf der ›Royal Catherine‹, die von Christopher Pett konstruiert worden war. Der König nannte das Schiff in einem Brief »das schönste Schiff, das jemals gebaut worden ist«.

40 Die City of London hatte dem König bereits im Juni 1664 £ 100 000 geliehen. Der neuerliche Kredit war ein Ausdruck der Dankbarkeit dafür, dass der König den Bau einer Brücke zwischen Westminster und Lambeth verhindert hatte.

41 Hier ist wohl die erste von Davenants spektakulären Shakespeare-Adaptationen gemeint; »Macbeth« wurde dabei mit versenkbaren Höhlen und Flugmaschinen für die Hexen ausgestattet.

42 Pepys bewunderte Bettertons Hamlet-Darstellung grenzenlos; er erwähnt den berühmten Monolog auch am 15. August 1665.

43 Die Abstimmung im Unterhaus über diesen Kredit fiel 172 : 102 aus – es war die höchste Summe, die je einer Stuart-Regierung bewilligt worden war.

44 Vgl. Anm. 28.

45 Dieser Komet war zuerst am 7. November 1664 in Spanien beobachtet worden. Es existieren zahlreiche zeitgenössische Berichte über den Himmelskörper; im Januar 1665 wurde in Paris eine wissenschaftliche Konferenz über Planeten abgehalten.

1665

1 Eine Stelle aus der »Arcadia« von Sir Philip Sidney (1554–86), Buch 3 (›A jealous husband made a Pander to his own wife‹).

2 Tragödie von James Shirley (1596–1666).

3 »Volpone, or the Fox«, Komödie von Ben Jonson (1572–1637), 1606 zuerst aufgeführt, 1608 veröffentlicht.

4 Pepys war am 8. Februar 1665 als Kandidat nominiert worden. In späteren Lebensjahren gehörte er dem Vorstand der Gesellschaft an, und zweimal (1684–86) war er ihr Präsident.

5 Es handelte sich um einen Holländer namens Petersen, der sich als Schwede ausgegeben hatte und von einem Massaker der Holländer an den Engländern berichtet hatte. Die Affäre rief derartige Empörung hervor,

dass die Residenz des holländischen Botschafters Tag und Nacht bewacht werden musste.

6 Die offizielle Kriegserklärung war auf den 22. Februar 1665 datiert. Am 4. März wurde sie von zwei Herolden mit Trompeten um 10 Uhr vormittags in Whitehall verkündet.

7 Wahrscheinlich ist »Paules accidence. Iohannis Coleti aeditio. Una cum quibusdam Guil. Lilii grammatices rudimentis« gemeint. Colet († 1519) war der Gründer der St. Paul's School, William Lily ein Lateinlehrer und Verfasser einer vielbenutzten Grammatik.

8 Dr. Henry King hatte gerade die Predigt veröffentlicht, die er am Jahrestag der Hinrichtung Karls I. über 2. Chron. 35,24 f. gehalten hatte.

9 Ein aus dem Upas-Baum gewonnenes Gift, das in Malaysia für Giftpfeile verwendet wird.

10 Im April folgte die formelle Ernennung zum Schatzmeister der Tanger-Kommission. Pepys behielt dieses Amt bis 1680.

11 Edmund Waller (1606–87), Parlamentsabgeordneter für Hastings, Sussex. Im 17. Jh. sehr angesehen, schon im 19. Jh. vergessen.

12 Tragödie von Roger Boyle, Herzog von Orrery, 1668 veröffentlicht.

13 König Edgar der Friedfertige (943–975), ein Urenkel Alfreds des Großen, wurde im 17. Jh. zur Symbolfigur der englischen Ansprüche auf Seeherrschaft; in einer Charta, die Silas Taylor in der Kathedrale von Worcester gefunden hatte, nannte er sich Edgar Thalassiarches, d.h. Herrscher der Meere.

14 Florentiner Gift bestand aus einer Tabakmischung. Es gab abweichende Theorien darüber, ob Tabak zu Paralyse führen könne.

15 Die ›Great Hall‹ im Whitehall Palace war schon früher gelegentlich zu Theateraufführungen benutzt worden; 1665 baute John Webb sie zu einem festen Theater um.

16 John Stillingfleet, zwei Jahre jünger als Pepys, hatte von 1649 bis 1653 am St. John's College in Cambridge studiert. Am 4. April 1665 war er zum königlichen Hofkaplan ernannt worden, nachdem er durch seine Schrift »Rational account of the grounds of the Protestant religion« (1664) beträchtliches Aufsehen erregt hatte.

17 Dies ist der erste Hinweis in Pepys' Tagebuch auf die Pest in London. Seine Berichte über die »Great Plague« – den schlimmsten Ausbruch der Seuche seit 1625 – gehören zu den besten zeitgenössischen Dokumenten. Die Pest wurde damals hauptsächlich von den Ratten übertragen, die auf den

Handelsschiffen aus den Mittelmeerländern mitfuhren, d.h. genauer von den Rattenflöhen; im Winter klang die Seuche regelmäßig ab. Seit 1671 ist die Pest in England nicht mehr als Seuche aufgetreten – die Gründe dafür sind umstritten.

18 Sir Anthony Weldons »Court and Character of King James« (1650), eine Schrift mit starker Anti-Stuart-Tendenz. Weldon war nach seiner Entlassung 1617 verbittert.

19 Allegorisches Drama von Thomas Heywood (1574–1641).

20 Nach einer Vorschrift der Stadtverwaltung musste das Kreuz mindestens 30 cm hoch sein; Häuser, die auf diese Weise gekennzeichnet waren, wurden – häufig samt Insassen – vierzig Tage lang verriegelt.

21 Als Schlacht von Lowestoft in die Geschichte eingegangen.

22 Pepys' Zahlenangaben stimmen mit den offiziellen Quellen überein.

23 Diese Zahlen stammen aus den wöchentlich veröffentlichten Sterbelisten, die jeweils den Zeitraum von einem Dienstag zum nächsten umfassen. London hatte damals etwa eine halbe Million Einwohner.

24 Wecker gibt es beinahe so lange, wie es Uhren gibt.

25 Abraham Cowley (1618–67). Pepys besaß die »Verses lately written upon several occasions« aus dem Jahre 1663. In seiner Bibliothek ist auch eine Ausgabe von Cowleys Werken aus dem Jahre 1674 vorhanden.

26 Wahrscheinlich Thomas Blayton.

27 Vgl. »Hamlet« III,1: »Was in dem Schlaf für Träume kommen mögen, / Wenn wir den Drang des Ird'schen abgeschüttelt, / Das zwingt uns stillzustehn.«

28 Die holländische Flotte hatte Texel am 4. August verlassen. Jan de Witt war einer der drei Bevollmächtigten der niederländischen Generalstaaten, die die Flotte begleiteten.

29 Vgl. 1662, Anm. 30.

30 Wahrscheinlich eine Uhr mit zwei Zeigern, von denen der eine die Minuten anzeigt. Derartige Uhren waren bis zur Einführung der »Unruh« (1675) selten – und meistens ungenau.

31 Oper von Sir William Davenant. Pepys besaß ein Exemplar der Ausgabe von 1663, die beide Teile des Werkes enthält (vgl. 1661, Anm. 39).

32 »Instructions concerning erecting of a library [...] by Gabriel Naudeus [...] and now interpreted by Jo. Evelyn, Esquire« (1661) – die Übersetzung von »Advis pour dresser une bibliothèque« (1627), einem Buch, in dem Naudé, der berühmteste französische Bibliothekar seiner Zeit, beschreibt, wie er

die Bibliothek des Kardinals Mazarin geordnet hat. Pepys hat Naudés System für seine Bibliothek nicht benutzt, sondern arrangierte seine Bücher ausschließlich der Größe nach.

33 Die Meldungen über den Papst und über Ludwig XIV. waren falsch; Philipp IV. von Spanien war am 17. September 1665 gestorben.

34 Der König hatte das Parlament am 10. Oktober um Beistand gegen einen »übermächtigen Nachbarn« gebeten.

35 Christopher Bernhard von Galen, Bischof von Münster (1650–78), war ein Verbündeter der Engländer gegen die Holländer und mit seinen Truppen gerade nach Overyssel und Groningen vorgedrungen. Das Pamphlet trug den Titel »A letter sent by His Highness the Bishop and Prince of Munster to the Lords of the States-General of the United Netherlands« (Oxford, 14. September 1665).

36 Der Herzog von Beaufort hatte auf englische Handelsschiffe das Feuer eröffnet, weil sie ihm keinen Flaggengruß entbieten wollten.

37 Dieser Beschluss wurde am 26. Oktober dem Londoner Oberbürgermeister mitgeteilt; der König wollte, sobald die Staatstrauer für Philipp IV. von Spanien vorüber war, nur noch englische Manufakturware tragen. Die Bevölkerung kümmerte sich jedoch kaum um diesen Beschluss – nur die Leichen hüllte man fortan ausschließlich in englische Wolle.

38 Leichenprüfer waren in der Regel von den Gemeinden fest angestellte ältere Frauen, die die amtliche Todesursache zu ermitteln hatten; zur Erkennung (und zur Vermeidung von Infektionen) trugen sie lange weiße Stäbe. Diese Einrichtung wurde erst 1836 abgeschafft.

39 Vielleicht ist hier Evelyns Übersetzung von Frèarts Buch (»An idea of the perfection of paint – demonstrated«) gemeint; dieses Werk erschien jedoch erst 1668 im Druck. Evelyns »Sculptura« (1662) dürfte kaum gemeint sein, da es ausschließlich über Radierungen handelt.

40 Eines davon war vermutlich »Thersander«, eine Tragikomödie in Versen, die Evelyn 1663 vollendete, aber nie veröffentlichte.

41 Gemeint ist Antoine Furetières »Nouvelle Allégorique, ou Histoire des derniers troubles arrivez au royaume d'éloquence« (1658). In diesem volkstümlichen Buch verteidigte Furetière auf amüsante Weise seine anspruchsvollen, an der klassischen Rhetorik orientierten literarischen Maßstäbe.

42 Die erste (undatierte) Nummer erschien am 16. November 1665 in Oxford; die zweite Nummer, vom 20. November, wurde in London nachge-

druckt. Williamson war nur der Nachrichtenlieferant, der eigentliche Autor des Blattes war Henry Muddiman. Ab der Nr. 24 nannte sich das Blatt »The London Gazette«; unter diesem Titel existiert es noch heute.

43 John Evelyn (1620–1706), der andere große Tagebuchschreiber der Restaurationszeit, hatte diese Papiere von dem Urgroßvater seiner Frau geerbt. 1681 lieh er Pepys eine größere Anzahl derartiger Dokumente und verlangte sie nie wieder zurück. Sie befinden sich noch heute in der Bibliothek von Pepys, versehen mit der Aufschrift »Geschenk von meinem ehrwürdigen und gelehrten Freund John Evelyn, Esquire«.

44 Der Text entstammt dem 4. Akt (2. Szene) von Davenants »The Siege of Rhodes«. Pepys war außerordentlich stolz auf diese Komposition; er ließ sich von Hayls im Jahre 1666 mit den Noten in der Hand porträtieren.

1666

1 In der Tat hatten während der Pest viele Ärzte London verlassen, darunter auch der Präsident des College of Physicians und der berühmte Dr. Sydenham.

2 Die Kriegserklärung war auf den 16. Januar 1666 datiert.

3 Evelyn war Mitglied des Ausschusses für kranke und verwundete Seeleute. Die Hälfte aller Betten in den drei Londoner Krankenhäusern jener Zeit war für Kriegsverletzte reserviert; das reichte jedoch bei weitem nicht aus.

4 »His Majesty's Declaration against the French«, datiert vom 9. Februar 1666. Karl II. versicherte darin u. a. die in England lebenden Holländer und Franzosen seines Schutzes.

5 Es handelt sich um Clarendon House, das 1664–68 nach Entwürfen von Roger Pratt erbaut wurde.

6 Die Dänen hatten am 22. Februar 1666 einen Beistandsvertrag mit Holland abgeschlossen.

7 Vgl. 1661, Anm. 32.

8 Pepys hatte sich am 8. Mai 1663 bereits über die schlechte Akustik in diesem Theater beklagt und sie auf die große Entfernung zwischen Bühne und Zuschauerraum zurückgeführt.

9 Luisa Maria de Gusmao, Witwe Johanns IV. und Mutter von König Alfons VI. und von Katherina von Braganza; sie war am 27. Februar 1666 in Lissabon gestorben.

10 Diese Meldung erwies sich als falsch. Pepys bezieht sich vielleicht auf einen Bericht in der »London Gazette« vom 5. April 1666, nach dem sich die Schweden über Dänemark empört zeigen.

11 Münster hatte am 8. April mit den Holländern in Kleve Frieden geschlossen, hauptsächlich aus Furcht vor einem Angriff der Franzosen.

12 Schweden lehnte die englischen Vertragsangebote ab und schloss einen Beistandspakt mit Frankreich.

13 Der Verfasser war Roger de Rabutin, Graf von Bussy († 1695). Das Buch war eine Chronique scandaleuse, es erschien 1665 gegen den Willen des Autors in Holland im Druck.

14 Vgl. 1661, Anm. 32.

15 Diese Vorwürfe hatten ein langwieriges Nachspiel im Parlament.

16 Die sog. Schlacht der vier Tage.

17 Corneilles »Pompée«. (»Translated out of French by certain Persons of Honour«, hieß es in der Ausgabe von 1664.)

18 John Wilson, »Andronicus Cousmenius, a tragedy« (1664).

19 Karl II. war nur einmal, im Jahre 1659, in Spanien gewesen, kannte aber den spanischen Hof in Brüssel aus seiner Exilzeit.

20 »The Rival Ladies«, Tragikomödie von John Dryden.

21 Die große Mode im England des 17. Jh.s war jedoch der Französische Garten, mit großen Rasenflächen, Wasserläufen und Kieswegen; der Meister derartiger Anlagen war Le Nôtre. John, der königliche Gartenbaumeister, kopierte den Franzosen in den Anlagen von Greenwich und St. James.

22 Die Bücherschränke sind in der Pepys Library im Magdalene College, Cambridge, erhalten.

23 Die Gewohnheit des Königs, an bestimmten Wochentagen öffentlich zu speisen, wurde während des Krieges gegen Holland aufgegeben; Evelyn berichtet darüber in seinem Tagebuch am 7. August 1667.

24 Pepys hatte diese Komposition bereits am 5. April 1666 begonnen. Es handelt sich um einen Text aus Ben Jonsons »Catilina« (I,1,73–97); Pepys verfasste die Singstimme, sein Freund, der Organist John Hingston, komponierte die Begleitung.

25 De Ruyter fürchtete offenbar, wegen des Versagens der holländischen Flotte in der »St. James's Day Battle« vor Gericht gestellt zu werden.

26 Robert Hooke war der Kurator der Royal Society und Verfasser eines bahnbrechenden Werkes über Mikroskopie.

27 Vgl. 1661, Anm. 32.

28 Komödie von Sir Samuel Tuke, vgl. 1663, Anm. 2.

29 Pepys war von dem raffinierten Handlungsgefüge des Stückes von Tuke besonders beeindruckt.

30 »Pulcinella« war das populärste aller italienischen Puppenspiele; von Pulcinella führt ein direkter Weg zu der Figur des ›Punch‹.

31 Das große »Fire of London«, das am 2. September 1666 um zwei Uhr morgens in Pudding Lane in der Nähe der London Bridge begonnen hatte. Es wütete vier Tage und Nächte lang. Der Anfang war vermutlich ein Brand in einer Bäckerei, der sich bei dem trockenen Wetter rasch ausbreitete, unterstützt von lebhaftem Ostwind. Mehr als 13 000 Häuser fielen dem Feuer zum Opfer, d. h. nur ein Fünftel der Stadt blieb unversehrt. 100 000 Menschen wurden obdachlos, aber es gab nur verhältnismäßig wenige Todesfälle. St. Paul's Cathedral wurde zerstört, desgleichen die Guild Hall und die Royal Exchange. Pepys' Haus und das Flottenamt blieben unversehrt; sein Geburtshaus in Salisbury Court in der Nähe der Fleet Street brannte nieder.

32 Besonders Ausländer und Dissenters wurden als Brandstifter verdächtigt, in erster Linie aber Franzosen und Katholiken. (Ein geistesgestörter Franzose namens Hubert legte ein – falsches – Geständnis ab.) Im Januar 1667 erklärte das Parlament nach Abschluss einer Untersuchung, dass die Papisten für das Feuer verantwortlich waren – Pepys war der gleichen Ansicht.

33 Gustav, später Graf Carlsson, unehelicher Sohn von Karl X. von Schweden. Reiste 1659–68 mit einem Tutor durch Europa, wurde später Offizier in der Armee Wilhelms von Oranien.

34 Es handelte sich um John Speeds »History of Great Britaine« (1650) und »Prospect of the most famous parts of the world« (1631) sowie um Wagenaers »Mariner's Mirrour« (1588); sie fanden sich später wieder und stehen noch heute in der Pepys Library in Cambridge.

35 John Evelyn hatte sich selber aktiv an Brandschutzmaßnahmen in der Fetter Lane beteiligt; vgl. die Eintragung in seinem Tagebuch vom 4. September 1666.

36 Es handelte sich um Vorschriften, die den Notwendigkeiten des Krieges entsprangen: die neue Kleidung, bestehend aus Rock und Weste, war sowohl wirtschaftlich als auch anti-französisch. Evelyn beschreibt sie ausführlich am 18. Oktober 1666 in seinem Tagebuch.

37 In Wirklichkeit war es der elfte.

38 Vgl. Anm. 36.
39 Evelyn sah am 18. Oktober 1666 eine Aufführung von »Mustapha« im ›Cockpit‹, dem königlichen Privattheater.
40 Pepys' Bruder John war ein stellungsloser Geistlicher.
41 Pepys bezieht sich hier auf die Schrift »A true deduction of all transactions between his Majesty of Great Britain and the King of Denmark«, die in Zusammenhang mit der Kriegserklärung an Dänemark am 19. September 1666 veröffentlicht worden war.
42 Die öffentlichen Theater in Lincoln's Inn Fields und Drury Lane begannen nach dem Feuer erst im November 1666 wieder zu spielen.
43 Das Unterhaus beschloss in einer Resolution vom 26. Oktober 1666, den König zu bitten, alle katholischen Priester und Jesuiten aus ihren Ämtern zu entfernen, die Papisten zu entwaffnen und alle Offiziere einen Loyalitätseid schwören zu lassen.
44 »The comical revenge, or Love in a tub«, Komödie von George Etherege.
45 »The Bondman«, Tragikomödie von Philip Massinger; »The Duchess of Malfi«, Tragödie von John Webster.
46 Am 9. November 1666 war im Horse Guard House in Tilt Yard um 7 Uhr ein Feuer ausgebrochen, das jedoch schon um 10 Uhr gelöscht war.
47 Zu Bluttransfusionen ähnlicher Art äußert sich Pepys auch am 30. November 1667.
48 Wenceslaus Hollar und Francis Sandford waren als offizielle »scenographers and designers of prospects« damit beauftragt, Karten mit den Brandverlusten zu zeichnen.
49 Joseph Glanvills »Some philosophical considerations touching the being of witches«; das Buch erschien 1667 in zweiter Auflage. Es handelte sich um einen Versuch, die Existenz von Hexen wissenschaftlich nachzuweisen.
50 »The Catholique Apology« (1666), gewöhnlich Roger Palmer, Earl of Castlemaine, zugeschrieben.
51 In der »London Gazette« vom 6. Dezember 1666. Der Herzog von Cambridge (der zweite Sohn des Herzogs von York) war am 3. Dezember zum Ritter des Hosenbandordens geschlagen worden.
52 Tragödie von Beaumont und Fletcher. Pepys war seit dem 15. Mai 1665 nicht mehr in einem öffentlichen Theater gewesen.
53 Komödie von James Howard, 1663 zuerst aufgeführt, 1674 veröffentlicht.

54 Vgl. 1661, Anm. 5.
55 Wahrscheinlich handelt es sich hier um die erste von Davenants spektakulären Bearbeitungen dieses Stückes.
56 Vermutlich das Geschichtsdrama von Roger Boyle, Earl of Orrery.

1667

1 »The custom of the country«, Tragikomödie von Fletcher und Massinger.
2 Tragödie von Roger Boyle, Earl of Orrery.
3 Pepys hatte das Stück zuletzt am 28. Dezember 1666 gesehen.
4 Henry More, »An Antidote against atheism, or, An appeal to the naturall faculties of the minde of man, whether there be not a God« (1653); eines der berühmtesten Werke der Cambridger Neuplatoniker.
5 Als Parodie auf John Wallers »Instructions to a painter« (1665) war im Dezember 1666 »The second advice to a painter, being the last work of Sir John Denham« veröffentlicht worden, eine satirische Darstellung der Schlacht von Lowestoft. – »The third advice« ist Andrew Marvell zugeschrieben worden.
6 Pepys besaß ein Exemplar von Erasmus' »De conscribendis epistolis« (Leyden 1645), in dem der hier erwähnte Brief (›Scribis te nolentem –‹) unter dem Titel ›Aliud exemplum de vita aulica‹ auf Seite 480 steht.
7 Gemeint ist John Drydens »Annus mirabilis: the year of wonders, 1666; an historical poem«, veröffentlicht 1667.
8 Nostradamus (Michel de Notredame) war der bedeutendste Astrologe des 16. Jh.s. Pepys besaß ein Exemplar von »Les vrayes centuries et propheties« (Amsterdam 1668).
9 Dr. George Hakewill, »An apology or declaration of the power and providence of God in the governement of the world« (1627). Hakewills Schrift gehört in den Umkreis der Kontroverse um die Verfallstheorie.
10 Ben Jonsons Komödie, 1598 zuerst aufgeführt, 1601 veröffentlicht. Pepys hat nie eine Aufführung dieses Stückes gesehen.
11 Tragikomödie von Beaumont und Fletcher.
12 Buckingham hatte seit dem Herbst 1666 die Regierung im Parlament heftig angegriffen und ihr Unfähigkeit und Korruption vorgeworfen. Deshalb war er beim König in Ungnade gefallen und am 25. Februar aus seinem Amt entfernt worden; einem Haftbefehl entzog er sich durch die

Flucht. Nachdem man ihn schließlich doch verhaftet hatte, kam es jedoch nie zu einem Prozess; im September 1667 wurde er öffentlich rehabilitiert.

13 »Secret Love, or The maiden Queen«, Tragikomödie von John Dryden, 1667 erstaufgeführt, 1668 veröffentlicht.

14 John Speed, »The history of Great Britaine« (1650); in der Bibliothek von Pepys vorhanden.

15 Thomas Morley, »A plaine and easie introduction to practicall musicke« (1597).

16 Volkstümliches Puppentheater aus Italien; der Regisseur war Antonio Devoto.

17 In Wirklichkeit war der Herzog von Newcastle der Verfasser dieser Komödie.

18 Es handelte sich um »Sawney the Scot, or The taming of a shrew«, eine Bearbeitung des Shakespeare-Stückes von John Lacy. Der Text wurde erst 1698 veröffentlicht.

19 Paul Rycaut, »The present state of the Ottoman empire« (1667).

20 Vgl. 1660, Anm. 80.

21 Diese Bemerkung bezieht sich auf die spektakuläre Macbeth-Bearbeitung von Davenant.

22 Nach seiner Ankunft in London malte Van Dyck (1599–1641, ab 1632 Hofmaler Karls I.) als erste große Auftragsarbeit »The greate peece of or royall selfe, Consort and children«, ein Bild, für das er £ 100 bekam. Es hängt heute im Buckinghampalast.

23 Evelyn bezieht sich hier wohl auf Colberts »ordonnance« vom April 1667.

24 Gemeint ist Isaak Waltons Biographie von Richard Hooker, die der soeben erschienenen Hooker-Ausgabe vorangestellt ist; Pepys hatte sie am 15. April 1667 erworben.

25 John Evelyn hatte am 15. Februar 1667 einen schmalen Oktavband veröffentlicht mit dem Titel »Publick employment and an active life […] prefer'd to solitude […]«.

26 Robert Boyle, »Experiments and considerations touching colours« (1664); die erste wissenschaftliche Untersuchung des Phänomens der Farben.

27 George Cavendish, »The life and death of Thomas Woolsey, Cardinal, written by one of his own servants, being his gentleman usher« (1667).

28 Robert Boyle, »Hydrostatical Paradoxes« (1666).

29 »The visions of Dom Francisco de Quevedo, made English by Roger L'Estrange« (1667).

30 Sir Edward Coke, »The third part of the Institutes of the laws of England: concerning High Treason, and other pleas of the Crown«.

31 Die Landung der Holländer bei Harwich geschah am 2. Juli 1667. Etwa 3000 Holländer gingen in der Nähe von Felixstowe an Land und griffen ohne Erfolg die Hafenbefestigungen an, wobei sie 150 Mann verloren. Gegen 2 Uhr morgens waren die Invasoren abgeschlagen und auf ihre Schiffe zurückgedrängt.

32 Vgl. Anm. 28.

33 Abraham Cowley war am 28. Juli 1667 in Chertsey, Surrey, gestorben und am 3. August in der Westminsterabtei beerdigt worden.

34 Thomas Sprat, »History of the Royal Society of London«, am 25. Juli 1667 veröffentlicht.

35 »If you know not me, you know nobody, or, The troubles of Queen Elizabeth«, historisches Drama von Thomas Heywood, 1605 uraufgeführt, im gleichen Jahr veröffentlicht.

36 Diese Prozedur war eine Sicherheitsmaßnahme aus Furcht vor vergifteten Speisen.

37 Robert Boyle, »Some consideration touching the style of the Holy Scriptures« (1661).

38 Louis Grabu war 1665 zum ›composer to his Majesty's musique‹ ernannt worden.

39 In den Theatern der Restaurationszeit waren die Umkleideräume der Schauspielerinnen für jedermann frei zugänglich.

40 Das Shakespeare-Stück.

41 James Allestry, einer der bedeutendsten Buchhändler des 17. Jh.s.

42 Es handelt sich um die Davenant'sche Bearbeitung des »Tempest«, an der auch Dryden mitgewirkt hatte. Das Stück galt als miserable Travestie und war zugleich die beliebteste aller Shakespeare-Bearbeitungen der Restaurationszeit.

43 John Cains, Gelehrter und Arzt, war der Mitbegründer des Gonville and Caius College, Cambridge. Die hier berichtete Geschichte stammt aus Dr. Thomas Moffetts »Healths Improvement« (1655).

44 Clarendon war am 30. November 1667 nach Frankreich geflohen.

45 Gemeint ist Clarendons »Humble Petition and Address«.

46 Vgl. Anm. 42.

47 Wahrscheinlich handelte es sich um den Rheinländer Anthony Horneck, der seit 1661 als Tutor der Marquess of Torrington in England lebte.

48 »All mistaken, or The Mad Couple«, Komödie von James Howard, 1672 veröffentlicht. Nell Gwyn und Charles Hard spielten die Hauptrollen.

1668

1 Sir Fulke Greville, »Life of the renowned Sir Philip Sidney« (1652).

2 Pepys hatte Drydens Komödie bereits fünfmal gesehen.

3 Michel Millot / Jean L'Ange, »L'escolle des filles, ou la philosophie des dames, divisée en deux dialogues« (Paris 1655). Ein Gespräch zwischen einer erfahrenen Frau und einer Jungfrau, in Paris öffentlich verbrannt, in England verboten und strafrechtlich verfolgt.

4 Tragödie von Dekker und Massinger.

5 Die erwähnte Musik ist nicht erhalten. Pepys begann am 16. April 1668 mit Blockflötenstunden, seine Frau nahm Unterricht im Flageolett-Spiel.

6 Montaignes »Essais« erschienen in englischer Übersetzung (von John Florio) erstmals 1603; diese Übersetzung wurde mehrfach neu aufgelegt. In Pepys' Bibliothek befindet sich die 1693 veröffentlichte Übersetzung von Charles Cotton.

7 Es waren die schlimmsten Unruhen in London während der Berichtszeit des Tagebuchs. Aus den Parolen »Gewissensfreiheit!«, »Reformation und Umkehr!« kann man entnehmen, dass mehr dahinter steckte als nur der Übermut einiger Lehrlinge. Es kam zu ausgedehnten Demolierungen von Gebäuden; Todesfälle gab es offenbar nicht.

8 René Descartes, »Musicae Compendium« (Reims 1650).

9 »The Mulberry Garden«, Komödie, 1668 veröffentlicht.

10 William Winstanley, »The honour of Merchant-Taylors […]« (1668).

11 Wahrscheinlich Gombousts Karte aus dem Jahre 1665.

12 Bettertons Hamlet-Interpretation war berühmt; eine genaue Beschreibung dieser Darstellung findet sich im vierten Kapitel von Colley Cibbers »Apology«.

13 Die Anti-Hobbes-Stimmung hatte ihren Höhepunkt erreicht. Der »Leviathan« war 1651 zuerst veröffentlicht worden, danach aber nicht wieder nachgedruckt.

14 Gemeint ist Ben Jonsons Komödie, die im fünften Akt eine Puppenspiel-Einlage enthält (in der Inszenierung des Theatre Royal).

15 Abraham Wright, »Five sermons in five several styles« (1656), mit zwei Originalpredigten von Lancelot Andrewes und Joseph Hall sowie drei Parodien der Presbyterianer und Independenten.

16 Barbara Ursler, die Frau von Michael van Beck, 1629 in Deutschland geboren. Es existieren mehrere Bilder dieser »Frau mit dem Bart«; Evelyn berichtet ebenfalls über sie in seinem Tagebuch.

17 Wahrscheinlich ist der Lebensabriss gemeint, der Clement Edmonts »The commentaries of C. Julius Caesar« (1600) vorangestellt ist.

18 Vgl. Anm. 8.

1669

1 Der holländische Maler Hendrick Danckerts hatte sich auf topographische Bilder spezialisiert. Er hat für den englischen Hof nicht nur Hampton Court, sondern auch Windsor und Greenwich gemalt.

2 Der Stuckateur war William Larson; die Büste ist nicht erhalten.

3 William Penn (Sohn des Flottenkommandanten Sir William Penn und späterer Gründer von Pennsylvania), »The sandy foundation shaken [...]« (1668). Angriffe auf die Doktrin der Trinität galten als Blasphemie; Penn wurde wegen dieses Pamphlets vom Dezember 1668 bis August 1669 im Tower gefangen gehalten.

4 Die Gemahlin Heinrichs V., die 1437 im Alter von 36 Jahren gestorben war. Ihr Leichnam befand sich jetzt in der Confessor's Chapel; der mumifizierte Körper wurde gelegentlich Besuchern gezeigt.

5 In London gab es zu jener Zeit zahlreiche Glasbläsereien, in denen Spiegel, Gläser, Flaschen und dergleichen hergestellt wurden.

6 Am 11. April 1660 hatte Pepys jedoch bereits einem Marineoffizier von der Existenz seines Tagebuchs berichtet.

7 Ben Jonsons Komödie.

8 Gemeint ist John Websters Tragödie »Appius and Virginia« (1654 veröffentlicht).

Häufig vorkommende Namen und Titel

Albemarle, Herzog von (Lord Monck): oberster General des Königreichs.

Bagwell, Mrs.: Pepys' Mätresse, Frau eines Schiffszimmermanns.

Batten, Sir William: Flotten-Aufsichtsbeamter (Surveyor).

Brouncker, Viscount: Marinekommissär.

Carteret, Sir George: Marineschatzmeister und stellvertretender königlicher Haushofmeister.

Comptroller: Marinekontrolleur (Sir Robert Slingsby hatte das Amt 1660/61, Sir John Mennes 1661–71 inne).

Coventry, Sir William: 1660–67 Sekretär des Flottenadmirals, Marinekommissär.

Creed, John: Haus- und Schiffsbediensteter von Lord Montagu.

Crew, Baron: Schwiegervater von Lord Montagu.

Deb: vgl. Willett.

Downing, Sir George: hoher Beamter im Schatzamt, englischer Botschafter in Holland, Sekretär der Finanzkommission.

Edward, Mr.: Edward Montagu, Viscount Hinchingbrooke, ältester Sohn von Lord Montagu.

Fenner, Thomas: Onkel von Pepys, verheiratet mit der Schwester seiner Mutter, Eisenhändler.

Herzog: gewöhnlich James, Herzog von York, Bruder des Königs; seltener George (Monck), Herzog von Albemarle.

Hinchingbrooke, Viscount: vgl. Mr. Edward, ältester Sohn von Lord Montagu.

Joyce, William: Vetter von Pepys, Kerzenzieher.

Knipp, Mrs.: Schauspielerin in der ›King's Company‹.

König: Karl II. (1660–85), Sohn des 1649 hingerichteten Karl I.; nach Cromwells Tod auf den Thron berufen.

Lane, Betty (verh. Martin): Pepys' Mätresse, Verkäuferin.

Lord Chamberlain: Edward Montagu, Earl of Manchester, Vetter von Lord Montagu.

Mennes, Sir John: Marinekontrolleur.

Mercer, Mary: Mrs. Pepys' Dienerin.

Monck, George (Lord): vgl. Albemarle.

Monmouth, Herzog von: illegitimer Sohn von Karl II.
Montagu: Lord Edward Montagu (Mylord), vgl. Sandwich.
Montagu, Edward: Sohn von Lord Montagu, vgl. Mr. Edward.
Montagu, Edward: Earl of Manchester, Vetter von Lord Montagu.
Montagu, Lady und Mrs. Jemima: Frau und Tochter von Lord Montagu.
Montagu, Sidney: zweiter Sohn von Lord Montagu.
Moore, Henry: Rechtsanwalt, bei Lord Montagu angestellt.
Pall: vgl. Paulina Pepys, Schwester des Tagebuchschreibers.
Penn, Sir William: Marinekommissär und Flottenkommandant (Vater des Quäkerführers).
Pepys, Elizabeth (geb. St. Michel): Frau des Tagebuchautors.
Pepys, John und Margaret: seine Eltern.
Pepys, John (unverheiratet): Bruder; stellungsloser Geistlicher.
Pepys, Tom (unverheiratet): Bruder; Schneider.
Pepys, Paulina (Pall): Schwester, später verheiratet mit John Jackson.
Pepys, Kapitän Robert: Onkel, aus Brampton in Huntingdonshire.
Pepys, Roger: Vetter zweiten Grades, Rechtsanwalt und Abgeordneter.
Pepys, Thomas: Onkel, aus St. Alphege's in London.
Pickering, Mr. (Ned): Höfling, Lord Montagus Schwager und Diener.
Povy, Mr.: Schatzmeister der Tanger-Kommission.
Prinz: gewöhnlich Prinz Rupert, Vetter von Karl II., Flottenkommandant.
Sandwich, Earl of (Lord Edward Montagu): Vetter zweiten Grades und Arbeitgeber von Pepys; Politiker, Flottenkommandant und Diplomat.
Sheply: Edward Shipley, Haushofmeister bei Lord Montagu.
Sidny, Mr.: Sidney Montagu, zweiter Sohn von Lord Montagu.
Turner, John: mit Jane Pepys, einer entfernten Cousine des Tagebuchautors, verheiratet; Rechtsanwalt.
Turner, Betty und Theophila: Töchter von John und Jane Turner.
Turner, Thomas: höherer Angestellter im Flottenamt.
Warren, Sir William: Holzkaufmann.
Warwick, Sir Philip: Sekretär des Schatzkanzlers.
Wight, William: Onkel (Halbbruder des Vaters) von Pepys; Fischhändler.
Willett, Deborah (Deb): Dienstmädchen im Hause Pepys.
York, Herzog von: Bruder Karls II. und Thronfolger (Jakob II.), Flottenadmiral.

Zeittafel

1633	23. 2. Samuel Pepys in Salisbury Court, London, geboren.
1644	Besuch der Grammar School in Huntingdon.
1646–50	St. Paul's School, London.
1650–54	Studium in Cambridge (Trinity Hall, Magdalene College). B.A.-Abschlussexamen.
1654	Verwalterstelle bei Lord Montagu in London.
1655	1. 12. Heirat mit Elizabeth St. Michel.
1656	Halbtagsposten im Schatzamt.
1658	26. 3. Blasensteinoperation.
	August Umzug in die Axe Yard, Westminster.
1659	Ostseereise im Auftrag von Lord Montagu.
1660	1. 1. Beginn des Tagebuchs.
	März Mitglied der Delegation, die Karl II. aus Holland zurückholt.
	25. 5. Landung des Königs in Dover.
	29. 6. Ernennung zum Sekretär im Flottenamt.
	17. 7. Umzug in die Seething Lane.
	24. 9. Vereidigung als Friedensrichter.
1661	23. 4. Krönung Karls II.
	Juli Tod des Onkels Robert Pepys. Samuel erbt Grundbesitz und reist nach Brampton, um sich um die Verwaltung zu kümmern.
1662	November Pepys wird Mitglied der Tanger-Kommission.
1664	15. 3. Tod des Bruders Tom.
1665	15. 2. Wahl zum Fellow of the Royal Society.
	4. 3. Beginn des zweiten holländischen Krieges.
	20. 3 Ernennung zum Schatzmeister der Tanger-Kommission.
	ab Mai Pest in London.
	5. 7. Auslagerung des Haushaltes nach Woolwich wegen der Pest.
	27. 10. Ernennung zum Leiter der Proviant-Abteilung im Flottenamt.
1666	1.–4. 6. Viertägige Seeschlacht gegen die Holländer.
	2. 9. Ausbruch des Großen Feuers in London.
1667	25. 3. Tod der Mutter.

Juni Die Holländer landen in der Themsemündung. Pepys bringt seine Frau und die Wertsachen nach Brampton in Sicherheit.
Oktober Reise nach Brampton, Heimholung der vergrabenen Schätze.
22. 10. Pepys verteidigt das Flottenamt vor einem parlamentarischen Untersuchungsausschuss.

1668 27. 2. Heirat der Schwester Paulina mit John Jackson.
5. 3. Pepys verteidigt das Flottenamt vor dem Unterhaus.
Mai, Juni Reise nach Oxford und Cambridge.
25. 10. Pepys' Frau entdeckt seine Beziehungen zu Deborah Willett.

1669 Frühjahr Verschlechterung der Sehkraft.
31. 5. Ende des Tagebuchs. Pepys fürchtet zu erblinden.
Juni bis Oktober Pepys wird beurlaubt und unternimmt eine Reise nach Holland, Frankreich, Flandern; seine Frau erkrankt.
10. 11. Tod der Frau Elizabeth.

1670 30. 3. Der Bruder John wird zum Clerk of Trinity House ernannt.

1672 24. 1. Pepys wird als Elder Brother ins Trinity House aufgenommen.
März Ausbruch des dritten holländischen Krieges.
7. 6. Lord Sandwich fällt in der Schlacht von Solebay.

1673 29. 1. Feuer im Flottenamt in der Seething Lane. Pepys zieht in die Winchester Street.
Juni Der Herzog von York muss sein Amt als Lord High Admiral niederlegen. Pepys wird zum Secretary of the Admiralty ernannt.
Oktober Pepys wird Parlamentsabgeordneter für Castle Rising; er gerät in den Verdacht des Katholizismus.

1674 Februar Ende des dritten holländischen Krieges. Pepys zieht in das Admiralty House.

1676 1. 2. Pepys wird zum Governor of Christ's Hospital ernannt.
22. 5. Er wird zum Master of Trinity House gewählt.

1677 Frühjahr Tod des Bruders John.
8. 8. Pepys wird zum Master of the Clothworkers' Company gewählt.

1679	März Parlamentsabgeordneter für Harwich. Mai Entlassung als Secretary of the Admiralty. Pepys wird im Tower ins Gefängnis geworfen. Juli Gegen Kaution freigelassen. Er bezieht mit seinem Freund Hewer ein Haus in den York Buildings.
1680	Juni Einstellung des Verfahrens gegen Pepys. Oktober Tod des Vaters.
1682	Frühjahr Besucht im Gefolge des Herzogs von York Edinburgh und Newcastle.
1683	30. 7. Begleitet Lord Dartmouth als Sekretär auf einer Reise nach Tanger. Dezember Von Tanger aus Abstecher nach Spanien.
1684	März Rückkehr nach England. Juni Wiedereinstellung als Secretary of the Admiralty. 30. 11. Pepys wird zum Präsidenten der Royal Society gewählt (bis 1686).
1685	April Pepys wieder Abgeordneter für Harwich. Juli Zweite Amtszeit als Master of Trinity House.
1685–88	Der Herzog von York als Jakob II. König von England.
1688	Jakob II. vom Parlament abgesetzt; Wilhelm von Oranien wird berufen.
1689	Januar Pepys unterliegt bei der Parlamentswahl in Harwich. 20. 2. Legt sein Amt nieder. Mai–Juli Sitzt im Gate-House-Gefängnis.
1690	Juni Erneute Inhaftierung. Dezember Veröffentlichung der »Memoires of the Royal Navy 1679–88«.
1693	September Auf der Fahrt nach Chelsea von Straßenräubern überfallen.
1694	August Genesung nach schwerer Krankheit.
1697	April Erneute Erkrankung.
1700	Mai Umzug nach Clapham in Hewers Landhaus. Dezember Rückkehr in die Londoner Wohnung.
1701	Juni Endgültige Übersiedlung nach Clapham.

1702	September	Pepys schenkt ein von ihm bei Kneller in Auftrag gegebenes Porträt von Dr. Wallis der Universität Oxford.
1703	26. 5.	Pepys stirbt in Clapham.
	4. 6.	Beisetzung in St. Olave's, Hart Street.

Literaturhinweise

Ausgaben

Latham, Robert / Matthews, William (Hrsg.): The Diary of Samuel Pepys. A New and Complete Transcription. 11 Bde. (Bd. 10: Companion. Bd. 11: Index.) London/Berkeley: Bell & Hyman / Univ. of California Press, 1970–83.
The Illustrated Pepys. Hrsg. von Robert Latham. London: Bell & Hyman, 1978.
The Shorter Pepys. Hrsg. von Robert Latham. London: Bell & Hyman, 1985.
Latham, Robert (Hrsg.): Catalogue of the Pepys Library at Magdalene College, Cambridge. Bd. 1 ff. Cambridge [u. a.] 1978 ff.
La Bédoyère, Guy de (Hrsg.): The Letters of Samuel Pepys. Woodbridge [u. a.] 2006.

Sekundärliteratur

Barber, Richard: Samuel Pepys. Berkeley 1970.
Bryant, Arthur: Samuel Pepys: The Man in the Making. London 1933.
– Samuel Pepys: The Years of Peril. London 1935.
– Samuel Pepys: The Saviour of the Navy. London 1938.
Delaforce, Patrick: Pepys in Love: Elizabeth's Story. London 1986.
Emden, Cecil S.: Pepys Himself. London 1963.
Hearsey, John E.: Young Mr. Pepys. London 1973.
Johnson, Clifford jr.: Samuel Pepys and the Diarist's Art. Diss. Ann Arbor 1971.
– Samuel Pepys: The Texture of Daily Life. In: Eighteenth Century Life 1974. S. 22–27.
Latham, Robert: Pepys and His Editors. In: University of Leeds Review 27 (1984) S. 121–136.
Long, James / Long, Ben: The Plot against Pepys. London 2007.
Miner, Earl: Pepys Revived. In: Hudson Review 24 (1971) S. 171–176.
Mudrick, Marvin: Su Cosa Mi Cosa, Busy, Busy, Busy. In: Hudson Review 29 (1976) S. 605–614.
– The Public Servant. In: Hudson Review 37 (1984) S. 376–392.

Ollard, Richard: Pepys. A Biography. London 1974.
Pearlman, E.: Pepys and Lady Castlemaine. In: Restoration (Fall 1983) S. 43–53.
Taylor, Ivan E. / Davis, Bertram H.: Samuel Pepys. Boston 1989.
Tomalin, Claire: Samuel Pepys. The Unequalled Self. London 2002.
Trease, Geoffrey: Samuel Pepys and His World. New York 1972.
Wilson, John H.: The Private Life of Mr. Pepys. London 1960.

Nachwort

I

Samuel Pepys war sechsundzwanzig Jahre alt, als er im Januar 1660 sein Tagebuch zu führen begann. Er war zu dieser Zeit in der Kanzlei seines Vetters Edward Montagu beschäftigt, eines hohen Marineoffiziers und aktiven Politikers; nebenher versah Pepys das Amt eines Sekretärs im britischen Schatzamt. Mit zweiundzwanzig Jahren hatte er die sieben Jahre jüngere Elizabeth St. Michel geheiratet, ein mittelloses Mädchen hugenottischer Abstammung. Das kinderlose Paar bezog 1658 ein Haus in der Axe Yard in Westminster, von dem aus Pepys sowohl die Residenz von Lord Montagu als auch das Schatzamt bequem zu Fuß erreichen konnte. Die Londoner City, Wirtschafts- und Finanzzentrum Englands, lag etwa zwei Kilometer östlich von Westminster; man kam dorthin entweder durch enge, überfüllte Straßen oder auf dem Flusswege. Als Pepys im Juni 1660 seine neue Stelle als Sekretär des Flottenamtes antrat, zog er in die Seething Lane in der City. Er blieb zeit seines Lebens ein Städter, der zwar gerne aufs Land fuhr – besonders nach East Anglia, wo seine Familie herkam –, am liebsten aber doch in London wohnte. Diese Stadt war der Mittelpunkt seiner Welt. Damals hatte London etwa eine halbe Million Einwohner, war aber durchaus überschaubar, und die Natur, freies Feld, Wald und Flusslandschaft waren jederzeit leicht zu erreichen. In der Stadt gab es Gasthäuser, Clubs, Geschäfte und Theater, das musikalische Leben war überaus reichhaltig, und die hervorragendsten Wissenschaftler, Schriftsteller und Künstler der Zeit wohnten in London. In den Kirchen und

Gemeinden herrschte ein reges, vielfältiges religiöses Leben – vor allem war London aber das politische Zentrum des Landes: der Hof residierte dort, die Stadt war Sitz des Parlaments, der Hochfinanz und der politischen Machthaber.

Pepys war von der Politik fasziniert. Als Junge hatte er Bürgerkrieg und Revolution miterlebt, und während des Jahrzehnts, in dem er sein Tagebuch schrieb, vollzog sich die unblutige Restauration des englischen Königtums, bei der er eine bescheidene Rolle am Rande der Ereignisse spielen sollte. In einer Zeit leidenschaftlichen politischen Engagements behielt Pepys einen kühlen Kopf; sein Hauptinteresse galt zuallererst dem Funktionieren des Verwaltungsapparates. So begrüßte er im Jahre 1660, obwohl ein treuer Diener der Republik, die Wiedereinführung der Monarchie vor allem deshalb, weil dadurch die Stabilität der Regierungsmaschinerie wiederhergestellt würde. Ähnlich stand es mit seinen religiösen Überzeugungen. Er war weder Dogmatiker noch von besonders starken Glaubensimpulsen getrieben, wohl aber von einer überwältigenden Neugier: er hörte sich zu gerne Predigten in fremden Kirchen an, bisweilen mehrere an einem Sonntag, und er ging sogar zu den Presbyterianern, die für die Länge ihrer Gottesdienste bekannt waren. Im Grunde seines Herzens blieb er Anglikaner; der Fanatismus der Puritaner war ihm wesensfremd.

Pepys war von Hause aus alles andere als wohlhabend, und von seinen Eltern hatte er keine nennenswerte Bildung mitbekommen. Als er sein Tagebuch zu führen begann, stand er jedoch im Begriff, unter den führenden Politikern, Wissenschaftlern und Künstlern des Tages seinen eigenen, wenn auch bescheidenen Platz einzunehmen. In der Formulierung seines Lieblingsautors

Francis Bacon betrachtete er sich als *faber fortunae*, Schmied des eigenen Glücks, dem es gelungen war, sich mit Talent und Beziehungen Zugang zu den einflussreichen Kreisen zu verschaffen. Neben dem Ehrgeiz, Wohlstand und Ansehen zu erlangen, war Pepys zeitlebens von dem Wunsch getrieben, ein *virtuoso* zu sein, d. h. ein gebildeter, kunstverständiger Weltmann. Voraussetzungen dazu waren ein Universitätsstudium der klassischen Sprachen, Kenntnisse in der Mathematik und in den Naturwissenschaften, musikalische Begabung und bibliophile Interessen. Pepys sah sich selbst am liebsten in der Doppelrolle von Geschäftsmann und Kunstliebhaber – eine für das 17. Jahrhundert in England besonders charakteristische Kombination. Hinzu kam bei ihm die Attitüde des *man of pleasure*. London bot die einschlägigen Zerstreuungen in Hülle und Fülle: Musik, Gasthäuser, Theater, Frauen, Freunde. Pepys war in jedem Augenblick bereit, neue Eindrücke und Erfahrungen aufzunehmen, mit einer Intensität und Spontaneität, die Bewunderung verdient. Seine Familie stammte aus der Gegend um Cambridge. Im 17. Jahrhundert zählten die Pepyses Landadelige, Geschäftsleute und Rechtsanwälte zu ihrer Sippe – ausgeprägt schien namentlich die Begabung für den Verwaltungsdienst zu sein. Durch Heirat mit einem Bruder des Herzogs von Manchester war eine Verbindung mit den Montagus, einer der bedeutendsten Familien in East Anglia, zustande gekommen. Der kleine Samuel Pepys war beim Ausbruch des Bürgerkrieges 1642 nach Brampton bei Huntingdon geschickt worden, wo er bei seinem Onkel Robert Pepys, der in den Diensten der Familie Montagu stand, aufwuchs. Er hat die Grammar School in Huntingdon besucht, eine Anstalt, die immerhin Oliver Cromwell zu ihren Schülern zählte und schließlich auch jenen Edward Montagu, den sechs Jahre älteren Vetter des Tagebuchschreibers, als dessen Sekretär er später Karriere machen sollte. Nach dem Bürgerkrieg kehrte Pepys nach London zurück und ging auf die St. Paul's School. Danach bezog er die Universität Cambridge, wo er sich mit klassischen Sprachen und Mathematik befasste, Stenographie lernte und seinen musikalischen Neigungen nachging. Er spielte Laute, Viola und Flageolett, sang und versuchte sich im Komponieren. Nach dem Universitäts-Abschlussexamen trat er in London eine Stelle als Sekretär und Verwalter des Haushalts von Lord Edward Montagu an. Pepys wohnte mit seiner Frau in einem einzigen Raum, beaufsichtigte die Diener des Lords und kümmerte sich um dessen weitverzweigte Finanzaktionen. Zusätzlich versah er einen Posten im Schatzamt, der nicht besonders gut bezahlt war, aber auch keine regelmäßige Anwesenheit erforderte. 1657 kam es aus nicht ganz durchsichtigen Gründen zu einer vorübergehenden Trennung von der Ehefrau; im März 1658 unterzog er sich einer gefährlichen Blasensteinoperation (deren guter Ausgang alljährlich mit einem Festessen begangen wurde). Wahrscheinlich im August 1658 bezog Pepys mit seiner Frau ein Haus in der Axe Yard in Westminster. Allmählich ließen die Verpflichtungen für Montagu nach und beschränkten sich auf reine Finanzbuchhaltung.

Der Anstoß zum Führen eines Tagebuchs ging vermutlich von den turbulenten politischen Ereignissen um die Jahreswende 1659/60 aus, als das Rumpfparlament sich wieder zu konstituieren begann, General Monck den Tweed überschritt und nach Süden marschierte. Die ersten fünf Monate des Tagebuchs sind denn auch randvoll mit Berichten über die politische Lage. Ein anderes Motiv für das Skizzieren von Tagesereignissen war wohl die bei Pepys stark ausgeprägte persönliche Eitelkeit, zu der sich eine unbändige Lebenslust gesellte. Das Tagebuch ist gleichsam ein Nebenprodukt des ungestümen Glücksverlangens seines Autors; im Augenblick des Niederschreibens muss Pepys so etwas wie eine genussreiche Intensivierung seiner Gedanken und Gefühle empfunden haben. Vielleicht war der wichtigste Faktor aber das Ordnungsbedürfnis des Beamten Pepys, seine bisweilen penible Akkuratesse und Liebe für Symmetrie (die sich u. a. darin ausdrückte, dass er seine Bücher der Größe nach ordnete). Ein ordentlich und sauber geführtes Tagebuch gab dem Puritaner das Gefühl, ein ordentliches und sauberes Leben zu führen, das tägliche Chaos überwunden und systematisch verzettelt zu haben. Pepys war von Natur aus ein systematischer Mensch, der nicht nur Tagebuch führte, sondern auch alle möglichen Arten von Listen und Tabellen anlegte – in der Absicht, diffuse Erfahrungsströme in feste Bahnen zu lenken. Nicht ein einziges Mal klagt er darüber, dass es eine Last sei, das Tagebuch zu führen. Begonnen hatte er damit zu einem Zeitpunkt, als seine eigenen Angelegenheiten und die des Vaterlandes an der Schwelle weitreichender Veränderungen standen. Ende April 1660, als sich das neugewählte Parlament zu seiner ersten Sitzung zusammengefunden hatte, war die Entscheidung für eine Restauration der Monarchie bereits gefallen; im April stach die englische Flotte in Richtung Holland in See, um Karl II. heimzuholen. Pepys nahm an dieser Expedition teil und wurde sogar dem König und seinem Bruder, dem Herzog von York, vorgestellt – er scheint sich in jeder Hinsicht nützlich gemacht zu haben. Unmittelbar nach der Restauration wurde Edward Montagu mit ehrenvollen Ämtern überhäuft; seinem Vetter Samuel hat er offenbar versprochen, dass sie »nun zusammen aufsteigen« würden. Bereits im Juni 1660 verschaffte er Pepys eine Stellung, die einen gewissen Einfluss mit sich brachte, nämlich die eines Sekretärs im Flottenamt. Pepys zog daraufhin in eine Dienstwohnung in der Seething Lane in der City um; dort blieb er mit seiner stetig anwachsenden Dienerschaft bis 1673 wohnen. Er gehörte jetzt zu den leitenden Beamten des Flottenamtes, hatte zwei Schreiber zur Verfügung und ein Einkommen von £ 350 im Jahr, dazu ansehnliche Nebeneinnahmen. Das Flottenamt befasste sich mit der Verwaltung der Marine (Lager, Werften, Docks), es wurde von sechs hohen Beamten geleitet: dem Schatzmeister der Flotte, dem ›Comptroller‹, dem ›Surveyor‹, zwei allgemeinen Kommissären und einem in Chatham stationierten Kommissär. Pepys war der jüngste und unerfahrenste Mitarbeiter, besaß aber Vitalität und Ordnungssinn in reichem Maße und entwickelte sich rasch zu einem tüchtigen Administrator. Wendig arbeitete er sich in die neuen Verhältnisse ein und verschaffte sich Respekt bei den Kollegen. Im Sommer begann sein Arbeitstag oft schon um 4 Uhr morgens. Ebenso eifrig war er allerdings auch, wenn es um Geselligkeiten und Feiern ging, und der Musik sowie dem Theater widmete er sich beinahe mit der gleichen Systematik wie seiner beruflichen Arbeit. Erwähnt sei in diesem Zusammenhang seine erstaunliche Aktivität als Casanova: in der Überzeugung, dass ›nulla puella negat‹, ließ er keine Gelegenheit vorübergehen, die Probe aufs Exempel zu machen.

Im Jahre 1662 intensivierte er seine Tätigkeit im Flottenamt ganz besonders. Zahlreiche Gelübde wurden schriftlich niedergelegt, damit er seiner Vergnügungssucht Herr würde, und die gesammelte Energie des Beamten Pepys richtete sich auf die Marineverwaltung. Im zweiten Krieg gegen die Holländer 1664–67 kam es zur großen Bewährungsprobe. Parlament und Bevölkerung blickten in dieser Zeit besonders interessiert und kritisch auf die Flotte. Pepys setzte sich mit großem Eifer für die vielfältigen Aufgaben ein, die die neue Situation mit sich brachte: er (der selber für kleine Aufmerksamkeiten nicht unempfänglich war) bekämpfte energisch die Korruption und machte unangemeldete Besuche in Docks und Werften. Die nächste Stufe seines beruflichen Aufstieges war das Amt eines Schatzmeisters in der Tanger-Kommission, ein überaus lukrativer Posten. In jener strapaziösen Zeit wurden aber auch die Theaterbesuche wieder häufiger, Freundschaften und Affären drohten überhandzunehmen. Im Februar 1665 wurde Pepys zum Fellow der Royal Society gewählt – gelegentlich klagt er allerdings in seinem Tagebuch, er »verstehe nicht genug von Philosophie, um alle Experimente zu begreifen«. Das Flottenamt blieb weiterhin im Blickfeld der Öffentlichkeit, es war eine unordentlich, zeitweilig sogar chaotisch geführte Behörde, die aber im Großen und Ganzen doch erfolgreich arbeitete. Pepys reformierte Buchhaltungsverfahren und Proviantierungsmaßnahmen, er verbesserte die Übersichtlichkeit der Ausgabenpolitik und wurde allmählich zum Sprecher des Amtes, wenn sich z. B. die Kritik des Parlaments gegen die Marineverwaltung und ihren Umgang mit Staatsgeldern richtete. In mehreren Reden vor parlamentarischen Untersuchungsausschüssen rechtfertigte er seine Dienststelle und erntete dafür allgemeines Lob wegen seiner rhetorischen Fähigkeiten. Auch für ein detailliertes Memorandum über die Situation der Flotte während des Krieges wurde er gelobt. Am Ende der Tagebuchzeit war Pepys ein beruflich erfolgreicher, weithin respektierter Schifffahrtsexperte. Er besaß einen gediegenen Hausstand, eine Kutsche mit zwei schwarzen Pferden und hätte bequem von seinen Ersparnissen leben können, wenn er seinen Posten verloren hätte.

Dennoch bedrückten ihn Sorgen. Im Oktober 1668 hatte seine Frau entdeckt, dass er mit der Hausgehilfin Deborah Willett ein Verhältnis unterhielt – vor allem aber war der Zustand seiner Augen ständig schlechter geworden. Alle Medikamente und Kuren hatten nichts geholfen, Pepys glaubte zu erblinden und stellte deshalb im Mai 1669 das Tagebuch ein – ein Gefühl, so schrieb er, als gehe er in sein eigenes Grab. Im nächsten Herbst machte er einen längeren Urlaub in Holland, Flandern und Frankreich. Seine Frau holte sich bei dieser Reise ein Fieber, an dem sie, vierzehn Tage nach der Rückkehr, starb. Die Ehe hatte wahrscheinlich nur deshalb gehalten, weil Pepys' zahlreiche Eskapaden größtenteils unentdeckt geblieben waren. Er muss, angesichts der Eifersucht seiner Frau, häufig ein selbstsüchtiger Ehemann gewesen sein; in den meisten Fällen hielt er es für ausreichend, die Gattin mit Geschenken, Musik- oder Zeichenstunden zu trösten – und doch kann an einer aufrichtigen und tiefen Zuneigung für seine Frau kein Zweifel bestehen.

1667 war die Mutter des Tagebuchschreibers in Brampton, Huntingdonshire, gestorben. Der Vater hatte seine Schneiderei dem Sohn Tom vermacht, der im März 1664 als Junggeselle starb. Vater Pepys lebte bis 1680, liebevoll und großzügig von seinem Sohn Samuel unterstützt. Der jüngere Bruder John hatte zwar Theologie studiert, mochte aber keine Pfarrstelle übernehmen und starb 1677, ebenfalls unverheiratet. Die einzige Schwester Paulina, sieben Jahre jünger als Samuel, erwies sich als schwer unter die Haube zu bringen; 1668 gelang es nach mehreren Anläufen, ihr zweiter Sohn John wurde später Samuel Pepys' Erbe.

Der bedeutendste Abschnitt von Pepys' Karriere begann erst nach 1670. Im Juni 1673 wurde er ins Marineministerium versetzt und ins Parlament gewählt; noch im gleichen Jahr bezog er eine Amtswohnung im Derby House in der Cannon Row. Der dritte holländische Krieg 1672–74 nahm ihn stark in Anspruch; nach dem Ende der Feindseligkeiten initiierte Pepys ein umfangreiches Programm zur Wiederaufrüstung der Flotte – dreißig neue Schiffe wurden gebaut und die Grundlage für eine Berufsmarine gelegt.

Im Unterhaus war Pepys jetzt der offizielle Sprecher der Marine, seine Auftritte sollen nach zeitgenössischen Berichten nicht frei von pompösen Zügen gewesen sein. Im Jahre 1678 ereilte ihn dann ein folgenschweres Missgeschick. Er geriet in den Verdacht, am ›Popish Plot‹ beteiligt gewesen zu sein, und wurde im Mai 1679 zum Rücktritt gezwungen. Sechs Wochen lang saß er im Gefängnis, weil der Verdacht aufgekommen war, er könnte geheime Marine-Akten nach Frankreich geschmuggelt haben. Bis 1683 blieb er ohne öffentliche Ämter. In dieser Zeit nahm er an einer Expedition nach Tanger teil, über die er ein Tagebuch in Kurzschrift führte; es existieren auch Aufzeichnungen über eine anschließende private Reise nach Südspanien. 1684 kam er wieder zu Amt und Würden: der König ernannte ihn zum ›Secretary for Admiralty Affairs‹, eine Art Staatssekretärsposten. 1690 veröffentlichte er ein Buch mit dem Titel »Memoirs Relating to the State of the Royal Navy«, es war ein Rechenschaftsbericht über seine bisherige Arbeit. Mit dem Sturz von Jakob II. bei der Glorreichen Revolution von 1688 war auch Pepys' Karriere beendet. Im Februar 1689 gab er seinen Posten auf, 1690 saß er noch einmal für kurze Zeit im Gefängnis – er stand im Verdacht jakobinischer

Umtriebe. Immer mehr zog er sich nun ins Privatleben zurück. Seit 1679 wohnte er in einem stattlichen Haus in den York Buildings, zusammen mit seinem engsten Freund, dem reichen und unverheirateten William Hewer. Er führte das Leben eines Kunst- und Bücherliebhabers, betätigte sich als Mäzen von Musikern und Malern und war maßgeblich am Ausbau der Schule Christ's Hospital beteiligt. 1699 erhielt er den Ehrenbürgerbrief der City of London. Seine Bibliothek galt mittlerweile als eine der bemerkenswertesten Privatsammlungen in ganz London; zweimal ließ er mit beträchtlichem Kostenaufwand Kataloge seiner Bestände zusammenstellen. In London, Oxford und Cambridge war er für die Gelehrtenwelt ein Begriff, zweimal versah er mit Aplomb das Amt eines Präsidenten der Royal Academy. Pepys führte eine umfangreiche Korrespondenz mit Männern wie Isaac Newton, John Evelyn und John Wallis. Seinen Haushalt versah Mary Skinner, mit der er lange zusammenlebte, ohne sie je zu heiraten. Seit etwa 1700 begann seine Gesundheit nachzulassen, er fuhr häufig in Hewers Landhaus nach Clapham. Im Alter von siebzig Jahren ist er dort am 26. Mai 1703 nach langer, qualvoller Krankheit gestorben.

II

Pepys hat sich an zahlreichen Stellen in seinem Tagebuch über das tägliche Aufzeichnen von Begebenheiten geäußert. Manchmal klingt darin ein buchhälterischer Ton durch, oft sind es Andeutungen, dass das Schreiben schwieriger war, als es den Anschein hat. Es gibt mehrere Hinweise darauf, dass der Autor längere Eintragungen vorher skizziert hat – das Manuskript ist offensichtlich eine Reinschrift. Wir wissen, dass Pepys eine Vielzahl von Sammelbüchern usw. anlegte und Notizbücher aller Art besaß und benutzte. Bei Predigten oder bei Unterhaltungen mit wichtigen Leuten pflegte er sich Notizen zu machen, so dass sein vielgerühmtes Gedächtnis wohl doch durch allerlei Aufzeichnungen Stützung erfuhr. Fünf Stadien lassen sich bei der Abfassung des Tagebuchs unterscheiden. 1. das Sammeln von Rechnungen, Aufzeichnungen, Protokollen usw.; 2. das Hinzufügen von stichwortartigen Notizen; 3. das Eintragen dieser Notizen in Merkbücher; 4. die Reinschrift im Tagebuch; 5. das Durchlesen und eventuelle Nachbessern der Reinschrift. Dieses Verfahren erklärt manche Unebenheit in den Details sowie auch die vielen parenthetischen Einschübe. Pepys' Brief- und Redestil neigte zur fülligen, wohlgerundeten Aussage. Das Tagebuch ist dagegen in einem knappen Berichtston gehalten, mit erstaunlicher Ökonomie der Mittel und dabei überaus faktenreich. Deutlich sind die Anklänge zur gesprochenen Sprache. Pepys hatte ein sensibles Ohr für seine Muttersprache, einen Sinn für geschichtsträchtige Situationen und ein Gespür für Nuancen der gebildeten Konversation. Am verblüffendsten ist jedoch immer wieder die Spontaneität des Ausdrucks, die einen merkwürdigen Kontrast zur Beamtenmentalität des Autors zu bilden scheint. Pepys war der Idealtyp des Buchhalters, er arbeitete mit Akribie, Gewissenhaftigkeit und Präzision und glaubte an den unlöslichen Zusammenhang von Fakten und Werten. Sorgfältig zieht er jeweils am Monats- und Jahresende Bilanz, über sich selbst, seine Familie, die Lage der Nation, Soll und Haben nicht nur im finanziellen Bereich säuberlich voneinander absetzend.

Viele andere zeitgenössische Tagebücher entsprangen dem Bedürfnis, mit puritanischem Eifer die eigenen moralischen Verfehlungen festzuhalten und sie durch die Niederschrift gleichsam zu korrigieren. Auch Pepys war in vieler Hinsicht ein Puritaner, eine gespaltene Seele, immer bereit, Versäumnisse einzugestehen und neue Versuchungen einzugehen – man denke nur an das komplizierte Gelübdesystem.

Das historische Empfinden des Autors ist sicher ein ausgeprägtes Motiv für das Tagebuch gewesen. Pepys wollte Chronist sein. Seine Sammlungen und Aufzeichnungen waren fast alle in Hinblick auf eventuelle Publikationen angelegt (dass er nie dazu kam, die Geschichte des englisch-holländischen Krieges zu schreiben, hat er noch im hohen Alter bedauert); das Tagebuch erweckt stets den Eindruck, dass sein Verfasser es sich durchaus als Quelle für spätere Historiker vorstellen konnte – sonst hätte er es wohl auch nicht dem Magdalene College der Universität Cambridge vermacht.

Zu den Aspekten des Buchhalters, Puritaners und Historikers tritt noch der des gebildeten Dilettanten, des *virtuoso*. Pepys' naturwissenschaftliche Neugier war beträchtlich, wenngleich er häufig zugeben muss, dass er naturwissenschaftliche Fachliteratur nicht versteht. An der Wirklichkeit und an der eigenen Erfahrung sich orientierend, blieb er zeitlebens ein überzeugter Baconianer. Eines der erstaunlichsten Merkmale des Tagebuchs ist seine Ehrlichkeit, die Fülle und Vollständigkeit der Selbstporträts. Egozentrisch und emotional – Pepys ist der klassische Selbstbeobachter, ein Mann, der sich selbst nichts vormacht und der sich auch aus der Distanz betrachten kann. Für einen derartigen Dualismus ist die Form des Tagebuchs erwiesenermaßen besonders geeignet.

Pepys ist Beobachter und Beobachteter zugleich, Büßer und Ablasspriester, Patient und Psychiater, Mann auf der Straße und Verhaltenssoziologe. Bei den Eintragungen über Ehestreitigkeiten ist der Chronist gleichsam als dritte Partei anwesend, mit besonders dramatischem Effekt in der Schilderung der Deb-Affäre. Die Tatsache, dass Pepys eine Art *lingua franca* für den Intimbereich benutzt, lässt darauf schließen, dass er dieses Thema für skandalträchtig hielt; selbst hier setzt sich am Ende seine empirisch orientierte Berichterstatter-Mentalität durch.

Alles zusammen erklärt aber immer noch nicht, warum Pepys' Tagebuch um so vieles interessanter und lebendiger ist als alle anderen vergleichbaren. Ist es die *virtuoso*-Veranlagung des Autors, die mit seiner überbordenden Vitalität eine einzigartige Mischung eingegangen ist? Oder ist es jene Schwäche für die Schönheit, »that strange slavery that I stand in to beauty«, eine frappierende Kombination aus ästhetischem Feingefühl, Lüsternheit und platonischer Leidenschaft? In der englischen Literatur lässt sich in dieser Beziehung wohl nur Chaucer mit Pepys vergleichen.

III

Wenn man dieses Tagebuch als historische Quelle betrachtet, muss man im Auge behalten, dass sein Autor nichts Geringeres als eine Chronik der laufenden Ereignisse schreiben wollte. Bei einem so extrovertierten Mann wie Pepys verwundert es nicht, dass dabei Privates und Öffentliches ständig ineinander übergehen; gerade dadurch aber steigt der Informationsgehalt. Pepys benutzt seine Aufzeichnungen wie ein Fenster, durch das er die Außenwelt betrachtet. Bereits als Sechzehnjähriger hatte er die Hinrichtung seines Königs mit großer Zustimmung beobachtet – als Dreißigjähriger war er im Vollbesitz einer differenzierten politischen Reflexionsgabe. Er urteilt engagiert über politische Ereignisse, ist jederzeit begierig, Neuigkeiten über Staatsaffären zu erfahren, und reagiert empfindlich auf jede Schwankung des sozialen Klimas. Das Resultat ist ein Tagebuch, in dem sich Individuelles und Gesellschaftliches durchdringen: ein Glücksfall für den Historiker, weil es ehrlicher als Briefe, genauer als nachträglich verfasste Memoiren und mitteilsamer als offizielle Dokumente ist; in seinen besten Szenen leistet es die vollständige Umsetzung einer Erfahrung in realistische Beschreibung. Mit der Absicht, lediglich den täglichen Ablauf der Dinge festzuhalten, verzichtet der Autor bewusst auf jedes spätere Arrangieren; besonderen Wert erhalten dabei Stimmungen, Impulse, halbunterdrückte Gedanken, Beschreibungen von Gesten, Stimmen, Geräuschen. Im Gegensatz zu dem anderen prominenten zeitgenössischen englischen Tagebuchschreiber, dem korrekt-trockenen John Evelyn (1620–1706), verzichtet Pepys fast durchgehend auf Retuschen und nachträgliche Zusätze. Nie könnte er z. B. geschrieben haben: ›Gespräch mit dem holländischen Botschafter über die augenblickliche Lage in Flandern‹ – Pepys hätte mit Sicherheit zunächst seine eigene Kleidung, dann die Manieriertheiten des Botschafters und erst danach Einzelheiten des Gesprächs geschildert.

Typisch ist seine Vorliebe für Statistiken, sie führt zu einer hohen Faktendichte des Tagebuchs – obwohl er im täglichen Ablauf auf die Erwähnung von Routinevorgängen verzichtet. Bei größeren und kleineren Anschaffungen nennt er nur gelegentlich die Preise, er trägt sie in eigens dafür vorgesehene Notizbücher ein. Auch die Predigten, denen er zuhört, gibt er nicht so ausführlich wieder, wie dies in anderen zeitgenössischen Tagebüchern der Fall ist (wobei bemerkenswert ist, wie häufig er den Predigttext falsch zitiert). Sein Wortgedächtnis war schwach; selten machte er sich die Mühe, in der Bibel nachzuschlagen. Gelegentlich stimmen auch seine Zahlen nicht. Obwohl er, zum Beispiel bei den Pesttoten, amtliche Mitteilungen als Informationsquellen benutzte, schwankt die Zuverlässigkeit seiner Angaben.

Für den Historiker ist Pepys' Haltung zu den religiösen Auseinandersetzungen der Zeit besonders aufschlussreich. Er ist zwar in puritanischer Umgebung aufgewachsen, aber nie im strengen Sinne ein Puritaner geworden. Während der Zeit des Tagebuchs war er eher ein gemäßigter und loyaler Anglikaner, allerdings mit einer ausgeprägten Abneigung gegen die anglikanische Geistlichkeit. Pepys besuchte presbyterianische und anglikanische Gottesdienste, zog aber die letzteren vor. Zum Abendmahl ging er selten, und den Sonntag beging er nicht immer, wie es die Kirche von ihm erwartete. In der Bibel las er selten und überließ die häuslichen Gebete meist dem Gesinde. Im Grunde blieb er ein weltlich orientierter Mensch, trotz aller Aufrichtigkeit seiner religiösen Empfindungen (wenn er Probleme hatte, wandte er sich mit einer spontanen Selbstverständlichkeit an seinen Gott, flehte ihn an und dankte ihm).

Pepys' Papiere und Aufzeichnungen enthalten eine Fülle wertvoller Details aus der Sphäre seiner Berufstätigkeit. Sein Interesse war überwiegend auf die kleineren Amtsgeschäfte gerichtet, und gerade hier sind es oft die scheinbar belanglosen Einzelheiten, die für den Historiker unschätzbares Material darstellen. Vor den Augen des Lesers entsteht ein überaus plastisches Bild vom beruflichen Leben der Zeit. Interessant die Urteile über Kollegen, oft nicht ohne Selbstgerechtigkeit gefällt, aussagestark finanzielle Angaben wie etwa über die Versuche, die Flotte angesichts kärglicher Subventionen funktionstüchtig zu erhalten. Bemerkenswert sind die Praktiken bei der Beamtenbestechung. Es besteht kein Zweifel daran, dass Pepys sich durch Geld oder Geschenke in gewissem Maße durchaus beeinflussen ließ; sein rasch wachsendes Vermögen ist nicht zuletzt auf diese Weise zustande gekommen. Dennoch hat er sich wohl im Großen und Ganzen seine Unabhängigkeit bewahrt; anders als seine Kollegen ließ er sich nie gänzlich korrumpieren.

Die zeitgenössische politische Szene ist kompliziert, oft verworren, widersprüchlich wie die restaurierte Monarchie selber. Die öffentliche Meinung spielte eine entscheidende Rolle, und hier ist wiederum das Tagebuch von außerordentlichem Reiz, denn es ist die mündliche Meinung, die darin festgehalten wird – die Stadt unterhielt sich, Pepys hörte zu. Das tagespolitische Klima der Zeit war durch allgemeine Unsicherheit gekennzeichnet. Politik wurde von wenigen Menschen auf engem Raum gemacht, das Hinterland spielte kaum eine Rolle, Europa war weit weg. Das Gespräch bot sich als selbstverständliche Form politischer Informationsübermittlung und Meinungsbildung an; Zeitungen dienten damals ausschließlich als offizielle Mitteilungsorgane. Auf diese Weise konnten im Grunde nur die Londoner an der Nachrichtenverbreitung partizipieren. Das mündliche Weitererzählen barg zahlreiche Fehlerquellen in sich; Klatsch und Nachricht vermengten sich oft unentwirrbar. Pepys saß im Flottenamt an idealen Nachrichtenquellen. Er hatte freien Zutritt zum Hof und zur Regierung – nur die Männer der Kirche kannte er nicht persönlich. Überall verstand er es, Vertrauen zu erwecken, und bekam in der Regel rasch und unkompliziert die gewünschten Informationen; bei vielen Zeitgenossen galt er offenbar selber als wertvolle Nachrichtenagentur. Sein Informationsdrang konnte so weit gehen, dass er Bekanntschaft mit Leuten pflegte, die ihm zutiefst unsympathisch waren, deren Nachrichtenwert er aber hoch einschätzte. Pepys koordinierte seine Meinung letztlich immer mit dem, was man Volkes Stimme zu nennen pflegt: seine Ansichten über die politische Zukunft des Landes sind oft apokalyptisch düster und kreisen immer wieder um die Gefährdungen der Monarchie. Allgemeine und politische Neuigkeiten erfuhr er im Wesentlichen aus drei Quellen – am Hof (Whitehall und St. James's Palace), in Westminster Hall (parlamentarische Entwicklungen) und in der Royal Exchange in der City (Nachrichten aus anderen Ländern); an allen drei Orten besaß er zuverlässige Informanten. Über Aufstieg und Fall aristokratischer Günstlinge am Hof war er stets bestens informiert. Das Tagebuch enthält keine ausgefeilten Porträts bestimmter Individuen, ist aber reich an charakteristischen Details. So wird der König auf der einen Seite als faul und hypochondrisch geschildert, dann aber wieder als intelligent, geistreich und marinefreundlich. Die wertvollsten Mitteilungen macht Pepys zweifellos über den Herzog von York, den späteren Jakob II. – ihn kannte er genauer als jede andere hochgestellte Persönlichkeit. Die Parlamentsberichte sind nicht sonderlich ergiebig, was wohl zum Teil daran liegt, dass in jener Zeit Protokolle oder Unterlagen über Parlamentsdebatten streng geheim gehalten wurden und deshalb selbst für Pepys schwer zugänglich waren.

Die großen Beschreibungen der Pest und des Feuers in London, die zu den bekanntesten Passagen des Tagebuchs gehören und in jeder besseren englischen Prosa-Anthologie stehen, sind eigentlich nur spektakuläre Zwischenspiele; sie werden von der Darstellung der politischen Ereignisse übertroffen. Die Restauration der Monarchie bildet gleichsam die festliche Eröffnungsszenerie, der holländische Krieg, den Pepys aus der Perspektive eines Verwaltungsbeamten betrachtet, den lebensbestimmenden Höhepunkt.

IV

Samuel Pepys' Tagebuch umfasst die Zeit vom 1. Januar 1660 bis zum 31. Mai 1669. Das Manuskript, bestehend aus sechs in braunes Kalbsleder gebundenen Bänden, hat etwa 3100 unnummerierte Seiten. Die täglichen Eintragungen sind von sehr unterschiedlicher Länge. Es ist wahrscheinlich, dass Pepys nicht auf einzelne Blätter schrieb, die dann später gebunden wurden, sondern gleich die gebundenen Bücher benutzte. Die Manuskriptseiten sind häufig fleckig, die Papierqualität wechselt. Am linken Seitenrand steht jeweils das Datum, rechts sind die Blätter bis zum Rand vollgeschrieben. Die Schrift ist akkurat, die Tinte changiert von schwarz zu braun. Das gesamte Tagebuch ist in Kurzschrift abgefasst, und zwar in dem von Thomas Shelton entwickelten System. Pepys erlaubte sich ein paar Abweichungen, hielt sich aber im Großen und Ganzen an Sheltons »Short Writing and Tachygraphy« aus dem Jahre 1626. Die Stenographie galt im 17. Jahrhundert als eine bemerkenswerte Neuerung, die von den Gelehrten der Zeit dankbar aufgegriffen wurde. Vermutlich hat Pepys während seiner Studienzeit in Cambridge die Shelton'sche Kurzschrift kennengelernt; in seinem Beruf ist sie ihm später sehr zustatten gekommen. Er entwickelte sogar ein wissenschaftliches Interesse an der Kurzschrift, sammelte einschlägige Lehrbücher und sann auf Verbesserungen, denn selbst ein geübter Stenograph konnte es mit dieser Schrift nur auf etwa hundert Wörter pro Minute bringen.

Die Entzifferung seiner Kurzschrift bietet nur wenige Schwierigkeiten. Die nicht sehr zahlreichen Wörter in Normalschrift – Eigennamen, Schiffe, Jahreszahlen, Titel – sind häufig abgekürzt. Für die erotischen Passagen benutzte der Tagebuchschreiber eine Spezialsprache; sie ist, überaus durchsichtig, aus lateinischen, französischen, italienischen und holländischen Wörtern zusammengesetzt.

Während er es führte, hielt Pepys das Tagebuch ständig unter Verschluss, in der Schreibtischschublade in seinem Arbeitszimmer. Etwa um 1675 wurden die Manuskriptbände der Bibliothek einverleibt, allerdings auf Grund ihrer unterschiedlichen Größe an verschiedenen Stellen. Erst 1700, anlässlich einer neuen Katalogisierung der Bestände, wurde das Tagebuch geschlossen aufgestellt. Es ist schwer zu sagen, welchen Gebrauch der Autor von seinen Aufzeichnungen gemacht hat. Vielleicht hat er darin zum Vergnügen gelesen (obwohl er nie darüber berichtet), vielleicht hat er sie auch, um seine Augen zu schonen, nur selten wieder angeschaut. Die einzelnen Seiten zeigen wenig Benutzungsspuren.

Während der Pest hat Pepys sein Tagebuch sorgfältig weitergeführt und aufbewahrt; als das Große Feuer in London ausbrach, schaffte er es zusammen mit seinem Geld und Silber nach Bethnall Green – ähnlich verfuhr er während der holländischen Invasion im Juni 1667. Als sein Haus im Januar 1673 niederbrannte, blieb das Tagebuch, ebenso wie die meisten Bücher, unversehrt. Wo er es versteckte, als er 1678/79 im Gefängnis saß, ist nicht bekannt – es hätte seinen Gegnern sicher willkommenes Material geliefert. In seinen Briefen erwähnt Pepys das Tagebuch nie, und von seinen Freunden wusste nur Sir William Coventry davon. Nach dem Tod des Autors fand sich der Erbe John Jackson im Besitz der hinterlassenen Manuskripte und Bücher. Er ließ die sogenannte ›Bibliothek‹, etwa dreitausend Bände, darunter das Tagebuch, im Haus des Freundes Hewer in Clapham und machte sie der Öffentlichkeit zugänglich. Nach Jacksons Tod wurde sie, dem Wunsch von Samuel Pepys entsprechend, dem Magdalene College in Cambridge übergeben, wo sie im ›New Building‹ einen würdigen Platz fand und bald zu den touristischen Attraktionen von Cambridge gehörte.

Die erste Erwähnung des Tagebuchs findet sich in einem Brief von Peter Leycester an den Lyriker John Byrom – er berichtet darin von mehreren Bänden in Kurzschrift, die er im Magdalene College gesehen habe, darunter auch »a journal of Mr. Pepys«. Byrom, der in Cambridge Stenographieunterricht gab, scheint jedoch das Tagebuch nie in der Hand gehabt zu haben. Der zweite Hinweis steht in David Macphersons »History of the European Commerce with India« aus dem Jahr 1812. Im Zusammenhang mit dem Teehandel berichtet er über »ein Memorandum im Tagebuch von Mr. Pepys«, in dem von Tee als einem chinesischen Getränk die Rede sei (25. September 1660). Ein Rezensent des Macpherson'schen Buches wiederholte diese Bemerkung noch im gleichen Jahr. Kurz darauf wurde George Neville zum Master des

Magdalene College ernannt. Vermutlich hat sein Freund Thomas Grenville um 1814, angeregt von dem Macpherson'schen Hinweis, die Manuskriptbände zum ersten Mal genauer untersucht. Im April 1818 erschien das Tagebuch von John Evelyn, einem engen Freund von Pepys, im Druck; es ist anzunehmen, dass dies der eigentliche Anstoß war, sich in ähnlicher Form des Pepys'schen Tagebuchs anzunehmen. In einem Brief vom 21. August 1818 schrieb William Grenville an Neville, dass sein Bruder Thomas ihm ein Kurzschriftmanuskript gezeigt habe, das er, Lord Grenville, entziffern könne und das er überdies für interessant und veröffentlichungswert halte. Am besten geschähe die Dechiffrierung in Cambridge; Neville selbst böte sich als Herausgeber an. Im April 1819 wurde ein Student namens John Smith, ein neunzehnjähriger, mittelloser Familienvater, Sohn eines Lehrers und Schulbuchautors, mit der Entzifferung betraut. Smith war bei diesem Unternehmen weitgehend auf sich allein gestellt. Die Hinweise von Lord Grenville erwiesen sich als wenig hilfreich, zumal Smith wusste, dass Pepys das Shelton'sche Kurzschriftsystem verwendet hatte. Nach dreijähriger mühevoller Arbeit beendete Smith im April 1822 seine Übertragung. 1823 kam es zu einem Vertragsabschluss zwischen Richard (dem Bruder von George) Neville und dem Verleger Murray, der auch John Evelyns Tagebuch veröffentlicht hatte. Das geplante Buch sollte Auszüge aus Pepys' »Diary« sowie Briefe des Autors enthalten, zweibändig sein und sechs Guineen kosten. Für die Textgestalt war allein der Herausgeber Richard Neville (der spätere Lord Braybrooke) verantwortlich. Mit Hilfe einiger Assistenten verfasste er Fußnoten und Anmerkungen; in einer Einleitung rechtfertigte er Auslassungen und eigene Zutaten. John Smiths Transkription war in der

Tat einigermaßen fehlerhaft, weil er nur geringe historische und sprachliche Kenntnisse besaß. Die eigentliche Verstümmelung des Textes geht allerdings auf Braybrookes Konto. Er verzichtete auf jede Art von Information über die Manuskriptvorlage oder seine Editionsgrundsätze und schwieg sich darüber aus, warum er drei Viertel des Textes einfach wegließ. Vor allem kennzeichnete er nirgends die Stellen, an denen der Text gekürzt worden war, und verballhornte häufig noch die richtige Transkription von Smith. Dabei tilgte er streng alle auch nur entfernt heiklen oder anstößigen Stellen.

Dennoch fand die Braybrooke-Ausgabe begeisterte Aufnahme. Der anonyme Rezensent der »Times« prophezeite am 20. Juni 1825, dass dieses Tagebuch alle vergleichbaren in den Schatten stellen werde. Sir Walter Scott äußerte sich in der »Quarterly Review« zurückhaltender, stellte das Pepys'sche Tagebuch aber ebenfalls weit über das von Evelyn. Bereits 1828 kam es zu einer zweiten Auflage, 1848 erschien eine dritte, erweiterte, 1851 eine wiederum ergänzte vierte Auflage. 1855 starb Braybrooke. Seine Hinweise auf weiteres Material, das jedoch nur von geringem Interesse sei, hatten das Publikum neugierig gemacht – einem Mann wie Pepys war kaum etwas Uninteressantes zuzutrauen. Vor allem die von Braybrooke erwähnten »indelicate passages« schienen einiges zu versprechen. Aufschluss konnte nur eine neue Transkription des Manuskripts geben. Im Jahre 1872 begann, getragen von einer Welle der Pepys-Begeisterung, der Pfarrer Mynors Bright mit einer neuen Umschrift – 1874 war er mit der Arbeit fertig. Sein Text erschien in sechs Bänden bei George Bickers zwischen 1875 und 1879 in einer Auflage von tausend Exemplaren. In einem Vorwort erklärte Bright, sein Text bestünde zu einem Drittel aus neuem Material und enthalte jetzt das vollständige Tagebuch, ausgenommen solche Stellen, die »den Leser langweilen oder beleidigen würden«. Auch Bright hat sich nirgends über seine Methode und seine Grundsätze geäußert; auch er kennzeichnete nicht die Auslassungen und verfuhr mit der Zeichensetzung willkürlich – vor allem erwiesen sich seine historischen Kenntnisse als gänzlich unzureichend. Fast nichts wird über die bisherige Editionsgeschichte gesagt. Auf dem Titelblatt der Bright-Ausgabe erscheint an auffälliger Stelle das Wort »Geheimschrift« – seither grassiert die Vorstellung, Pepys habe sein Tagebuch in einer selbsterfundenen Geheimschrift verfasst.

Einer der ersten Rezensenten des Brightschen ›Pepys‹ war der Londoner Historiker Henry Benjamin Wheatley, der sich so für Pepys, das Tagebuch und seine Zeit interessierte, dass er 1880 das erste Buch über Pepys veröffentlichte, »Samuel Pepys and the World he lived in« – es wurde mehr eine Materialiensammlung als eine kritische Würdigung. Mittlerweile waren die Rechte an den Verleger George Bell übergegangen; 1885 bestimmte dieser Verlag H. B. Wheatley zum Herausgeber einer neuen Ausgabe. Die neue Edition sollte auf die Korrespondenz verzichten und so vollständig wie nur irgend möglich sein. Da Wheatley jedoch die Shelton'sche Kurzschrift nicht lesen konnte, stand er vor einer schwierigen Aufgabe. Seine achtbändige Ausgabe erschien zwischen 1893 und 1896; sie wurde durch einen Index-Band sowie eine Sammlung von ›Pepysiana‹ ergänzt. Endlich war nun das Tagebuch annähernd vollständig veröffentlicht, und zum ersten Mal waren alle Auslassungen deutlich gekennzeichnet. Erotische oder sonstwie anstößige Stellen waren, wie das bei einem viktorianischen Herausgeber zu erwarten stand, weggelassen; so ist die

Wheatley'sche zwar die vollständigste, aber keineswegs die beste Ausgabe geworden: der Kommentar trägt allenthalben die Spuren von Flüchtigkeit und Eile – Wheatley verstand sich offenbar als Miniaturbiograph und Museumsführer, der den Leser auf allerlei Kuriosa aufmerksam machen, aber nirgendwo lange verweilen möchte.

Seit 1970 ist, wiederum im Verlag von George Bell, in neun Bänden eine vollständig neue Ausgabe des Tagebuchs erschienen (zu der noch ein Kommentarband und ein Register gehören). Diese Edition, die zum ersten Mal alle Ansprüche einer historisch-kritischen Ausgabe erfüllt und als die definitive, einzig zuverlässige Textfassung des Pepys'schen Tagebuchs anzusehen ist, geht auf das Jahr 1929 zurück, als der damalige ›Pepys Librarian‹ F. McD. C. Turner mit einer Überarbeitung der Wheatley-Ausgabe begann. Er untersuchte den Text systematisch auf Irrtümer, plante eine Reihe von Ergänzungen und begann mit einer gründlichen Revision der Anmerkungen. Durch den Krieg wurde seine Arbeit unterbrochen. 1950 wurde Robert Latham, Fellow des Magdalene College und ›Pepys Librarian‹, hinzugezogen; er schlug die Erarbeitung eines umfassenden Pepys-Kommentars vor. Einige Jahre später wurde William Matthews zusammen mit Robert Latham zum Herausgeber der neuen Pepys-Ausgabe des Bell Verlages bestellt.

Die vorliegende Übersetzung ausgewählter Stellen stützt sich auf das gesamte bisher zugängliche editorische Material.

Helmut Winter

Originaltitel: Diary

Gesamtgestaltung: Cornelia Feyll und Friedrich Forssman
Satz und Druck: Reclam, Ditzingen
Buchbinderische Verarbeitung: Kösel, Krugzell
Printed in Germany 2009

ISBN 978-3-15-010693-8